影絵の騎士

JN178664

大沢在昌

角川文庫
21840

目次

1

何度も会ったわけじゃないのに、忘れられない奴というのがいる。俺にとっては、ヨシオ・石丸《いしまる》がそんな人間だった。

初めてヨシオと会ったのは今から十年も前、俺がまだB・D・Tで私立探偵をやっていたときだ。

今ではもうこの「B・D・T」という言葉もあまり使われなくなった。だから説明が必要だろう。

B・D・Tという言葉が流行《はや》ったのは、二〇四八年だった。その頃の東京は今とちがって、東と西で大きく分かれていた。二〇一〇年、不法滞在外国人の増加に手を焼いた政府が〈新外国人法〉を制定し、「この国で生まれた子供に対しては両親の国籍にかかわりなく日本国籍を与え、かつその扶養者一名については永住権を与える」ことが決まった。直後、日本、特に東京におけるベビーブームが爆発した。今、二十歳から四十歳までの東京に住む人間の三割が混血なのは、まさにその結果だ。しかも二〇四八年当時は、その混血児の九割が、東京の一部地域に住んでいた。それが地域のスラム化をうながし、旧新宿《しんじゅく》区全域、渋谷《しぶや》、港《みなと》、豊島《としま》、大田《おおた》の旧区の各一部が純粋日本人が住まない土地となった。

その一帯につけられた名が「B・D・T」だ。BOIL DOWN（煮つめる）とDOWN TOWNをひっかけた造語で、自らも混血児である作家、ヨシオ・石丸が発表した小説のタイトルだった。

混血児たちは、これもうあまり使われなくなった言葉だが「ホープレス・チャイルド」と呼ばれた。スラムの片隅で生まれ、路地裏で育ち、ハシの使い方より先にナイフの使い方を覚え、算数はかっぱらった品物を分配するために必要で、読み書きはブタ箱の中で学ぶ。

役人はいつだって遅れたことしかしない。四十年遅れて〈新外国人法〉を制定し、今度は二十年遅れて〈新東京〉を造りあげた。〈新東京〉は、中心部が極端にスラム化した東京を再生させるための試みで、まず東京湾に馬鹿でかい人工島を作りだし、そこに原子力発電所を建設した。あいつぐ事故に、東京近郊の地方自治体が、東京のための原発を懐にかかえるのを嫌がりだしていたのもその理由だ。

人工島の原発は、千葉、神奈川、埼玉の一部を併合した〈新東京〉への電力供給を果たした。同時に〈新東京〉は、東、西、北の三ブロックに分割された。それぞれの行政府とは別に、新都庁が旧B・D・Tの東ブロックにおかれている。

南ブロックがないのは、人工島がそれにかわる存在だからだ。当初人工島は、国会を含む行政府が移転する筈《はず》だった。だがいつだって、寿命が縮むのを嫌がるのは、先のない年寄りの金持どもだ。国会は、原発のある人工島への移転を反対大多数で否決した。旧千代田《ちよだ》区ほどの大きさのある人工島は、原発をのぞき無人の島と化した。

ここまでならよくある税金の無駄づかいという奴だ。十五で弁護士事務所の使い走りを始め、市民権をとった俺は、そこいらの日本人よりはるかに多くの税金をおさめている。だが腹を立てる気もしない。最近の調査では、二十歳を超えた「ホープレス・チャイルド」の一割近くが、まだ戸籍をもっていないという話だ。

この人工島に目をつけたのが、この十年で嘘のように息を吹きかえした映画産業だった。テレビにくわれ、映画館は一部のマニア向けの場と化していたのだが、「三大天才」と呼ばれる映画関係者の出現が、この国の映画産業を救った。現在、映画館の数は過去最多だった二〇〇九年に並び、動員人数も毎年最多数を更新している。それを支えているのが、ホープレス出身の俳優だ。むろんのことプロデューサーも日本人ではなく、中国系、インド系の連中だ。彼らは、中国、インドという、アジアの二大市場との興行パイプを握っている。

最初に人工島に巨大スタジオを建設するとぶちあげたのが、「三大天才」のひとり、中国系プロデューサーのワン・コングだ。それにインド系の製作会社がからみ、神奈川に大半があった映画製作スタジオはそのすべてが人工島に移転した。新東京都はそれをもろ手をあげて歓迎した。ハリウッドを超える映画製作スタジオの建設というニュースが全世界に流れ、アジア地域からの観光客の最大の呼びものになった。ちなみに、かつての日本の映画会社、配給システムは、二〇二〇年までにすべてが倒産、あるいは解散していて、日本旧来の映画会社は今は存在しない。プロデューサー個人が率いる製作会社がスタジオと使用契約をかわし、配給は各映画館の管理会社とのあいだで、ひとつひとつの作品ごとに決定される。その結果、完成しても映画館にそっぽを向かれる作品のプロデューサーはピストルをくわえるし、逆に大当たりすれば、日本中の映画館の五割が同じ作品を上映することも夢じゃない。

人工島は「ムービー・アイランド」と呼ばれ、映画スターの多くや監督、脚本家たちが、海に面する恵まれたロケーションの住宅を、スタジオ管理会社から提供されている。しかも人工島における電力使用料金は、スタジオ移転の際の契約で、法人個人を問わず半額と決められている。もちろんこれは抜け目のないワン・コングが、都とのあいだにかわした特約だった。

ワン・コングはムービー・アイランドの帝王として君臨した。その商才は、映画作り以外にも発揮された。撮影中、ムービー・アイランドに滞在する俳優・スタッフのためのホテルを拡大し（ムービー・アイランドに住みたがらない俳優もいた）、観光客誘致を目的としたムービー・アイランド・ハイアット・リゾートホテルを建設した。このホテルに宿泊する者だけに、ムービー・アイランド内のスタジオを見学できるという特典をつけ、目の玉の飛びでるような料金をふんだくるのだ。収容客千人に達するホテルでありながら、予約は一年先まで埋まっているという。

そのワン・コングも高齢を理由に、帝王の座をおりた。それが二年前だ。今はムービー・アイランドは、スタジオ・カンパニーと呼ばれる、プロデューサーや投資家を中心とした集団によって運営されているらしい。もっともスタジオ・カンパニーの頂点に、中国人やインド人、ましてや日本人はいない。スタジオ・カンパニーを陰で牛耳っているのは、ロシア人とチェチェン人だといわれていた。

映画産業を復活させた「三大天才」とは別の、もうひとりの立役者が、犯罪組織だったからだ。犯罪組織の海外送金を監視する国際機関FATFが力を強めたため、マネーロンダリングの新たな手段として、映画への投資が浮上したのだ。したがってワン・コングの〝引退〟も、高齢が真の理由ではない、という噂もある。

話がそれたようだ。その朝俺は、いつものようにコテージをでて、エミィが眠る、島の南西の丘への散歩をすませたところだった。

朝おきてまず、エミィのもとにいくのが俺の日課だった。コテージから共同墓地までは、約四キロのゆるい登り坂だ。その道のりの半分をゆっくり、残りの半分を全速で駆け登る。息が切れ、頭の中をまっ白にすることで、たったひとりの目覚めから生まれる自殺願望を頭の中から締めだせる。

そしてエミィの墓のかたわらに立ち、海を眺め息が整うのを待つうちに、今日も何とか生きていけそうだと思えるようになる。石板にはめこんだエミィのホログラムは、死にたがっている俺に、いつも怒った表情を見せるからだ。

――ケンの馬鹿、何考えてるの。自殺なんかしたら、あたし決して許さないから。

エミィが亡くなる前の二ヵ月、俺は毎夕、エミィをおぶってこの道を登った。コテージには車椅子もあったが、生きている限り、俺はエミィの温《ぬく》もりを直接感じていたかったのだ。それに最後のふた月、百六十八センチの身長があったエミィの体重は三十キロを切っていた。エミィを連れていったのは、共同墓地ではなく、その手前にある見晴し台だ。

俺たちは潮と風に削られた木製のベンチにかけ、夕陽が海に溶けこんでいくのを、手を握りあったまま毎日、見つめた。エミィの命が尽きかけていることは、ふたりともわかっていた。だからこそ俺は、生まれ育ったB・D・Tを捨て、このオガサワラにやってきたのだ。

運のいい日は、溶けた夕陽に向かって泳ぐクジラの群れが見えた。

エミィの命を奪ったのは、出生から十歳までを旧新宿区で過したホープレス・チャイルド百人にひとりが発病する「新宿病」といわれている、悪性の腫瘍《しゅよう》だった。原因はまだわかっていない。汚染した井戸水を飲用にしたのが最大の可能性だといわれているが、水道水の供給がほとんど停止していた旧新宿区で、井戸水を飲まなければ、ほとんどの人間が生きのびられなかった。特に発病例が多かったのが、東新宿の地下駐車場に巣くっていたガキどもだ。十五歳以下で、どこの組織にも属さず、徒党を組みただ甘いものに群がるアリのように、止められた車を奪い、人間を襲うためだけに生きていた。

ある時期、奴らは最も恐れられていた。生まれてからこっち、誰にも愛されたことのない捨て子の集団で、目先の欲望を満たす以外には何の目的も希望もないガキどもだ。何十人という集団で襲われたら、そのうちの二人、三人をぶちのめしたところで何の効果もない。皆殺しにしない限り、こっちが殺される。

ところがこの五年で、奴らの数が激減した。原因がその腫瘍だった。ある者は脳にでき、歩くこともできなくなり、ある者は胃や腸にできて、血を吐いて死んだ。

国は知らん顔だった。戸籍をもたないホープレスが何人死のうと関係ないというわけだ。

この十年で、ホープレスの立場は大きくかわった。ヨシオのように〝這《は》い上がり〟（外国人の成り上がりをさす。密入国や不法滞在者が、事業に成功して市民権を獲得し、金持としてでかい面をすると、日本人はそう呼んだ）の子供として旧西側で育ち、高い教育をうけた者ばかりではなく、弁護士や医師として成功をおさめるホープレス出身者もいる。

国会議員も四人が当選している。うちひとりは、俺もヨシオも知る人物だ。

いずれにせよ、エミィは死んだ。それから二年近くが過ぎていたが、俺はまだB・D・Tに帰る気はなかった。「B・D・T」が使われない言葉となり、東京がかわったといわれていても、俺には関係のない話だった。新青山《しんあおやま》にあった俺のオフィス兼住宅はとっくに解約していたし、新東京弁護士会の調査員名簿から名前も削られている。

かつては最年少のAランク調査員といわれたが、それももうどうでもいい。

眠っているエミィにとりあえずの別れを告げ、コテージまでの道を、いつものように泣きたい気分で下っていくと、その中腹にヨシオが立っていた。

「ハイ、ケン」

ヨシオは微笑んでいった。朝陽をうけて、十年前とかわらないまっ白な歯が輝いている。俺と同じで三十を超えている筈だが、二十四、五にしか見えない。

「ヨシオか……」

俺は立ち止まった。

「ずっとメールを送っていましたが、あなたのボックスは封印されていました。だから直接きてしまいました」

ミルクチョコレートの肌をして、切れ長の目に睫毛《まつげ》がおおいかぶさっている。整った鼻筋はかわらず、唇だけに、以前はひいていたルージュの色がない。

ホープレスの大半は、異性でも同性でも愛せるバイだ。俺は珍しくストレートだったが、ヨシオもバイだった。だがそのヨシオが一年前に結婚したことを、俺はニュースで知っていた。相手は、ムービー・アイランドに住む女優だ。

「十年ぶりですね」

心もち首をかしげ、ヨシオはいった。突然現われたことを詫《わ》びるようすもない。ヨシオはいつもそうだ。優雅だが自分のやり方を決してかえない。デビュー作で「B・D・T」という言葉を生みだした天才作家は、今ではその全作品が映画化された大金持の流行作家だ。

「そうだな」

「初めて会ったときも、出版社からのアポイントを拒否していたあなたのところへ、僕が押しかけた」

俺は頷《うなず》いた。懐かしくもあったが、腹立たしくもあった。

十年前のヨシオの依頼は、旧東側のナイトクラブで歌手として働いていた女の失踪《しっそう》調査だった。ヨシオは店の常連で、ガーナというその女に惚《ほ》れていた。

調査するうちに俺は、復活を果たそうとしていた日本ヤクザと汚職警官がからんだ殺人事件に巻きこまれた。何度も命を狙われ、最後は警察《ピー》や検察と組んで、ヤクザ組織を摘発した。ガーナは殺されていたが、その理由は、事件とはまったく別のことだった。

「この島に住んでどのくらいになるのですか？」

「三年、かな」

俺は答えた。火照った肌に心地よかった海からの風を、今は冷たく感じ始めていた。

ヨシオは首を振った。

「あなたはリアリストだと思っていました」

俺は肩をすくめた。

「年をくえばかわることもある」

そして歩きだした。十年ぶりに会う友人を立ち話だけで追いかえすわけにはいかない。ヨシオをコテージに案内した。ベッドルームとリビングだけの質素な小屋だ。新青山にあった油圧収納式のガレージはなく、ピーに見つかれば十年はくらう銃器のコレクションもない。

リビングのテーブルにすわり、ヨシオは壁を見回した。エミィが描《か》いたオガサワラの水彩画が四点、飾ってある。俺の肖像画もあったのだが、それはエミィの柩《ひつぎ》の中におさめた。

「同じ人の筆だ。繊細だが、力強い」

俺はコーヒーをいれ、話をかえた。

「新東京はどうだ？　それともアイランドに住んでいるのか」

ヨシオはまた首を振った。

「アイランドに住んでいるのは彼女だけです。お互い、創作のためには、それまで住んでいた場所を離れないほうがいい、という結論に達して。夫婦が同じ家に住まなければならないという法律はありませんから」

俺は頷いた。ヨシオはコーヒーを飲んだ。

「おいしい。そういえば、オガサワラは、コーヒー農園があるのでしたね。新東京は、ひどいことになっています。前ほど差別や対立はなくなったけれど、お店がどんどん減って。ネットワークに操られるゾンビの街です」

この十年で、大きく変貌《へんぼう》したのがテレビ局だった。統廃合をくりかえした、かつての地上波衛星波のテレビ局は、現在は三大ネットワークに集約されている。チャンネル数は二百。チャンネルの大半を占めるネットワーク製作の番組は、ニュースやスポーツ、コンサートなどのドキュメンタリー系が中心となっている。

テレビ局にこうした変化を迫ったのが、従来のインターネットによる「B to C」（企業対消費者間取引）の伸び悩みだった。企業どうしの取引である「B to B」は、低コスト化をうながし、定着したが、「B to C」はテレビデジタル放送による通販という形で生活に入りこんだ。視聴者はリモートコントローラー、あるいは音声入力によって、放送中、常に画面上に流れている商品を二十四時間、随時購入できる。食事の出前から、衣服、化粧品、自動車、不動産に至るまで、すべての買物をテレビを通じておこなえるようになった。

むろんそれは配達システムの整備された地域に限っての話だ。少なくともオガサワラでは、入力から十分以内に最新ファッションが届けられることはない。だがそれを不満に思う人間は最初からオガサワラに住まない。

都市部への人口集中は、この国の経済が破綻《はたん》した二十世紀の終わりから始まっていたが、今世紀に入りさらに拍車がかかった。現在は、北海道から九州までの八大都市に全人口の七割強が集中している。農業の崩壊によって、地方にはまったくといってよいほど働き口がないからだ。人口の都市集中がそれを循環化し、人口集中部では、あらゆるサービス業が二十四時間、営業している。中でもとりわけ巨大なのが、いうまでもなく新東京だ。日本の全人口に占める、新東京圏の人口は三十五パーセントを超える。サービス業の集中と競争が、大都市を一見「住みやすい」場所に思わせていた。

「映画館かテレビか。人にはこのふたつしかありません。スタジオ協定がなければ、映画もネットワークに乗っ取られていたかもしれない」

ヨシオはいった。スタジオ協定とは、ムービー・アイランドで製作されたポルノをのぞく映像作品は、公開から一年を経過しなければ、ネットワークの電波にはのせられない、というものだった。これを破れば、以後その作品のプロデューサーは、ムービー・アイランドでの映画製作ができなくなる。

「ネットワークは情報省に提訴していますが、改善はさすがに無理でしょう」

情報省は、かつての経済産業省と総務省から、情報産業管理部門を独立させた省庁だ。日本に住む人間の消費行動に関する大量のデータを握っているといわれている。

「ネットワークを支配しているのはレーティング《視聴率》です。現代の日本人の消費は、その五十パーセント近くが、ネットワークを通じた通販です。となると、どの局を通じて買物をしたかがすべてです。売っている品は、どのネットワークであろうとかわりません。とにかく自社のチャンネルに視聴者を釘《くぎ》づけにすること。ネットワークの人間の頭にはそれしかない」

かつて、テレビ番組の合い間に「コマーシャル」が流れていたという牧歌的な時代があった。番組はテレビに視聴者を向かわせるオマケで、コマーシャルが本体の筈《はず》だった。しかし有料衛星波の登場がそのシステムを壊した。コマーシャルは減り、テレビ局はスポンサーから解放される、といわれた。だが実際は有料衛星波の契約者数は伸びず、テレビ局は経営危機におちいった。それを救ったのが、デジタル技術によるインタラクティブ（双方向）放送の出現だった。コマーシャルはあらゆる番組中に同時放送され、視聴者はさらにコマーシャルにリンクした商品情報に飛び、即時購入が可能となった。

要するに人間はさらに怠け者に進化したのだ。

「ネットワークで買えないものはありません。最新の映画をのぞいて。皮肉な話です。映画技術の応用がテレビを進化させた。ですが今は、映画は進化を拒むことで、テレビへの吸収を免れている」

「原点にたちかえったともいえる。俺がガキの頃、エアコンのきいたホモセクシャル専門の映画館が、真夏と真冬の逃げ場だった」

爺《じじ》いの男娼が千円で客のをしゃぶる音が、俺の子守り歌だった。

「なるほど。確かに二十世紀半ばにあったといわれるこの国の映画全盛期、エアコンは各家庭になかった」

「スタジオ・カンパニーは、ネットワークにくわれない方法を知っている。それは、客に金を払わせ、自らケツを運んで映画館にこさせるってやり方だ。いつまで保《も》つかはわからんが、映画に今の力がある限りは大丈夫だろう」

ヨシオは微笑んだ。

「すべてはコンテンツです。ご存知かどうか、かつての文芸出版社は、すべてスタジオ・カンパニーの傘下におさまっています。僕たちが映画向けの作品を強要されることはないにしても、プロデューサーはよいストーリーを考えつく頭をなるべく近くに並べておきたいようです」

「楽しいか」

「便利にはなりました。楽しいかといわれたら、答えるのは難しい」

俺は頷いた。ヨシオが世間話をするためにわざわざヘリでオガサワラを訪れたとは思えなかった。

「で、何の用だ」

「やっとケンらしい、リアリスティックな質問になりましたね。あなたに仕事をお願いしたい」

俺は吹きだした。

「よせよ。引退同然の身だ。B・D・Tもかわった。俺の昔馴染《むかしなじみ》は、ほとんどがくたばっているか、足を洗っている。今さら俺に何をさせようっていうんだ」

「B・D・Tでのあなたの知識は必要ありません。お願いしたいのは、ムービー・アイランドでの仕事です」

「ますます駄目だ。俺はこの三年、映画館には一度もいっちゃいない。知ってるだろ。オガサワラに映画館はないんだ」

それがこの島を選んだもうひとつの理由だった。エミィは、自分をB・D・Tからすくいあげた世界を嫌っていた。わずかのあいだだったが、女優という職業についていたことを悔いていた。

「だからいいんです。どんな大スターであっても、あなたの目はくもらない」

俺は首を振った。

「知識がなければ仕事にならない。無理だ」

「脅迫されているのです。生命の危険を感じているといってもいい。信頼できる人に守ってもらいたい」

ヨシオはいった。

「誰が？」

「僕の妻です。アマンダ・李《リー》」

俺はヨシオを見つめた。

「ピーに頼め」

「あの島ではピーに力はありません。彼らの仕事は原発の警備だけです」

俺はもう一度首を振った。

「無理だ。同情はするが、お前の奥さんを守る仕事は俺にはできない。忘れたのか、俺が相手にしてきたのは、ヤク中や変態、シンジケートや腐ったピーたちだ。女優を守るなんて優雅な仕事は、俺にはできっこない」

ヨシオは瞬《まばた》きもせずに、俺を見つめていた。

「この島を離れたくない理由があるのですか、ケン」

俺は視線をそらした。

「今はもう、ない。ただできないからできない、といっているだけだ。一生ここに住もうとは思ってない」

ヨシオは無言だった。俺はコーヒー農園の見える窓辺に立った。

「かりに東京に戻ったとしても、すっかり俺はなまっているだろう。あっという間に消されちまうかもしれん」

コーヒー農園のオーナーの悴《せがれ》が以前、格安の値段と無期限でこのコテージを貸してくれた。そのオーナーは、B・D・Tで誘拐されたのを助けだしてやったからだ。だが当の悴はヤク中になり、病院をでたり入ったりの生活だ。

「――考えて下さい」

「かわらないさ」

俺はなるべく明るくいったつもりだった。

ヨシオはちらりと腕時計を見た。

「ヘリを待たせているのだろ」

俺はいった。オガサワラに滑走路はない。長距離旅客ヘリが就航するまで、この島には船でしか近づくことができなかった。おかげで自然の多くが昔のままに保たれている。

ヨシオは小さく頷《うなず》き、カードをとりだした。テーブルにそっとおく。

「これが今の僕のダイレクトナンバーです。メールでもかまいませんが、気持がかわったら、少しでも早く連絡を下さい。おいしいコーヒーをごちそうさまでした」

優雅な仕草で立ちあがった。

「あなたをムービー・アイランドに招待したい。すべてが作りもののあの街を、あなたならきっと気に入ってくれる筈です」

ヨシオの乾いた手を、俺は握った。

「作りものに飽きたからここに住んでいるとは思わないのか」

ヨシオは白い歯を見せた。

「作りものを真実に見せるのは、人の心です。たとえ本物の自然に囲まれていても、心が虚《うつ》ろなら、それは決して楽しいことではないでしょう」

俺は息を吸いこんだ。ヨシオは俺の今を知っていて、ここにきたのだ。

2

夜がやってきた。本物の虫の音《ね》と海鳴りだけに包まれた夜だ。

エミィを失ってから、俺は、俺をからめとろうとする長い腕と夜ごとに戦ってきた。孤独にはひどく長い腕があり、簡単には逃れることができない。

酒もクスリも、この島にきてから一度も口にしていない。

俺は早い夕食を終えてからずっと、リビングの小さなソファにすわり、電話を見つめていた。古くさい有線システムが、今もこの島では生きている。

明りはつけていなかった。夕闇が開け放った窓から入りこみ、部屋の隅々に暗くよどんでいた。うずくまったその暗がりの中に、狂おしいほどの寂しさがあり、だが明りをつけた瞬間それは、この家に俺以外の誰も存在しないという乾ききった虚《むな》しさに変化する。

そのどちらもが、俺は嫌でたまらなかった。だから電話をにらみつけていたのだ。

俺は自分にいいわけをした。

ヨシオの依頼をうけるわけじゃない。ヨシオのいう危険が、いったいどんな場所にあるのか、それを知るだけだ。

かつて「シンジケート・タイムス」というタブロイド紙があった。B・D・Tで発行される、風俗情報を扱わない、唯一の新聞だった。日刊で、内容はその名の通り、新東京に五百から千はあるといわれている暴力組織の専門情報だった。

当時、小さいのはせいぜい七、八人のギャング団から、大きいのは数百人規模の民族マフィアにいたるまで、新組織の旗揚げ、事務所開設、抗争、人事、服役、出所、そして慶弔とあらゆる暗黒街情報をのせていた。B・D・Tで商売をつづけていく者には、こうした情報が不可欠だったのだ。

俺はそのデスクの亀岡《かめおか》という男と仲がよかった。日本人だが、暗黒街情報が大好きなオタクで、わざわざ「シンジケート・タイムス」に就職したという変り者だ。

今、「シンジケート・タイムス」が傾きかかっていることを俺は知っていた。「ハリネズミ」と呼ばれた武闘派のミニ組織はほとんどピーに解体され、都市計画の再編が進んだ新東京では民族マフィアの根拠地が失われつつある。

日刊が週刊になり、最近では隔週刊といったありさまだった。エミィの死後、俺はネットでの購読を始めていた。

亀岡はまだ「シンジケート・タイムス」にいるだろうか。

いる筈《はず》だ。奴はやめられない。この世に犯罪組織がある限り、その情報を追いつづけるだろう。口は悪いが恐がりで、そのくせB・D・Tの娼婦《しょうふ》に目がなかった。娼婦以外の女とは、一度も寝たことがないだろうと俺は踏んでいる。

受話器をとった。ネットに表示されている「シンジケート・タイムス」の編集部直通番号を押した。

長い呼びだしに応《こた》える者は、なかなかいなかった。かつて「シンジケート・タイムス」の編集部には二十四時間人がいて、夜遅くなればなるほど活況を呈していたものだ。

あたり前の話だが、朝に強い犯罪者はいない。ことにシンジケートに属するような連中は、暗くなってから動きだす夜行性が大半で、真夜中を過ぎたあたりでその活動が最も活発になる。そんな手合いを飯のタネにしている記者連中が、夜、帰ってしまうことなどありえない。

何かよほどでかい抗争でもおこり、すべての人間が出払っているのか。いや、そんな筈はない。ほとんど解体されたとはいえ「ハリネズミ」のようなミニ組織は、自分たちの存在を誇示するのが好きだ。連中が、自分たちの尺度で考える「でかい」事件《ヤマ》を踏んだときは、必ず「シンジケート・タイムス」に「犯行声明」を送ってくるのが常だった。だからそれに対応するために、編集部には必ず誰かが残っているものだ。

もうあきらめようか、そう思いかけたとき、応答があった。

「はい、編集部」

そのぶっきらぼうな声に驚いた。まぎれもなく亀岡の声だったからだ。

「カメか」

俺はいった。一瞬の沈黙があった。

「誰だ」

やがて亀岡は訊《たず》ねた。

「ケンさ。ヨヨギ・ケンだ」

「嘘だろ。オガサワラにケンがいる筈ねえ」

亀岡は着信番号のエリア表示を見たのだ。

「いちゃ悪いのか。ホープレスだって田舎暮らしを夢見ることはあるんだ」

俺はいった。

「本当にケンか？　ケンなのか！」

亀岡の声のトーンがはねあがった。

「この野郎、生きてやがったのか。何年も音信不通なんで、俺はてっきり……」

「消されたと思ったか」

「ああ。お前のことを刻みたいと思っている奴は、まだまだいるからな。そんな野郎とある日ばったりでくわして、殺《や》られちまったのだとばかり思ってたぜ」

「こっちに住んで三年になる」

「冗談だろ、おい。お前が!?　オガサワラに？　頭に悪いデキモノでもできたのか」

「それは俺じゃなくて、俺が惚《ほ》れた女だった。だから……住んだのさ」

冗談が冗談じゃなくなり、不意に俺は泣きそうになった。亀岡はそれを察した。

「おい。そいつは……」

黙りこみ、やがて、

「大変だったな」

とだけいった。

「いや。もう二年近くはひとりなんだ。こっちでのんびりやっていた」

「お前がな。あのヨヨギ・ケンが……。ホープレスナンバーワンの探偵といわれたお前が……」

「昔の話だ。そっちはどうなんだ？　タイムスは、ネットで読ませてもらってるが、最近はネタが乏しいようだな」

「ひでえもんだ。もう終わりさ。知ってるか？　知らねえだろうな。今、うちの編集部は、俺ともうひとりの他は、バイトのガキがふたりいるだけだ。そのうちのひとりなんて、ひらがなとカタカナしか読めねえんだ。笑っちまうだろうが」

「そんなに新東京は平和なのか？」

「わけはねえだろう。ネットワークだよ。テレビにそっくりもっていかれたんだ。『クライム・チャンネル』って、まんまうちの方針をパクったチャンネルができやがって、購読者はほとんどそっちへ流れた。『ハリネズミ』のガキどもは、テレビに映れば有名人気取りだ」

「なるほどな」

「特に、この半年、キャロル・守口《もりぐち》が、〝双子座キラー〟をやりだしてからは、ひでえもんだ」

「何だ、それは」

「お前、テレビ見ないのか」

「ああ。ほとんどな。おきて飯食って寝るだけの生活に必要ない」

亀岡はため息を吐《つ》いた。

「キャロル・守口ってのは、『クライム・チャンネル』の人気キャスターだ。『トゥデイ《今日》ズ《の》・マーダー《殺人》』ってグロい番組にでて顔が売れた。〝双子座キラー〟は、この半年、新東京で若い男ばかりを狙って殺してる変態殺人鬼だ。どういうわけか、キャロル・守口を気に入っていて、犯行予告を送りつけてくるんだ。次に殺《や》るのは二十一歳の大学生で、髪を赤に染めている野郎だ、とか何とか、な。警察《ピー》はまるでつかまえられねえ。だから、〝双子座キラー〟に殺られたくないばかりに、『トゥデイズ・マーダー』に、皆んなチャンネルを合わせる。犯行予告は、いつ送りつけられるかわかったものじゃない。一週間に二度くることもあれば、ひと月空いたこともある。だがくればたいてい三日以内に、予告通りの被害者がでる。だから見ないわけにはいかないのさ、あのクソやらせ番組をな」

「やらせ番組？」

「そうだ」

「なぜやらせなんだ」

「電話でこんな話――」

いいかけ、亀岡は吐きだした。

「まあいいか。うちの電話を拾ってる野郎なんて今はいねえだろうからな。昔は、ピーの『ハリネズミ特捜隊』は、よく盗聴してやがったものだが」

「俺の電話は、盗聴と逆探警告サービスに入ってるが、今のところ電話会社からは何もいってこない」

携帯電話に押される一方だった有線電話会社がこの十年、新たに始めたのが、盗聴検査と逆探知警告サービスだった。そのどちらかでも進行していると電話会社のコンピュータが感知すれば、通話中に警報が割って入る。

「そのくらいのサービスはうちだって入ってるが、建物の外からエアバイブを拾われたらいちころだろうが」

エアバイブとは、空気の振動を壁ごしに探知して、それを音声に変換するという盗聴装置だ。だがさすがにプロユースで、もち歩いてひょいと耳にあてられるという代物じゃない。

「あがったりなんだろ。誰がそんな落ち目の新聞社を盗聴するんだ」

俺はいった。

「ネットワークさ。奴ら、レーティングに結びつくことなら何でもやる。俺が話そうと思ったのは、先月のことだ。双子座は、中学生を殺すと予告した。線が張られ、西エリアの日本人学校近くで事件《ヤマ》を踏んだ直後の野郎がひっかけられた。職質をくらわせているんだ。野郎は逃げだし、近くにいたピー、十何人で追いつめた。だがあと一歩のところで見失った」

「間抜けだな、ピーはあいかわらず」

俺は笑ったが、亀岡はつづけた。

「そのときわかったんだが、双子座は、ピーの線を知っていた節がある」

「どうしてだ？　職質にかけたのだろう？」

「偶然なんだ。応援に駆りだされた刑事が、あたりに不案内で、まちがった場所に張りこんでいたのさ。そこを野郎が通りかかった」

「じゃあ正しい場所に張りこんでいたら、ひっかけられなかったというのか」

「そうさ。双子座にピーの内部情報が洩《も》れている」

「張りこみの布陣まで、か」

「ああ」

「じゃあ、〝双子座キラー〟ってのは、現役のピーだ。いかにもそれっぽいじゃないか。男ばかりを狙うあたり」

俺はいった。警官なら捜査情報が手に入る。だが亀岡は否定した。

「ちがう。ピーの内部に情報を流している奴はいるだろう。だがそれを買って、双子座に渡しているのが別にいるんだ」

「誰だ」

「決まってるだろう。ネットワーク、『クライム・チャンネル』さ。双子座のおかげで、『トゥデイズ・マーダー』のレーティングはうなぎのぼりだ」

「おいおい、いくら客をとられたからって、そこまであくどく考えることはないだろう。第一、バレてみろ。えらいことになる」

「バレる？　どうやって？」

「〝双子座キラー〟ってのがパクられたらどうする？　捜査情報を流されてましたってゲロったらいちころだ」

亀岡は息を吐いた。

「ケン、本当に浦島太郎《うらしまたろう》になっちまったんだな。今、この国で、報道って奴をやってるのは、ネットワークだけなんだ。うちあたりをのぞけば、新聞なんてほとんどでちゃいないし、だしていても、どこもネットワークの傘下だ。表向き、レーティングをめぐって、どんな派手な戦争をやっていたって、ネットワークは根っこのところじゃ同じ穴の狢《むじな》だ。奴らが自分たちに都合の悪い話をだすと思うか。ピーが発表したって、そのニュースを流すのはネットワークだ。いいかえりゃ、ネットワークが放送しないことは、世の中にとっちゃおこらなかったことなんだよ。だからバレるなんてことはありえねえのさ」

俺は黙った。亀岡は昔から思いこみの激しい男だったが、その度合いはとにかく、方向がまちがっていたことはなかった。その亀岡が、ここまでネットワークをあしざまにいうというのは、何かがあるのだろう。それにピーの情報に関する限り、奴の話に嘘はない。「シンジケート・タイムス」の仕事を通して、奴には腹を割ってものをいう刑事が何人もいる。いろいろとあったが、ピーとタイムスは、もちつもたれつの関係をつづけてきたのだ。

やがて俺はいった。

「ネットワークってのは、今じゃそんなに巨大になっちまったのか。それじゃまるで——」

「神」といいかけ、俺はやめた。かつての俺を知る亀岡が、俺の口から「神」なんて言葉がでるのを聞いたら、驚き、あきれるだろうと思ったからだ。

だが亀岡があとをひきとった。

「神さまさ。絶対権力なんだよ。少なくともお前とちがってこの街に住んでいる限り、奴らの支配からは抜けられない。ピーでも、人殺しでも、な——」

俺は息を吐いた。亀岡は話題をかえた。

「お前がそんな世間話を聞きたがるなんて珍しいじゃないか。何かあるのじゃないのか」

「俺が訊《き》きたかったのは、ムービー・アイランドについてだ」

「ムービー・アイランド。はっ」

亀岡は鼻を鳴らした。

「黄金のクソのかたまりか」

「今度はクソか?」

「ああ。クソだ。さすがのお前も知っているだろうが、ムービー・アイランドは、マネーロンダリングの温床だ。もちろん、表向きは『夢《ゆめ》の島《しま》』だ。昔、東京湾に『夢の島』って名前のゴミ捨て場があって、あまりのゴミの多さに島ができちまったって話だが、ムービー・アイランドもまさにそんなものだ」

「犯罪は多いのか」

「とんでもない。スターの暮らす島だぜ。男優、女優、監督、脚本家、プロデューサー、アジア人なら誰もが憧《あこが》れる世界だ。きらびやかで、美しくて、毎日毎日、そこでは何十億、何百億って予算をかけた映画が撮られてるんだ。アイランドを歩いたら、スターじゃない奴に会うほうが少ないって作り話まであるくらいだ。あのスターが犬を連れて散歩してました、このスターがガールフレンドとショッピングしてましたってな。ネットワークの『ムービー・ニュース』見てみろ。アイランド帰りの田舎者がぼうっとなってくっちゃべってるよ。そんなところに、強盗やこそ泥がいるわけないだろう。あの島は一から十まで作りものを作るための作りものなんだ。表向きはそりゃきれいなもんさ」

「いったことあるのか」

「ないね。一生いけやしねえだろう。『アイランド・リゾート』の一泊分の料金は、俺のアパートのひと月分の家賃より高いんだ。しかも予約は埋まっているときている。縁なき世界さ」

「原発と映画スタジオ、それにホテル。他に何がある?」

「だからいったろう、夢さ。スターになる夢、スターに会える夢、でかい銭がそこで毎日毎日使われているってだけで、人間は勘ちがいするのさ。特別な場所だってな。特別な場所にいる自分も特別だ、と。俺にいわせりゃ、あんなところで暮らせる人間は、皆んな頭のどこかがいっちまってる奴ばかりだ」

亀岡の父親が熱烈なマルキシストだったという話をどこかで聞いたのを、俺は思いだした。コミュニズムを標榜《ひょうぼう》していた最後の国がこの地球上から消えて二十年になる。その結果、マルキシズムを理想とする人間が、再び増えていた。

「まじめな話、アイランドには、家やマンションもある。もちろんスタジオ関係者の住居だが、それはすべてスタジオ・カンパニーのものだ。カンパニーのことは知ってるな」

「ロシアマフィアとチェチェンマフィアのフロントだろう」

「そう。表向きは中国人とインド人だが、この連中をおさえているのがその二大マフィアだ。全体的に今はロシアのほうが優勢だが、それは、たまたまロシア系が握っているスタジオで作られた映画が、去年、今年とつづけてあたったからだ。特にアニメの『フー・ラブズ・ワン』は、日本とアジアで二千億を稼いだからな。極東地区でのナルコ《麻薬》ビジネスがここんとこうまくいってなかったロシアにとっちゃ、干天の慈雨って奴だったろう」

「スタジオはいくつあるんだ」

「大きいのから小さいのまで合わせりゃ十幾つってところかな。小さいのはポルノ専門だったりするわけだ」

「アイランドの治安は、原警《げんけい》か？」

原警とは、アイランドに建設された原子力発電所を警備するために設けられた、重武装の警察隊の名称だった。東京湾上にある原発は、それじたいが新東京の急所だ。テロで破壊されたり、乗っ取られでもしたら、国民の三十五パーセントの生命にかかわる。したがって、その装備と戦闘能力は、自衛隊の特殊部隊に匹敵するといわれていた。

「いや。原発警察が守るのは、原発だけだ。奴らの捜査権が及ぶのは、原発施設内と原発に対する何らかの犯罪行為に関する事犯に限られる。アイランドの治安を担当してるのは、カンパニー直轄の警備会社、『スタジオ・セキュリティ』、通称SSだ」

「ユダヤ人が聞いたら怒りそうな名だな」

「かまわないのさ。考えてみろ。世界の二大映画産業は、このアイランドとハリウッドにある。ハリウッドを牛耳っているのがユダヤ人だ。つまりハリウッドを挑発するために、SSって名をつけたともいえる」

「SSは優秀なのか」

「と、聞いてる。元ピーもいるし、消し屋もいるという話だがな」

「消し屋？」

「SSの仕事は、アイランドの治安、というよりは、カンパニーの利益を守ることだ。つまり荒っぽい仕事もときには必要だってわけだ。原発の温水排水口近辺は、禁漁区になっていて、釣り船やクルーザーも近づいちゃいかんことになっているが、そこには、どでかいヒラメやアナゴ、シャコやタコがいるって噂だ。そいつらが何でそんなにでかくなったかといえば、温水のせいもあるが、動物性のいいエサが途切れることなく投げこまれているからだって話もある」

「ぶちこんだ死体を食ってるというのか」

「その通り。沈めるところさえ見つからず、浮きあがっちまうようなヘマさえしなきゃ、原警の警備艇がずっと墓守りをしてくれるって寸法だ。俺の知り合いの試算じゃ、日本人、中国人、インド人、ロシア人、その他もろもろ、ざっと年に二百体は沈められてるってさ」

「なるほど」

「それからもうひとつ、このところ旗色が悪いチェチェンマフィアが新手の商売を始めたって噂がある」

「何だ」

「保険金詐欺だ」

「保険金詐欺？」

俺はつぶやいた。ぴんとこない。

「おいおい、世界で一番、自分の体に銭をかけるのはどんな人間だ？」

「俳優か」

「そうさ。車で事故った、現場で怪我をした、ひどい場合は、顔に火傷《やけど》をしちまった。出演を契約していた映画にでられねえ。そうなると製作者側は、大損だ。だが最初から作る気もねえ、百億円規模の大作の構想をぶちあげ、実際でてもとうてい客を呼べないような落ち目のスターを抱きこんで、保険会社と契約しておけば、その大損をばっちりとりかえせるってわけだ。保険会社は調査員を送るが、いつだって事故のあとで、詐欺だって証拠は見つけられない。第一、考えてもみろ。事故を偽装するのが、これぐらいお手のものの商売の奴がこの世にいるか？　何たって映画屋だぞ」

俺は吹きだした。亀岡のいう通りだ。

「だったら何だって契約を断わらない？」

「それが映画って商売のやくざなところさ。契約をかわした保険会社の役員はアイランドに招待される。あの大スターもうちと契約をかわしています、となりゃでかい宣伝にもなる。中には出資話に一枚嚙《か》んでる場合すらある。もっともさすがに、保険会社が出資した映画企画で詐欺をやろうって奴はいないようだが……」

「保険金詐欺には俳優も加わっているというわけか」

「もちろんだ。ひとりの人間が、死んだわけでもない。ひと月ふた月動けなくなるってだけで、億って保険金がでるとなりゃ、それは映画スター以外考えられないだろう。歌手なら、足や腕が折れたところで、歌はうたえる」

ヨシオの妻を脅迫しているというのは、その保険金詐欺のグループなのだろうか。俺はふと、思った。

「スタジオ・カンパニーの大物のことを教えてくれ」

俺はいった。

「そいつは電話じゃ、いくら何でも無理だ」

亀岡はいった。

「世の中の摂理って奴さ。誰でも知ってることだし、本当の話だが、具体的に固有名詞を口にしたとたん、蒼《あお》くなるだけじゃすまない目にあう」

「なるほどな」

「ムービー・アイランド」を牛耳っているのがマフィアであることは誰でも知っている。だが実際に名前を挙げたとなると、ただではすまない、というわけだ。

「東京にこいよ、ケン。久しぶりに昔話でもしようじゃないか」

亀岡はいった。その言葉には、正直、少し心が動いた。

だが俺はもう、元の仕事には戻らないと決めていた。犯罪の世界で「浦島太郎」は生きていけない。かつてどんなに腕のいい警官《ピー》や探偵、あるいは消し屋だった人間でも、〝現場〟を離れて何年も過ぎたら、もう元には戻れない。

ただの一般人ならいい。経験がないぶん、つまらない自信などもたないからだ。

俺には経験がある。なまじ経験があるから、〝現場〟を甘く見る。そして命を失くす。

誰もが恐れるようなプロの消し屋だろうが、ろくに修業も積んでいないようなチンピラだろうが、引き金さえひけば、銃は鉛玉を吐きだす。

まさかと思うようなガキや、半人前に撃たれるのが、俺のような引退したプロだ。

うしろに目配りする、仏心は決しておこさない——現役だったときにはあたり前だったことを、引退した人間はふと忘れる。

わかっていてもつまらないミスをするのだ。現役は決してしない。すれば命とりになるからだ。現役にとっては、飯を食ったり息をするのと同じことが、引退した人間には、意識してなけりゃできない仕事になる。

死ぬのが恐いわけじゃない。だがエミィの命が燃え尽きるのを最後まで見届けた俺は、下らない死に方だけはしたくなかった。十や十一の子供にうしろから撃たれてくたばるくらいなら、エミィの墓の前で嘆き死んだほうがはるかにましだ。

亀岡と会うのは、俺にとってカムバックを意味していた。

だが同時に、ヨシオの依頼と亀岡のこの言葉が、俺を昔の世界に引き戻さないのなら、俺にとって戻る機会は永久にやってこないこともわかっていた。

俺はなぜ、亀岡に連絡をとったのか。

ヨシオのかかえているトラブルがいったいどんなものなのかを知りたかったからだ。知って何をしようというのだ。それがひどいものであればあるほど、俺には救う力などない筈《はず》なのに。

「ケン、そこにいるのか」

亀岡がいった。

「ああ」

「どうしちまったんだ」

「わからん。もしかすると俺は臆病者《おくびようもの》になっちまったのかもしれん」

俺はいった。

「考える時間があるからだ。そいつはしょうがない。若いときは、時間があっても、ものを考える頭がない。年をとると、頭ができてきても、今度は時間がなくなる。お前は引退して、時間がたっぷりある生活をしてきた。だから臆病になったのさ。だが臆病になるのは、そう悪いことじゃないぜ」

「確かにな。だが臆病になっちまったら、もう元の仕事はできない」

「いや、できる」

亀岡は断言した。

「臆病だからこそできるんだ。向こう見ずが引退して、昔の勘を失くし、それでまた戻ってきても向こう見ずだったらそこまでさ。三日と生きられやしねえ」

俺が考えていたのと同じことを亀岡はいった。

「お前は引退して臆病になったという。だったら生きていられる。用心を忘れないからな」

「別に俺は元の仕事に戻りたいわけじゃない」

「だったらなぜ電話してきた？　情報が欲しかったからだろうが。お前には依頼人がいて、そいつが『ムービー・アイランド』に関係している。だがお前は、島のことを何ひとつ知らない。だからここに電話をよこしたのだろうが」

「お見通しだな。わかったよ」

俺は呻《うめ》いた。

「昔のコーヒーショップでいいか」

「ああ。今はきれいになってる。女もいなくなった」

俺は亀岡と、東新宿のコーヒースタンドでよく待ち合わせ、情報を仕入れた。そこはB・D・Tでも、一番安く、レベルの低い娼婦《しょうふ》のたまり場だった。亀岡はそこに集まる女たちに〝愛され〟ていた。

「いつこられる？」

亀岡は訊《たず》ねた。

俺は本土いきの高速船のスケジュールを思い浮かべ、答えた。

「明後日《あさって》の夕方でどうだ」

「わかった。飯を奢《おご》るよ。五時に待ってる」

俺は深々と息を吸いこんだ。気はすすまない。だがこの二年、エミィのそばにいこうと考える以外に、俺に「気がすすんだ」ことなど、何ひとつなかった。

「明後日、会おう」

俺はいって、電話を切った。

3

高速船は、新東京川崎《かわさき》エリアの新東京港に入った。東京湾に原発人工島が造られて以来、そこへ向かう船をのぞくすべての大型船は、東京湾湾奥部への航行を禁じられている。

正午少し過ぎ、俺はタクシーで、同じ川崎エリア内にあるコリアン料理店へと乗りつけた。昼飯を食うのと買物が目的だ。

「板門店《はんもんてん》」という、そのコリアン料理店を訪ねるのは五年ぶりだった。だが店がまえもそのままで、同じ場所に残っていた。電気式の無煙ロースターではなく、本物の炭で焼く肉を食わせる店だ。そのせいで薄暗い店内は脂じみていて、靴底が床板に粘つく感触を俺は懐かしく感じた。

頭頂部を一直線に刈りこんだ、逆モヒカンの小僧が、テーブルについた俺の前に立った。ガムをかんでいる。噂では、最近子供のあいだで、メタンフェタミン入りのガムが流行《はや》っているらしい。通称「スピードガム」と呼ばれていて、コリアン系の組織がさばいている。

「ひとりっすか」

「ひとりだ。モツ入り石焼きビビンバをくれ。それとパク爺《じい》さんは元気か」

小僧のガムをかむ口が止まった。

「爺さんはおととし、死んだよ」

「そうか。じゃ、店のあとは誰が継いだんだ？」

俺は客がまばらな店内を見回していった。厨房《ちゅうぼう》は見えないが、小僧をのぞけば従業員は、あとひとり、頭のとろそうな娘がいるだけだ。「板門店」のオヤジだったパクには息子と娘がいたが、どちらも客商売を嫌がり、カタギの仕事についた。嫌がったのには理由がある。パクは、新東京港に水揚げされる、アジアからの密輸拳銃《けんじゅう》も売っていたのだ。

「俺だ」

小僧は、口の中でガムの位置を移しかえ、答えた。

「お前が?」

俺はあきれていった。

「文句あんのか、おっさん。嫌なら食わなくていいんだぜ」

小僧の左耳からは、長さ三十センチはある金色の鎖が垂れていた。その先に小さなカミソリがぶらさがっている。昔だったらその鎖を、耳たぶごと引きちぎってやったろう。

「俺がいってるのは、飯の話じゃない」

ガムをかむ動きが再び止まった。小僧の目が、とろんとした眠そうな表情にかわった。

「わかんねえな」

「わかんなきゃいい。忘れてくれ」

「おっさん、ピーか」

「いや」

俺は首を振った。

「昔、この店にきてた。お前がまだ、おしめをしていた頃さ」

「ふーん」

小僧はいきなり、俺の向かいに腰をおろした。鎖の先のカミソリを、首のうしろを通して右側にもってくる。

「名前、何てんだよ」

「いってもわかりゃしない。しばらく旅にでていたんだ」

「ジェイルか」

「ちがう。それより早く、注文を通してくれ。腹が減ってるんだ」

小僧は上目づかいで俺を見た。

「よく、爺さんの昔馴染《むかしなじみ》だってのが店にくる。金を貸していただの、預けてたものがあるだの、口からでまかせを並べるのさ」

「俺はそういうのじゃない。爺さんには世話になったが、貸しも借りもない」

小僧の右手が、もてあそんでいたカミソリを俺の鼻先につきつけた。簡単に鎖から外れる仕組になっていたようだ。

「名前、教えてくれよ。あんたの鼻、削《そ》ぐ前に」

俺はゆっくりと息を吐いた。ぶちのめす自信はあった。だがここをでて五分後に背中から撃たれずにいられる自信までは、なかった。

「名前をいったら、飯を食わせてくれるのか」

「いいよ」

にこりともせず、小僧はいった。

「ケンだ。ヨヨギ・ケン」

小僧の右手が動いた。カミソリは再び、鎖の先にぶらさがっていた。

「爺さんはくたばる前、信用できる客の名を俺に教えていった。その中に、あんたの名前があった」

何ももたない右手がさしだされていた。

「よろしくな。俺はパクヨンジュン。爺さんの孫だ」

俺はその右手を無視していった。

「坊や、爺さんのよしみで教えてやる。名前だけで信用するのはやめろ。知ってる名だと思っても、証明書を見せろというんだ」

小僧の目に怒りが浮かんだ。さっと鎖に向け動きかけた右手をおさえ、俺はいった。

「ただし、俺は証明書なんてもっちゃいないがな」

ヨンジュンの目をのぞきこんだ。俺が右手を離すと、ヨンジュンは立ちあがった。

「注文を通してくる。味は爺さんの頃とかわっちゃいない」

「お前のおかげじゃない。そうだろ？」

また怒るかと思った。が、ちがった。ヨンジュンはにやりと笑ったのだ。

笑うと、齢《とし》相応の愛敬《あいきょう》が漂う。おそらく十七か八だろう。

「爺さんは、名前の他に口癖やそいつの特徴なんかも書いていってくれた。あんたのとこにはこうあった。『若いが腕はいい。ただし口のきき方を知らない』」

「全部覚えているのか、お前」

ヨンジュンは頷《うなず》いた。

「俺は飛び級で今年、大学を卒業したんだ。見かけで頭の中身を判断しないでもらいたいね、おっさん」

「板門店」の名物、モッツ入り石焼きビビンバの味はかわってなかった。俺が食べ終えるまでヨンジュンは離れた位置に立ち、見守っていた。

俺が器を横にどけ、麦茶を飲むのを待って、近づいてくる。

「まだ買物する気はあるかい」

「ああ」

ヨンジュンは顎《あご》をしゃくった。

「こっちだ」

俺は立ちあがった。ヨンジュンのあとについて、店の厨房を抜け、裏口にでた。店の裏側は空き地になっていて、何十年も前から廃車が積みあげられている。

そのうちの一台にマイクロバスがあった。窓ガラスはまっ白にくもり、フロントグラスには板が打ちつけられていて、タイヤはすべてない。

ヨンジュンはポケットから引っぱりだしたキィを、マイクロバスのドアにさしこんだ。そして右の掌《てのひら》を、くもったサイドウインドウに押しあてた。

マイクロバスのドアが開いた。ヨンジュンにつづいて、俺は乗りこんだ。

フロントグラスの内側にモニターが二台並び、マイクロバスの周囲の映像を映しだしている。ヨンジュンは、俺を助手席にすわらせ、厚いカーテンで仕切られた後部に姿を消した。

「何がいい?」

「リボルバーはあるか」

舌打ちが聞こえた。

「やめときな。あるにはあるが、コピーの安物ばかりだ。今どきリボルバーは、オーダーメイド以外は全部クズだぜ。あんたが、三八口径を使い捨てにしてたのは聞いてるが、勧めねえ。弾もよくねえから、今のは二発つづけて不発になる可能性もある」

リボルバーは、たとえ一発目が不発でも、つづけて引き金をひけば二発目が飛びだす。だから安物でもかまわず、使ったらその場に捨てていくやり方を俺はとっていた。現役の頃は十挺《ちょう》単位でパク爺さんから仕入れていた。

「メーカー品を押しつける気か」

「メーカー品は昔より安くなったんだ。中央アジアに、ハンガリーやチェコのメーカーの工場ができてから、ドイツやイタリアのメーカー品も対抗して値下げした」

「で、何を勧めるんだ？」

「目的によるさ」

カーテンの奥からプラスティック製のスーツケースを手に現われたヨンジュンはいった。

「確実に仕留めたい奴がいて、うちにきたのか、ただの護身用か」

「護身用だ」

ヨンジュンはちらっと俺を見た。信用していない目つきだった。

「昔は昔だ。爺さんのお得意だった時代とはちがう」

ヨンジュンは息を吐き、マイクロバスの床にスーツケースを広げた。中に十挺ほどの拳銃がおさまっていた。ヨンジュンは中から一挺を抜いた。ステンレス仕上げのオートマティックだった。

「ブレンテン・コンパクト。一〇ミリ口径だ。四五口径より初速があって、九ミリパラより威力が大きい。一〇ミリ弾が八発入るマガジンはそんなに太くないから、服の上から目立たない」

俺はうけとった。確かに軍用ベレッタより少しは軽く、小さい。

「弾はスウェーデンのメーカー品だ。予備マガジンを二箇つけて、四百万でいい」

「そんな高いのはいらない。いったろう、護身用なんだ。二発が不発でも、三発目がぶっぱなせればいい。一挺、百かそこらの安物で充分なんだ」

俺はヨンジュンにオートマティックを返していった。ヨンジュンは首を振った。

「わかった。二百にまけておく」

「値崩れしているんだろう。百五十」

「百八十だ。これ以上は無理だ。リボルバーは本当にやめておけ。今あるのはアフリカ製の粗悪品だ。あんたが指を失くしたら、爺《じい》さんに申しわけがたたない」

俺は苦笑した。

「爺さんより商売がうまいな」

そして金を渡した。

うけとったブレンテンを腰にさし、予備のマガジンはバッグにしまう。

「ミニマシンガンもいいのがある。ケースレス四ミリの高速弾が百発入るドイツ製だ。超音波照準器つきで千二百でいい」

俺は首を振った。

「今はいらない」

「だったら――」

ヨンジュンはカードをとりだした。

「連絡をくれ。デリバリーも始めたんでね。あんたなら金はあと払いでいい」

「銃のデリバリーか」

「新東京エリア内なら、どこにでも届ける」

　ふと思いつき、訊《たず》ねた。

「『ムービー・アイランド』でもか」

　ヨンジュンの表情が変化した。わずかにこわばる。

「島は入ってない」

「あそこのことを何か聞いているか」

　ヨンジュンは首を振った。

「いや、何も。あそこはブラックホールみてえなところだ。悪い話はいっさいでてこない。でてくんのは、夢みたいな話ばかりだ。どのスターがどこで飯を食ってたとか、誰と誰ができてる、とか」

「ギャングはいないのか？」

「チンピラはいない。そいつはまちがいない。あの島にいくのなら、銃はいらない。こそ泥も強盗もいない島だからな。第一、銃はまったくもちこめない。住人以外のセキュリティチェックは、異様にきつい」

「なぜギャングがいない？」

「なぜ？　あの島は、映画と観光客でもってるんだ。治安が悪かったら、客がこないだろう。それで食っている奴らが許すわけがない」

「どんな連中だ」

ヨンジュンはにたりと笑った。

「銃は売るが、話は売らないんだ」

「いい心がけだ」

俺は頷いた。

「武器が必要になったらいつでも電話くれ。二十四時間、年中無休で届けるぜ」

ヨンジュンは明るい声でいった。

「なあ、ひとつ教えてくれ。大学で何を勉強したんだ？」

俺は訊ねた。

「日本の植民地支配の歴史さ」

それがヨンジュンの答だった。

「板門店」をでた俺は、待ち合わせには早いが東新宿にいってみることにした。

それが馬鹿げた考えだというのはわかっていた。用もないのに、警察《ピー》やシンジケートが目を光らせる場所をうろつこうというのだ。

つまらない感傷であり、下らない暇潰《ひまつぶ》しに過ぎない。かつての俺、リアリストで売ったヨヨギ・ケンなら、思いもつかなかったろう。ヤバい場所に足を踏み入れるなら、最短距離の道をいき、なるべく長くは留《とど》まらない、用事がすめば、即行で帰る。それが俺のやり方だった。ホープレス嫌いのタチの悪いピーに職質をかまされることもなく、ハリネズミどうしの抗争に巻きこまれ流れ弾をくらう心配もない。

その頃の俺は、新青山のビル街の外れに、一軒家のオフィス兼住居をもっていた。セキュリティにはたっぷりと金をかけてあって、中に入ってしまえば、酒だろうがドラッグだろうが、どれだけ〝お楽しみ〟をキメようと、寝首をかかれる心配はなかった。だから用がないのに、街をうろつくことなどありえなかった。

第一、俺は日本人とはちがう。ホープレスなのだ。ホープレスとはつまり、路上で生まれ路上で育った人間だ。俺は親の顔を知らない。生まれてすぐ捨てられたからだ。俺の姓のヨヨギは、新東京のヨヨギという土地に捨てられていたところからついた。

ホープレスの中にも、親の顔を知り、親の名を受け継いでいる人間もいる。だからといって、そいつらが戸籍をもっていたわけじゃない。戸籍は、自分で自分の食いぶちを稼げるようになり、「税金をおさめたい」と自ら役所に出向くような阿呆《あほう》にしか与えられなかったのだ、当時のホープレスには。

だからといって、何も困ることはなかった。ホープレスの大半が暮らすB・D・Tでは、本物か偽ものかにさえこだわらなければ、西側で手に入るのと同じものすべてがそろった。戸籍がなくたって部屋は借りられるし、車も買え、いきたいと思えば海外旅行だってできた。B・D・Tには腕のいい偽造屋が何軒もあって、パスポートや運転免許証に限らず、どんな証明書も作れたからだ。

あの頃、金をつかんだホープレスがまっ先に欲しがるのは車で、次が自分ひとりの住居だった。どちらも雨露がしのげ、暑さ寒さから身を守ってくれるからだ。

腕のいい探偵だった俺は、新青山の住居の他に特注のメルセデスももっていた。エミィとオガサワラにいく前に、すべて処分してしまったが、俺にとってもそのふたつは宝物だった。

ホープレスは、街をうろつき、街で時間を潰すことには飽きている。そりゃそうだろう。生まれたときから、街をうろついて、食いものや金目のものを、それが他人のものだろうが何だろうが、捜していなけりゃ生きていけなかったのだ。そんな人間が、用もないのに街をぶらつきたいと思うことじたいが、どこかいかれているというわけだ。

俺の腰には、パクヨンジュンから買った、ブレンテン・コンパクトがさしこまれている。こんな代物をピーに見つけられたら、即没収の上に、罰金だ。あげくにブレンテンは、俺をパクったピーのものになる。銃器不法所持なんて罪は、大昔の道路交通法違反ていどの微罪だから、簡易裁判で片づけられるからだ。

昔から、B・D・Tのピーが身につけている銃が高級なメーカー品の場合、それは違反者からの没収品と相場が決まっていた。ピーは、ひどいときには、警視庁から支給されている安物の国産拳銃《けんじゅう》を没収品だといって提出し、容疑者からふんだくった銃にさっさともちかえる。中にはとんでもないガンマニアのピーもいて、欲しい銃をもっている容疑者に目をつけると、そいつを背中から撃ち殺して、銃だけを奪ったりした。

B・D・Tで撃たれたり刺されたりして死ぬホープレスの数が、外側で交通事故で死ぬ日本人よりはるかに多かった時代の話だ。

三年ぶりに足を踏み入れる東新宿は、見ちがえるほどかわっていた。

かつてこの街は、内側と外側の境界だった。外側に住み、自分には度胸があるとうぬぼれている間抜けや、ありきたりのお楽しみじゃ満足できなくなった遊び人どもがうろつき、たった数時間の〝B・D・T滞在〟を武勇談にしたてても ち帰ったものだ。

特に西新宿駅と東新宿駅の境にある地下駐車場が、B・D・Tの〝伝説〟をふくらませていた。エミィの命も奪った例の病気が奴らを激減させるまで、地下駐車場とその周辺は、ホープレスのガキでも、特にタチの悪い集団の巣窟《そうくつ》だったからだ。

東新宿駅から歌舞伎町《かぶきちょう》までの道を、JRをおりた俺は歩いていった。ここいらは、外側の住人にとっては、初級から中級、歌舞伎町から大久保《おおくぼ》にかけてが上級といった趣きがかつてはあった。外側の人間が遊びに訪れるときには、財布はふたつもち、決して人と目を合わせない、というのが常識だった頃だ。

街は驚くほどきれいになっていた。

まず、ガキがいない。ぼろぼろの衣服で目だけをギラつかせ、物乞《ものご》いともかっぱらいともつかない、十歳前後のガキの姿がまるでなかった。

歩いている人間も、日本人のほうがはるかに多く、中には女どうしのグループすらいる。俺は最初、彼女たちが出稼ぎに外側からきた娼婦《しょうふ》かと思ったが、どうやらそれはちがうようだ。学生だかOLだかはわからないが、ただの女にしか見えない。

俺は立ち止まり、息を吐いた。ファストフードの店は、以前は、東新宿の駅前までしか建っていなかった。それより先は、ガードマンを常駐させてすら、強盗やかっぱらいが多すぎて、商売にならなかったからだ。

それが今、歌舞伎町の奥にまで、ハンバーガーショップやタコススタンドがある。店先にたむろしているのは、きれいな衣服を着けた、ホープレスではない、ふつうの子供だ。

亀岡のいう通り、確かにかわった。

道を歩く人間の顔に、緊張や不安はない。皆、外側の盛り場、渋谷や成城《せいじょう》、中野《なかの》を歩くときのような、リラックスした表情を浮かべている。

第一、銃声や怒鳴り声、悲鳴がまるで聞こえてこない。

昔、こんな笑い話があった。

人の集まっているところで、火薬を使ったカンシャク玉を破裂させるのだ。何がおこったのか、きょろきょろするのが外側の奴、何はともあれ体を低くして這《は》いつくばるのがB・D・Tの奴、まっ先にその場から逃げだすのがピー。

驚いたことに、歌舞伎町のつきあたりには、花壇まであって、黄色や紫、ピンクの花が咲き乱れていた。囲むように配されたベンチには、遅い昼飯を食う勤め人や、若いカップルの姿まである。

本当にきれいになってしまった。ここにはもう、血や恐怖にすえた汗の臭いなど、かけらも漂ってはいない。

こいつは喜ばしいことなのか。

俺はベンチのひとつに腰をおろすことにした。ちょうどホットドッグを食べ終わった、ネクタイ姿の日本人が立ちあがったからだ。そいつは俺にちらりと無関心げな視線を向け、クズカゴにゴミを投げこむと歩き去っていった。

ほんの三年前、この街の路上で飯を食うことなど考えられなかった。食いものをもっているとわかっただけで、ネズミやゴキブリのようにホープレスのガキが群がり、奪いとっていった。そうされないためには、膝《ひざ》の上に銃かナイフをおいて威嚇する以外、手がなかった。

だがベンチに尻《しり》をのせた俺の腹にくいこむブレンテンのグリップは、今のこの街ではお笑い草だった。

ここを訪ねるために、大枚はたいて銃を手に入れた自分が、えらく間抜けに思えた。

ホープレスが消え、外側とB・D・Tの境界が失われた。飢えに追いつめられ、つまらぬいざこざで命を落とす恐怖に体をこわばらせた子供の姿はどこにもない。

すっかり消えてしまった。

こいつは進歩なのか。

ホープレスも日本人も、分けへだてなく仕事にありつき、住む場所を得て、同じ人間として暮らせるようになったという証明なのだろうか。

たった三年で、地獄が天国にかわったというのか。

俺には信じられない。

確かに地下駐車場のガキはくたばり、ハリネズミはジェイルに叩《たた》きこまれたかもしれない。だがあれほどいた民族マフィアまでもが、すべて正業を得てカタギになったというのか。第一、奴らが銃やナイフに頼らずとも、そこまで稼げる仕事が、この国にあるとは、俺にはとうてい思えないのだ。

不意に鋭い笛の音が響き渡り、俺は体をびくりとさせた。

歌舞伎町の狭い路地のひとつから、まっ黒な影が飛びだしてきた。ぼろぼろのTシャツに、ナイロン製のパンツを着け、こぎたないキャップを目深にかぶったガキだった。そいつはまっすぐに、俺が今すわる小さな公園をめざして走ってくる。そのあとを、四人のピーが追いすがっていて、笛を吹いたのは、そのひとりだった。

ピーは皆、軽量の防弾制服とヘルメットをかぶり、電撃警棒《スタンバトン》をふりかざしていた。

公園の入口までさしかかり、不意にガキの足がもつれた。ぶざまな姿で地面に転がり、かぶっていたキャップが飛んだ。

俺ははっとした。十歳くらいのガキだった。キャップの下から、異様にふくらんだ側頭部が現われたからだった。そこだけが、まるでコブのように盛りあがり、青黒く変色している。

例の病気にちがいなかった。地下水を原因とする悪性の腫瘍《しゅよう》が脳にできたのだ。

「――――」

ガキは、まるで煮えたぎったヤカンが立てるような甲高い叫び声をあげた。もう、言葉もろくに喋《しゃべ》れなくなっている。ただピーに追われる恐怖だけで、体を動かしていた。両手をうしろにつき、尻をすべらせるように地べたをずれている。

あっという間にピーに囲まれた。それは俺の鼻先からほんの数メートルの位置だった。最初に追いついたピーがバトンをつきだした。火花が散り、ガキが苦しげに叫んだ。二番目のピーがバトンをふり降ろす。

ガツッという鈍い響きがして、ガキが体を丸めた。もう動かない。三番目のピーがバトンの先で再び電撃を見舞った。ガキの体がびくんと跳ねた。そこへ四番目が蹴《け》りを放った。

小さな、おそらく三十キロにも満たない体重のガキの体がごろごろと転がった。白目をむき、失神している茶色い顔がちらりと見えた。ピーはまたも、そのガキをとり囲んだ。

「――何ボルトでやった」

ひとりのピーがヘルメットの下からくぐもった声でいうのが聞こえた。

「四十万だ」

「ぬるいぜ、六十万いっとけ。のびたふりをしてるのかもしれん」

「おっし」

バトンのつけ根のスイッチに触れた。

「死ぬかな——」

「さあな。こいつ、どっちだ？　オスか、メスか」

「知らねえよ。どうせ燃やすだけだ」

やりとりは、俺だけじゃなく、ベンチに凍りついて騒ぎを見守る何人かの耳にも届いていた。だが、誰も何もいわない。

「やるぞ」

電圧をあげたバトンをピーがふりかざした。俺は我慢できなくなった。

「おい、あんたら」

四人のピーはまるで自分が電撃をくらったように飛びのいた。

立ちあがった俺に身がまえる。ひとりのピーなどは、腰の銃に手までかけていた。

「もう、ノビてる。別にそれ以上やることはないだろう。第一、あんたらの半分の体もない相手だ」

四人は顔を見合わせた。そのうちのひとり、電圧をあげろと仲間にいった奴が口を開いた。

「お言葉ですが、こいつはふだん駐車場にいる毒ネズミで、見かけは子供でもひどく危険なのです。現に、自分の同僚も先日、こいつの仲間に指を一本嚙《か》み切られ、そこからウイルスが入って、結局肘《ひじ》から下を切断しなければならなくなった。おわかりですか。

我々は任務でこいつらを駆除しています。危険ですから、どうか退《さが》っていて下さい」

言葉づかいはえらくていねいだった。肌の色から俺がホープレスであることはひと目でわかる筈《はず》だ。

俺は驚き、同時にあきれた。

ホープレスの俺に、いまだかつてこんなていねいな口をきいたピーなどいなかったからだ。

「そんなことはわかっている。こいつの頭を見ればな。ほっておいたって、あとひと月、生きられるかどうかだ」

俺はいった。

「そのひと月のあいだに、どれだけの害毒をまき散らすかわかりません」

「駆除というのは、殺すことなのか」

ピーは黙った。そして、そいつはヘルメットを脱いだ。

俺は目をみひらいた。ヘルメットの下から現われたのは、浅黒い肌をした、二十代の男の顔だ。俺と同じホープレスだ。ホープレスのピー。

「こいつのような毒ネズミのための収容所があります。あとでそこに送致します」

ホープレスのピーは俺の顔を見すえ、答えた。

「待てよ。だったら今連れていけばいいだろう。六十万のスタンなんかあてたら、即死ものだ」

「失礼ですが、あなたは我々の任務とは関係のない一般人だ。指示をうけるいわれはありませんね」

俺は怒りがこみあげるのを感じた。

「ひとつ訊《き》いていいか」

「どうぞ」

「あんたも見たところ、俺や、そこに転がっているガキと同じ、ホープレスのようだ。それで平気なのか」

男の顔が怒りで赤くなった。

「その言葉は、憲法上の理由で、現在は使用を禁じられている」

「憲法にそう書いてあるのか」

「ちがう！」

別のピーが進みでた。

「それ以上、ごちゃごちゃいわれるなら、署にきていただきましょうか。我々の捜査活動に関する抗議は、署の広報課でうけつけますので」

「連行したいのなら、そういえよ」

俺はいった。そのピーが俺に向かって一歩進みでた。そいつはホープレスじゃなかった。ヘルメットのバイザーの下には、日本人の顔があった。

「やめとけ。かかわるな」

別のピーが止めた。その腕をふりはらい、日本人のピーはいった。

「午後三時十八分。歌舞伎町フラワーパークにおいて、氏名不詳の男性に、職務遂行に対する妨害行為をうけた件につき、職務質問を開始する」

それは俺に対し発した言葉ではなく、ヘルメットに内蔵されたマイクに吹きこんだものだった。

つまりたった今から、俺は容疑者になったというわけだ。俺は息を吸いこんだ。だからいわないことじゃない。もうひとりの俺がいっていた。やはりお前は、アマチュアに戻っている。

「職務質問を開始するにあたって、執行法に基づき、所属部署と階級、氏名を開示する」

ピーはいって、ちらりと斜め上を見あげた。

その視線の先を追い、俺は気づいた。カメラがある。五十年前に初めて設置され、確かもう三十年も前に壊されて、それ以来とりかえてもとりかえても破壊されるので、設置をピーがあきらめた、防犯カメラが復活していた。

「東新宿警察署地域課、防犯特捜隊二班所属、倉田《くらた》巡査」

視線を俺に戻し、

「そちらの氏名をうかがいます」

といった。

「ヨヨギ・ケン」

「何か、住所氏名を証明するものをおもちですか」

俺は息を吸いこんだ。運転免許証くらいだった。とりだし、手渡した。倉田は、免許証のコードを、バイザーにつけたカメラで読みとった。

「照会中です。お待ち下さい」

残りのピーが、俺をとり囲む隊形をとっていた。もし手配中ならば、即座に拘束しようというわけだ。

倉田のヘルメットの内部で、カチッという音がした。バイザーのモニターに、俺に関するデータが表示された。

「ヨヨギ・ケン、三十四歳。元私立調査員。調査員免許は、三年前の九月に失効。あなたのことですか」

「そうだ」

「では、所持品検査にご協力をいただきたい」

「断わる」

俺はいった。

「所持品検査は、明らかな犯罪行為を俺がおかしている、あるいはおかそうとしていると、確信できない限り、任意の筈だ」

「公務執行妨害は明らかな犯罪行為だ」

ヘルメットを脱いでいた、ホープレスのピーがいった。俺は向きなおった。

「あんたの名前を聞かせてくれ」

「東新宿署、地域課、防犯特捜隊、二班班長佐藤《さとう》巡査長」

「漢字で書けるのか、あんたの姓は」

「書ける。侮辱したいのか、私を」

「そうじゃない。俺の姓はカタカナだからだ」

「あなたと私では、十二歳、年齢がちがう。執行法に基づき、所持品検査を拒否したあなたを、東新宿署に同行する」

佐藤と名乗った、ホープレスのピーはいった。

「お断わりだ」

俺の口が即座に答をだしていた。東新宿署は、その昔「缶詰工場」と呼ばれていた。ホープレスでそこに連行されたものは、ちっぽけな缶に入れられてでる羽目になる。ちっぽけな缶とは、ホープレス専用の、アルミ製の「骨壺《こつつぼ》」だ。

今はもちろんかわったろう。警官がホープレスに敬語を使う時代だ。いや何より、ホープレスの警官が存在することじたいが、変化をあらわしている。

佐藤の顔がこわばった。

「拒否するならば、強制的に連行する」

警棒をふりかざした。

「よせよ。それを俺にも使おうってのか」

俺は身がまえ、いった。電圧が六十万ボルトに引きあげられていたら、ただではすまない。

「あなたが同意しないのなら、そういうことになる」

「メチャクチャだな」

俺は吐きだした。

「昔のピーは俺たちをドブネズミ扱いはしたが、いきなり電撃をくらわすような真似はしなかった。今は、口先だけていねいで、逆らったら即、ビリビリか」

「午後三時二十二分、所持品検査を拒否した公務執行妨害容疑者に、強制連行を適用」

倉田という日本人の巡査がマイクに吹きこんだ。四人のピーがいっせいに警棒をつきだした。俺は思わず手をつきだした。

「――やめろ！」

俺の背後から声がかかった。佐藤の警棒が、俺の掌から数センチのところで止まった。

「この〝雑種野郎〟に威《おど》しはきかん。こいつはお前らが指をしゃぶっていた頃から、警察をだし抜いてきたんだ」

ずんぐりと太って、皺《しわ》だらけのスーツを着た男が俺に歩みよってきた。右手に食いかけのタコスをつまんでいる。ネクタイには、そのタコスから落ちたのか、別のときのものなのか、大きな染みがあった。

「そうだろ、ケン」

「池谷《いけたに》！」

池谷はふん、と鼻を鳴らした。かつて〝ハリネズミ特捜隊〟にいた警部だった。何度も俺をパクろうとし、手錠をかけられ、銃をつきつけられたこともある。だがあるとき、俺と池谷は、共同で悪徳警官どもと戦った。それ以来、互いの〝根性〟だけは認めあっている。

四人の制服警官があわてて警棒をおろした。倉田が敬礼した。

「池谷警視」

「警視だと⁉」

俺は目をむいた。

「あんた、いつからそんなに偉くなったんだ」

池谷はふんと笑って、唾《つば》を吐いた。あいかわらずだらしがなく、下品だった。

「偉くなったわけじゃねえ。警官が増えすぎて、星の値段が安くなっただけだ。そんなことよりいつ帰ってきやがったんだ、この野郎。人の縄張りに、挨拶《あいさつ》もなく現われやがって――」

にたりと笑った。

「池谷警視、この容疑者をご存知なのですか」

佐藤が訊《たず》ねた。

「ご存知だと？　こいつは俺が唯一認めた、ホープレスだ」

佐藤の顔が赤くなった。

「おっと、悪かったな」

池谷はゲップをしていった。

「お前もホープレスなのを忘れていた。とにかく、この野郎のことは俺が保証するから、お前らはそこでのびている毒ネズミを片づけろ」

「お言葉ですが警視、この人物は――」

「よせ」

池谷はぴしりといった。

「杓子定規《しゃくしじょうぎ》は、他の上役のためにとっておけ。この野郎は特別なんだ。たとえこいつがヤクを百キロ隠しもっていたって、俺が見逃せといったら見逃すんだ」

「警視！」

食ってかかりそうな佐藤を倉田が止めた。

「もういい、いこう」

池谷をにらみつけている佐藤の腕を倉田がつかんだ。佐藤はそれをふりほどいた。だが結局言葉を口にすることなく、くるりと俺たちに背を向けた。

四人はのびているガキの両手両足をつかんでその場を離れていった。

「あいかわらずだな」

俺はつぶやき、池谷を見た。腹は以前よりさらにせりだし、髪に白いものが増えている。それをのぞけば何もかわってはいない。

「気合いが入りすぎなんだよ、あの野郎は。ああいうのはいつか壁にぶち当たっておかしくなる」

吐きだし、池谷はタコスを口に押しこんでつづけた。

「奴の身にすりゃ、無理もないことではあるがな――」

「いったいいつからピーはホープレスを雇うようになったんだ」

「三年前だ。奴はその一期生だ。確か、警備会社からきたんだ。そこの社長は、警視庁のOBでな。お墨つきって奴だ」

「かわったな」

「そういうお前もだ」

いった俺を、池谷は見た。

「俺はそこのスタンドで飯を食いながら、一部始終を見ていた。いつからお前、そんなにやさしくなったんだ？　あんな毒ネズミをかばうなんて、え？」

「あのガキはいずれ死ぬ。なのに奴らは、まるで本当のドブネズミのように扱いやがった。しかもあの佐藤は、同じホープレスだろうが！」

「何をいってやがる。ゴミはゴミだろうが。くたばる奴はくたばるし、生きのびる奴は生きのびる。お前がいた頃と、街の掟《おきて》はかわっちゃいねえ。上っ面がきれいになっただけだ」

池谷はからかうようにいって、俺の肩を叩《たた》いた。俺は正直、少しだけほっとした。

「そうか」

「いつオガサワラから戻ったんだ?」

「今朝だ。これからカメと会う」

「『シンジケート・タイムス』のか?」

訊《き》きかえし、池谷は首を振った。

「もう奴のところもぼろぼろだ。オーナーは、タイムスをネットワークに売りとばす気だと聞いたぞ」

「ネットワークの勢いはすごいらしいな」

「通販のおかげだ。今じゃ、ちょいと見てくれのいい刑事は、皆、警察をやめたらネットワーク御用達《ごようたし》の犯罪評論家になろうって時代だ。ふざけやがって。ろくすっぽ、ホシをパクったこともねえ野郎が、いっぱしの口ききやがる」

池谷はまた唾を吐いた。

「あんたは今、何をやってるんだ」

「一番嫌われる仕事だよ。監察課長だ。これ以上出世もしねえが、どこかへ飛ばされる心配もねえ」

「あんたが?」

驚いて俺は訊きかえした。監察課は、汚職警官を取り締るセクションだ。確かに池谷は、俺の知る数少ない、金で転ばない刑事だった。だがこの男なら、もっと別の仕事でも使えた筈《はず》だ。監察課長は、どこの署でも、署長並みの階級だが、たいていは定年間近の爺《じい》さんにあてがわれるポストだ。

「あんたのことをよほど煙たがった上がいたんだな」

「そうじゃねえ。ネットワークのレポーターをぶちのめしたのさ」

「なんでだ」

池谷は息を吐き、首を振った。

「今はやめておこう。長話になっちまう。お前こそなんだってカメに会いにきた？」

俺は池谷を見つめた。池谷にになら本当のことを話せる。

「引退していたが、依頼がきた。うけようかどうしようか迷ってる。それでカメに話を聞こうと思った」

俺たちはベンチに腰をおろした。

「お前らしくないな、迷うってのは」

「俺はもう素人同然だ。さっきだって、あんたが割って入んなきゃ、ぶちのめされた上にパクられたろう」

「い、いもってるのか？」

池谷の問いに俺は頷《うなず》いた。

「新宿にくるってんで、苦労して手に入れたが、きてみりゃ、自分が間抜けに思えたよ」

池谷はあたりを見回した。

「確かに、うわべは平和になった。だがな、そいつは、ガキやチンピラが減ったってだけの話で、本質は何もかわっちゃいねえ。紳士面をしたワルが増えたのさ。殺しは今だってたくさんおきてる。ただつまらねえ事件《ヤマ》は、ネットワークが報道しないんで、誰も知らないってだけだ」

「だがかっぱらいもいなけりゃ、身ぐるみはごうと、あとをつけてくる奴もいない」

「ホープレスは大半が吸収された。吸収されたがらなかった奴は、ほとんどがくたばったか、ム所の中だ。俺はホープレスは嫌いだが、奴らには奴らの生き方があると思ってた。何も全員が、日本人の真似をする必要はねえんだ。だが政府は奴らにそういう自由は許さなかった」

「病気のことが拍車をかけたのだろう。戸籍をもたなきゃ、でかい病院での治療はうけられない。死にたくなけりゃ、戸籍をとる他ない」

池谷は頷いた。

「確か、お前の女も、例の病気だったな」

「二年前に死んだ」

「そうか」

気休めの言葉は口にせず、池谷はちびた葉巻をとりだした。

「いずれお前みたいな、はねっかえりのホープレスはいなくなる。さっきの佐藤のような、優等生ばかりになるだろう。もちろん、マフィアは別だが」

「元気なのか、奴らは」

「当然だろう。地下に潜ってよろしくやってるぜ」

「アイランドで仕事をしないかといわれているんだ」

俺は切りだした。池谷は首を巡らせ、俺を見つめた。

「『ムービー・アイランド』か？」

俺は頷いた。

「マフィアのからんだ保険金詐欺があるそうだな」

「よく知ってるじゃないか。だがあそこは、成功したマフィアの巣窟《そうくつ》だ。ボスどもが豪邸をかまえているって噂だ」

「ロシアやチェチェンだけじゃないのか」

「とんでもない。アラブや中国、インドもいるぜ。ただし警察署のないアイランドは、奴らにとっちゃ唯一の安息の地だ。だから戦争は御法度で、あそこでドンパチをやろうものなら、よってたかって他の組織に消されることになる。だからアイランドに住むボスどもは、アイランドにいる限りは紳士の皮をかぶっているという寸法だ」

「今はロシアが幅をきかせていると聞いた」

「それはアイランド内のビジネスに限っての話だろう。ネット犯罪じゃインド人が稼いでいるし、ドラッグにからんでは、アラブ系も儲《もう》けている」

「ハリネズミはどうなった？」

「奴らの中から生き残った連中が、今のボスどもだ。笑っちまうよな。ほんの五、六年前までは、ポンコツ車を乗り回して、安物のハジキを呑《の》んでいるだけで街の王さま気どりだった奴らが、今じゃ本物の王侯貴族並みの暮らしをしていやがる。それもこれも、映画ビジネスのおかげだ。奴ら、ヤクを売ったり、飼ってた女で稼いだ銭を、映画に投資して大儲けしたのさ。波に乗れなかった奴らは、パクられるか、くたばるか。もちろんアイランドにいる連中の中には、ハリネズミからの成り上がりばかりじゃなくて、もともと組織のでかかった中国人もいるがな。連中が今一番恐いのは、俺たちピージャない。税務署だ。税務署の査察が、一番おっかないのさ。ム所に入る身代わりはいくらでも立てられるが、儲けた銭をごっそりとられたら、それきりだ。だから、アイランドに税務署の調査官がいるのがバレると、十分で消されるって話だ」

「なるほどな」

カメとの待ち合わせ時刻が近づいていた。俺のそぶりに気づいた池谷はいった。

「アイランドにいくのなら気をつけることだ。あそこに武器はもちこめねえ。銃をもっているのは、原警とSSだけだ。どっちもまっとうとは、とうていいえねえ奴らだ」

俺は頷き、立ちあがった。池谷は安物の葉巻のくさい煙を吐きかけ、つづけた。

「アイランドに渡る前に、一度、署に顔をだせよ」

「それで俺をパクろうってのか。よせよ、悪い冗談だぜ」

俺は首を振り、いってやった。

「そうしたほうが、お前も長生きできるかもしれん。ム所の中は、昔馴染《むかしなじみ》がたくさんいて、楽しいぞ。もっともお前に殺《や》られた奴らの身内もたくさんいるから、あっという間に消されちまうかもしれんがな」

「アイランドはヤバいところなのか」

池谷の目から笑いが消えた。葉巻を俺につきつけた。

「ケン、昔とはちがう。世間の阿呆《あほう》は、ネットワークで流れる情報がすべてだと思いこんでやがる。だが本当にヤバいのは、ネットワークが知らせない情報だ。アイランドは、ネットワークにいわせれば、この世の楽園だ。奴らにとっちゃ、銭儲けのタネだからだ。わかるか、見るからにヤバいところなら、人は皆、警戒する。昔の新宿がそうだ。だが一見こぎれいで安全そうな場所に限って、トラブルがおきたら深刻な事態に発展する」

「わかるぜ」

「そういう点じゃ、アイランドくらい、表と裏のちがいが大きな土地はねえ。撃たれるとすれば、それは背中からなんだ。そいつを覚えておけ」

俺は頷いた。内側がB・D・Tだった頃に比べ、世の中は平和で、犯罪や差別は減ったように見える。だが本当は前より悪くなっている。その象徴的な存在が「ムービー・アイランド」だと、池谷はいっているのだ。

「お前が昔とかわらないリアリストだってのを願ってるぜ」

「努力してみるさ」

俺は息を吐き、いった。

「署に寄るのを忘れるなよ」

池谷は念を押した。

4

その昔、そこにあったカフェは、東新宿でも最低の娼婦《しょうふ》と男娼のたまり場だった。そいつらはほぼ全員がホープレスで、ふたりにひとりは病気もちだった。だが土地の掟《おきて》はあったし、それに従わなければ一日も生きていけないことを知っていた。下品ですれっからしで、ひとときも油断のならない連中だったが、どこかに同じ匂いをもっていて、その匂いで互いを見分けることができた。

日本人だったが亀岡はそういう連中を愛し、愛されてもいた。亀岡と寝て、病気や毛ジラミをうつした奴らは何人もいたろうが、奴の財布をくすねたり、おとしいれるような真似をした人間はひとりもいなかった筈《はず》だ。

だから待ち合わせたカフェにぽつんとひとりですわっている亀岡は、妙に寂しげに見えた。下品な冗談やからかいの言葉を投げかける、とうの立った娼婦や、わざと身をくねらせるゲイのボーイの姿もない。

セルフサービスのカウンターから、香りだけは昔よりはるかにいいコーヒーをうけとり、俺は亀岡の向かいに腰をおろした。

あいかわらず、今では誰もしないような視力矯正用のプラスティックフレームの眼鏡をかけている。もともと薄かった頭のてっぺんは、すっかり禿《は》げあがっていた。

「よう」

俺がいうと亀岡は不機嫌そうに頷いた。

「つまらなそうだな、馴染の女たちが消えちまって」

「とっくの昔だ。ここらにいた子たちは、ほぼ全員が収容所送りになった」

「収容所？」

「病院と更生を援助する政府施設だが、誰もそうは呼ばねえ。第一、生まれてこのかた体を売る以外知らなかった連中に何をさせようってんだ？　結局、収容所で飼い殺しにされているだけだ」

「寂しいことだな」

「ネットワークの圧力さ。お前がオガサワラに移ってすぐの頃、ネットワークが街の浄化運動って奴を提唱した。おおぜいのピーどもに混じってテレビカメラが入り、女たちのツラを隠し撮りしたのさ。そんなことされて嬉《うれ》しい奴がいるか。半分は逃げだし、残っていた子は収容所送りになった。ネットワークはしばらく、この街の特番でレーティングを稼いでいた。足を踏み入れる度胸はねえが、立ちんぼのツラを拝みてえとか、

『この世で最も凶悪な街』の住人てのがどんなのか知りたいって、〝善男善女〟のおかげでな」

「マシになったのは、コーヒーの味だけか」

俺はプラスティックカップをかかげていった。亀岡は口をゆがめた。

「奴らはここをゴミ溜《た》めだの何だのと罵《ののし》りやがって、それで金を儲けたんだ」

「そういや、池谷にばったり会った。奴もネットワークにはむかついているようだった」

「レポーターをぶちのめした件だろ。ありゃあたり前だ。マフィアに潜入していたアンダーカバーの正体をバラし、ごていねいにそのアンダーカバーが〝処刑〟されるところを流したのだからな」

「本当か⁉」

アンダーカバーとは潜入捜査専門の刑事だ。正体がわかれば、百パーセント消される。

「ネットワークは、偶然撮影できたとほざいて放送した。だが実態はちがった。アンダーカバーのリストを腐った警官から買いとって組織に流したんだ。だが警察の幹部はそれを認めなかった。まず、アンダーカバーを〝売る〟ような同僚がいるとわかったら、警察組織はガタガタになる。次に、ネットワークの協力なしじゃ、捜査のための情報集めがひどく難しくなる。だから知らんふりをした。池谷はレポーターをぶちのめし、残っていたリストをとりかえした。さすがにネットワークも問題にできず、殺されたアンダーカバーはひとりですんだが、そいつは、池谷の元部下だった」

俺は首を振った。亀岡はいった。

「俺だってハイエナ稼業だ。きれいな口を叩《たた》く資格がないくらいのことはわかってる。だがハイエナにはハイエナのルールがあった。そいつを破りゃ、明日《あした》から生きていけない。相手がピーでもハリネズミでも、裏切りは御法度だ。守れねえ約束はしねえ、密告者は消されても文句はいえない――それでどうにかこうにかしのいできたんだ。なのにネットワークときたら、レーティングのためなら何だってやる。池谷の部下は、非番になって家に帰ったところを待ち伏せされた。女房と子供の見ている前でハチの巣だ。潜入していたインド系の組織が雇った消し屋にやられたんだ。カメラは一部始終を映していた。それを偶然だと、キャロル・守口はほざきやがった」

「電話でいっていたキャスターだな」

亀岡は頷《うなず》いた。

「例の『トゥデイズ・マーダー』って番組だ。『トゥデイズ・マーダー』は、視聴者からの投稿映像をうけつけている。殺しにぶつかった視聴者が撮った実況映像に謝礼を払うんだ。だが素人が撮ったものなら、撃った犯人を撮らねえで、撃たれた刑事と家族ばかりってわけがないだろう。話は最初からできていたのさ。池谷じゃなくたって、こいつはやらせだとすぐにわかる。池谷は、『危険な潜入捜査に部下を送りこんだ、上司としての責任』とやらをインタビューしようとしたレポーターの顎《あご》の骨を砕いた。もちろんその模様もばっちり放送された。クビにならずにすんだのは、レポーターが被害届をださなかったからだ。ネットワークもことが大きくなって、密告で殺しをしかけたのがヤバいと踏んだのだろう」

「俺が池谷だったら、その野郎は殺した」

俺はいった。

「そんなことをしてみろ。奴らは、ネットワークは、お前とその家族、友人に至るまでとことん食らいついてくるぜ。奴らは、報道こそが正義だとほざいてやがるんだ。俺にいわせりゃ、ネットワークはハイエナ以下のゴキブリだ。腐った肉に群がるだけでなく、病原菌までまき散らしやがる。だがそれでも、ネットワークは、神さまなんだ。ネットワークに逆らえる奴はいない」

亀岡は、たまりにたまった怒りを吐きだすようにいった。

「神さま、か」

「金と権力はほしいままだ。ネットワークを通さなきゃ、買物もできねえって人間が全国に何千万といる。仕事をしていても家のコンピュータを使い、表には一歩もでず、人とは一切話をしねえ。セックスは全部バーチャですまして、何年も他人と会っていない、なんて奴らだ。そいつらがネットワークをのさばらせた。キャロル・守口なんてのは、まさにそういう手合いのアイドルさ」

ほっておけば、亀岡はいつまでもネットワークの悪口をつづけそうだ。

「ムービー・アイランドの話を聞かせてくれよ」

「おっとそうだった」

いって、亀岡はあたりを見回した。

「スタジオ・カンパニーの大物の話を聞きたいのだったな」

「ああ」

「保険金詐欺の中心にいるのは、チェチェン人だ。そいつはまちがいない。アイランドで最も多くチェチェン人が働いているのが『マンスール・カンパニー』という、製作会社だ。『マンスール』は、映画の大作からテレビドラマ、ポルノに至るまで、金になるなら何でも引きうけるので知られている」

「ボスがマンスールという男なのか」

亀岡は首を振った。

「マンスールってのは、チェチェンの英雄の名らしい。ナポレオンみたいなものだろう。ボスの名は、ドダエフ。ドダエフは、スタジオ・カンパニーの中でも指折りの大物だ。アイランドでおきている保険金詐欺のバックにチェチェン人がいることは、誰もが気づいている」

「なるほど。他にはどんな奴がいる？」

「ドダエフと対立しているのが、映画の投資会社を経営している、我仁林《がにりん》だ。ロシア系で、マネーロンダリングを一手に請け負い、のしあがった。『アイランド・フィナンシャル・グループ』、通称、ＩＦＧが、我仁林の組織だ。ＩＦＧかマンスールの下に、アイランドにあるほとんどの組織がついている。中国系やインド系も、金の面では、このふたつに逆らえん」

「それがアイランドが平和な理由ってわけか」

亀岡は頷いた。

「もちろん他にも、アイランドには、中物、小物、いろいろがいる。だが他に知っておかなけりゃならない人間がいるとしたら、孫《そん》隊長だ」

「孫隊長？」

「SSのリーダーだ。中国系だと思うが、経歴は不明だ。この孫には、ドダエフも我仁林も一目おいている。ちなみに、ロシア人は、帰化するとき名前を漢字にしたがるが、チェチェン人やアラブ人はカタカナのままだ。理由はわからん。宗教的なものかもしれん。中国やコリアンは、元が漢字だから、そのままだ。お前のような、地名カタカナ姓のホープレスは、今はもうほとんどいない。名乗っただけでホープレスですと白状するようなものだからな」

「俺はホープレスだってことを恥ずかしいと思ったことはない」

亀岡は眼鏡に触れた。

「そんなことはわかってる。だがこれが時流なんだ。今じゃお前は、ヘソ曲がりってことだ」

「マンスールのドダエフ、IFGの我仁林、それにSSの孫か」

俺はつぶやいた。

「ドダエフや我仁林は、よほどのことがない限り、表にはでてこない。奴らがでてくるとすりゃ、馬鹿でかい銭がからんだ取引のときだけだ」

「アイランドに武器はないのか。SSと原警がもっている以外の」

亀岡は首を振った。

「おしゃぶりより先にナイフやハジキの使い方を覚えたような奴らだぞ。ないわけがない。家の中に隠しもっているさ。もし使うときは、使ったと決してわからないような使い方をする。アイランドにいったきり、行方不明になってる人間は少なくない。そんな広い島じゃないのに。わかるだろう」

「つまり表にはでないだけで、殺しはあるってことか」

「殺しだけじゃない。ヤクも女も、ギャンブルも、犯罪は何だってある。カンパニーがにらみをきかせ、ネットワークがテレビで流していないだけだ」

「話を聞いていると、アイランドは、ネットワークにとっちゃニュースの宝庫じゃないか。なぜスキャンダルを流さない？」

「さて。ネットワークを経営しているのは日本人の会社だ。そのあたり、住み分けができているのかもしれんし、スキャンダルなんか流さなくとも、充分、スターの話題でレーティングを稼がせてくれるアイランドとは、うまくやっていきたいのかもしれん。犯罪スキャンダルは駄目でも、男と女、女と女、男と男って話をやるぶんには、カンパニーは目くじらを立てねえからな」

奇妙だと俺は思った。ネットワークが日本人の経営者で支配されていることくらいは俺も知っている。政府の方針で、テレビ局の経営権だけは、ずっと外国人や外国企業が握ることを禁じてきたからだ。その影響で、たとえ帰化日本人でも、ネットワークでは役員になれないといわれている。ネットワークは、重役以上は全員、純粋日本人が占める企業なのだ。

だがたとえそうであっても、いや、そうであるからこそ、帰化日本人やホープレス出身者が幅をきかせるムービー・アイランドを商売の材料にしないというのが妙だった。夢の島、大金持とスターしかそこには住まないといわれているムービー・アイランドが、実は犯罪組織の支配する地だという事実は、レーティングを稼ぐには絶好のネタである筈《はず》だ。だがネットワークは、それをまったく報じないという。

「まさか知らないわけじゃないだろう？」

「おいおい、警察の秘密情報でもニュースのためなら、すっぱ抜くような奴らだぜ。知らないわけがない。もしかすると、ネットワークの経営者連中は、マフィアが恐くて、アイランドだけにはさわらないよう指示をだしているのかもしれん。タブーって奴だ」

「タブー……」

「ゴキブリだって命は惜しい。神さまも、暗殺からは逃れられない。それに、ネットワークの経営者連中だってアイランドに別荘をかまえている」

俺は頷《うなず》いた。

不意にカフェの中がにぎやかになった。店員が、カウンターの上にはめこまれているテレビのボリュームを大きくしたからだった。

亀岡が舌打ちした。

「どうした？」

「噂をすれば、だ。『トゥデイズ・マーダー』の時間なんだ。レーティングが稼げるんで、今、夕方と深夜の二回、放送してやがる」

俺はテレビをふりかえった。

オープニングが終わり、画面はスタジオを映しだしている。英語、ロシア語、北京《ペキン》語、タガログ語、ペルシャ語での同時放送を告知する言語マークがでた。

キャロル・守口は二十七、八歳で、白人の血をひいているように見えた。妙に寂しげな顔立ちをした美人で、殺人を扱う番組のキャスターには似つかわしくない。

キャロルが挨拶《あいさつ》の言葉を口にしたとたん、画面下半分のショッピングゾーンといわれるテロップが急にごちゃごちゃし始めた。スポンサーがやまほどついている証拠だ。食料品、清涼飲料水、車、電機メーカー、洋服、ありとあらゆるスポンサーが並んでいる。

「今晩は、皆さん。今日のトップニュースは、『クライム・チャンネル』だけがコンタクト可能な、〝双子座キラー〟からの、またも殺人予告です」

画面が左右に分割された。右半分がキャロルで、左半分にコンピュータグラフィックスのピエロが映った。

「やあ、キャロル。いつもきれいだ。あんたの、そのはかなげな笑顔が俺は、好きだぜ……。いつか、スタジオに遊びにいきたいと思ってる……」

キャロルがおおげさに眉《まゆ》をひそめた。ピエロは指を立てた。

「明日《あした》の晩、またひとりが死ぬ。俺の、ふたごの相棒が、やるって、聞かないんだ。今度は——」

ピエロはいって、思いいれたっぷりに目を閉じた。キャロルは真剣な表情で聞きいっている。俺には間の抜けた猿芝居にしか見えなかった。

ピエロが目を開いた。

「高校生だそうだ。そう……十——七歳。髪の短い、スポーツ少年だ。皆んなに気をつけるようにいってくれ……。キャロル、会える日を楽しみにしている」

画面が元に戻り、キャロルひとりを映しだした。

「という、予告です。『クライム・チャンネル』ではもちろん、この予告を捜査本部に伝えました。警視庁はビデオディスクの引き渡しを『クライム・チャンネル』に要求しましたが、『クライム・チャンネル』はこれを拒否しました。ニュースソースの保護と報道の自由を守るためです。警察は、ディスクを分析すれば〝双子座キラー〟に関する情報が得られると考えているようです。これについては、のちほど、六時二十分からの今日の特集で、お迎えしているゲストの皆さまと、『クライム・チャンネル』独自の分析をお目にかける予定です」

そこまで喋《しゃべ》り、キャロルは言葉を切った。番組冒頭から浮かべてきた毅然《きぜん》とした表情から一転して、今度は頼りなげで男の保護欲をかきたてるような顔になった。

「――役者だな」

俺はつぶやいた。ニュースキャスターこそ最も高い演技力が要求されるといった評論家が昔いた。

「これまで〃双子座キラー〃は、『クライム・チャンネル』に予告した通りの犯行を重ねてきました。ディスクの引き渡しは拒否しましたが、予告内容については逐一、『クライム・チャンネル』は警察に報告しています。どうか明日、予告にあてはまる視聴者の皆さまは気をつけて下さるよう、お願いいたします」

「何をいってやがる。手前《てめえ》らが〃双子座キラー〃をたきつけてるのだろうが」

亀岡が吐きだした。

初めて見たが、キャロルの司会は、その表情の変化をのぞけば、特に個性的というわけではなかった。もっと辛口で攻撃的なキャスターも、他の局や別の時間帯にはいる筈だ。

「クライム・チャンネル」は、地上波衛星波あわせて七十以上のチャンネルをもつネットワーク、JTNの地上波ニュース局だった。三大ネットワークとは、このJTNとKTN、TTNのみっつをさす。

「それではつづいて、『その瞬間』です」

キャロルがいったとたん、画面が、光学撮影の夜間映像にかわった。

どこかの安アパートの階段に、上半身裸で裸足《はだし》という、ズボンだけをはいた男が腰かけている。顔にはモザイクがかかっていた。

男の前には、明らかにドラッグの売人とわかるいでたちのガキがふたり、背中を向けて立っている。長い髪は蛍光染料で七色に染められ、チャラチャラと音が聞こえてきそうなほど数多くのボディピアスが耳や鼻、肩などで発光していた。

男の声でナレーションがかぶった。

「違法ドラッグ、『リッパー』。その正体は、百年以上も前から存在する、メタンフェタミン系薬物を材料にした興奮剤だ。『リッパー』の値段は、一錠二千円。効き目は約三十分といわれている。『リッパー』を服用すると、全身に力がみなぎり、すべての感覚が研ぎすまされたような気分になる、と経験者はいう……」

すわっていた男が不意に立ちあがった。背中に手を回し、牛刀のような刃物をひき抜くと売人に襲いかかった。

いきなり首を切りつけられた売人のひとりが傷をおさえてのけぞった。指のすきまから激しい勢いで血が噴きでている。ペルシャ語の叫び声が聞こえた。

怒声がとびかい、画面の中にはいなかった男が、切りつけた半裸の男に襲いかかった。

スタンガンの火花が一瞬、画面をまっ白くさせ、元に戻ったときには半裸の男は地面に倒れ、袋叩《ふくろだた》きにあっていた。

ナレーションが戻った。

「重度の中毒者は、脳に深刻な障害をひきおこすことがある。この男、Aも、六年にわたる『リッパー』の中毒者で、この日、『リッパー』の購入代金をめぐるトラブルから、販売者であるBさんにナイフで切りつけた。Bさんは病院に運ばれたが、出血多量で死亡。だが、切りつけたAも……」

背中しか映っていない大男が画面の中央に立ちはだかった。手にした拳銃《けんじゅう》を、倒れている半裸の男の顔に向けている。

パン、という銃声が響いた。

「Bさんの所属する組織の用心棒によって射殺された」

頭を撃たれた男の体が痙攣《けいれん》した。カメラは頭の下からゆっくり流れだす血をとらえた。

「これは、今月の十日、東新宿地区にあるとあるアパートで撮影されたものである。撮影者のCさんは、近くの住人で、この事件のあと引っ越しを決意したという……」

画面がスタジオに戻った。

「ふざけやがって」

亀岡がつぶやいた。

キャロルが語った。

「この『リッパー』ですが、二十世紀の半ばには『ヒロポン』、そののちには『覚せい剤』、あるいは『アイス』という名で売られていた興奮剤と同じ成分のものだと警視庁では話しています。主成分となるメタンフェタミンは外国産で、犯罪組織によって密輸入されたものが、日本国内で錠剤に加工後、密売されている、ということです。服用をつづけると人格障害におちいり、妄想や幻視、猜疑《さいぎ》といった症状がでてきます。そしてあるとき、行動の制御がきかなくなって、激しい暴力に訴える、といった結果となるのです。『リッパー』の押収量は、年々増加する傾向にあり、最近では予備校生による集団服用といった事件もありました。ネットで購入した塾講師が、集中力を増すからと、一錠五千円で生徒に売りつけ、摘発されたものです。警視庁によりますと、『リッパー』の不法所持で逮捕、補導された人間は、昨年一年で四十二万三千八百人。年齢は十一歳から七十二歳までにわたっている、ということです。今日もまた、あちこちで『リッパー』が売買され、そして今この瞬間にも、『リッパー』の中毒による暴力が誰かの命を奪っている――そう考えると、これはもうある種の『戦争』である、といわざるをえないと思います。以上、『その瞬間』でした」

亀岡に説明されるまでもなく、流れた映像がすべてやらせだということに俺は気づいていた。やらせでなければ、できの悪いドラマだ。

射殺された男がメタンフェタミンの中毒者であったことはまちがいないだろうが、売人を襲うというのは、よほどの理由がなければ考えられない。売人と客は、もちつもたれつの関係だ。売人を怒らせればクスリは買えなくなるし、まして傷つけようものなら密売組織の報復が待ちうけているのは目に見えている。映像は、中毒者の男がぶちキレざるをえないような状況を作ってから撮られたものにちがいなかった。

状況を作ったのはもちろん密売組織じゃない。別の誰かが中毒者に、「お前はぼられている」とか「売人にはカモ扱いだ」とかいう与太を吹きこんだのだ。クスリが切れ、いらついている状態のときに何かを吹きこまれれば、ガスの充満した部屋で火花を飛ばすようなものだ。もしかするとそいつは刃物まで提供していたかもしれない。

俺がキャロル・守口をにらんでいると、亀岡がいった。

「お前もこれを見りゃわかるだろう。こいつらは偽善者なんてもんじゃねえってことが」

俺は無言で頷《うなず》いた。まったく胸クソが悪くなるような話だった。確かに世間には、ガスがたまりにたまったような野郎はごまんといる。だがそこで火花を飛ばすかどうかはまるで別の問題だ。そのとき火花さえ飛ばなけりゃ、じょじょにガスが抜けていく可能性だってある。しかもネットワークは、無用な暴力沙汰《ぼうりょくざた》をおこすだけでなく、それを金《かね》儲《もう》けに使っている。まさしく、クズとしかいいようのないやり口だった。

「平和の代償だ」

亀岡が吐きだした。

「お前がこの街にいた頃に比べ、すっかり世の中は平和になった。うわべだけは、な。そのぶん暴力や流血を見たがるような腐った人間が増えているのさ」

「役人はこんな映像を流して文句はつけないのか」

「ネットワークを管理しているＮＷＣがいちゃもんをつけない限りはノープロブレムだ」

ＮＷＣ——ネットワークコードの名は俺も知っている。ＮＷＣは、ネットワークの幹部によって運営される倫理団体だ。かつて、行政機関の認可が必要だったテレビ局経営が、何年か前の行政改革によって、自由化された。だが一方で役人どもは天下り先としてＮＷＣを作り、倫理監視団体の役割を負わせるようになった。しかもＮＷＣには隠れたもうひとつの目的、外国人にテレビ局の経営権を与えない、というものがあった。ＮＷＣには純粋日本人しか入れない。ＮＷＣに所属するには、天下り役人かテレビ局経営者でなければならないという縛りがある以上、外国人はネットワークの経営に携わることが不可能なのだ。この問題は、多くのホープレスや帰化日本人によって、「差別的」だと攻撃をうけつづけていた。実際、ネットワークの株を大量に買い占め、経営権を手にしようとしたホープレス出身の実業家がいたが、資金援助をおこなっていた中国系企業が国税局の狙い撃ちをうけて断念した、というできごともあった。

「ネットワークの手綱を握っているのがＮＷＣだが、そのＮＷＣがネットワークの経営者の集まりじゃ、レーティングをとれる番組を規制できる筈《はず》もねえ。役人は、ＮＷＣの末席の天下り先を失いたくなくて、文句のつけようもない」

亀岡はいった。

番組は、「徹底分析〝双子座キラー〟」にかわっていた。スタジオに評論家らしき男女が車座になり、キャロル・守口の司会でディスカッションが始まっている。

中心にすわって喋《しゃべ》り散らしている女の顔を亀岡は指さした。

「知ってるか」

「いや」

俺は首を振った。三十代の初めで、知性のかけらも感じられない顔をしている。明らかに美容整形手術をうけたと覚しい目鼻立ちだった。

「この女は、おとしまでふつうのＯＬだった。だがある晩、アパートの前で待ち伏せていた痴漢を撃ち殺した。その野郎には前歴があって、二ヵ月前も自宅であの女をレイプしていた。ピーの警戒が解けるのを待って、またやろうとしたんだな。女の使った銃はもちろんイリーガルだったが、検察は書類送検で終わらせた。女の、精神的肉体的苦痛と恐怖を考えりゃ、銃で武装したのも、お咎《とが》めなし、というわけだ。以来すっかり、ときの人だ。会社も辞め、今じゃ別のネットワークで『ウーマンズ・ファイア』って番組をもってる。女性に自衛のための銃器所持の権利をってのが、あの女の売りさ」

「ゴミを撃ち殺したのはともかくとして、それでタレントになるとはな」

俺はつぶやいた。カメラがパンし、俺はあっけにとられた。映っているのは、俺が現役だったときに機捜にいた甘崎《あまざき》って刑事だったからだ。甘崎はその名の通り甘ちゃんで、使えない腰抜けとして有名だった。当時薄かった頭は、みごとな銀髪が生えそろい、インテリぶった面がまえは、まるでどこかの大学の先生だ。

「こうした自己顕示欲の強い犯罪者の犯行には、必ず性的な動機があります」

甘崎は、知ったふうな口をきいていた。

「彼は、こうしてわたしたちに分析されることを当然、予期していた筈です。なのになぜ、ディスクを局に送ってきたのでしょう」

キャロルが真剣な表情で訊《たず》ねた。さんざんリハーサルを重ねたとかえってわかるようなやりとりだ。

「刺激です。犯人は刺激を欲しているのです。刺激への欲求はエスカレートしていきます。たぶんこの瞬間、〝双子座キラー〟はテレビを見ながら、性的恍惚《こうこつ》を感じているでしょう」

甘崎が答えた。カメラがキャロルに寄った。その顔がアップになる。

「そうなのですか？　もしそうならあなたの心は病んでいる。今すぐ警察に自首するか、病院にいくことをわたしは勧めます」

「下らなすぎて、アクビもでねえ」

亀岡が毒づいた。だが俺は首をかしげた。

「妙だな」

「何がだ」

「キャロルの今のセリフだ。ＮＷＣで禁止している『語りかけ』じゃないか」

「それがどうした。どうせＮＷＣも文句をいわないとわかって、のぼせているんだろうさ」

「いや……」

俺は首を振った。メディアに自分を売りこむ変態野郎はいくらでもいる。そうした場合、最もやってはならないとされているのが、今キャロルがした「語りかけ」だった。異常犯罪者は、メディアの特定の人間から「語りかけ」をうけると、その内容がどうであろうと関係なく過敏な反応をおこす。犯行がエスカレートしたり、あげくの果てに「語りかけ」をおこなった本人を犯行の対象にする。

これまでにもラジオのディスクジョッキーやテレビのコメンテイターが何人かそれで命を落としている筈だった。なのにキャロルはその禁を平然と破っている。

よほど腕の立つボディガードがついていて、安心だということなのか。

「いろいろありがとうよ」

俺はいって、立ちあがった。亀岡は驚いたように俺を見あげた。

「もういいのか」

「ムービー・アイランドが天国なんかじゃなく、背中にも気をつけなきゃならないところだってのはわかった」

亀岡はむっつりと頷いた。

「なあ、ケン」

「何だ」

「もしかすると、今より昔のほうが人間がいっぱい殺され、街で油断が許されなかった。

だがあの時代のほうがよかったと思う俺はおかしいのかな」

すわったまま眼鏡ごしの上目づかいで俺を見ていた。

「タイムスがうまくいってねえからいってるわけじゃねえ。何ごとも、中身は腐ってるのに、表面だけきれいってのが気にくわねえんだ。少なくともあの頃は、腐った奴は、腐った臭いがしたもんだ。そう、思わねえか」

俺はつかのま黙ったが、いった。

「たぶん、カメのいう通りだ。だがどんなことも、かわらず元のままってことはありえない。自分がかわらないでいるのはかまわない。だが自分以外のものにかわらないことを望んでも、そいつは無理だろう。目をつむって認めねえとがんばりつづけたら――」

俺は言葉を切った。

「がんばりつづけたら？」

亀岡がうながした。

俺は自分のことを考えていた。

「――がんばりつづけたら、いつかは自分で自分の頭をぶち抜くしかやりようがなくなる。くたばる奴は、そこまでだ」

亀岡は頷いた。

「そうだな……。それしかないのだろうな。たぶん……」

5

東新宿署に足を踏み入れるのは三年ぶりだった。建物の外観はそのままだが、中はまるで変化している。

昔の東新宿署は、入っていきなり右手にでかい檻があった。パクってきた被疑者たちをとりあえずぶちこむ留置場だ。手錠、目隠し、猿グツワという三種の拘束をうけて檻の中に放りこまれる。中に男女の区別はなく、トイレもない。パクられた被疑者はそこで、長いときは二時間以上も放置される。警官が取り調べの準備を整えるのを待たされたのだ。

もっともそこへ入れられるのは、ほぼ全員が現行犯逮捕されたホープレスばかりだった。ハリネズミ、こそ泥、スリに娼婦《しょうふ》や男娼、毒ネズミたちだ。檻の中で病気をうつされることも珍しくない。東新宿の娼婦や男娼は、その半数以上が性病もちだったからだ。署内に一歩入ると、その檻の中でたれ流した糞《くそ》小便や反吐《へど》の臭いで鼻がひん曲がるほどだった。そこに警官の怒声や猿グツワごしの悲鳴が加わっていた。

今、檻は影も形もなかった。かわりにこぎれいな椅子とテーブルが並んでいる。「市民相談コーナー」という看板がぶらさがって。

かわってないものもある。「受付」のところにすわるごついお巡りだ。パクった被疑者をとりかえしに、いつハリネズミがカチこみをかけてきても対応できるよう、東新宿署の受付は、重武装したごつい制服がすわるのが決まりだった。

今もそこには、防弾チョッキとヘルメットを着けた制服がすわっている。

だが歩みよって俺は驚いた。小柄な制服だとは思ったが、ヘルメットの奥から聞こえてきたのは、若い女の声だったからだ。

「東新宿警察署へようこそ。受付担当、千葉《ちば》巡査です。お名前とご用件をどうぞ」

「ヨヨギ・ケン。池谷警視に会いにきた」

ヘルメットには透視レンズがついている。俺は銃を駅のロッカーに預けていた。レンズが動き、俺の体をスキャンした。二度めの筈《はず》だ。署の玄関をくぐった時点で、天井から下がったスキャナーが、ざっと俺の体を調べている。

「お待ち下さい」

カウンターの下で、女制服の手が動いた。俺の映像が池谷のデスクに届けられた。

「警視は今、おりてこられます。あちらの一番ブースでお待ち下さい」

俺はカウンターの前を離れ、指定された椅子に腰をおろした。

署内は静かだった。悲鳴や罵《のの》り声もせず、聞こえるのは詰めている警官のイヤホンからこぼれるかすかなつぶやき声と空気浄化装置の唸《うな》りくらいだ。「市民相談コーナー」に、俺以外の人影はない。

やがて池谷が姿を現わした。池谷は俺の向かいに腰をおろすと、椅子の背にあるスイッチに触れた。床から、防弾、非透視プラスティックボードがせりあがり、ブースをおおった。天井のカメラからの監視は逃れられないが、話し声が洩《も》れる心配はない。

「テレビで甘ちゃんを見た」

俺がいうと、池谷は鼻を鳴らした。

「奴は新しいヅラに目がくらんで警察をやめた」

「ヅラには見えなかった。もっと高い植毛手術だろう」

「どっちだってかまわん。クソはクソだ」

「おいおい、お偉いさんがそんな言葉を署内で使っていいのかよ」

俺はニヤつき、いった。池谷は俺たちを包んだプラスティックボードを見回した。

「ここも同じだ。上っツラはきれいだが、クソさ」

「カメと同じだな。あんたも昔が懐かしいのか」

池谷は鼻を鳴らした。

「うちの署長は来年退官だ。退官したら、ネットワークに再就職が決まっている」

「なるほど。捜査情報が洩れるわけだ」

池谷の顔が険しくなった。

「カメから聞いたのか」

「ああ。それに妙なことがある」

「妙なこと？」

「キャロル・守口が、番組の中で『語りかけ』をした。相手は〝双子座キラー〟だ」

池谷の表情はかわらなかった。

「ネットワークはよほど腕のいいボディガードをタレントにつけているのだろうな」

「俺の知ったことじゃねえ」

池谷は吐きだした。

「あの生意気な女が〝双子座キラー〟に殺《や》られたら、頭をなでてやるぜ」

「ピーはネットワークに骨抜きにされているのか」

「ネットワークに顔がでりゃ、それだけで有名人だ。有名にさえなれば、銭儲《ぜにもう》けの道はいくらでもある。警官だろうがギャングだろうが、今より稼ぎたいと思っている奴には、ネットワークはチャンスをくれる神さまなんだ」

「捜査本部は『トゥデイズ・マーダー』のディレクターを引っぱるべきだな。番組関係者の誰かは、絶対に〝双子座キラー〟と接触しているぞ」

池谷の顔が赤らんだ。太った腹を俺に押しつけるようにして身をのりだした。

「ケンよ。いくら手前《てめえ》の息が臭いとわかっていても、人からそれをいわれりゃムカつくもんだってことくらいわかっているだろう」

「わかっていたらなぜそうしない？」

「本部は〝双子座キラー〟に関する手がかりを何もつかめちゃいない。線にひっかかった件だって、あくまでも偶然だったんだ。そんな中でJTNのスタッフを引っぱってみろ。キラーの警告が伝わらなくなり、被害者がでたとたん、JTNはそれを警察のせいだと騒ぎたてるに決まっているんだ。『警察は無能を棚にあげて市民への警告のチャンスを奪った』とかなんとか、な。そうなりゃ誰かのクビが飛ぶ」

「あんたは監察だろう。ネットワークに情報を洩らしている奴の心当たりはないのか」

「いったろう。署長が流していたとしたって驚きはしない」

俺は首を振った。

「ひでえことになってるな」

「ネットワークが正義なんだ。俺は今さら、警察が正義だったとはいわねえが、少なくともネットワークよりはマシだった。金儲けの材料にはしなかったからな、殺しを」

池谷のムカつきは理解できた。だが俺は頭を切りかえることにした。ネットワークがどんなに腐った奴らの集まりだろうと、今の俺には何の関係もない。

「アイランドに銃をもちこむ方法はないか」

俺は単刀直入に訊《たず》ねることにした。池谷は一瞬、眉《まゆ》をひそめた。

「あんたやカメの話じゃ、あそこはろくでもないところのようだ。素手でのこのこでかけていって嗅《か》ぎ回ろうものなら、あっという間にお陀仏《だぶつ》なのだろ」

「だろうな。あの島の治安を牛耳っているのはSSと原警だが、原警は住宅地区のトラブルにはタッチしない。SSは消し屋とかわらないという奴もいる」

「アイランドへの上陸者をチェックするのはどっちの仕事だ」

「SSだ。大スターだろうが何だろうが、SSのチェックをフリーで通ることはできない」

「だがカメの話じゃ、アイランドに別荘をかまえるギャング連中は銃をもちこんでいるというぞ」

「海からもちこむのさ。アイランドに別荘をもっている奴の中には、マリーナにヨットを浮かべているのもいる。ヨットの底に銃をぶらさげてもちこむんだ。クスリも同じルートだ」

「わかっていてなぜ摘発しない」

「わかっているからだ。もちこまれた銃やクスリは、ギャングどもが自分用に使う。テロに用いるわけじゃない。どのみち、拳銃《けんじゅう》の五挺《ちょう》や十挺じゃ、とうてい原警の装備には太刀打ちできん」

「原警に知り合いはいるか」

池谷は目を細めた。

「俺に何をさせようっていうんだ」

「アイランドの保険金詐欺を摘発する手伝いさ」

「たかだか拳銃一挺でどうにかなると思っているのか」

「着いたとたん頭に一発くらうのは防げる」

「お前、本当に復帰する気なのか」

「他にやることがない。墓守りにも飽きたんだ」

「依頼人は誰だ。保険会社か」

俺は首を振った。

「そいつはあんたでもいえない。ルールだ」

「保険会社のわけはねえな。奴ら、上の方はマフィアに丸めこまれている。会社の金を食い物にして、アイランドの別荘ライフを楽しんでいるって噂だからな」

池谷は息を吐いた。

「金か？　ちがうな。お前はリアリストじゃあったが、金のためにやりたくねえ仕事を請け負うような奴じゃなかった」

「金じゃない。いったろう、他にすることが思い浮かばないのさ」

「自殺したいのなら、もっと楽な方法がある」

池谷はいった。

「確かに、エミィが死んでからいつくたばってもいいと思ってた。自分の頭をぶち抜かなかったのは、エミィの思い出がそいつを許してくれなかったからだ。笑うなよ。エミィが死んで、俺は少しリアリストじゃなくなったのかもしれん」

俺は答えた。

池谷は無言で考えていたがいった。

「結局お前は、相手が勝ち目のないでかい敵だから、その仕事をうける気になったんだ。死んだお前の女は、お前の自殺は許さなかったろうが、でかい相手と戦って殺されるなら仕方がない、そう考えてくれると思っているのだろうが」

俺は黙っていた。黙っていたが驚いていた。池谷のいう通りだったからだ。

池谷はでっぱった腹をぐいとつきだした。

「だがよ、ケン。女ってのは決してそういう考え方はしねえもんだ。たとえ負け犬でも、くたばるよりはいい、手前の男には生きのびてくれと願うのが、たいていの女だ。奴らの価値観は男とはちがう。中には、男に生まれなかったのが不思議なような女もいるが、生きのびる奴が最後には勝つってことを、本能的に知っているのが女なんだ」

「あんたに女を講釈されるとは思わなかった」

「俺がいいたいのは、リアリストだった筈《はず》のお前の中にいるお前の女の思い出は、お前がいいように作ったものに過ぎないってことなんだよ。もしお前の女が生きていたら、お前がどんな形にせよ、くたばることなんか決して許しはしねえ」

「順番が逆だ。エミィが生きていたら、俺はくたばるかもしれん仕事なんか絶対に引きうけない」

「今は、な。だが五年、十年とその女が生き、いっしょに暮らしていたらどうだったろうとは思わないか」

俺の胸に怒りと、突然の悲しみがこみあげた。

「そんなことは想像もしたくないね」

もしそうなったらどれほどよかったろうと、俺は数えきれないほど想像してきた。ふたりでやりたかったこと、いきたかった場所、作りたかったもの。

だが池谷は首を振った。

「まちがえるなよ、ケン。確かに今のお前は昔とちがう。弱っちまっているし、そのくせ誰かが自分を殺してくれないものか、理由を捜している。だがな、お前のその女が惚《ほ》れたお前は、今のそういうお前なのか」

「あんたに何がわかる」

「何もわからんからいえるのさ。お前はオガサワラでゆっくり腐っていくことより、アイランドで誰かに頭をぶち抜かれるほうを選んだ。まだそのほうがいい。しかしもっといい方法がある」

「何だ」

「お前の頭をぶち抜こうとする奴の頭をぶち抜くことさ。お前の女が知り合った頃のお前は、誰よりも早く、容赦なく、それができた。だからこそお前を選んだのじゃないか。いったろう、女が惚れるのは、生きのびる奴なんだ。そこには勝って生きのびる奴も入るんだよ」

俺は池谷を見つめた。このピーは、俺の中のくすぶっていた火を、もう一度燃やそうとしている。不器用で口が悪く、差別主義者のくせをして、俺がつまらない消し屋にハジかれて、下らない死にざまをさらすのを何とかやめさせようとしているのだ。

「――よけいなお世話だ、俺がそのへんのチンピラに料理されるとでも思ってるのか。

そうならないために、原警の人間を紹介してくれといっているのさ」

俺がいうと、池谷はにやりと笑った。

「そうだよ、その調子だ」

そして笑みを消し、いった。

「原警の件だがな、ツテがないってわけじゃない。ただし、いくらお前がしょぼくれてるからって、無料サービスすることはできん」

「金をよこせというのか」

池谷は首を振った。

「誰がお前の金なんか欲しがる」

そして椅子の背にあるスイッチに触れた。ブースを包んでいたプラスティックボードが静かに床にひっこんだ。

「話ができるところにいこう」

立ちあがった。

「そこにもうひとり、人間を呼んである」

6

池谷が俺を連れていったのは、東新宿署の管轄外になる、新青山のバーだった。俺はそこで懐かしい顔に出会った。元プロレスラーの白《パク》だ。白は、ネットワークが全格闘技の放映権を握り、手のこんだ因果ストーリーをレスラーたちに押しつけるのに嫌けがさして、リングを引退したのだった。ホープレス出身で、でかい図体《ずうたい》とは裏腹に、小さい頭がよくきれることを、俺たちホープレス仲間は知っていた。俺がオガサワラに移ったとき、白は引退して手頃な店を物色しているという噂を聞いていた。

「ケンか」

現役時代とまるでかわらない巨体を黒いTシャツで包み、長いカウンターの内側に立っていた白は、しわがれた声でいった。

「よう、白。まだ小っちゃい頭を誰にも踏み潰《つぶ》されていないようだな」

「お前こそ、その寸詰まりの体、もっと縮んだのじゃねえか」

小柄な俺は、昔から白の半分しか体がないとからかわれたものだ。

「あいかわらず不景気な店だな、客はひとりもいないのか」

池谷がいった。白の店の内装は、青白い間接照明と、まるで純粋日本料理店のような白木のカウンターだけというシンプルなデザインだった。

酔っぱらいが暴れても壊されるような品は何ひとつない。白に逆らって暴れられるような奴がいるとしたら、だが。ホープレス時代、奴は素手で三人以上を殺している。殺された奴らは、ナイフか銃をもっていた。

「ふざけんな。お前が嫌がらせにこなけりゃ、この店はもっと流行《はや》ってる」

白は池谷に吠《ほ》えた。池谷に向け親指をつきつけていう。

「こんなこぎたねえ日本人は、ピー以外いねえだろう。ピーと隣りあわせで酒を飲みたい奴がどこにいる」

「それはお前のところの客が、スネに傷のある雑種の成り上がり野郎ばかりだからだ」

池谷はいい返しながら隅のストゥールに腰をおろした。俺も隣にかけるよう、顎《あご》で示す。

「ギネスの生だ」

「同じものを」

俺はいって腰かけた。

「ケンがいっしょじゃなけりゃ、叩《たた》きだしてる」

白はいって鼻を鳴らし、冷やしたグラスをクーラーからとりだした。そしてビールを注《つ》ぎながら俺を見た。

「ケン、エミィのことは噂で聞いた。大変だったな。俺も一番下の弟を、あれで亡くした」

俺は無言で肩をすくめた。

「役人てのは皆、腐ってやがる。ピーを始めとしてな」

聞こえよがしに白はいった。おかれたグラスを手にとり、俺は池谷に訊《たず》ねた。

「よくるのか」

「開店以来のお客さまさ。ガキの頃、追いかけ回してやった奴らが立派に更生してる姿を見ながら飲む酒は格別でね」

「ふざけんな。脳なしピーにパクられるほど馬鹿じゃねえ」

白はいい返したが、どうやら常連なのは本当のようだ。

その理由は何となく俺も想像がついた。白はネットワークと折り合いが悪い。おそらくネットワークやそれに関係する人間は、決してこのバーには足を踏み入れないだろう。

「もうひとりといったのは、白のことか」

俺は池谷にいった。池谷は首を振った。

「いや、別の人間だ。そいつは、あと三十分もすりゃやってくる」

俺は頷《うなず》いた。

「それで話ってのは何だ」

「〝双子座キラー〟だ」

池谷は答えた。俺はその顔を見つめた。

「奴の最初の殺しは、去年のクリスマスだった。被害者は、バイトで尻《しり》を売っていた中学二年の坊主だ。翌一月、勤め帰りの若いサラリーマンが襲われた。ひとりめは喉《のど》を裂かれ、ふたりめは背中をめった刺しにされていたが、共通する妙な形の傷痕《きずあと》が、頬に刻まれていた。警察はそのことを発表しなかった――」

「ちょっと待て。俺に何をさせたい。〝双子座キラー〟をパクれっていうのか」

俺は口をはさんだ。池谷は眉《まゆ》ひとつ動かさず、

「聞け」

といってつづけた。

「ふたりめが殺《や》られた直後、JTNのニュース番組『一日六十分』のスタッフに電話がかかってきた。逆探防止、変声装置まで使った念の入れようで、自分が犯人だと名乗った。証拠にマル害の頬についてる傷の形のことを話し、それは双子座のマークだとほざいた。そして、翌月は十九歳のアフリカ系留学生を殺すと予告し、キャロル・守口にそれを伝えろといった。キャロル・守口は同じJTN系の『クライム・チャンネル』のフリーキャスターだが、一気に、人気番組『トゥデイズ・マーダー』の司会に抜擢《ばってき》された。翌日の『一日六十分』と『トゥデイズ・マーダー』の両方でキャロル・守口がそれを喋《しゃべ》り、大騒ぎになった。警察は厳戒態勢をとったが、二月一日に奴はやりやがった。予告通りのマル害だった。それからは頻繁に『トゥデイズ・マーダー』のスタッフに連絡をしてくるようになった。キャロル・守口と直接話すこともあったらしい。だが俺の聞いたところじゃ、JTNの奴らは、野郎から知らされたことのすべてを警察に話しているわけじゃないらしい。まあ、それは想像がつく。奴がつかまったら、『トゥデイズ・マーダー』の視聴率はガタ落ちだからな」

「当然だな。あんなやらせをやる連中なら、レーティングのためなら、何だってする。キャロル・守口のことをピーは洗ったのだろ」

池谷は頷いた。

「もちろんだ。『トゥデイズ・マーダー』のレーティングはうなぎのぼりで、キャロル・守口のギャラも毎月はねあがっているからな。KTNは、JTNの倍のギャラで移籍を打診したが断わられたらしい」

「キャロル・守口ってのは、どんな女なんだ」

「もともとは、映画女優だ。アイランドで作られた低予算ものに十代の頃何本か主演したが、それほど人気がでることもなく、落ち目になった。『クライム・チャンネル』の事件再現ドラマにでているうちに、フリーのキャスターもこなすようになった。ドラマの役柄はいつも、レイプされて殺されたり、男にだまされ会社の金を横領して貢ぐような、憐《あわ》れな女ばかりだった」

「バックは？『トゥデイズ・マーダー』のディレクターやプロデューサーとくっついているとか」

池谷は首を振った。

「いや、それはない。キャロル・守口には別の男がついていることが内偵で判明している」

「別の男？」

「淀橋真《ヨドバシシン》、改名前の名前は、シン・ヨヨギ、お前と一字ちがいだった」

俺は唸《うな》った。知っている。俺と同じヨヨギ公園に捨てられていたホープレスで、インド系の男だった。ハリネズミから成り上がり、不動産業で成功した。特に日本人の業者が手をつけようとしなかった、内側一帯の土地を扱って大儲《おおもう》けしたのだ。

「シンか……」

「ついでに教えてやる。ネットワークに金をだし、特番を作らせ、新宿の浄化運動をやらせたのも奴だ。新宿で育ったドブネズミのくせしやがって、古巣の大掃除をネットワークにやらせそれを売りとばして、大金持というわけだ」

「奴はホープレスのクズだ」

カウンターの内側で黙って話を聞いていた白が吐きだした。

「例の病気の一件で、奴は都と国を告訴し、結局、責任の在りかを明確にすることなく和解金で手を打ちやがった。だがその和解金は収容所や病院に送られたホープレスには一銭も渡らず、奴の会社の損害賠償にあてられた。あの野郎、例の病気のせいで、自分のもってる土地の値段が下がったからそれを補償させるのが目的だったんだ」

「大昔、俺がほんのジャリだった頃、もめたことがある」

俺はいった。シンは、奴のハリネズミに入ろうとしない俺が気に入らず、仲間と俺を襲ったのだ。俺は奴の手下をひとり半殺しにした。

「――あのとき殺しときゃよかった」

「後悔、先にたたずだ」

池谷はいった。

「今じゃ奴は、ネットワークの大スポンサーのひとりだ。日本人じゃないから経営には口をだせないが、キャスターひとりのクビならどうにでもできる」

「待てよ、奴が〝双子座キラー〟とつながっているというのか」

「それはわからん。とにかく奴は大金持で、キャロル・守口は、再現ドラマの端役時代から、奴の女だった」

「シンが自分の女をスターにするために、〝双子座キラー〟をしかけたというのか」

「可能性はないわけじゃない」

「だったら奴をパクれよ」

池谷は首を振った。

「わかってねえな。問題の根っこはもっと深い。先月のことはカメから聞いたか」

「〝双子座キラー〟をパクりそこなったって話か」

「そうだ。警察の捜査情報は、明らかに洩《も》れていた。たまたま間抜けが、指示された場所をまちがえて張ったせいで、奴を職質にかけた。正しい配置についていたら、奴は大手を振って逃げたろう」

「シンがピーを買収したのか」

「シンのことは洗いざらい調べた。奴が買収した警官は確かにひとりやふたりじゃないが、〝双子座キラー〟の捜査本部に入っている者はいない。もしそんなことがバレたら、いくら奴でもそれっきりだ。情報は、警察のもっと高いレベルから流れている」

「もっと高いレベル？」

「警察を退職後の第二の人生をたっぷり楽しみたい奴らさ。そういう連中は、ホープレスから成り上がった不動産屋になど目もくれん。その気になれば、シンの会社を潰《つぶ》すことだってできるんだ」

「じゃあ〝双子座キラー〟を作った奴と、助けている奴は別だというのか」

「ネットワークの経営者は日本人だ。シンがいくら成り上がろうと、ネットワークの中にまで入りこむことはできない。ネットワークは日本人の聖域なんだ。シンとは最初から次元がちがう」

「それを日本人のあんたがいうと、ムカつくぜ」

池谷は平然としていた。

「ホーワインダストリイと『二・二・二会』のことを覚えているだろう」

「もちろんだ」

俺と池谷が組んでぶっ潰した、日本の伝統的なマフィア「ヤクザ」を復活させようとした爺《じじ》いどもの集まりだ。

「警察のてっぺんとネットワークのてっぺんは同じだ。どっちも日本人だ」

池谷はいった。

「つまり〝双子座キラー〟を作ったのはシンでも、それを利用しているのは日本人だと？　何のためにそんなことをするんだ。レーティングか」

「俺にはわからん。だがネットワークと警察は、まちがいなく手を組んでいる。それがある限り、警察は〝双子座キラー〟をパクることはできない。もっとも、ネットワークが、〝双子座キラー〟を必要としなくなり、切り捨てれば別だろうが」

「だからキャロル・守口は、『語りかけ』ができるというわけか。〝双子座キラー〟が自分を襲うことは絶対にない。また万一、パクられても、ピーがぐるである以上、ネットワークにとって不利な情報がでてくることもありえないと」

「ネットワーク、少なくともJTNにとっちゃ、〝双子座キラー〟は大恩人だ」

「だったらなぜ他のネットワークがそいつを叩《たた》かない。三大ネットワークのあとふたつは、『クライム・チャンネル』の成功がおもしろくない筈《はず》だろうが」

「――俺にはわからん」

しばらくの沈黙後、池谷は吐きだした。

「あとのふたつ、KTNとTTNは、もちろん地団駄踏んでくやしがっているにちがいないが、同じ穴の貉《むじな》どうし、化けの皮のはがし合いをやったらキリがないと踏んでいるのかもしれん。あるいは――」

池谷はうつむき、手もとのビールグラスに暗い視線を注いだ。

「あるいは？」

「俺たちの想像もつかない、もっと深くて、どうしようもねえ絵図が隠れているのかもしれん」

「どういうことだ」

そのときバーの扉が開いた。浅黒い肌をして、がっちりとした体つきの二十代の男が入ってきた。プレスされた白いシャツに地味なグレイのスーツを着けている。

「遅れました。申しわけありません」

そいつは池谷に向かって敬礼せんばかりの口調でいい、俺に気づいた。

「あなたは――」

俺はあきれてそいつを見ていた。歌舞伎町で俺をパクろうとした、ホープレスの巡査、佐藤だった。

「どういうことだ」

「どういうことです」

異口同音に、俺と佐藤は池谷に訊《たず》ねていた。池谷は平然と佐藤に命じた。

「いいからすわれ。これから話の本題に入るところだった」

佐藤は表情を硬くして俺を見やったが、無言で俺とは反対側の、池谷の隣のストゥールに腰をおろした。

「互いに自己紹介は終わっているだろうからよぶんな話はしない。シンのケツを炙《あぶ》って、〝双子座キラー〟を、お前たちがパクるんだ」

池谷はいった。

「何だと――」

「警視！」

「外で階級名を口にするなといったろう。佐藤、お前は優秀だが頭が固すぎる。このケンとつきあって、少しほぐしてもらえ」

「ふざけんな」

俺は池谷をにらんだ。

「俺はお前の部下じゃない。何が悲しくて、こんな頭でっかちの新入りピーを仕込まなけりゃならないんだ」

「お前たち雑種野郎どものためだ。佐藤のような奴が手柄をたて、警察の中でのし上がっていきゃ、俺みたいに差別的な警官が減るだろうが」

池谷はいって、にやりと笑った。

「自分は納得いきません。確かに自分とこの人物は、同じ異民族間婚姻によって生をうけた立場ではありますが、私は正規の警察官で、この人物は何ら捜査権限をもたない民間人です。いや、民間人より悪い、社会不適合者である可能性すらもっています。そんな人物と私がなぜいっしょに任務の遂行にあたらなければならないのですか」

池谷はくっくと笑いだしていた。首を振っていう。

「聞いたか、ケン。異民族間婚姻だとよ。お前のオヤジとお袋は、区役所に婚姻届をだしたのか」

「俺は両親とも顔を知らない。生後一ヵ月足らずでヨヨギ公園に捨てられ、そこで暮らしていたホープレス・チャイルドの集団に育てられたんだ」

「私はちがう」

佐藤はいった。

「確かに私の両親は帰化日本人だが、正式な婚姻をかわして、私を生んだ」

「だからお前のほうが偉いのか。病気でくたばりかけている、憐《あわ》れなホープレスのガキをスタンバトンでいたぶる権利があるっていうのか」

俺は佐藤のツラをにらみつけた。ホープレスを痛めつけるピーは最低だが、同じホープレスのくせにそれをやるピーは、最悪だ。ホープレスを痛めつけることで、自分が別の人種、日本人にでもなっているつもりだとしか思えない。

「ホープレスという言葉は使用禁止だといった筈です」

佐藤の顔が赤くなった。

「おい、言葉をなくしたからって、俺たちの存在が消えるわけじゃない。俺もお前も、池谷のような日本人から見りゃ、ただの雑種なんだよ」

「あなたといっしょにされたくない！」

叫んで佐藤は腰をうかせた。とたんに黙ってやりとりを見守っていた白が静かにいった。

「すわるんだ、兄ちゃん。話を聞いてりゃあんたもピーらしいが、俺の店で暴れる奴は、誰だろうと容赦しねえ。頭をカチ割って叩きだす」

佐藤はむっとしたように白を見つめたが、無言で腰をおろした。

「いい子だ。こいつを飲みな」

白はギネスの生を注いだグラスを佐藤の前においた。

池谷が口を開いた。

「お前たちに仕事を頼む理由はふたつだ。ひとつめは、ケンに今まで話したように、〝双子座キラー〟の背景には、警察とネットワークのお偉方、つまり日本人がいる。だから日本人の警官じゃパクれねえ」

「俺は関係ないね」

俺はいった。

「やりたきゃ、この小僧にやらせろよ」

「確かに佐藤は優秀だ。ケンは知らんだろうが、警視庁には雑種の警官が今十二名いる。どいつも入ったばかりのヒヨコだが、その中で佐藤は一番の根性がある。だが、ヒヨコはヒヨコだ。シンの野郎に咬《か》みつこうにも、ふり回され、あっさり消されちまうかもしれん」

「だから俺に子守りをしろと――？」

「警視、この人物には何の資格もないのですよ」

「調査員免許は、俺がさっき復活させた。所轄警察署の課長以上の階級者の認可があれば、免許は付与できる」

「勝手な真似をしやがって」

池谷は涼しい顔でいった。

「無料サービスはしないといったろう。今度の免許はいいぞ。銃器の携帯許可もついている。ただし、七・六五ミリ以下の口径に限られるが」

そして上着の内側から携帯端末《TU》をとりだした。

「IDを打ちこみずみだ。警視庁に登録されていたお前の指紋データも入っている」

TUは、電話であり銀行口座であり、身分証だった。所有者の指紋データが記録され、他人には使用できない。

「オガサワラにいたお前はもっていないだろう。あんな田舎じゃ必要ないからな。ただし銀行口座はカラだ。使いたいなら、お前の貯金にリンクさせておけ」

確かに、オガサワラ以外の場所で生活しようと考えるなら、TUは絶対に必要だった。今どき現金やクレジットカードを使用するような人間は、犯罪者と疑ってくれといっているに等しい。俺がTUを最後にもったのは、オガサワラに渡る前日までだった。

「心配するな。そのTUのナンバーは未登録だ」

登録されたナンバーのTUをもつ者は、いつでも誰からでもナンバーを検索されてしまう。そのために、私用公用二台のTUをもつ者も珍しくない。

「まあ未登録といっても調べりゃ、すぐに割れるだろうが」

俺はあきれて首を振った。池谷は俺を歌舞伎町で見かけたときから、〝双子座キラー〟の捜査に引きずりこむつもりだったにちがいない。そうでなければ、TUなど用意できる筈《はず》がなかった。

「納得できません、警視。なぜこの人物にこれほどの便宜をはかるのですか。それほど捜査に必要な人間とは思えません」

「黙って組んで仕事をしろ。そうすりゃわかる」

池谷は顔をまっ赤にしている佐藤に命じた。そして俺を見た。

「やるだろう、ケン」

「やらなきゃあの条件は呑《の》めねえというのだろ」

俺はいい、池谷は頷《うなず》いた。

ふざけるなといって、席を立つこともできる。原警にコネをつける方法は他にもあるかもしれないし、いざとなれば丸腰でアイランドに渡ったってかまわない。

だが俺はそうしなかった。理由は、あのムカつくネットワークの映像だった。人の不幸を演出して、レーティングにつなげ銭儲《ぜにもう》けしている奴ら。それも、自分たちは正義の側についているふりをして。

「こいつはウォーミングアップだ、ケン。あのシンの野郎ひとり料理できなくて、アイランドで生きのびられると思うな。アイランドを牛耳っているのは、シンなんかより何倍もあくどい大物たちだぞ」

池谷はうそぶいた。

「クソったれが」

俺は吐きだして、TUをつかんだ。

「あんたの腐ったピー公根性はまるでかわっちゃいない」

「当然だ。だから誰も俺を買収できなかったのだからな」

池谷は嬉《うれ》しそうに答えた。

7

白のバーを佐藤といっしょにでた。佐藤も俺と同じで、いつのまにか配置を異動させられ、東新宿署監察課捜査員にされていた。私服刑事への異動なら〝栄転〟の筈だが、まるで嬉しそうなツラじゃない。

「あなたと協力するなど考えられない」

「俺も同じだね」

「警視の命令でなければ、絶対にうけなかった」

「俺は命令されたわけじゃない。取引をしたんだ。さっさと仕事を終わらそうぜ」

「仕事だって！」

佐藤は怒りを爆発させた。

「あなたに何ができる⁉ 三年も前に調査員免許を失効させたような社会不適合者で、その上――」

言葉に迷った。

「ホープレスか」

俺はいってやった。

「その言葉は使ってはいけないんだ。あらゆる異民族間婚姻者の子女に対する差別的表現だ」

「じゃあ、雑種にするか。俺もお前も雑種だが、お前のほうが偉い。そういいたいのだろうが」

俺はいってやった。

「私は差別をなくしたくて警察に入ったんだ。異民族間婚姻者の子供が、すべて犯罪者のように思われている今の社会をかえたくて」

「立派なことだ。応援するぜ。ただし俺たちの仕事を終えてからな」

「あなたは自らの立場を卑下している。たとえ、ホ、ホープレスだろうと、正業につき、正しく生きている人はたくさんいる。その人たちの名誉を守りたいと思わないのか」

佐藤は俺をにらみつけた。

「下らねえ。そんなことはひとりひとりが考えればいいんだ。地下駐車場に巣くうガキを何人収容所に送ったところで、差別なんかなくなりゃしねえ」

「私は任務を遂行していただけだ」

俺は目玉をぐるりと回した。

「勝手にほざけ。車はあるのか」

「何だって」

「車はあるのかと訊《き》いたんだ」

「アパートにおいてある」

「そいつをとりにいこう。足がなけりゃ始まらない」

「なぜ私が、あんたに車を提供しなけりゃならないんだ」

「警視さまの命令だからだ。聞いたろう。俺とお前は、これからシンのケツを炙《あぶ》り、〝双子座キラー〟をパクるんだ」

佐藤はぐっと頬をふくらました。だがいい返すのに適当な言葉が見つからなかったようだ。俺は通りかかったタクシーに手をあげた。佐藤を押しこむ。

「お前のアパートはどこだ」

「高円寺《こうえんじ》」

「じゃあ高円寺へいってくれ」

俺は運転手に命じた。

佐藤がそこらのホープレスとちがうということは、奴がタクシーを止めさせた建物を見てわかった。警官の給料ではとうてい住めない高級マンションだったからだ。東京のドーナッツ化が激しかった十年前なら、このあたり一帯は、日本人しか住んでいなかったろう。

「なるほど。確かにお前は並みのホープレスじゃないようだな。お前のオヤジは、不動産屋か金貸しか」

マンションの地下駐車場に止めてあった佐藤の車は、赤の派手なスポーツタイプのクーペだった。

佐藤はドアノブをつかんでむっとしたように答えた。センサーが作動し、ドアロックが外れる。

「私の父親は外科医だ。あなたと同じように捨てられた子供だったが、苦学して医師になった。母は看護師だ」

「立派だな」

助手席に乗りこむと俺は答えた。

「私の父親の周りには、努力して社会的地位の高い仕事についた、同じような人々がたくさんいる」

指紋識別イグニションスイッチに佐藤が触れると、エンジンが軽快な音をたてた。

「ほう。じゃあお前がピーになるといったら嘆いたろう」

「私は医学部に入学し、途中で法学部に入り直した。両親は初め反対したが、最後は納得してくれた」

誇らしげな口調だった。

「東新宿駅へいってくれ」

佐藤が車を発進させ、駐車場をでると俺はいった。警察署を訪れる前に預けた拳銃《けんじゅう》をとりにいかなくてはならない。

「駅に？　シンの会社は反対の西新宿だ」

不審げに佐藤はいった。

「荷物をとりにいく。それにこの時間じゃもう、奴は会社にいないだろう」

外はもう暗くなっていた。俺はTUをとりだし、亀岡を呼びだした。

「ケン、いつTUを手に入れた？」

電話にでてきた亀岡はいった。亀岡のナンバーは登録されていた。

「話すと長くなる。今の淀橋真、昔のシン・ヨヨギについて教えてくれ。ネットワークにひと泡吹かせるチャンスがあるんだ」

「何だ、そりゃ。奴はお前の昔馴染《むかしなじみ》だろうが。ネットワークと組んだ浄化運動で大儲けしたクソ野郎だ。奴のせいで、女の子たちは街を追いだされた」

「奴の根城はどこだ？」

「確か、東新宿に奴の不動産会社が建てた、超高層マンションの最上階だ。目立つ建物だから、すぐにわかる」

「遊んでいる店はわかるか」

「すぐには無理だが、時間をくれりゃ探ってみる」

「頼む」

「本当にネットワークにひと泡吹かせられるネタなのだろうな」

「本当さ。うまくいったら、あんたにまっ先にスクープさせてやる」

「わかった。お前のいうことなら信じよう」

ＴＵを切ると、ハンドルを握っていた佐藤が訊《たず》ねた。

「今のはマスコミ関係者ですか」

「マスコミはマスコミでもネットワークじゃない。『シンジケート・タイムス』だ」

「『シンジケート・タイムス』？」

あきれたように佐藤はいった。

「あの、ギャング情報ばかりを載せている、いかがわしいタブロイドの？」

「そのいかがわしいのが、俺たちの住んでいる世界なんだよ。ギャングやヤクや、娼婦《しょうふ》たちで、ホープレスの世界は支えられているんだ。シンの野郎がいくら出世して金持になろうが、本性って奴はかわらない。どこかで女を囲い、ヤクを吸ってお楽しみをしていやがるのはまちがいないのさ」

佐藤はため息を吐《つ》いた。

「あなたみたいな人が、ホープレスの地位向上をさまたげているんだ。私はドラッグをやらないし、両親もやっていない」

「だろうな。だがお前のオヤジさんの患者には、そういう奴がうようよいるだろうさ。ひょっとするとオヤジさんはこっそり、そいつらの腹から弾丸を抜きとる手術をしてやって、お前の学費を稼いでいたかもしれん」

佐藤は急ブレーキを踏んだ。

「父を侮辱するのか!?」

「落ちつけよ。ひょっとするといったろうが」

「今度父を侮辱したら、あなたを叩《たた》きだす」

「スタンバトンなしでも強気だな」

「刑事用のスタンガンをもってるが、そんなものがなくても簡単だ」

車は東新宿駅に近づいていた。俺はハザードを点《とも》させ、車をおりた。頭上をふり仰ぐと、派手なネオンの中につっ立つ、巨大なマンションが見えた。八十階はあるだろう。

昼間きたときには、あまりにでかすぎて気づかなかった。

何だってそんなものだ。ネットワークだって、巨大すぎてその歪《いびつ》さに気づく者が少ないのだ。

ロッカーからブレンテンをとりだし、身に着けた。一〇ミリ口径だから、もちろん違反携帯になるが、不法所持よりは罪が軽い。もっとも石頭の佐藤なら、わかったその場で俺に手錠をかけようとするだろうが。

車に戻ろうとしたとき、TUが鳴った。亀岡だった。

「俺だ」

「都合よく、先月まで奴のボディガードのひとりだった男をつかまえた。このところシンは、『キィ・ドロップ』って、会員制のクラブに入りびたっているらしい。それとおい！　奴は、キャロル・守口とつきあってるらしいじゃないか」

「いいネタ元をつかまえたな」

「馬鹿いえ。記事にしたらそいつが消される。ネットワークにひと泡吹かすってのは、キャロル・守口のことだったのか」

「それだけじゃない。『キィ・ドロップ』というのはどこにある？」

「台場《だいば》エリアに作られたカジノゾーンの中だ。しっかりしたＩＤがないと入れないぞ」

「心配ない」

カジノゾーンは、東京湾のアイランドを臨む台場エリアに作られた歓楽街だった。そういえば台場エリアには、ＪＴＮの本社もある。シンとキャロル・守口がデートするには最適のロケーションだ。カジノゾーンには、まっとうなＩＤをもたない者は入れない。都営のカジノがホテルの中に設けられているからだ。カジノゾーンのことを「ミニ・アイランド」と呼ぶ奴もいる。

俺は礼をいって、ＴＵを切った。車に戻ると、佐藤に告げた。

「台場のカジノゾーンだ。そこにある会員制クラブにシンはくる」

佐藤は驚いたように俺を見た。

「なぜそんなことがわかった？」

「お前のいう、いかがわしい新聞社には、鼻のきく記者がいるんだ。銃はもっているな？」

俺は確認した。

「スタンガンがある」

佐藤は答えた。

「ブレットガンは？」

「必要ない。ブレットガンの所持は、かえって発砲事件を増やすだけだ。こちらがもてば、相手ももつ。こちらが撃てば、相手も撃つ」

「それは警視庁のお題目か」

「私の考え方だ」

俺はあきれて佐藤の顔を見つめた。こいつはクソ真面目なだけじゃない。鼻もちならない理想主義者だ。

「本物の銃がいる。署にはあるのだろ」

「必要ない。私は主義としてもちたくない。ましてや、今回のような変則的任務においては尚《なお》さらだ」

「じゃあ訊《き》くが、俺がシンのボディガードに撃たれそうになったら、お前はどうやってそれを止める？　スタンガンで勝負になると思うか」

「そのような状況にもっていかなければよいのだ」

俺は息を吐いた。

「お前がその主義を通すのは、ひとりのときにしてくれないか。それでくたばっても、お前の勝手だ。俺は巻き添えをくいたくない」

「私はその種の妥協に興味はない」

「ふざけるな」

俺は静かにいった。

「お前の考えは、お前にとっては立派だろう。だが、俺はお前のために死ぬ気はないんだよ」

「だったら捜査は私に任せてもらおう。あなたはもともと資格のない人間だ。一歩退《さが》って見ていればいい」

俺は怒鳴りつけたい気持を抑えこんだ。この男の考えが正しいと思ったからじゃない。自分が三年間リタイアしていたあいだに、多くのことがかわった。もしかすると、ギャングどもとピーとのあいだの関係も変化しているのかもしれないと考えたからだ。つまり、俺は「古い奴」だということだ。

「オーケー。やってみろ」

俺のいい方が気にくわなかったのか、佐藤は一瞬むっとした表情になった。が、行動で自分の正しさを証明してやろうと思ったのだろう。黙って車をスタートさせた。

8

台場エリアは二〇一五年の直下型地震で、一度壊滅した街だった。そこに建つビルは当時の〝安全基準〟をクリアした構造であったにもかかわらず、大半が倒壊した。地盤が想定された以上の液状化現象をおこしたためだ。

その後再建築されたビル群は、液状化現象に耐えるため、「クモの巣構造」といわれる、独特の連結通路をはりめぐらせていた。ビルとビルのあいだを、何本もの空中通路がつなぎ、支え合う形をとっているのだ。そのため、異様に無機質な空間が出現した。自動車用の通路もそこにはあるため、地上を走行する車はほとんどない。通路から通路を走っていけば、最高、地上三十階の高さまで車で登れる仕組になっている。

つながった超高層ビルの中でも、ひときわ巨大なのが、JTNの本社ビルだった。ちょうどクモの巣の中心にそびえ立つ形で、タコの足のように、何本もの通路を周囲のビルにのばしている。

地上百二階のそのビルのうち、JTNが自社用として使っているのは、六十階から百階まで、といわれていた。百一、百二は、レストランフロアだ。

エミィが元気だったとき、俺はJTNでの仕事が終わったエミィと、百二階で食事をしたことがあった。眼下に見えるビルと通路は、まさに人工のクモの巣そのものだった。きれいという奴もいるが、俺は何となくぞっとしたものだった。そこまで巨大な人工物を造りあげる力を、もっと別なことに使うべきじゃないか。俺ごときがいう筋合いじゃないが、そんな気がした。

カジノゾーンへは、そのJTN本社ビルから、たった一本の通路でしか入ることができない。通路にはセキュリティゲートがあり、ＩＤと武器所持の厳重なチェックをうけなければならないのだ。

台場エリアに入った俺たちの車は、通路から通路へと、らせんを描くように登っていった。超強化プラスティックで天井部分をおおった通路から、頭上に広がるクモの巣が見てとれる。

セキュリティゲートの手前には、有料ロッカーを備えたパーキングゾーンが設けられていた。チェックにひっかかるような武器はそこで預けなければ、ゲートで没収されてしまう。たとえ警官や調査員でも、逮捕状執行時以外は、銃はカジノゾーンにもちこめないルールとなっていた。

俺はパーキングゾーンで佐藤に車を止めさせた。ブレンテンをロッカーにしまう。このロッカーには、ヤクの取引に多用された過去があった。今はロッカーのシステムがかわり、預けた人間でなければ開けられなくなって、それも減ったらしい。

佐藤はスタンガンを預けなかった。警察官に限って、スタンガンのもちこみが認められているのだ。

「銃をもってきても、どのみちここまでです」

セキュリティゲートが通路の先に見えてくると、佐藤は嘲《あざ》けるようにいった。

「カジノゾーンで銃をふり回す馬鹿はいない。シンが俺たちを消したいと思ったら、ここをでてからだ」

カジノゾーンが「ミニ・アイランド」と呼ばれるのも、このセキュリティチェックのせいだった。だがアイランドにも銃器が存在することを考えれば、カジノゾーンでも安心はできない。

ゲートには強力な非破壊検査装置が組みこまれていて、プラスティック製の銃であっても、発見されてしまうといわれていた。もちろん武装した警備員が、常に二十名以上配置されている。

佐藤のスタンガンがチェックにひっかかった。アラームが鳴り響き、遮断機がおりる。あっという間に車は、十名以上の警備員に囲まれた。

「銃器をおもちですね」

昼間の佐藤とそっくりの防護服にヘルメットを着けた警備員がいった。バイザーの中は日本人だ。カジノゾーンは、警備員にホープレスを決して雇わない。不法侵入の手引きをされるのを警戒しているのだ。

「私は警官だ」

ウィンドウをおろした佐藤は告げた。警備員は首をかしげた。ホープレスの警官など信じられないのだ。

「IDもある」

TUをさしだし、佐藤はいった。それをちらりとも見ず、警備員は訊《たず》ねた。

「TU以外のIDをおもちですか」

「バッジのことか」

ＴＵのデータなど、プロはいくらでも偽造する。奇妙なことだが、ピーバッジは、劣悪なコピー以外は存在しない。

警備員は頷《うなず》いた。佐藤はいらだちを押し殺した顔でピーバッジをとりだした。

「番号をスキャンしますので、動かさないで下さい」

バッジの認証番号で、佐藤の身分を照会した。

「所属とフルネームをどうぞ」

「東新宿署、地域、ちがった、監察課、佐藤ヨー」

「合致しました。指紋照合をおこないます。こちらに、両手親指をのせて下さい」

ボードがさしだされた。佐藤は親指をのせた。

「合致しました。では助手席の方、ＩＤをおもちですか」

「丸腰ならＴＵでいいのか」

「結構です」

俺は池谷がよこしたＴＵをさしだした。

「認証。ヨヨギ・ケンさまですね」

「その通り」

「口座残高に記載がありませんが、クレジットカードか現金をご使用ですか。ならばそちらの鑑定も必要になりますが」

偽造カードや偽札のチェックもおこなっているらしい。

「遊びにきたわけじゃない。仕事で人に会いにきたんだ」

いらだった声で佐藤はいった。

「失礼しました」

警備員はいって退いた。この間に俺たちの立体映像は、車ごと前後左右から撮られている。トラブルをおこせば、この場から逃げても、ただちに警察の監視システムにデータが送られる。

遮断機が上がった。佐藤は車を発進させた。百メートルほど走ると長いらせんの下り坂になり、地上に到達する。

カジノゾーンに入った。

そこは金持のための遊園地だった。豪華なショーをおこなうナイトクラブがあり、超高級レストランやブティックが軒を連ね、都営と国営のカジノがある。もちろん、レストランやナイトクラブでも、ギャンブルは可能だ。スロットやカード、ルーレットはどこにでもおかれている。

「『キィ・ドロップ』はマップデータにない」

ナビゲーションシステムの画面に触れた佐藤がいった。

「会員制だからな。とりあえず、車を止めよう」

カジノゾーンのパーキングは、中古車ショップが経営している。駐車した時点で自動査定がおこなわれ、必要ならその場で現金化が可能だ。むろん運転者と所有者のＩＤが一致した場合に限られるが。

車を止めると、佐藤のクーペの査定価格が表示された。俺は口笛を吹いた。

「立派な値段じゃないか。最近のピーは給料がいいらしいな」

「これは両親からの就職祝いだ」

子供に甘いのが、〝這《は》い上がり〟と呼ばれる、ホープレス出身の成功者の共通点だといわれていた。

「なるほどね」

俺たちは車をおりた。佐藤は駐車場係員に歩みよっていくと、バッジを提示した。

「東新宿署の佐藤といいます。『キィ・ドロップ』という店を捜しています。どこですか」

中年の係員は、ぽかんとした表情になった。

「――知らないいね」

「同僚の方に訊《き》いていただけますか」

「必要ないね。俺がここで一番古いんだ。他の奴が知るわけがない。それ、本物かい」

五十代の日本人だった。ホープレスのピーが信じられないのも当然だ。

俺はあたりを見回した。パーキングからは水平エスカレータが縦横にのびている。ちょうどアフリカ系のホープレスが数人、こちらに向かってすべってくるところだった。ショー関係の仕事だろう、ナイロンスーツを揃いで着こんでいる。街で見れば、ただのギャングファッションだ。

「悪いな、兄さん」

俺はいって、そいつらのひとりに畳んだ万札をさしだした。

「俺の女房を捜してるんだ。『キィ・ドロップ』って店につとめてるらしい」

「日本人にやられまくりだろうよ。あそこにくんのは、横柄な日本人か、這い上がりだけだ。あきらめな」

男は瞳孔《どうこう》の広がった目で俺を見つめ、いった。かなりクスリがきいている。

「あきらめるさ。一発張り倒したらな」

俺がいうと、そいつは仲間をふりかえった。

「聞いたか、おい。この旦那《だんな》は、KDで暴れる気らしいぜ」

げらげらと笑い声があがった。

「おかしいか」

俺はいった。

「別に。泳ぎは得意かい」

男はいって、海のほうを示した。湿った風を吹きつけてくる東京湾だ。そしてそこには、輝くアイランドが浮かんでいた。

「わかるか。海からお帰りだ。あそこで騒いだ奴は、皆んなそういう目にあってる」

「試してみるさ」

男は首を振り、万札を押しつけかえした。

「女なんていくらでもいるのによ。KDは、この先のつきあたりにある、インドの王さまの宮殿みてえな建物だ。専用の駐車場があるから、すぐにわかる」

そして俺の手に残った金を指さした。

「あそこの用心棒に金はきかねえぜ。考えてみりゃ、入れてもらえるわけもないか」

俺は肩をすくめ、佐藤をふりかえった。

「いこうぜ」

エスカレータに乗った。佐藤は無言だった。そのまま三百メートル近く、すべっていった。

「キィ・ドロップ」は、男の言葉通り、専用の駐車場を備えた店だった。運転手つきの黒塗りやリムジン、ハンドメイドのスポーツカーが並んでいる。

宮殿の入口に、レスラーのような日本人がふたり、スーツを着たホープレスがひとり、立っていた。大理石をしきつめたエントランスだ。

「お前の番だ」

俺は佐藤にいった。佐藤は無言でスーツの男に歩みよった。バッジをふりかざし、いった。

「東新宿署の佐藤といいます。こちらにおいでの筈《はず》の淀橋真氏に捜査上の質問があってきました。入場させていただきたい」

「東新宿署。管轄がちがいますな」

男は六十歳くらい。ひどく痩《や》せていて、プラチナ色のひどく目立つスーツを着けていた。年寄りになって、食いつめた消し屋以外の何者にも見えない。妙に耳ざわりな、軋《きし》むような声でいった。

「捜査上の件と申しあげた筈だ。管轄はちがっても、質問は可能だ」

男は首を振った。

「申しわけありませんが、当クラブは会員制です。いかなる理由でも、会員外の方のご入場はお断わりしています。当クラブに対する令状をおもちなら別ですが」

「淀橋氏はお見えなのか」

佐藤は食いさがった。

「お答えできません。当クラブの敷地外でお待ちになれば、その答はわかると思います。ただし――」

男はいって、金ぴかのTUをとりだし、時刻を見た。

「当クラブのクローズは、あと八時間後ですが」

佐藤は深々と息を吸いこんだ。

「ならば、待たせてもらおうか」

俺は首を振った。佐藤のうしろから踏みだした。男は生気のない目を俺に向けた。

「ケンがきた、と淀橋さんに伝えろ。昔、お前が殺しそこなったケンだと。そういや、わかる」

何かをいいかけた男を制し、俺はつづけた。

「仕事を失くしたくなけりゃ、試しに伝えてみるんだな。ひょっとしたら、奴はあんたがボーナスを稼ぐチャンスをくれるかもしれんぞ」

「何のことです」

抑えた声で男は訊きかえした。

「昔の仕事を一回だけやらないかって話さ。今でもシンは俺を消したがっているだろうからな」

「名前を聞こう」

「ヨヨギ・ケン」

男の目がわずかに動いた。

「聞いたことがある。昔、『クーリーズ』のメンバーをひとり殺した探偵だろう」

「クーリーズ」は、中国系のハリネズミだった。探偵になってから、やり合ったことがあった。

「悪いな。ハリネズミは何人も殺したから、いちいち覚えちゃいないいんだ」

俺はいった。男はわずかに息を吸いこんだ。中国系にも見えるから、俺が殺《や》ったのは、こいつの兄貴か弟か、恋人だったのかもしれない。

「待ってろ」

佐藤には目もくれず、男はいって、踵《きびす》を返した。用心棒たちに頷《うなず》くと、ドアを開けさせ、中に入っていく。

俺は煙草をとりだした。さっき、ロッカーに銃を預けたパーキングゾーンで買ったものだ。

「火、もってるか」

用心棒のひとりに訊《たず》ねた。

「お前が立っている場所は禁煙だ、ちっこいの」

そいつが唸《うな》った。

「そうかい。じゃ、自分のを使うとするか」

俺はいって、煙草といっしょに買ったライターをとりだし、火をつけた。

「禁煙だといったろうが」

用心棒は凄《すご》んだ。

「そいつは悪かったな」

俺は一服すると、足もとの大理石に吸いさしを落として踏みにじった。

「淀橋さんがお前を気に入るといいな、おい」

用心棒はいった。

「さもなきゃ、帰りは海だぜ」

「日本人のくせに、ホープレスをさんづけか？　ここはえらく民主的だな」

「帰ったことにするか」

用心棒はいって、一歩踏みだした。相棒が止めた。

「よせ。もうひとりはピーだぞ」

「関係ねえな。ホープレスのピーなんて聞いたことがない。本物でも、いなくなったほうが喜ばれるのじゃねえか」

「私に暴力行為を働けば、ただちに公務執行妨害を適用する」

佐藤が緊張した声でいった。

「何かいってるぞ。サルのピーが」

「おもしろい。やれよ」

俺は用心棒にいった。

「お前はあとだ」

用心棒は俺を押しのけ、佐藤に歩みよった。佐藤は身がまえた。

「いいのだな。逮捕されても」

そのとき、宮殿の扉が開いた。

「ケン！　ヨヨギ・ケンじゃねえか。くたばったって聞いてたぞっ」

太い葉巻をくわえた、巨大なでぶが現われていった。シンだった。

シンは仕立てのいいスーツに身を包み、馬鹿でかい金の指輪を三つもはめ、首からは長いネックレスをさげていた。

「そりゃ残念だったろう。自分の手で俺を殺《や》れなくて」

俺がいうと、シンは馬鹿笑いをした。かたわらのスーツの男をつつく。

「聞いたか、おい。あいかわらずふざけた野郎だ。俺が今でもこいつを相手にすると思っていやがる」

「片づけるのなら、いつでもいって下さい」

男が囁《ささや》きかえした。

「こいつは俺の一番下の弟を殺しました」

「そうか！　そいつは奇遇だな」

シンはわざとらしく驚いてみせ、男の腕をつかんだ。

「待ってろ。これから俺はケンにこの店を案内してやるつもりだ。同じヨヨギ公園の生まれでも、努力と根性しだいで、どれほど立場がかわるかを、昔のよしみで教えてやりたい。帰りの案内はお前にさせてやる。だからいい子にしてるんだ」

俺の耳にも届くようにいった。そして初めて気づいたように佐藤を見た。

「で、こいつは？　お前のアシスタントか、ケン」

立ちふさがっている用心棒を押しのけ、佐藤が進みでた。

「私は東新宿署の佐藤です。捜査上の質問があって淀橋さんに会いにきました。こちらのヨヨギ・ケン氏とは無関係です」

シンがわざとらしく目を丸くした。

「こりゃ驚いた。あんたみたいなピーが東新宿署にいたのか。俺と署長は仲良しでね。代々、東新宿署の署長は、赴任してくると、タワーにある俺のインド料理屋で飯を食うことになっている」

「それは初耳です」

佐藤は表情をかえず、いった。

「まあいい。俺は警察活動に協力的な、珍しいホープレスといわれてる」

シンは指を鳴らした。かたわらの男にいう。

「ふたりを中に入れてやれ、チャン。責任は俺がもつ」

チャンは小さく頷いた。

「こいよ、ケン。まずは一杯やろう」

シンは背を向け、歩きだした。

9

「キィ・ドロップ」は、地上から地下三階へとたてにつながった馬鹿でかい店だった。地下二階までは、天井が円型の吹き抜けになっていて、中央の空間をエレベータのように上下するステージのショーが見られるような構造になっている。俺たちが入っていったときは、全裸の白人ダンサーが四人、かなりきわどいダンスを、生バンドをバックに演じていた。もっとも、見ている奴はほとんどいない。各階のバカラとルーレットのテーブルにとりつき、ギャンブルに血眼になっている。

最下層の地下三階だけは、様相が少しちがっていた。〝休憩場〟といった雰囲気で、照明も暗く、本物の革張りのソファが並べられている。葉巻の煙が漂い、シースルーの衣裳《いしょう》を着けたウェイトレスがひそやかに動き回っていた。

「ハシシの匂いがする」

地下三階におりると、佐藤がつぶやいた。

「今さら驚くな」

シースルー姿のウェイトレスのひとりが、首から葉巻の箱をさげ、席から席を移動していた。おそらく箱の中には、いろんなヤクも並べられている。

「こっちだ、ケン」

シンは、地下三階の最奥部へと、俺たちを案内した。シンは昔から、自分のものを見せびらかしたがる癖があった。たとえそれが殺した奴から奪いとった品であろうと、奴にとっての〝お宝〟なら、それをせずにはいられないのだ。最初に奴のその癖を知ったのは、自分と同じインド系の婆さんがはめていた金の腕輪が欲しくて、婆さんの手首を切り落とした十一歳のときだ。

その席は、他とは仕切られた個室だった。中に入ると、奴の用心棒と覚しいインド系の男が四人、さっと立ちあがった。どれも俺の知らない、若い顔ばかりだ。

「紹介しよう。こいつは昔、俺を殺そうとしたことがある。ヨヨギ・ケンだ」

シンは陽気にいった。ソファが囲むテーブルの中央に、シャンペンの入ったアイスバケットがおかれていた。用心棒どもは、なめきった顔で俺を見つめた。

「そしてこっちが、何といったか。日本人みたいな名前だったな――」

「佐藤です。東新宿署の佐藤巡査」

怒りを抑えた声で佐藤はいった。

「だ、そうだ」

「聞いたことがあります、社長」

用心棒のひとりがいった。

「ピーは、俺たちを差別していない証明に、混血の新人を雇ったたって。日本人に尻尾《しっぽ》を振りたがる腰抜けを何人か、特に選んで入れたそうです」

佐藤はその男の顔を見た。

「私に対する侮辱は、場合によっては公務執行妨害罪の適用をうけることになる。警告しておく」

俺はあきれて首を振った。

「佐藤、お前のバッジはここじゃ通用しない。こいつらを、いくらぶちこんでやると威《おど》したって無駄だ。こいつらは、シンにいわれりゃ、相手がピーだろうが平気で殺しにいく。何人シンのために殺したかで、給料の額が決まるんだ」

「あなたにアドバイスは求めていない。わかったか？」

佐藤は用心棒に念を押した。用心棒は小さく首を振り、シンを見た。

「待ってろ」

シンはそいつが何かをいう前にいった。

「それより彼女はどこだ」

「上の階です。社長がいなくなったんで退屈しちまったみたいです」

別の用心棒が答えた。

「仕方ない。まあ、かけろや、ケン」

シンはいって俺と佐藤にソファを勧めた。

「おい、シャンペンを注《つ》いでやれ」

「せっかくですが辞退します。職務中ですので」

佐藤がいった。シンは首を振った。

「坊や、ここでは俺が飲め、といったら飲むんだ。俺に逆らうつもりなら、東新宿署の署長以上の階級に出世してからにするのだな」

「お前の奢《おご》りのシャンペンなんて飲めないね」

俺はいった。

「それより、いくつか佐藤の質問に答えろ」

シンは驚いたように俺を見た。

「ケンよ、お前いつからピーのお先棒を担ぐようになったんだ」

　俺は肩をすくめた。佐藤はTUを操作した。

「淀橋社長、まず、あなたとニュースキャスターのキャロル・守口さんはお知り合いですね」

　シンの表情はかわらなかった。

「そうだよ、それがどうした」

「彼女が『トゥデイズ・マーダー』のキャスターとして抜擢《ばってき》された背景には、あなたの後押しがあったといわれていますが、それについてはどうお考えですか」

　シンはげらげら笑いだした。

「おいおい、ピーはいつから『ゴシップ・チャンネル』のネタ集めをするようになったんだ？」

「質問に答えていただけませんか」

　そのとき、個室の扉が外から開かれた。シンはにやりと笑い、入ってきた人物を指さした。

「本人に訊《き》けよ」

　俺と佐藤はふりかえった。キャロル・守口が立っていた。夕方のニュースで見たときと同じスーツを着け、ひどく酔っているのか、目がとろんとしている。

「シン、あなたがいないから上まで捜しにいっちゃったわ。わたし、バカラがやりたいの」

「キャロル、俺の知り合いを紹介しよう。幼馴染《おさななじみ》のヨヨギ・ケンと、東新宿署の佐藤巡査だ」

キャロルはゆっくりと首を回し、俺たちを見た。

「幼馴染。じゃあ、あなたもヨヨギ公園に捨てられていたの？」

キャロルは、酒以外の何かもやっていそうな口調で訊《たず》ねた。

「そうだ。俺たちがまず覚えたのは、俺たちに配給される食い物をくすねようとする、俺たちよりもう少し年かさのガキどもからどう逃げるかって方法だ。もう少しすると、そいつらをぶちのめして、そいつらの食い物を今度はこっちがいただくやり方を覚えた」

キャロルは首を振った。

「ひどい話」

いってから、不意にその目が大きく広がった。

「待って。ヨヨギ・ケン……。聞いたことがあるわ。あなた、エミィとつきあっていた探偵じゃない？　エミィ・ホー」

俺はまじまじとキャロルを見つめた。

「エミィを知ってるのか」

キャロルは乱れていた髪をかきあげた。

「彼女とわたしは、俳優養成所でいっしょだったの。すごく才能があったけど、急に引退しちゃって、どうしたのだろうと思っていたのよ。そのときあなたの噂を聞いた」

「そうか」

「元気なの？　まだエミィとつきあっているの？」

「エミィは死んだ。地下水が原因の、例の病気で。死ぬまでの二年、俺はずっとエミィといた」

キャロルは目をみひらいた。

「かわいそうに……」

「だから俺は、国と都を告訴したんだ。かわいそうなホープレスの仲間たちに、一円でも治療費を稼いでやろうと思ったんだ」

シンがいった。

「ふざけるな。お前は病気のせいで、自分の土地の値段が下がり、それを補償させせただけだって聞いた」

キャロルはくるりとシンをふりかえった。

「本当なの、それ」

シンはおおげさなため息を吐《っ》き、キャロルの手を握った。

「キャロル、信じてくれ。俺がそんな真似をするわけないだろう。ケンは、その、ちょっとばかり、俺がうらやましいんだ」

俺が口を開くより早く、佐藤が割りこんだ。

「守口さん、いくつかおうかがいしたいことがあります」

キャロルは初めて気づいたように、佐藤を見た。

「何かしら」

「淀橋氏とあなたの交際は、現在のあなたの地位をもたらしたといわれているのですが、それについてどう、お考えですか」

キャロルは顔をしかめた。

「何をいってるの？　意味がわからないわ。わたしとシンは長いつきあいよ。それがどうしたの？」

「俺はずっとキャロルのファンで、応援してきたんだ。その才能に比べ、あまりに評価が低いのに憤慨し」

シンがふざけたセリフを吐いた。

「では、はっきり申しあげます。〝双子座キラー〟の出現によって、あなたの仕事環境は劇的にかわられた。そのことと淀橋氏のあいだに何か関係があるとは思いませんか」

「おい！」

シンが鋭い声をだした。

「いくらピーでも、いっていいことと悪いことがあるぜ」

キャロルが少ししゃんとした表情になった。

「佐藤巡査、これは正規の捜査ですか」

「そうです。私は、〝双子座キラー〟に警察の捜査情報が流れている問題について捜査をおこなっています」

「わたしと〝双子座キラー〟のあいだには、何ら個人的な関係はないわ。それに関しては、〝双子座キラー〟の捜査本部も結論をだした筈《はず》よ」

キャロルは佐藤をにらみ、いった。

「第一、『クライム・チャンネル』は、ずっと警察には協力してきた筈です」

「だが、あんたは『語りかけ』を〝双子座キラー〟に対し、番組中でやっている。自分が襲われないという確信がない限り、あんな危険な真似はできない筈だ」

俺はいった。キャロルの目が俺に移った。

「それからもうひとつ。あんたの番組を見せてもらったが、あんたたちは犯罪を報道しているのじゃなく、報道する犯罪を作っているんだ。たとえば今日の夕方のヤク中の話。奴にヤクが渡らないようにして、キレるようにもっていかせた奴がいた筈だ」

キャロルの目が丸くなった。無言で俺を見つめている。

「自分の売人を襲うヤク中なんて、本来いるわけがないんだ。売人を怒らせたら、ヤクが手に入らなくなるのだからな」

「いい加減なことをいうな」

シンがいった。

「ケン、お前らは俺の好意でここに入れたってことを忘れているのじゃないか」

「待って。シン、それは本当なの？」

キャロルが訊ねた。

「キャロル、あれは本物の映像だ。うちの店子《たなこ》が、ためた家賃のかわりに買ってほしいともってきたんだ」

シンは憐《あわ》れっぽい口調でいった。

「なるほどな」

俺はいってやった。

「最近は、昔の仲間からふんだくった土地を売るだけじゃなく、安いドラマの製作も商売にしていたのか」

シンが首を動かした。用心棒がさっと立ちあがり、俺と佐藤を囲んだ。

「お引きとり願え」

「まだ質問の途中です」

佐藤がいった。

「裏口からお帰りいただいたほうがいいようだ」

シンが大きな声をだした。俺はいった。

「キャロル、もしあんたが本当に〝双子座キラー〟と自分のあいだには何の関係もないと信じてるとしたら、大根役者だった昔と何ひとつかわっていないということになる」

「ふざけるなっ」

シンが怒鳴った。

「本当も何も、こいつらのいっていることは、すべて証拠も何もない、いいがかりだ。

「シン、本当のことを教えて」

佐藤が警告した。

「私の体に触れたら、公務執行妨害の現行犯で逮捕する」

用心棒が俺の肩をつかんだ。俺はふりはらった。

「それが気にくわないだけなんだ」

だ。恋人だった女が死んだのに、お前と俺は仲良くやっていて、しかも成功している。

「こんな薄ぎたない探偵のいうことなんか聞くな。こいつは俺たちをうらやんでいるん

キラー〞を演じさせている。だから、キャロルが襲われる心配なんかないとわかってる」

保証してやったのじゃないか。だが実際のところは、どこかの消し屋に金をやり〝双子座

「お前はキャロルにボディガードをつけ、キャロルが番組中に何をいっても安全だ、と

俺はシンにいってやった。

「だったらお前ともだろうが」

「よすんだ、キャロル。お前とこいつとは、住む世界がちがう」

「わたし、この人の話が聞きたい」

キャロルが叫んだ。

「やめて、シン！」

「お前、どうしてもこの場で殺されたいらしいな」

俺がそんな真似をするわけないだろう」

「さあ――」

用心棒が今度は俺の手をつかもうとした。俺は逆にその手首をつかみ、うしろ手にひねりあげた。

「何しやがるっ」

「全員そのまま、動くなっ」

佐藤がスタンガンを引き抜いた。一瞬用心棒たちは動きを止めた。だが次には、あきれたような笑い声をたてた。

「おいおい、そんなオモチャで俺たちをパクれるとでも思っているのか」

「警備員を呼べ」

シンがいった。

「はい」

ひとりが部屋の出口に向かおうとした。俺はテーブルからシャンペンのボトルをつかみあげると、そいつの後頭部に叩《たた》きこんだ。キャロルが悲鳴をあげ、殴られた用心棒は床に倒れこんだ。

「じっとしてろ。まだ話は終わっちゃいない」

「貴様……」

最初に佐藤をからかった用心棒が、でかいナイフを腰のうしろからひき抜いた。

「どこからそんな代物をもちこんだんだ」

俺はあきれていった。だが事態は俺と佐藤にとって、ひどく悪いほうへ転がっていた。これ以上騒ぎが大きくなれば、上から警備員がとんでくる。丸腰の俺たちには勝ち目がない。

「それを床に捨てろ」

スタンガンをふりかざし、佐藤がいった。用心棒はせせら笑った。

「お前らを刻んでからな」

「さっ、キャロル、いこう」

シンがキャロルを先に連れだそうとした。俺はいった。

「エミィとあんたが本当に友だちだったなら、俺が腕のいい探偵だって話も聞いていた筈だ。あんたの男の趣味には目をつぶるとしても、いつまでもひどいやらせの片棒を担いでいたら、ひどく後悔することになるぜ」

「かまわん、殺せ」

シンが命じた。

「シン！」

キャロルが叫び、ナイフの男が俺に切りつけた。俺は寸前でそれをかわすと、そいつの股間《こかん》を蹴《け》りあげた。だが俺の蹴りは、背後から俺を羽交い絞めにした別の用心棒のせいで外れた。

「おさえてろ！」

ナイフがふりかざされた。

佐藤が動いた。ナイフをかざした用心棒の首すじでスタンガンが閃《ひらめ》いた。用心棒はよろめいて、ナイフをとり落とした。

「傷害未遂の現行犯で逮捕する」

佐藤がいったとき、別の用心棒が拳銃《けんじゅう》をとりだし、撃った。弾丸は佐藤をかすめ、テーブルのボトルを粉々にした。誰かが悲鳴をあげ、個室の外が騒がしくなった。

俺は用心棒が落としたナイフを拾いあげると、銃を撃った奴の右手に切りつけた。二発目が床につき刺さり、俺はそいつの喉《のど》にナイフをあてがった。

「動くなよ。そいつをよこせ」

銃を奪った。見たことのない形をしたビニール樹脂製の拳銃だ。

シンとキャロルがいなくなっていた。手錠をとりだそうとしている佐藤に俺はいった。

「こんな奴らはほっておけ。キャロルを追うんだ」

「しかし――」

俺は血の流れる右手をかかえこんでいる用心棒の額を拳銃のグリップで殴りつけた。手の中で音をたて、グリップはばらばらになった。発見はされにくいのだろうが、こんなヤワな銃では使いものにならない。

「ケン――」

佐藤は眉《まゆ》をひそめた。

「いいからいくぞ」

俺はいって壊れた銃をその場にほうりだし、個室をでた。地下三階には人けがなくなっていた。フロアをよこぎったところで、エレベータから警備員が四人とびだしてきた。入口にいた用心棒とは別の奴らだ。

「奥にいる奴らを何とかしてくれ。酔っぱらって暴れだしやがって、手がつけられない」

俺はいった。制服を着けた警備員は、どいつも日本人だったが、じろりと俺をにらんだだけで、奥の個室へと走っていった。手にしているのは銃でもスタンガンでもなく、金属製の警棒だ。

入れちがいにエレベータに乗りこんだ俺は一階のボタンを押し、いった。

「個室で助かったな。さもなけりゃとっくに警備員におさえこまれているところだ」

地下三階のフロアもエレベータも、あらゆるところに監視カメラがしかけられていた。個室にだけそれがなかったのは、おそらくそこで〝お楽しみ〟に及ぼうとする大物たちがとり外させたからだ。

「キィ・ドロップ」の出入口をくぐったところで、チャンが待ちかまえていた。

「おっと――」

「淀橋社長から伝言を預かっている。お前を刻んで、海に流せとな」

チャンは両手に細身のナイフを一本ずつ握っていた。こいつの存在を忘れていた。俺は舌打ちした。ヤワでも壊れていても、あのビニール銃をおいてくるのじゃなかった。

レスラーのような用心棒ふたりは、少し離れた位置に立ち、腕を組んで眺めている。

「そこをどけ。公務執行妨害で逮捕するぞ」

佐藤がいった。チャンが無言で左手を閃かせた。佐藤がのけぞって、危うくかわした刃先が、その襟を切った。

佐藤は目をみひらき、スタンガンをひき抜いた。チャンが右手を振ると、ナイフが佐藤の右手を貫き、スタンガンが地面に落ちた。

佐藤は呻《うめ》き声をたてた。

「こいよ、ケン。弟のカタキだ。このナイフでお前を切り刻んでやる」

チャンはいって、別のナイフを袖口《そでぐち》から抜きだした。

俺は首を振った。こいつのナイフの扱いは年季が入っている。素手じゃとうてい勝ち目がなかった。

「よせよ、俺はお前の弟なんて覚えちゃいない」

「いった筈《はず》だ。『クーリーズ』のメンバーで、名前はウォン」

「ハリネズミだろう。奴らの大半は、俺が殺《や》らなくても、クスリか病気でくたばる運命だった」

チャンと間合いをとった。毒蛇の鎌首のように曲げた手首の先から二本のナイフがつきでている。

「弟はどこも悪くなかった」

「じゃあ脳ミソが腐ってたんだ。世の中には、くたばるため以外生まれてきた理由を思いつけないようなクズがいる。お前の弟もそんなひとりだったのじゃないのか」

　チャンの目が細められた。

「お前も死ねばそうなる」

「死ねば皆んなクズか。その通りだ。だがな――」

　いいながら踏みこむと、チャンの胸もとを蹴った。不意をつかれ、チャンがバランスを崩し、尻《しり》もちをついた。きたない手だが、丸腰でカッコをつけられるだけの余裕は、今の俺にはない。

「佐藤！」

　俺は叫んで走りだした。佐藤はあわてて左手でスタンガンを拾いあげた。チャンは立ちあがるとナイフを投げつけた。それを予期していた俺は、ようすを眺めていた用心棒のほうに走っていた。

　俺をかすめたナイフが、そのひとりの肩口を切り裂いた。

「痛っ、何しやがる!?」

　用心棒が叫んだ。ホープレスどうしの殺し合いを高みの見物するつもりだったのが、とばっちりをうけ、顔をまっ赤にしている。

「どけ」

チャンがいった。

「おい、よせよ」

相棒が止めたが、刺された男はのっしのっしとチャンの前に立ちはだかった。

「この混血野郎が、相手を見てナイフを投げやがれ」

チャンが無言でナイフを一閃《いっせん》させた。男の言葉が途切れ、喉もとから血が噴出した。

男は切られた喉に手をあて、信じられないように目をみひらいた。

「あっ、手前《てめえ》！」

相棒が叫び、腰に手をやった。だがそれより早く、チャンの手の別のナイフがそいつの胸の中心に吸いこまれた。

もちろん俺はその一部始終を、つっ立って見ていたわけじゃなかった。パーキングに向かって走りながらふりかえっていたのだ。

チャンは殺したふたりの日本人からナイフを回収し、血をそいつらの服でぬぐって、袖口におさめると、こちらに向かって走りだした。

「車をだせ！」

佐藤が走りながらバッジをかざした。血に染まったその手を見て、係員はあわてて機械に走りよった。

佐藤のクーペが地下からせりあがった。チャンがパーキングの出入口までやってきていた。

「何か武器はないのか」

「トランクに！」

佐藤がいって、キィを振った。クーペのトランクが開いた。走りよった俺は中をのぞいた。スタンバトンが入っていた。そいつをとり、電圧を最大に切りかえた。

「ケン！　逃がしゃしねえ」

チャンがパーキングに走りこんできて叫んだ。殺した用心棒の返り血を浴び、顔がまだらに赤く染まっている。パーキングの係員がひっといって逃げだした。

「飛び道具はないのか!?」

「いった筈だ。私はブレットガンに頼る気がない」

「くそ」

俺はスタンバトンを握りしめてチャンに向き直った。

「きたねえ手を使いやがって。もう逃がさん」

「お前は二件の殺人をおかしている。ただちにナイフを捨てろ」

スタンガンを左手に握り、佐藤がいった。さすがに応援を呼べば何とかなると思うほどの馬鹿ではないようだ。

俺はこきざみに体を動かし距離をおき、チャンがナイフを投げようとしたら、すぐにそれをよけられる体勢をとっていた。だがスタンバトンを届かせるには、あるていど距離を詰める必要がある。

「佐藤、車に乗れ」

俺はいった。

「しかし――」

「いいから早く乗れ！　今大事なのは、こいつをパクることじゃない。キャロル・守口から話を訊《き》くことだ。そうだろう！」

「この男も殺人犯だ」

「どうせさっきの日本人の仲間に追いつめられて死ぬさ」

サイレンがあたりの空気を震わせた。監視カメラで事件を知った、台場エリアの警察が警報を発したのだ。

佐藤はサイレンを聞くとほっとしたような表情になった。

「チャン！　あきらめろ。もうお前は逃げられない」

チャンが佐藤を見ることもせず、ナイフを投げた。間一髪で佐藤は車の陰に伏せ、ナイフは車体を削ってどこかへ飛んだ。

佐藤がクーペの運転席に乗りこむとエンジンを始動させた。俺はクーペを、チャンとのあいだにはさむようにして、ぐるぐると回った。

「許さねえ。手前だけは殺す」

チャンがくいしばった歯のあいだからいった。

「おいおい。恨むのなら、そのすぐ血がのぼる自分の頭を恨めよ」

俺はいった。怒らせることで、奴のナイフ投げの腕を狂わせる、最初からその作戦だった。

「思いだした、お前の弟もそうだった。頭にくると、敵も味方も見境なく撃ちまくった。お前の弟が死んだせいで、助かった奴が何人もいた筈だ」

喋《しゃべ》っている最中に奴がナイフを投げた。俺は首をひっこめ、ナイフはクーペをかすめて、背後で何かに刺さった。

俺はクーペの周囲を動き回った。チャンがネズミを追う猫のように動く。ハンドルを握った佐藤がそのようすを目をみひらいて見つめていた。

俺は佐藤に小さな合図を送った。佐藤が頷《うなず》く。

俺は走った。チャンがあわせて走り、クーペのトランクのまうしろに立った。佐藤がシフトをバックに入れ、アクセルを踏みこんだ。

チャンの体がクーペのリアバンパーとぶつかってはねとばされた。そのスキを逃さず、俺はスタンバトンを奴の顔に押しつけた。

火花が散り、チャンがぎゃっと声をあげて白目をむいた。頰に焦げ痕《あと》がついている。

佐藤が車をおりようとした。

「いいからほっておけ」

俺はいって、助手席に乗りこんだ。

「しかし！」

「お前はここじゃ管轄外だ。いくらバッジをもってるからって、信用されるのにどれだけ時間をくうと思ってる。それよりシンを追え！」

佐藤は唇を噛《か》み、ハンドルを殴りつけた。

「くそっ」

だがクーペを発進させた。

10

カジノゾーンから台場エリアへとつながる道は、らせんの登り坂で、おそらく運転手つきのリムジンを使っているシンの車は抜けるのに時間がかかる。しかもその手前にはセキュリティゲートがあり、シンは預けた銃をとり戻そうとする筈《はず》だ。

佐藤の運転するクーペは猛スピードでゲートに近づいた。渋滞ができている。

「どんどん前へでろ」

俺はいい、車をおりた。セキュリティゲートは、通報がない限り、入るときほど出るときはうるさくない。だが台場エリアの警察からの指令で、今は両車線ともに、厳しいチェックが始まっていた。

俺はロッカーまで走ると、預けてあったブレンテンをとりかえした。佐藤はクラクションを鳴らし、バッジを窓から掲げながら渋滞する車をどかし、前へと進んでいる。

渋滞の中に、シンのリムジンはなかった。ようやくゲート前までクーペを進めた佐藤と武装警備員がやり合っていた。どうやら一台一台、警察の認証をうけた上でないと通せないといっているらしい。

「私は警官だ！」

いらだったように佐藤がいった。

「わかっています」

ヘルメットの内側から警備員が答えた。

「ですがあなたの管轄区域はここではありません。我々は、新東京都カジノゾーンとの契約で、台場署の認証のない車は一台も通すことができないのです。手続きはすぐすみますから――」

「キャロル・守口を見たろう。ニュースキャスターだ」

俺はいった。警備員がふりかえった。

「それが何か」

「誘拐された。いっしょにいた男は、ホープレスの不動産屋でキャロルの恋人だが、痴《ち》話喧嘩《わげんか》がこじれて、むりやり連れだした。このままじゃキャロルが殺される」

警備員は顔を見合わせた。

「俺はあの不動産屋をガキの頃から知っている。筋金入りの変態野郎だ。この刑事は、管内でおきた、奴によると思われる暴行事件を追っかけていたんだ」

「キャロル・守口の乗った車がゲートを通過したのはいつだ？」

佐藤が訊《たず》ねた。

「四、五分前です」

「台場エリアをでる前につかまえないと。もしつかまえられなかったら、ネットワークはあんたとあんたの会社を訴えるだろう」

「遮断機をあげます」

警備員はいった。

俺はクーペに乗りこんだ。佐藤が発進させた。

ゲートが遠ざかると、佐藤はクーペのスピードをあげ、険しい口調でいった。

「あなたの調査は、いつもこんなやり方なのか」

「こんな、とは？」

「相手を挑発し、罪をおかさざるをえないように仕向ける。あるいはデタラメを並べ、一般の市民を、まるで犯罪者であるかのように思いこませる」

「一般の市民だと？　シンが手下に命じたセリフを聞いたろう。奴が一般の市民だというのか」

「あなたは淀橋氏を一方的に侮辱し、あたかも〝双子座キラー〟と関係があるかのような発言をくりかえした」

「ちがうと思うか？」

「証拠は何ひとつない」

「確かに。だが奴は俺たちを消そうとした。それについても無罪か」

「先に手をだしたのは、あなたのほうだ」

「警備員がきたら、万事休すだった。もしシンが〝双子座キラー〟と何らかのつながりがあるなら、必ず尻尾《しっぽ》をだす」

「なかったら？」

「奴を殺人教唆でパクればいい」

「むちゃくちゃだ。そんなことで公判が維持できる筈がない。あべこべに彼が告訴すれば、あなたも私もつかまってしまう」

「奴が裁判所を使うのは、金儲《かねもう》けのときだけだ。気に入らない野郎を黙らせるやり方は、何ひとつ昔とかわっちゃいない」

俺はブレンテンをとりだすと、初弾を薬室に送りこんだ。

それを見た佐藤が血相をかえた。

「その銃は何だ!?」

「お前の嫌いなブレットガンさ」

「口径は？」

「一〇ミリ」

「携帯許可は、七・六五ミリまでの筈だ」

「そんな豆鉄砲で奴らとやり合えるか」

「あなたを逮捕する！」

「いいから黙って運転しろ。シンの野郎が〝双子座キラー〟と本当に何の関係もなかったら、いくらでも俺にワッパをはめさせてやる」

俺は安全装置をかけたブレンテンをしまい、いった。自分の中で、目に見えない〝活力〟のようなものがよみがえるのを感じていた。

すっかりかわってしまったと思っていた街に、まだ昔とかわらない消し屋や用心棒、ギャングどもが生き残っていたことが、俺を元気づけていた。

チャンとのやり合いが、俺にかつてのような非情さと行動力を思いださせてくれた。生きのびるには、相手をぶっ倒す以外の方法はないという、ホープレスの血を復活させたのだ。

佐藤は怒りをぶつけるようにクーペのスピードをあげた。運転テクニックは悪くない。狭いチューブ状の空中通路を、まるでエアカーに乗ったような気分にさせるスピードでかっ飛んでいく。

「いたぞ」

俺はクーペについた端末を叩《たた》き、いった。ナビゲーションシステムに、二百メートル先を走行するリムジンのナンバーが表示されている。前後四百メートルを走行する車のすべてのナンバーが表示されるのだ。

ナンバープレートには、「SIN」の文字が入っている。それで奴の車だとわかった。

「まさか強制的に停止させるつもりではないだろうな」

佐藤がいった。

「それはしない。奴らにぴったりと張りつけ」

「そのあとは？」

「どこまでもくっついていく。奴が、キャロルか俺たち、あるいは両方に、納得のいく説明をするか、ぶち殺すという決心をするまでだ」

「気づかれるように尾行しろ、と？」

「その通り。どのみち奴の運転手はプロだ。気づかれないよう尾行するのは不可能だ」

「彼が通報したら？」

「しないさ。口で何といおうと、奴はピーを信用なんかしちゃいない」

俺は答えた。

佐藤は一文字に口をひき結んだ。リムジンとの距離を詰めながら、ずっと考えこんでいる。やがていった。

「私はすでに警察官として許されない違反行為をいくつもおかしている」

「そうかい」

俺はいいながらハンカチをとりだした。チャンに刺された佐藤の右手の甲から血が滴っている。

「右手をこっちによこせ」

佐藤は俺を見た。

「こいつで縛って止血する。このスピードで気でも失われたら、お前と心中だからな」

俺はハンカチを振っていった。佐藤は無言で俺の言葉にしたがった。俺は奴の右手にハンカチを縛りつけた。痛む筈だが、眉《まゆ》ひとつ動かさない。確かに根性はある。

「本来なら上司に連絡して、判断を仰ぐべき局面だ。これ以上淀橋氏を追跡すれば、事故を誘発する可能性もある」

「上司ってのは池谷だろう。奴が、『そりゃ大変だ、すぐに応援を送る』といってくれるとでも思うか」

佐藤は唇を嚙《か》んだ。

「私はあなたと上司のせいで失職するかもしれない」

「おおげさに考えるな」

「たとえここで追跡を中止しても、私の違反行為は明白だ。淀橋氏があなたのいうように告訴しないという確証は何もない」

俺は首を振った。これ以上佐藤の〝自問自答〟にはつきあっていられない。

佐藤はぐっと頰をふくらませた。

「どうせクビになり、責任を問われるのなら、追跡をあきらめるのは不完全な行為だ。追跡を続行する」

「面倒な男だな。女にもてないだろう」

俺は吐きだした。佐藤はそれを無視して、前方に目をこらした。

リムジンとの距離は二十メートルを切っていた。はっきりと目で確かめられる。二台の車は、空中通路をくぐり抜け、台場エリアの一般道へと合流した。リムジンはスピードをあげた。

「ちなみに訊《き》くが、この車に防弾装甲は？」

「していない。あくまでもこの車は、私の私有物だ」

「なるほど。この先の信号で並べ」

佐藤は俺をちらりと見たが、反論はしなかった。

やがて五十メートルほど先の信号が赤にかわり、リムジンが減速した。佐藤はクーペを前にだし、リムジンの右側についた。俺はサイドウインドウをおろした。

リムジンの後部席は、シールドされていて内部はまったくうかがえない。だが中からはこちらの顔が見える筈《はず》だ。

「キャロル！　聞こえるか、キャロル！」

俺は叫んだ。

不意にリムジンが発進した。赤信号を無視し、走行中の車に急ブレーキを踏ませながら交差点をつっきろうとする。

「追え！」

俺がいうまでもなく、佐藤はあとを追った。リムジンは急ハンドルを切り、クーペの鼻先に車体をかぶせてきた。佐藤が急ブレーキを踏んだので、俺は窓から飛びださないよう、体を支えなければならなかった。ナビシステムはさっきから「シートベルトをしろ」と俺にうるさく警告している。

クーペは体勢をたて直し、リムジンのあとを追った。

「これでいい。今頃、リムジンの中じゃ、キャロルとシンが大喧嘩《おおげんか》をしているだろう」

「守口さんの身に危険が及ぶ可能性はないのか」

佐藤がいった。

「俺たちがくっついている限り、いくらシンでもキャロルには手をだせない。殺すにはあまりに有名人すぎるからな。やるなら先に、俺たちを処分するだろう」

リムジンが左へ大きく寄った。前方に高速の入口がある。

「奴は高速に入る気だ。つまりキャロルはリムジンをおりたがってるのさ」

「前へでる」

佐藤は短くいって、クーペを加速させた。リムジンの右側につき、一気に追いこそうとする。

リムジンの前のサイドウインドウがおりた。用心棒のひとりが身をのりだした。右手に馬鹿でかいオートマグナムを握っている。

「伏せろ！」

俺は叫び、マグナムが一メートル近い火炎を吐きだした。佐藤がブレーキを踏んだので、五〇口径のマグナム弾は、クーペのフロントノーズに命中し、衝撃でクーペは車首をぐいと右へ捻《ひね》られた。バンパーが吹き飛び、派手な音をたてて道路に転がった。

俺はブレンテンをもちあげた。クーペは再び加速してリムジンに迫った。再び用心棒がオートマグナムをこちらに向けた。

俺はブレンテンのトリガーをたてつづけに絞った。用心棒のオートマグナムが火花をあげ、吹っ飛んだ。佐藤のために、用心棒の体を狙うことはせず、銃か腕を狙って撃ったのだ。用心棒は右手をかかえこみ、リムジンのサイドウインドウは閉まった。

だがリムジンが高速に入るのを妨げることはできなかった。リムジンとクーペは前後に連なったまま、高速道路の入路につっこんだ。坂を駆け登り、東京湾上でクロスする首都高速に合流した。

「エンジンは大丈夫か」

俺は窓を閉め、佐藤に訊《たず》ねた。五〇マグナムの被甲弾は、車のエンジンブロックをたやすく貫通する。さっきの一発がバンパーだけでなくフロントグリルに入っていたら、クーペはおしゃかだ。

「大丈夫のようだ」

佐藤はいった。リムジンは巨体を左右にふり回しながら、前方の車を次々に追いこしていた。クーペはそれにぴったりとはりついている。

「運転の腕は悪くないな」

俺はいったが、佐藤は答えなかった。ナビをのぞいた俺は、

「よし」

とつぶやいた。このまいくと一キロ先で渋滞にひっかかる。二キロ先で夜間工事がおこなわれているのだ。最寄りの出口は、渋滞を二百メートルほど進んだ位置だ。奴らも当然気づいたろうが、高速道路の高架上では逃げ道はない。路肩を走るには、リムジンはでかすぎる。

案の定、渋滞に気づいたリムジンは、高速の路肩にはみでて走り始めた。だがあっという間に、前を塞《ふさ》がれ、進めなくなった。クラクションを鳴り響かせたが、どうすることもできない。

リムジンの右後部のドアが開いた。キャロルがおりようとして、腕をつかまれている。

「つっこめ！」

俺はいった。クーペは路肩を走り、リムジンに近づいた。俺はクーペのドアを開け、身をのりだした。

「キャロル！」

「はなして、はなしてよ！」

キャロルが車内に叫んでいた。クーペはリムジンの尻《しり》に鼻先をぴったりとくっつけた状態で停止した。

俺はクーペの助手席をおりた。

不意にキャロルの体が押しだされ、路上に転がった。シンがあとを追うようにおりてくる。右手に小型のオートマティックを握っていた。銃口を倒れているキャロルに向け、叫んだ。

「こいよ、ケン！　この女の頭をぶち抜いてやる」

俺はあぜんとしてシンを見つめた。

「どうした、いきなりキレて。ふられて頭にきたのか」

「やかましい！　そんなにキャロルと話したいのなら、話させてやるぜ。死体となっ」

「気は確かか。これだけの目撃者がいる前で殺しをしたら、いくらお前が金持でも助からないぜ」

二台の車の右側にはずらりと渋滞の列ができている。中にいる全員が俺たちを見つめていた。通報する奴、写真をとる奴、わめきたてる奴、さまざまだ。

「それがどうした。さんざんいい思いをさせてやったあげくに、俺を裏切ろうとしやがった。許さねえ」

「よしなさい！」

佐藤が運転席をおりて叫んだ。

「お前はくるな！　これは、俺とケンとの問題だ」

シンはわめいた。

「何をいってるんだ。俺は別にキャロルを口説こうとしているわけじゃないぜ」

俺はいった。シンのようすが妙だった。やけに追いつめられた顔つきをしている。追っかけっこの最中に、何かヤクでもやったのじゃないかという変化だ。

「いいからこい。こっちへこいよ！」

シンは銃を振った。俺は開いたドアの陰でブレンテンを抜いた。

「佐藤──」

小声でいって、右手で銃を運転席に投げた。佐藤がはっとしたようにこちらを見る。

「わかった、今からそっちへいく。丸腰でいく。だからキャロルを撃つな」

俺は両手をあげていった。賭《か》けだった。リムジンからは、運転手や用心棒もおりているが、ボスのキレぐあいに、とまどっているように見えた。奴らが俺を消そうとしたら、そいつを防いでくれるのは、佐藤しかいない。だが、俺が丸腰でいかない限り、シンは本当にキャロルを撃ちかねなかった。

「ようし、じゃあこっちへこい」

キャロルは呆然《ぼうぜん》としたように目をみひらき、シンを見つめていた。

俺はドアを閉め、ゆっくりとリムジンに歩みよっていった。

「お前のことはずっと気にくわなかった。いつか、必ず殺してやろうと思ってた」

シンはくいしばった歯のあいだからいった。オートマティックの銃口がキャロルの額から、俺の胸へと向けられた。

「〝双子座キラー〟のことをつつかれるのが、そんなに気にくわなかったというわけか」

　俺はいった。

「関係ねえ！」

　シンは強く首を振った。

「お前だ、お前が何もかもブチ壊しやがった」

「何の話だ。俺は『トゥデイズ・マーダー』と〝双子座キラー〟の関係を洗っていただけだ」

「やかましい。お前さえこなければ、うまくいったんだ――」

「シン、やめてっ」

　キャロルがいった。

「黙ってろ」

　シンはキャロルには目もくれずにいった。

「もう少しで俺は手が届くところだった。それを、お前が駄目にしたんだ。この女は裏切り者だ。誰のおかげでここまでこられたと思ってやがる」

「シン――」

　キャロルが立ちあがった。

「わたしはそんなつもりじゃなかったの。あなたがまさかそこまでして――」

「黙れっ」

シンの銃がキャロルに向いた。その瞬間、俺の右側で銃声が轟《とどろ》いた。シンの体があおられたように裏返しになり、首都高の防護壁にぶつかった。

「シン！」

キャロルが叫んだが遅かった。シンは壁をのりこえ、はるか下の一般道めがけ落ちていった。

俺は佐藤を見た。俺のブレンテンを握りしめ、蒼白《そうはく》になって目をみひらいている。

俺はシンの落ちた壁に走りよった。運が悪かった。ちょうど防護壁のつぎ目にあたり、そこだけが、高さ一メートルにも満たない、低い部分になっていたのだ。

下を見おろすと、急停止した車のヘッドライトに照らしだされ、あおむけに倒れているシンの姿があった。目をみひらき、ぴくりとも動こうとしない。

佐藤をふりかえった。佐藤は問うような目で俺を見た。俺は無言で首を振った。

11

「発砲は法的に見ても、問題はない。目撃していた連中の話からすると、シンはキャロル・守口を撃つ寸前だった。そうだな？」

池谷が葉巻をかみながらいった。

「その通りだ。俺たちが追っかけているあいだに何があったか知らないが、シンの野郎はキレていた。ほっておけば、キャロルと俺の両方を撃ったろう。あんなところでぶっぱなしたら、手前《てめえ》が破滅するというのも気にしていないようすだった」

俺はいった。池谷は頷《うなず》いた。俺たちは高速警察の本部にいた。新宿副都心をぶち抜く、環状高速新宿インターの上にある。東新宿署とは目と鼻の距離だ。事件が高速道路上でおこったため、高速警察の管轄となる。

「キャロルのようすはどうだ？」

「怪我はないが、ショックをうけている。あの騒ぎを車からTUのカメラで撮って、ネットワークに売った奴がいて、そいつはもうオンエアされているからな」

「佐藤は？」

「しょげてるよ。人を殺したのは初めてのようだ」

「誰にでも最初はある。キャロルと話せるか？」

「少し待て」

池谷はいって、俺たちのいる部屋の電話をとりあげた。でた相手と話していたが、やがて受話器をおろしていった。

「外で、ネットワークのレポーターが待ちかまえているから、しばらくはここをでられないそうだ。上の部屋をひとつ空けさせた。俺と佐藤もいっしょなら、話せる」

「かまわない」

俺は答えた。

「シンの用心棒はどうした？」

「ひとりはお前が指をちょん切ったんで入院させた。あとの連中は拘束した。それからカジノゾーンで日本人の用心棒を殺した、チャンという男だが、逃走した。護送中の警官の首を、隠しもっていたナイフで切ったんだ」

俺は首を振った。

「往生際の悪い野郎だ」

「別の銃を用意しておいたほうがいいぞ。チャンはたぶん、お前をつけ狙う」

「ブレンテンは返してもらえないのか」

「あたり前だ。あれは佐藤の銃ということにした。さもなけりゃ、お前の調査員免許は失効だ」

俺は肩をすくめた。百八十万もはたいた代物だが仕方がない。

俺と池谷は、部屋をでて、上の階の取り調べ室へと向かった。少しすると佐藤が、そして婦人警官に連れられたキャロルがきた。

「キャロル・守口さん、私は東新宿署の池谷警視といいます。シンを射殺して、あんたの命を助けた、この佐藤巡査の上司にあたる者です」

キャロルはひどくやつれた顔をしていた。生気のない目で池谷を見つめ、話を聞いている。

「今夜、佐藤とここにいるヨヨギ・ケンに、淀橋真への訊《き》きこみ捜査を命じたのは私だ」

「――シンはどうなったの？」

「死にました」

佐藤が答えた。

「あのとき、淀橋氏はあなたを撃とうとしている、と私は判断した。その判断がまちがっていたとは、今も思いません。ただ、その後、淀橋氏が十六メートル下の道に落下することまでは予測していませんでした」

暗い声だった。

キャロルは佐藤を見た。

「たぶん、あなたの判断はまちがってなかった。シンは本気でわたしを殺すつもりでした」

「なぜ奴は、いっきにそこまでキレたんだ？」

俺は訊《たず》ねた。キャロルはつかのま俺を見つめ、顔を伏せた。

「わからない。あなたたちがあとをついてきているとわかると、彼はどこかに電話をしていた。佐藤刑事とあなたの名前をだして、追われている、といって」

「TUの通話記録は消去されていた」

池谷がいった。

「シンが車内からどこにかけていたかは不明だ。用心棒は前の席にいて、やりとりを聞いていない」

「それで？」

俺はキャロルをうながした。

「わたしは〝双子座キラー〟のことを本当に知らないのか、シンを問いつめたの。シンは知らない、関係ないといいはっていたのだけれど、それなら河田《かわだ》さんに訊くといったら、顔色がかわったの」

「河田というのは？」

「『トゥデイズ・マーダー』のディレクターよ。わたしをシンに紹介した人」

「ネットワークの人間なのか」

「下請けのプロダクション、『ジャック・プロモーション』という会社の人間で、さっきケンがいっていた、ドラッグ中毒者の映像も、彼が流そうと決めた」

「その河田とは古いつきあいなのか」

キャロルは小さく頷いた。

「昔、彼がジャック・プロに入る前につきあっていたの。ムービーの助監督をしていて」

「映画の？」

「そう。初めてわたしがアイランドで仕事をしたとき、現場にいた。あの頃は、アイランドで仕事をしている人はすべてスターのように思えたの。でも結局彼も、ムービーの仕事にあぶれて、ネットワークの下請けをするようになった……」

「シンが電話をしていたのは、その河田じゃないのか」

キャロルは首を振った。

「ちがうと思う。ていねいな話し方をしていたから」

「名前とかは聞かなかった？」

「いいえ。用心して喋《しゃべ》ってた。きっと大物なのだろうと思った」

「シンが最後に話したのが何者なのか、その河田という男なら知っている可能性があるな」

池谷が俺を見た。

「河田の居どころはわかるか」

俺はキャロルに訊ねた。

「ええ、たぶん。TUにかければ――」

「いこう。池谷、銃を用意してくれ」

俺はいった。

「待った。警視、彼との合同捜査から私を外して下さい。暴力行動を挑発する、彼のやり方にはついていけない。今夜だって、彼がいなければ、これほど死傷者がでることはなかった」

佐藤が俺を指さし、池谷にいった。

「文句はあとにしろ。いいか、河田という男は〝双子座キラー〟について何かを知っていて、それを問いつめられるのを恐れたシンはどこかの大物に指示を乞《こ》い、結果ぶちキレた。つまりその大物は今頃、シンだけじゃなく、河田にも余計なことを喋られたくないと考えている筈《はず》だ。わかるか。シンは結果くたばる羽目になったが、いつかは誰かに消されるし、また消されて当然の野郎だった。だが河田はまだ生きているかもしれん。〝双子座キラー〟のことをつきとめる、唯一の手がかりなんだ」

「俺も同じ意見だ」

池谷はいい、上着の前を開いて、九ミリオートマティックを腰のホルスターから抜いた。

「もっていけ。それから佐藤、お前も銃を保管庫からだして携帯しろ」

「お断わりします」

佐藤はいった。

「ブレットガンの所持は自分の主義に反します。この先も、ヨヨギ氏との合同捜査を進めるのであれば、自分以外の者に命じて下さい」

「それはできんな」

にべもなく池谷はいった。

「理由はふたつある。ひとつは、警察情報が〝双子座キラー〟サイドに洩《も》れていて、この件を任せるに足る、シロの警官がお前以外に思いつかんということ。もうひとつは、お前とケンの名がその大物に伝わっている以上、たとえこの件から外しても、命を狙われる可能性はなくならん、ということだ」

佐藤の顔が青ざめた。

「河田とはアイランドで知り合ったといったな」

俺はキャロルに訊ねた。

「そうよ」

「河田が〝双子座キラー〟の一件に首まで浸《つ》かっていて、その背後に誰か大物がいるとすりゃ、アイランドに関係のある奴かもしれん」

「マフィアか」

池谷がいった。

「それもアイランドを牛耳っているような、大物だ」

俺はいった。

「なんでそんな大物がネットワークのやらせとかかわる？」

「そいつは当人に訊かなけりゃわからん」

池谷は唸《うな》り声をたて、手を振った。

「いけ。キャロル・守口さん、あなたが彼らの捜査に協力してくれるのなら、外で待ちかまえているレポーターを追い払うよう、私は指示をだします」

キャロルは救いを求めるように池谷を見た。

「本当にそんなことができるの？　警察はネットワークに協力するよう命令がでていると聞いたけど」

「私はあまり出世に興味のない人間でしてね。それにネットワークは大嫌いときている」

キャロルは目をみひらいた。

「以前、東新宿署の幹部警察官がネットワークのレポーターに暴力をふるったという話を聞いたことがあるわ。それがあなたなの？」

池谷は葉巻の煙を吹きあげた。

「さてね。それより協力してもらえますか」

「嫌だといったら、わたしをレポーターたちの前に放りだすのね」

「奴らは飢えた獣だ。エサをもらって大喜びでしょうな」

キャロルは両手で肩を抱いた。

「嫌よ。見せものにされるなんて、絶対、嫌」

俺は嫌悪感がこみあげるのを感じた。この女は、今までさんざんハイエナのようにふるまってきたくせに、自分がハイエナに食われるのはまっぴらだといっているのだ。佐藤も同じ気持なのか、醒《さ》めきった目をしている。

「早く銃をとってこい」

俺は佐藤にいった。佐藤は我にかえったように俺に目を移した。

「私に命令するのはやめろ」

「佐藤」

池谷がいった。

「確かにこいつは頭にくる男だ。だが消し屋どもに狙われているときは、誰よりも頼りになる。うちの署の誰より、な」

12

キャロル・守口をトランクに隠し、俺と佐藤は、池谷が乗ってきた覆面パトカーで高速警察の本部を抜けだした。

高速道をおりたところでキャロルを後部席に移し、俺はいった。

「河田に連絡をとってくれ」

キャロルはバッグからだしたTUを耳にあてた。

「でないわ。応答サービスになっちゃう」

「奴の住居はどこだ」

「ナカノニュータウンよ」

新宿からそう遠くない。かつての住宅密集地だった中野区の一帯を強制的に再開発して、巨大な高層アパート群を、都が建設した。三十階建てのアパートが全部で二十棟並んでいる。

「わかった」

俺はいって、アクセルを踏みこんだ。車がかわり、運転は俺の役目だ。

「キャロル、シンはいったい何を欲しがっていたんだ」

ハンドルを操りながら俺は訊《たず》ねた。最期の瞬間、奴は、「お前さえこなければ、うまくいった」といった。そして「もう少しで俺は手が届くところだった」とも。何にいったい、手が届くと考えていたのだろう。

「わからない。でも、あの人がわたしのために陰でいろいろなことをしてくれていたのは知っていた。でも、実際に誰とどんなことをしていたのか、教えてはくれなかった」

キャロルは答えた。

「疑問は感じなかったのですか。提供される情報の内容に」

佐藤が低い声でいった。

「感じたからどうなるというの。与えられた映像をオンエアして、それにコメントが加われば、それは〝現実〟だわ。ネットワークから流れるニュースを疑う人なんてごくわずかよ」

「俺は信じない。エミィからネットワークの世界のことは聞いていたからな。ネットワークなんてこの世になくたって、生きていける。少なくとも俺たちはそうだった」

「ケンのような人は少数派よ。この世界では、ネットワークなしで生きていることを実感できる人は少ない」

「ただのメディアじゃないですか。観たくなければ観なけりゃいい。多少不便を感じたとしても、それで生きられないというわけじゃない」

佐藤がいった。

「そうさ。皆がそう考え、自分たちには選択の自由があると信じている。だがいつのまにか、情報をもたらすのはネットワークだけになっちまった。そのことの意味に、気づいている人間が少なすぎる」

「確かにそれは問題ではあるでしょう。でも私は警官になって気づきました。人間というのは、自分とその周囲さえ幸福であるなら、生きていけるんです」

「それを保証しているのがネットワークなのさ」

「どういうこと？」

「どういうことです？」

キャロルと佐藤が異口同音に訊ねた。俺は前方に見えてきた、巨大な墓石の連なりのような、ナカノニュータウンに車を向けながらいった。

「佐藤のいったことには欠けてるものがある。自分とその周囲の幸福に、会ったことのない奴の不幸が加われば、さらに人間は幸せになれるって理屈だ。自分たち以外の人間が、この世界でどう生きているかまるでわからないとしたら、人はむしろ不安になるものだ。自分よりもっといい暮らしをしている奴がたくさんいるのじゃないか、本当は自分たちは不幸なのじゃないか、とな。この世界のことをもっと知りたいという気持は誰にでもある。そしてその欲望が満たされると、人は幸福を感じる。できればそれが、自分より不幸な人間の存在や、悲劇の情報であれば尚《なお》さらいい。災害や大事故、戦争のニュースが、なぜレーティングを稼げるか考えてみるといい。悲惨だ、かわいそうだといいながら、それが自分の運命じゃなかったことに、皆ほっとし、幸福を感じているのさ」

「ケン、あなたは人間を悪く考えすぎている。情報が与えられることで、救いの手をさしのべたり、善意を何らかの活動で証明しようとする人もいる。ネットワークはそのためには役立ってる」

キャロルが反論した。

「確かにな。だがネットワークそのものはどうなんだ。あんた自身は。眉《まゆ》をひそめ、中立者ぶって、これでいいのか、とカメラに向かっていうだけだ。一方で、流された悲惨な映像がレーティングを稼げば、ほくほく顔で札束を数える奴らがいて、あんたはそいつらから給料をもらっているのだぜ」

キャロルは黙った。

「他人の不幸は蜜《みつ》の味だ。だが『トゥデイズ・マーダー』は、自ら他人の不幸を作っていたのじゃないのか」

「そんなの嘘よ。信じられない。そんなひどいことを、ネットワークの人間がやる筈《はず》ない」

「テレビ屋は、な。だがシンなら平気でやったろう。かわいがってる女をもっと有名にして、その女が自分のもちものだってことを見せびらかす、自分自身の快感のためなら」

「シンは不動産会社のオーナーよ。なぜそんな真似をする必要があるの。大金持で、成功者として尊敬もされていた」

「だがホープレスだ」

「わたしはそんなことで差別しない」

「いいか、世の中には立派なホープレスもいるが、そうでないホープレスもいる。日本人もそうだ。そして立派じゃないホープレスというのはたいていの場合、ひと皮むけば、強盗で人殺しなんだ。そうやってのし上がってきたんだよ。そういう連中は、自分のことをよく知っている。だから慈善事業に金をだし、紳士ヅラをして、少しでも手前《てめえ》をきれいに見せようとするのさ。だが欲しいものが見つかればたちどころに、化けの皮を脱ぐ。シンは何かを欲しがってた。だからこそ、ネットワークと組んだ。それはキャロル、あんたじゃない。奴が本当に欲しかったのは、人気キャスターを囲って、そのスカートをいつでも脱がせる権利じゃなかったのさ」

ショックをうけたようにキャロルはつぶやいた。

「ひどいことを……」

「ケン、いいすぎだ」

佐藤がいった。

「わかってる。キャロル、だがあんたもいい思いをした。それが〝作られた〟不幸の上にのっかったからだというのに気づくべきだ。シンがあんたをスターにするために作ったニュースは、シンにとっても何かでかい儲《もう》けをもたらす材料だったのさ。それを知っているのが、河田というわけだ。さっ、河田の部屋を教えてくれ」

車は、高層アパート群を縫う道の中に入っていた。終夜営業のファストフードや雑貨屋、子供がたむろする路上クラブなどが光を放ち、大音響のダンスミュージックを流している。

「河田の部屋は、この先のJ棟の十階よ」

「J棟だな」

俺は〝墓石〟のてっぺんに輝くアルファベットのネオンを見あげながら車を進めた。J棟の前までくると、来客用のスペースに駐車し、おり立った。池谷から借りた九ミリの弾倉をチェックする。破壊力を高めたプラスP弾が十六発装塡《そうてん》されていた。

「いきなり乗りこむなんて無茶だ。我々は河田を拘引する法的根拠を何らもっていない」

佐藤がいった。

「まちがえるな。俺たちは河田をパクりにきたのじゃない、保護しにきたんだ」

俺は答えてあたりを見回した。嫌なものが目に飛びこんできた。来客用駐車場の外れに止められた、小型オートバイだ。軽量で折り畳みができ、どんな細い路地でも走り回ることができる。それが二台、並んでいる。

歩みよった。エンジンをいじり、マフラーをとりかえている。せいぜいが七十キロの最高速度を、その倍はでるように改造してあるのだ。

俺はしゃがみ、とりかえられたマフラーに触れた。さっと手をひっこめる。まだ熱い。

「急ごう」

南アジア系の消し屋が、バイクを使いだしたのは、俺が新東京を離れる少し前からだ。ふたり乗りで乗りつけ、うしろの奴が仕事をするあいだ、運転手はエンジンを吹かしつづけている。通称「バリバリ・バン」といわれる手口だ。バリバリはエンジンの音、バンは銃声だ。

「『バリバリ・バン』？」

佐藤がつぶやいた。

「たぶんな」

「でも運転手がいない」

「ニュータウンの中でエンジンを吹かしたのじゃかえって目立つからだろう。どこかに隠れているのさ」

そいつらが俺たちの姿を見て、上にいる仲間に知らせた可能性もある。

俺はJ棟の入口をくぐった。さすがに佐藤も拳銃《けんじゅう》を抜いた。

「十階の何号室だ」

二基並んだエレベータのボタンを押し、俺は訊《たず》ねた。一基が十階で止まっている。

「確かおりてすぐ右の部屋。番号まではわからない」

キャロルが答えると、俺は外を指さした。

「車に戻り、ロックして待つんだ」

キャロルは青ざめた顔で頷《うなず》いた。

エレベータの扉が開いた。キャロルが建物からでていくのを待って、俺は佐藤に告げた。

「これに乗り、八階まであがって、そこから非常階段を使え。俺はもう一基で十階にあがる」

佐藤は、俺の〝作戦〟がわかったのか、無言で頷いた。エレベータに乗りこむ。俺は佐藤の腕をつかんだ。

「いいか、ためらうなよ。お前がためらったら、俺が死ぬ」

賭《か》けだった。消し屋はおそらくあがってくるエレベータを待ちかまえている。佐藤が側面援護をしなけりゃ、俺はハチの巣だ。

佐藤は頷いた。その手には三五七マグナムのリボルバーがあった。

佐藤の乗ったエレベータが上昇すると、俺はボタンを再び押した。十階にいたほうが下降してくる。

俺はエレベータに乗りこみ、十階のボタンを押した。九ミリの安全装置を外し、制御盤のある側に体を押しつける。

エレベータは上昇した。

消し屋がすでに仕事を終えているかどうかが問題だった。もし終えていれば、俺たちとの無駄な戦いは避け、非常階段から逃げだしただろう。佐藤と鉢合わせをする可能性もある。

だが終えていなけりゃ、まず先に俺たちを片づけようとする筈だ。河田を消すのに手間どれば、俺たちに退路を塞《ふさ》がれる。だから先に邪魔者を片づける。河田は襲われるのを予期していないが、俺たちはここに消し屋がきていることを知っている。消し屋にとってより危険なのは俺たちで、プロの消し屋なら片づける優先順位を必ず考えるものだ。

十階でエレベータが停止した。扉がゆっくりと開き始める。開いたすきまをすばやく動く人影が見えた。フルフェイスのヘルメットをかぶった細っこい男だ。俺は九ミリをもちあげた。

サイレンサーをかぶせたサブマシンガンの唸《うな》りが轟《とどろ》き、エレベータの壁に一列の弾痕《だんこん》が並んだ。俺は舌打ちした。佐藤はきていない。

九ミリをぶっぱなしながらエレベータを低い姿勢でとびだした。サブマシンガンを手にしたヘルメットの男が廊下で待ちかまえているのが見えた。

サブマシンガンの銃弾が廊下の床を削りとり、俺に近づいた。とたん、その男のヘルメットが爆発した。

首から上がふっとんだ消し屋がばったりと倒れこんできた。俺はその体を押しのけ、立ちあがった。

非常階段から入ったところに、両手でマグナムをホールドした佐藤が立っていた。顔に血の気がなく、肩で息をしている。

「危なかった」

俺はいって、佐藤に頷いてみせた。その背後の、非常階段と廊下の境の扉がゆっくりと開くのが見えた。すきまからサブマシンガンの長いサイレンサーがつきだされた。

「伏せろ！」

俺は叫び、九ミリを扉に叩《たた》きこんだ。火花が散り、スティール扉に弾痕が穿《うが》たれた。サブマシンガンは銃弾を吐きだすことなく、もうひとりの消し屋が扉の向こうで崩れ落ちた。十一階に隠れていたようだ。

池谷の使っていたのが、貫通力の高いプラスP弾で幸いだった。並みの九ミリだったら、防火用のスティール扉は貫通できない。

俺は扉に歩みよった。俺の弾丸をくらった消し屋が反対側でもがいていた。

「救急車を呼びます」

佐藤がTUのボタンを押した。警官が使っているTUはボタンひとつで救急、消防、警察につながる。受信センターは発信源から通報位置を特定し、そこに緊急車輛《しやりよう》をさし向けることができる。

俺は消し屋が落としたサブマシンガンを拾いあげた。弾丸が二発命中しているが、スティール扉を貫通して破壊力が落ちているので死ぬ心配はないだろう。

「手錠をかませておけ」

俺はいった。佐藤は頷き、消し屋の右手首と非常階段の扉の把手《とつて》とを手錠でつないだ。

「バリバリ・バン」を請け負うような消し屋は末端の末端で、本当の殺しの依頼人が誰なのかを知っている筈《はず》がない。

「まだ運転手がふたり残っている。油断するな」

俺は九ミリの残弾を調べた。あと十発。

河田の部屋の扉に歩みよった。佐藤に頷く。佐藤はカメラ付きのインターホンを押した。

「河田さん、警察の者です。あなたを保護しにきました。ここを開けて下さい」

返事はなかった。だが河田は中にいた。リモートコントロールのカメラが動いて、俺と佐藤を〝見た〟。

佐藤がバッジを掲げ、カメラに向けた。

「早く開けろ。ぼやぼやしていると新手の消し屋がくるぞ」

俺はいった。

インターホンは沈黙している。

「淀橋真氏が亡くなったことはご存知でしょう。我々は、キャロル・守口さんの協力を得て、ここにきたんです。キャロルさんも下にいます」

佐藤がいった。それでも返事はなかった。

「どうしても開けないというなら、俺たちは帰る。お前が助かる唯一のチャンスだ。それでもいいんだな」

俺はカメラをにらみつけた。無言だ。

「いこう」

俺は佐藤にいった。

「令状もないんだ。この中の野郎が自殺したいというのなら、させりゃいい」

芝居だった。だが佐藤にもわかったようだ。佐藤は頷いた。

「仕方ありません。帰りましょう」

俺たちは扉の前を離れた。エレベータのボタンを押す。

ガチャッという音がして、扉が細めに開かれた。ドアチェーンをかけたまま、色の青白い長髪の男が顔をのぞかせた。

「TUを見せてくれ」

俺と佐藤は顔を見合わせた。佐藤がTUをさしだした。

男はドアのすきまからそれをチェックした。唇が乾くのか、しきりになめている。

「本物だ。だけど、警官の皮をかぶった消し屋もいるって噂だからな。銃をよこせ」

「ふざけるな。俺たちが消し屋なら、こいつは何だ」

俺はいって、佐藤がマグナムで頭を吹きとばした消し屋の死体をふりかえった。男はごくりと喉《のど》を鳴らした。

「河田さんですね。〝双子座キラー〟と淀橋真氏の関係についてお話をうかがいたい。署まで同行願います」

佐藤が男の手からTUをとりかえし、告げた。男は急に首を激しく振った。

「何のことだ。俺は何も知らない」

「そうやってとぼけていたけりゃ、とぼけていろ。だがシンから話を聞いた大物がお前のことを見逃してくれると思うか？」

俺は河田の目を見つめた。

「俺は本当に何も知らねえ。ただ……」

「ただ、何だ？」

「『フィックス』に話を通しただけだ。シンが経費をもつといったから――」

「『フィックス』とは何です」

佐藤が訊《たず》ねた。河田は唇をなめた。

「通称みたいなもんだ。具体的にどうなのか、俺にもわからない。ただそういう組織というか、グループがあって、ネットワークのために動いているんだ」

「どういう活動をしているのです？」

「だからレーティングだ。レーティングを稼げるようなネタを用意する」

「〝双子座キラー〟の情報もその『フィックス』から入ったのですか」

「ちがう、情報じゃねえ。『フィックス』が作ったんだ……」

「作った？」

「とにかくここで立ち話をしていてもラチがあかない。こい」

俺はいった。

「嫌だ。『フィックス』はそこら中にコネがある。俺はもう日本から逃げだす。そのための飛行機も予約した」

河田は腕時計をのぞいた。

「空港まで送ってくれ。そうしたら、車の中で知っている限りのことは話す」

「それはできません」

佐藤は首を振った。

「だったら話は終わりだ。あんたらは俺を拘束できる根拠は何ももってないのだろ。帰ってくれ」

河田は扉を閉めようとした。俺はノブをつかんだ。

「わかった。送ってやる」

「ケン！」

佐藤が非難するように俺を見た。

「このまま帰れば、こいつはどうせ消される。とにかく手がかりを得なけりゃ、どうしようもない」

俺はいった。佐藤は唇を噛《か》みしめていたが、頷《うなず》いた。

「わかりました」

「本当か、本当に送ってくれるのか」

「ああ、送ってやる。そのかわり、その『フィックス』と〝双子座キラー〟のつながりについて、知っていることを全部話すんだ」

「わかった。今、荷物をとってくる。ちょっと待っていてくれ」

河田はチェーンを外し、部屋の中に引っこんだ。救急車のサイレンが聞こえてきた。

「あの消し屋はどうします？」

「救急隊員に任せよう」

俺は手錠で留められた消し屋をふりかえった。結構出血はしているが、死ぬほどの怪我じゃない。

河田が現われた。小型のスーツケースをひとつもっている。

「どこへ飛ぶ気だ」

河田は首を振った。

「悪いがそいつは教えられない。あんたたちは信用するが、あんたらの上司が信用できるかどうかわからないんでね」

俺たち三人はエレベータに乗りこんだ。佐藤が一階のボタンを押した。河田はさっきまでとちがい、妙に元気になっていた。目に輝きがあり、頬がわずかに赤らんでいる。何かクスリをやってきたにちがいない。

エレベータが五階を過ぎた。俺は九ミリを抜くと、非常停止ボタンを押した。ガクンという衝撃とともにエレベータは停止した。

「何をする⁉」

九ミリを河田に向けた。

「知っていることを洗いざらい話してもらおうか」

「ケン！」

佐藤があっけにとられた顔で俺を見た。

「佐藤、こいつのもちものを調べろ。何かクスリをもっている」

「な、何だよ、いきなり……」

河田は目を丸くしていた。

「適当に与太を吹かせば、タクシー代が浮くと思っていたのだろうが、そうはいかないぞ。ここで全部喋《しゃべ》るんだ」

「冗談じゃねえ！　こんなの違法だろうが。訴えてやる。お前らクビだ！」

「悪いが俺はピーじゃねえ。クビにはできないな。佐藤！」

俺は佐藤をせきたてた。渋々、佐藤が河田の上着を調べた。ピンクの錠剤の入ったケースがポケットからでてくる。

「これは何です？」

開けて見るまでもなかった。「リッパー」だ。

河田は追いつめられた表情で、俺と佐藤を見比べた。

「あなたを覚せい剤取締法の現行犯で逮捕します」

「冗談じゃない！　話がちがうだろうが」

河田は叫んだ。

「そうだな、話がちがう。だが俺とちがってこいつは本物のピーで、しかも頭がカタい。見逃せといっても、ちょっとのことじゃ見逃しちゃくれないだろう。どうするか」

俺は九ミリを河田の頭に向けたまま、いった。

「いっそのことこうするか。ここにさっきの消し屋から奪った銃がある。こいつでお前の頭をブチ抜いて、『リッパー』をエレベータにばらまいておく。俺たちは消える。するとどうなるか。『リッパー』の売り買いをめぐってシンジケートともめたお前が撃ち合いで消されたって筋書きができる。『トゥデイズ・マーダー』が喜びそうなネタだと思わないか。ちょうどキャロルも下にいる。現場中継のおいしい映像も撮れるって寸法だ」

「な、何いってやがるんだよ。そんなデタラメが通用すると思ってんのかよ」

「デタラメだ？　これがデタラメなら、『トゥデイズ・マーダー』は全部デタラメだろうが。さあ、本当のことを吐けよ。〝双子座キラー〟の正体は誰だ。シンはどこであの変態野郎を見つけてきたんだ」

「――信じてくれ、本当なんだ。『フィックス』は実在する。〝双子座キラー〟は『フィックス』の仕込みなんだ」

「つづけろ」

河田はエレベータの壁によりかかり、ずるずる尻《しり》もちをついた。今にも泣きだしそうだった。

「キャロルをシンに紹介したのは俺だ。シンは、人に自慢できる女を欲しがってた。だが、たいして売れてないレポーターじゃ物足りないっていわれて、『フィックス』につなぐのを、俺が思いついた。『フィックス』の噂は、アイランドにいたときに聞いたことがあった。ムービーの一流スタッフ連中が、秘密でネットワークの仕事を請け負って、レーティングを稼がせてやってるって。ただ、そいつはふつうのやり方じゃなくて、スタジオ・カンパニーもかかわっているから、ヤバいって話だった。俺がそれをシンに話すと、シンは、アイランドのマフィアに知り合いがいるから、そいつに話してみるといった」

「知り合いってのは何者だ」

「IFGの社員で岩野布《いわのふ》って男だ。岩野布は金はかかるが何とかしてやれるかもしれんとシンにいい、そのうち〝双子座キラー〟がキャロル・守口を指名したんだ」

「『その瞬間』の殺しも、その岩野布の仕込みなのか」

「あれはちがう。『その瞬間』は、シンがホープレス時代の手下に金をやって集めさせた映像だ。俺がカメラの扱い方やアングルなんかを、シンの手下に教えたんだ」

「すると岩野布と『フィックス』が〝双子座キラー〟にかかわっているというのですね」

佐藤が訊ねた。

「本当のところはわからない。〝双子座キラー〟の指名をうければ、ピーがキャロルのことを調べるのは当然だろ。だから俺やシンには、何の情報も岩野布から入ってこなかった。つながりがでてきたらマズいってことは、俺もシンも知っていたから、あくまでも無関係で通すしかない」

「シンが最後に電話したのは、おそらくその岩野布だろう」

俺は佐藤を見やっていった。

「『フィックス』について、他に知っていることはありますか。ムービーのスタッフといったが、具体的にどんな連中なんです？」

佐藤が河田に訊ねた。河田は首を振った。

「わからない。俺は本当に噂しか知らなくて、シンが岩野布に訊《き》いたんだ。『フィックス』っていう組織があるらしいが、キャロルのことを頼めるかって」

「で？」

「製作費をだすなら、何とかしてやれるかもしれないと岩野布は答えたそうだ。それ以上は本当に知らないんだ。勘弁してくれ」

佐藤は俺を見た。

「とりあえず署まで連れていこう」

「頼むよ！　空港まで送ってくれ。岩野布の名をだしたことがわかったら、必ず俺は消される」

河田は佐藤にすがりついた。

「証人保護プログラムで何とかしてあげられるかもしれません」

「そいつは難しいな。こいつの供述だけじゃ、岩野布を〝双子座キラー〟に結びつけるのは無理だ。プログラムは使えないだろう」

俺はいった。

「じゃあいったいどうすれば――」

「空港に送っていこう」

河田ははっと顔をあげた。

「本気か、ケン」

「忘れたのか。〝双子座キラー〟は警察の捜査情報も手に入れている。こいつの調書をとったら、まずまちがいなく、岩野布にそのことは伝わる。その結果、こいつだけじゃなく、俺とお前もマフィアに命を狙われることになる」

「だからって聞かなかったことにするというのか」

佐藤の顔が険しくなった。

「誰もそんなことはいっちゃいない。ただ岩野布と『フィックス』のつながりを洗うには、まだ奴らにそこまでは知られていないと思わせておいたほうが好都合だ」

「そんなやり方で捜査ができるとは思えない」

「相手はアイランドの住人なんだ。どんなやり方でも捜査が及ぶところじゃない」

「じゃあ、あきらめるっていうのか」

「いいや」

俺は首を振った。ヨシオ・石丸の依頼をうければ、ムービー・アイランドに立ち入ることができる。だが河田の前でそれをいうわけにはいかない。

「やり方についちゃ、俺に考えがある。とにかくこの男を空港まで送っていこう」

佐藤は厳しい表情で河田を見つめた。

「この男を見逃せというのか」

「今の状況でこいつを連行すれば、死刑にするのと同じだ。署内だろうが、拘置所だろうが、ひと山いくらの消し屋がマフィアのかけた賞金欲しさに押しよせてくるだけだ。俺とお前にもだ」

佐藤はぐっと頰をふくらませた。考えていたが、やがていった。

「わかった。空港に向かおう」

「ありがとう！　恩に着る。あんたらのことは誰にもいわない」

河田が佐藤の靴に額をこすりつけた。佐藤は嫌悪感の混じった目でそれを見おろした。

俺は非常停止ボタンを解除した。エレベータが再び動き始める。

一階で停止して扉が開いた。救急車が止まり、野次馬が集まっていた。佐藤のTUで呼びだされたのだ。

「無視するんだ。そのうち見つけるさ」

救急隊員に話しかけようとする佐藤を制し、俺はいった。

佐藤は頷《うなず》くとTUに手をのばし、電源をオフにした。俺たちは救急車の前を通り過ぎ、止めておいた覆面パトカーの方角へと歩きだした。

俺は足を止めた。別の救急車が一台、サイレンを鳴らしながらニュータウンの中に入ってくるのが見えたからだった。

誰かが偶然救急車を呼んだのだろうか。俺は止まっているほうの救急車をふりかえった。

突然、野次馬のあいだから悲鳴があがり、集まっていた人垣が崩れた。白衣にヘルメットを着けた救急隊員がサブマシンガンをストレッチャーの下からとりだした。

「危ないっ」

俺は叫んで佐藤をつきとばした。サブマシンガンが火を噴いた。野次馬が何人か撃たれ、銃弾がこっちにも向かってきた。

河田が呻《うめ》き声をあげた。スーツケースを落とし、ばったり倒れる。

俺は消し屋から奪っていたサブマシンガンをかまえたが、野次馬が邪魔で狙いをつけられなかった。

「走れっ」

地面を転がると怒鳴った。十メートルほど先に、防弾装甲を施した覆面パトカーが止まっていた。目を丸くしたキャロルが中からこっちを見ている。

佐藤は呆然《ぼうぜん》として、河田を見つめていた。サブマシンガンがそちらを狙い、俺はやむなく空に向けてサブマシンガンを撃った。

救急隊員が体をすくめ、ストレッチャーの陰に隠れた。

河田は腹に何発かくらっていて、ひと目見て助からないとわかった。

俺は佐藤の腕をつかみ、引きずりおこした。ストレッチャーの上にサブマシンガンが現われた。野次馬は皆伏せるか、頭をかかえてしゃがんでいる。

「こい！」

佐藤が立つと走りだした。救急隊員が撃った。弾丸は俺たちをかすめ、覆面パトカーに当たった。

「くそっ」

俺はくるりとふりかえり、ストレッチャーめがけ、サブマシンガンを連射した。救急隊員が倒れこむのが見えた。

そのとき閉まっていた救急車の後部扉が内側から開いた。白衣を着た別の救急隊員が中にいて片膝《かたひざ》をつき、何かをかまえていた。

俺は体中の血がひくのを感じた。ロケットランチャーだ。

「逃げろ！」

ランチャーがボンッと音をだして白い煙を吐いた。

ロケット弾がしゅるしゅるという音を引いてこっちへ飛んでくる。俺は地面に伏せた。覆面パトカーの横腹に命中した。

大音響とともに覆面パトカーが火を噴いた。ふっとんだドアの内側に、恐怖に顔をひきつらせたキャロルの姿がちらりと見えた。

二発目のロケット弾がそこへつき刺さった。ガソリンタンクが爆発し、覆面パトカーは宙にはねあがった。

炎のかたまりが空から降ってきて、俺の服にも火がついた。

反撃どころじゃなかった。俺は転げ回って炎を消した。佐藤が駆けより、脱いだ上着を俺の体に叩《たた》きつける。

ようやく火がおさまったときは、救急車は消えていた。あとには、黒焦げになった覆面パトカーと河田、それに巻き添えをくった野次馬が何人か横たわっている。

立ちあがった俺は、まっ黒なスクラップと化した覆面パトカーに近づいた。まだ火は燃えているが、キャロルを助けだす必要がないことはひと目でわかった。

燃えている覆面パトカーのかたわらに、手が落ちていた。手首から先だけで、爪には赤いマニキュアが施されている。

うっという声がした。佐藤が植えこみに胃の中身をぶちまけている。

岩野布は、二段がまえで消し屋を用意したのだ。「バリバリ・バン」の下っ端と、そいつらが失敗したときのための腕利きと。

俺は救急車が止まっていたあたりをふりかえった。俺が撃ち倒した救急隊員の姿がなかった。仲間が担いでいったようだ。つまり、ただの末端ではなく、身許《みもと》が割れちゃ困る、組織の構成員だということだ。

河田に歩みよった。虫の息だ。しゃっくりのように浅い呼吸をくりかえしている。大きくみひらいた目で俺を見あげた。

「た、助けて……」

俺は首を振った。

「今すぐ病院に担ぎこんでも無理だ。お前は助からない」

「そ、そんな……」

河田のかたわらにかがんだ。

「かたきをとってやる。『フィックス』について他に知っていることを教えろ」

河田は目をみひらき、俺を見つめた。俺は奴の目をのぞきこんだ。恐怖と不信、混乱で、今にも目玉がとびだしそうだ。

「ス、スクラッパー……」

河田が囁《ささや》くようにいった。

「スクラッパー？」

河田はがくがくと顎《あご》を震わせた。

「フィックス……スクラッパー……」

それだけを口にして、力がつきた。体が弓なりになり、河田は動かなくなった。

気配にふりかえった。佐藤がすぐかたわらに立ち、嫌悪のこもった目で俺を見ていた。

「あんたは人でなしだ、ケン」

しわがれた声でいった。

「死にかけている人間に、よくあんなことがいえるな」

「本当のことをいっただけだ」

「河田は我々を信じて命を預けたんだ。なのに我々は守ってやれなかった。それどころか、キャロル・守口まで……」

佐藤は顔をゆがめた。今にも泣きだしそうだ。

「勘ちがいするな。河田やキャロルを殺《や》ったのは俺たちじゃない。くやしがってべそをかくくらいなら、ピーなんざやめちまえ！　お前はせいぜいホープレスのガキをいたぶるくらいしかできねえんだよ！」

佐藤の顔が赤くなった。

「このっ」

俺に殴りかかろうとする。俺は九ミリを奴の額に押しあてた。

「落ちつけよ」

佐藤の動きが止まった。

「俺たちがここで殺し合って、誰が一番喜ぶ？　いいか、お前の敵は俺じゃねえ。そんな調子でいちいちのぼせていると、命がいくつあっても足りないってことになるぞ」

佐藤は肩で息をしていた。足もとをじっと見つめている。

「落ちついたか？　落ちついたようだな。よし、じゃあ池谷に連絡しろ。ネットワークのクソバエどもがたからないうちに、救急隊員に化けた消し屋どもの証拠を捜させるんだ」

13

「お前に任せれば、何かを嗅《か》ぎだすとは思った。だがこんなひどいことになるとはな……」

池谷が首を振った。東新宿署の会議室だった。現場検証が終わった今、すっかり夜が明けていた。佐藤はおらず、俺と池谷のふたりきりだ。

「〝双子座キラー〟の一件は、どうやらパンドラの匣《はこ》のフタとつながっていたようだ。俺と佐藤はそいつを開けちまったというわけだ。どうしてる？」

俺は椅子をふたつつなげ、体をのばしていた。全身傷だらけで、くたくただった。だが安心して眠れる場所すらない体たらくだ。

「佐藤か。署の心理カウンセラーのところだ。ひどく落ちこんでいて――」

「俺を恨んでいるだろう」

池谷は頷いた。

「奴を一人前にするいいチャンスだと思ったんだが、少しきつかったようだ」

「あいつはいいピーになる。もう少し、良心って奴をなくせれば、だが」

俺はいった。池谷は首を振り、葉巻に火をつけた。

「ひきかえ、お前は元に戻ったようだ。昔のお前のような、血の臭いをさせてやがる」

「ひと晩のあいだにこれだけ何度も殺されかけりゃ、戻るしかないだろう。じゃなきゃとっくにモルグいきだ」

「ネットワークは特番を組んでいる。特に『クライム・チャンネル』は大はりきりだ。

朝からキャロルのビデオが流れっぱなしさ」

俺は黙った。キャロルは、最後に最高のレーティングを稼いだというわけだ。

「〝双子座キラー〟からはまだ何もいってきてない。キャロルが死ねば、奴にとっても痛い筈《はず》なんだが……」

「〝双子座キラー〟なんて実在しない」

俺はいった。

「何だと？」

池谷は俺を見つめた。

「キャロルをスターにするために作られた、偽の殺人鬼だ」

「どういうことだ」

「シンはキャロルをスターにする手がないか、河田に相談した。河田は昔、アイランドでムービーの仕事をしていて、ある組織の噂を聞いていた」

「待て。表へでよう」

池谷がいった。

「署内でこれ以上話すことじゃないようだ」

俺は息を吐いた。

「ひでえ時代になったもんだ。うわべは昔より平和でも、ピーは昔より腐ったってことか」

「ネットワークがからめばな」

いって、池谷は自分の書類鞄《かばん》を開いた。

「こいつをお前のためにとりかえしてやったんだ。そう憎まれ口をたたくな」

証拠として押収されたブレンテンだった。俺は口笛を吹いた。

「こいつは助かった。あんたの九ミリもとりあげられ、丸腰でここをでていかなきゃならないかと思っていたんだ」

予備のマガジンもいっしょだった。本当に俺はほっとした。

俺と池谷はパトカーに乗り、東新宿署をでた。池谷は車の中でも話すな、といい、パトカーを走らせた。

「どこへいくんだ」

「お前にとっちゃ懐かしいところさ」

池谷がパトカーを向けたのは、新宿地下駐車場だった。ネズミ狩りが進んで、内部はすっかりきれいになったものの、まだそれほど使われてはいない。ネズミがいなくとも、かっぱらいやレイプはたまにおこっているからだと、池谷は説明した。

「ここなら、電波が遮断される」

TUをのぞき、池谷はいった。TU用のアンテナを何度つけてもネズミどもが壊すので、携帯電話会社はアンテナ設置をあきらめたのだという。

「たとえこのパトに盗聴器がついていても安全だ」

「なるほどな。さっきの話のつづきだが、組織の名は『フィックス』、アイランドでムービーの仕事をしている連中が、ネットワークのレーティング稼ぎに、ヤバい仕事を請け負っているらしい」

「ムービーのスタッフが？」

池谷は信じられないような顔をした。

「確かに俺も最初は与太だと思った。だがくたばる間際まで、河田は『フィックス』の名を口にしていた。それにアイランドには、ムービーのシナリオライターや監督がいる。売れっ子や一流はそんなヤバい仕事はしないだろうが、スタジオ・カンパニーに弱みを握られていたり、金に困っているような奴らを集めれば、いくらでもレーティングを稼げるような〝事件〟を作ることはできるだろう」

「じゃ、〝双子座キラー〟は、連続殺人犯じゃない、と？」

「〝双子座キラー〟のシナリオにあわせて、プロの消し屋に仕事をやらせる。キャロルに送りつけるメッセージも、それらしく演出して撮影したとしたら？」

池谷は目を丸くした。

「いったい、何だってそんなことをするんだ？」

「キャロル・守口をスターキャスターにするためさ。実際その通りになった。『フィックス』のことを河田から聞いたシンは、知り合いのIFGの社員に相談した。そいつは金はかかるが何とかなるかもしれん、といったそうだ」

「その社員の名は？」

「岩野布」

池谷の目が細められた。

「シンジケートだな」

「そうだ。たぶんシンが最後に話した相手というのも岩野布だろう。そこで奴はヤバいと見て、消し屋を河田のところへ送りこんできた。シンがくたばり、キャロルを生かしておくのも危険だと思った。なぜなら、金がでなくなれば〝双子座キラー〟は動かない。突然、〝双子座キラー〟からの接触がなくなれば、世間はキャロルを怪しむだろう。キャロルが死ねば、〝双子座キラー〟も消える、というわけだ」

池谷は首を振った。

「信じられん話だ……」

「レーティングを稼ぐためなら、何だってやる連中がいて、そいつらが金を払えば、請け負うプロがいる。資本主義の世の中じゃ、驚くことじゃない。それにそのカラクリをネットワーク側が知っている限り、決してニュースにはならない」

「ちょっと待て！　お前はネットワークぐるみだというのか」

「だとしても俺は驚かないね。ネットワークで一番視聴率を稼げるのは何だ？　ドラマか、ちがう。歌番組でも下らないバラエティでもない。でかい事故、事件、あるいは戦争、そうじゃないか。戦争は簡単にはおこせねえが、事件や事故なら、いくらでも演出ができる。その道のプロが、アイランドには揃っているんだ」

池谷は荒々しく息を吐いた。

「確かにアイランドには、そういう計画をたてるのならお手のもののプロがいる。だがそういう連中が手がけるのは、作りものだ。本物の殺人や事故じゃない」

「そりゃそうさ。殺しのシーンを撮るたびに役者を殺していたのじゃ、役者のなり手がいなくなる。だが『フィックス』が手がける仕事で死ぬのは役者じゃない。ただの一般人だ」

「殺しは誰がやるんだ」

「アイランドにはその道のプロもいるだろうが。役者でも監督でもシナリオライターでもないのに、アイランドで暮らしている奴らが」

「つながっているというのか」

「当然だろう。アイランドの金持どもについて教えてくれたのは、あんただぜ」

池谷は顔をそむけ、火の消えた葉巻をかみしめた。

「あそこに警察署はない。原警とSSがいるだけで――」

「どうやら話がふりだしに戻ったようだな」

俺がいうと、池谷はまじまじと俺を見つめた。

「お前、まだアイランドに渡るつもりでいるのか」

「そうさ。悪いのか」

「お前が聞いた話が半分でも真実なら、自分から殺されにいくようなものだ」

「殺しにいくって考え方もあるぜ」

俺は池谷の目を見て、いってやった。池谷は無言で俺を見返した。

やがていった。

「どうやら、本当に昔の、ヨヨギ・ケンに戻ったようだな。法を守ろうなんて意識がカケラもなかった頃の――」

「守ったぜ、あの頃は。とりあえず殺した野郎の手には、こっちが正当防衛になる証拠を残しておいた」

池谷は首を振った。

「この雑種野郎が……。だがアイランドじゃ、誰の応援もうけられないぞ」

「だからこそ、銃をもちこみたいのさ」

池谷は深々と息を吐いた。

「わかった。原警と話をつけてやる。何とか、アイランドでお前に銃をもたせられるよう、手を打ってみよう」

「よし。もし俺がくたばらず、『フィックス』をしかけていた奴らの何人かが生き残ったら、そのときはあんたに進呈しよう。ただしピーが逮捕できれば、だが」

俺は頷《うなず》いていった。

「逮捕できなかったらそのときは――」

池谷は答えた。

「俺がそいつらを殺す」

池谷とは地下駐車場で別れた。アイランドに向かう前に、まだ俺にはやっておくことがあった。

階段を使って地上にでた俺は、「シンジケート・タイムス」の編集部に電話をして、亀岡がでるといった。

「とびきりの特ダネだ。ただしその前に、俺が安全に寝られる場所を用意してくれ」

亀岡はわかったと答え、歌舞伎町をでて新大久保《しんおおくぼ》に向かえといった。新大久保からJRに乗り、高田馬場《たかだのばば》にでる。駅からもう一度、電話をしろ、という。

俺はいわれた通りにした。

「高田馬場に着いたか。そこから『ワセダタワー』が見えるだろう」

「見える」

俺はいった。早稲田大学と大学院、それにそこでの研究を事業にしたワセダ産業が入った「ワセダタワー」がそびえている。二棟の超高層ビルが、途中途中通路でつながり、まるでハシゴのようだ。

「そっちに向かって歩け。五分ほど歩くと、『留学生互助会館』という建物がある」

「『留学生互助会館』だな」

「そうだ。受付で俺の名をだせ。部屋をあてがってくれる」

「わかった」

いわれた通り歩いていくと、五階建ての古びたマンションに「留学生互助会館」という看板がかかっているのを見つけた。

大学と先端産業が一体化していく流れの中で、特にワセダ産業は成功した企業といわれていた。高田馬場一帯が今は、ワセダ産業の企業城下町となっている。学生とも研究者ともつかず、サラリーマンなのだろうがそれらしくもない、ラフな服装の人間が多く、ここでは俺はあまり目立たないですむ。

「留学生互助会館」のガラス扉を俺は押した。築五十年はたっていそうな、ひどいボロマンションだ。

「受付」と書かれたカウンターがあり、アフリカ系のえらくごつい男がすわっている。

大男は無言で俺をにらみつけた。

「亀岡にここを教えてもらった」

俺はいった。

「何系がいい？」

いきなり大男は訊《たず》ねた。

「何だと？」

「日系、アングロサクソン、アフリカ、チャイニーズ、サウスアメリカ、選べ」

「何をだ？　俺は見ての通り、何系でもない」

「だったら空いてるのをつける。ショートで五万、泊まりで十万だ」

俺はようやく気づいた。ここは売春宿だったのだ。

亀岡の奴、新宿を追いだされた女たちが商売を始めた店に、俺を案内したのだ。だが、まだピーにも目をつけられていないのなら、確かに安全ともいえる。

「泊まる。女はあとでいい」

俺はいって、金をカウンターにのせた。ひきかえに、板きれをリボンで結んだ鍵《かぎ》が現われた。

「四階の一番奥だ。エレベータは壊れてるから階段であがれ。冷蔵庫の飲みものは有料、食いものが欲しけりゃ、内線電話で注文しろ。TUの電波は部屋ではつながらない」

「ジャミングしてるのか」

俺はあきれていった。

「ときどきヤキモチ焼きの女房が、亭主のTUの電波を追わせるんだ」

大男はにこりともせず、いった。

「俺に女房はいない」

「どのみち、TUはつながらない」

「わかった、わかった」

俺は鍵をとり、カウンターのかたわらにある通路を奥へと進んだ。コンクリートの上にすりきれたカーペットをしいた階段があった。それを四階まで上る。

建物の中は静かだった。まだ時間が早いせいだろう。それとも意外に、防音設備が整っているのかもしれない。

部屋に入ると、俺は鍵をかけた。用心してカーテンのかかった窓を調べる。のぞかれないように、フィルムが貼ってあり、窓の向こうは隣りあうビルの壁だ。すきまは一メートルとない。

窓を閉め、カーテンをおろした。ワンルームの中央にベッドがおかれ、他には小さな冷蔵庫とふたりがけの椅子とテーブルがあるだけだ。ユニットタイプのバスルームが付属している。

俺はまず椅子をドアノブの下においた。それからブレンテンを手にバスルームに入り、シャワーを浴びた。

冷蔵庫には、飲みものの他にマリワナが二本入っている。安物だが、喫えばきっと一本一万はとるのだろう。

ビールを開け、ベッドに横たわった。だが一本を飲み終える前に、俺は眠りこんでいた。目が覚めるとすっかり日が暮れていた。どうやら寝首をかかれずにすんだようだ。

ベッドの上で静かによこたわっていると、突然、女の短い叫び声が聞こえ、俺はぎくりとした。だが、少しして激しい軋《きし》みがどこからか響いてきた。スプリングのへたったベッドの上で誰かが思いきりとびはねているようだ。

いや、誰かと誰かが、というべきか。

亀岡がここを勧めた理由が、俺にもわかったような気がした。

ここは新宿にいられなくなった女たちが、自分たちで用心棒を雇い、始めた〝店〟なのだ。自主営業で、でかいバックはない。映画会社でいえば〝独立系〟で、シンジケートのような〝メジャー〟とはちがう。

当然、〝独立系〟と〝メジャー〟のあいだにつながりはないか、あってもわずかだ。〝メジャー〟は〝独立系〟のせこい稼ぎになど目もくれないし、〝独立系〟は何とか〝メジャー〟に上前をはねられずやっていこうとしている。

ベッドをおりた俺は冷蔵庫からミネラルウォーターをだした。ミネラルウォーターは、二種類の壜《びん》が入っていたが、一本は見たことのないブランドだった。ラベルこそ、フランス製のミネラルウォーターに似ているが、よく見ると「東京の銘水」と書かれている。

水道の水の詰め替えかと思ったが、どうやらそうではないようだ。壜の底に、うっすらと透明の結晶らしきものが沈澱《ちんでん》している。

しばらく考え、それがエフェドリンウォーターであることに気づいた。噂は聞いていたが、実物を見るのは初めてだ。

エフェドリンウォーター、通称エフェ、ドリンク、は、この一年で最もシェアを伸ばしたドラッグだった。覚せい剤をミネラルウォーターに溶かし、商品化したものをシンジケートが売りだしたのだ。

含有量はごくわずかだから、「リッパー」のようにいきなり効いてぶっとぶわけではない。いわば初心者向けのドラッグだ。酒を飲むようにちびちびやっていると、やがて効き目があらわれるという寸法だ。

確かに子供には便利な代物だが、これなら酒を飲んだほうがよほどいい。それに、苦みを消すために、かなりヤバい混ぜものがしてあって、それがエフェドリン以上に脳を〝溶かす〟という話もある。

だがこれがヒット商品であることはまちがいない。〝独立系〟の売春宿にもおかれていることがそれを証明している。エフェドリンクは、そこらの町工場ではなく、かなりでかい施設で生産されているという噂だった。

不意にサイドボードの上にある旧式の内線電話が鳴りだした。俺はエフェドリンクではないほうのミネラルウォーターの栓を開け、ひと口ラッパ飲みして受話器をとった。

「はい」

「亀岡だ。女は呼んだのか」

「まだだ。今まで眠ってた」

「呼ぶのか」

「今はいい」

「呼べ。じゃなきゃ追いだされるぞ」

「お前がきて呼べよ」

「呼んでる。隣の部屋からかけているんだ」

俺はふた口めのミネラルウォーターにむせた。

「早いな」

「常連なんでね。たいていの融通はきく」

「カメらしい話だ」

「泊まりで女を呼び、一発やったらメシでも買いにいかせろ。俺は隣の四〇二にいる。

内線でルームナンバーを押せばつながる。フロントは9番だ」

俺はため息を吐《つ》いた。一度フックを押し、9を呼びだした。

「フロントです」

午前中とはちがう、女の声が応《こた》えた。

「四〇一号だ。泊まりで女を呼んでくれ」

「タイプは何系ですか」

「何系でもいい」

コンピュータを叩《たた》く気配があった。

「年齢と体型、サービスの好みは？」

「特にない。しつこくしないのがいい。ヤク好きも駄目だ」

「ジェニファーをいかせます。アングロサクソンで二十二歳です」

「わかった」

受話器をおろした。どうやらさっき聞こえた叫び声は、亀岡の相方だったようだ。

十分もしないうちにドアがノックされた。俺はブレンテンをつかんで、ドアの前に立たないよう注意しながら返事をした。

「はい」

「ジェニファーよ」

ノブの下の椅子を蹴《け》倒《たお》し、手をのばして錠を解いた。「バリバリ・バン」の消し屋どもは、ノックし、中の人間がのぞき穴の向こうに立つ頃合いを見はからって、ドアごしにマグナムをぶちこむ。だからのこのこのぞき穴に近づくわけにはいかない。いくら〃独立系〃の売春宿でもそれくらいの注意は必要だ。

「開いてる」

ブレンテンをドアの横でかまえ、俺はいった。

ドアノブが回った。ドアがゆっくりと開き、白人で金髪の娘が姿を現わした。革製のビキニに、ビニールのジャケットを着けている。

娘は部屋に入ってくると、拳銃《けんじゅう》をかまえた俺に驚いたそぶりも見せずいった。

「好きなの？　そういうの」

俺は廊下をそっとのぞいた。誰もいない。

「そういうのって？」

ドアを閉め、訊《き》きかえした。

「ピストルごっこ。『刑事と容疑者』プレイって、けっこう人気あんのよ。刑事になりたがるお客さんは、たいていピストルもってる」

〝ジェニファー〟は、少し上向いた鼻と目もとのソバカスに愛敬《あいきょう》がある白人系の娘だった。おそらく四分の一くらいは、別の血が混じっている。

「まあな」

俺はブレンテンを床に向け、ジェニファーの身なりを観察した。バッグは腰に留めたポシェットだけだ。拳銃を隠せるほどの大きさはない。せいぜい小型ナイフだ。

ブレンテンに安全装置をかけた。

「先にする？　それともシャワーのあと？」

ジャケットを脱ぎながら、ジェニファーはいった。

「それから払いをカードでするなら早めにいって。どのみち前金でもらうけど」

俺は財布から十万を抜き、ジェニファーに渡した。それとは別に一万をさしだす。

「悪いがこれで先に何か食いものを買ってきてくれないか」

「デリバリも大丈夫よ。何かプレイに特別な食べものを使うのなら別だけど。でも生クリームとチョコペーストならフロントにあるわ」

「どっちでもない。ちょいと外に電話をかけたいんだ」

ジェニファーは床に目を向けた。

「もう少しあとにしてくれない？」

「何か理由でもあるか」

「きてすぐ追いだされたら、よほど人気がないみたいじゃない。それでなくとも、今月、〝指名〟が少ないのよ」

俺はため息を吐いた。

「わかった。じゃあシャワーでも浴びてこいよ」

ジェニファーの唇にぱっと笑みが浮かんだ。

「サンキュ。見る？　シャワーオナニー、得意よ」

俺は首を振った。

「何も見る気はない」

ジェニファーがバスルームに消えると、ドアに鍵《かぎ》をかけ、ベッドにひっくりかえった。

昔は仕事のあとに必ず女を抱いていた。そうすることで、生を実感していた。だがエミィが死んでからは、女に興味を失くした。死んでしばらく、俺はエミィとふたりで撮ったホロビデオを見て、オナニーをしていた。だがいつもいく前に泣きだしてしまうのが常だった。泣きながらいったこともある。

セックスはエミィのことを思いださせた。

エミィと俺は、心だけでなく体の相性も抜群だった。いつだっていっしょにいくことができた。

バスルームのドアが開いた。タオルを巻きつけたジェニファーが姿を現わした。こっちがいうより早く、バスタオルを床に落とし、何も隠していないことを見せつけた。

少し太めだが、なかなかの体だった。俺はもう一度息を吐いた。池谷がいったように、本当に俺が昔の俺に戻ったのなら、この娘《こ》と楽しむこともできる筈《はず》だ。

「こいよ」

俺はベッドの隣を叩いた。

ジェニファーの叫びは、亀岡の相方よりも激しかった。だがそのせいで俺も久しぶりに獣に戻れたような気がする。

一時間後、汗だくになった体を、俺たちは離した。

「すっごく、よかった。朝までこの調子だったら、あたし壊れちゃうかも」

ジェニファーは片目をつぶっていった。客のセックスを賞《ほ》めるのは、娼婦《しょうふ》の一番のサービスだ。

「お前のおかげだ。シャワーを浴びたら、飯を買ってきてくれ」

ジェニファーは嬉《うれ》しそうに唇をなめた。

「何がいいの？　うんと精のつく奴？」

「お前の食べたいものでいい」

「オーケー。どれくらい買物にいっていればいい？　一時間？　二時間？」

勘は悪くない。

「とりあえず一時間。帰る前に外から電話をくれ」

「了解」

シャワーを浴びたジェニファーがでていくと、俺は手早く衣服を着け、四〇二を呼びだした。

「ジェニファーだろう。声が大きすぎて、ときどき客からクレームがつくんだ」

いきなり亀岡はいった。

「商売熱心だよ」

「性格は悪くない。声がでかいのは、サービスじゃなく、もとかららしい」

「今でていったところだ」

「わかった。そっちへいく」

亀岡がくると、俺たちは床にあぐらをかいて向かいあった。亀岡は備え付けの妙なガウン姿だった。

「そっちの相方は？」

「寝てる。やってないときは寝てるのが好きな女なんだ。寝てるのを襲うのが好きって客に人気がある」

亀岡はにやりと笑った。

「で、特ダネってのは何だ」

俺は部屋を見回した。

「大丈夫だ。虫はいない。フロントが虫を動かすのは、女が部屋にいるときだけだ。いかれた変態が女をキズモノにするのを避ける」

虫とは盗聴器のことだ。

「ここの連中は信用できる」

きっぱりと亀岡はいった。

「わかった」

俺は「フィックス」と〝双子座キラー〟の話をした。「フィックス」がアイランドの岩野布、IFG、ひいてはネットワークとつながっていることも告げた。

聞いているうちに亀岡のニヤケ面が消えた。真顔になる。

「キャロルが死んだのは知ってた。朝からニュースが流れっぱなしだからな。『クライム・チャンネル』だけじゃなく、他のチャンネルやネットワークでもトップニュース扱いだ」

聞き終えると亀岡はいった。

「『フィックス』がどのていどの組織かはわからないが、本拠地がアイランドにあることはまちがいない。俺の勘が外れてなけりゃ、〝双子座キラー〟は姿を消す筈だ」

俺はいった。亀岡は俺を見つめた。

「二時間ほど前、『トゥデイズ・マーダー』のスタッフあてにメールが送られてきた。中身は、キャロルの死を悼んで、殺しをこれでやめることにする、という〝双子座キラー〃の犯行終結宣言だった。『トゥデイズ・マーダー』は、それを本物の〃双子座キラー〃からのメールかどうか分析中だと発表した」

「やはりな」

俺はつぶやいた。

「おい！」

亀岡は強い調子でいった。間抜けなガウン姿で俺ににじり寄る。

「それが本当なら、ネットワークぐるみの重大犯罪をお前は嗅《か》ぎつけたことになる。ピーもあてにできないような、とんでもない相手だぞ」

「池谷もそういった」

「何か他に手がかりはないのか」

「スクラッパー」

「スクラッパー？」

「くたばる前に河田がいった言葉だ。『フィックス』について他に知っていることはないかと訊《たず》ねたら、そう答えた」

「スクラッパー……」

亀岡はつぶやいた。亀岡にも心当たりがないようだった。

「新しい〃双子座キラー〃みたいなものなのか。渾名《あだな》のようだが」

「かもしれん。キャロルが死に、〃双子座キラー〃が消えたことで、でかいレーティングを稼げる材料が減った。スクラッパーは、何かでかい事件か事故を『フィックス』が計画しているという意味だと思う。俺はアイランドにいく。その間に、お前にこの件について調べてほしいんだ」

「シンジケートににらまれろというのか」

俺は首を振った。

「当面、シンジケートは、俺に的を絞ってくる。奴らの鉄砲玉は一手にこっちがひきうける」

「アイランドに上陸したとたんに消されるぞ。連中のお膝《ひざ》もとだ」

「だからやりにくいってこともある。表向きアイランドは、夢をかなえる島だからな」

俺はいった。どのみち俺は、岩野布とその手下に狙われるだろう。それはわかっている。だが場所が場所だけに、岩野布は、俺に下っ端をさし向けることができない。「バリバリ・バン」のような使い捨ての消し屋は、アイランドにはいないからだ。

使うとすれば、仲間が担いで帰った〝救急隊員〟のような、正式な組織の構成員だ。そいつらを片づけていけば、いずれは岩野布にぶちあたる。岩野布の背後にいる〝大物〟にも。

もちろんそれまで俺が消されずにいられればの話だが。

「この前もいったが、IFGを率いているのが我仁林だ。我仁林は『マンスール・カンパニー』のドダエフと対立している。岩野布ってのがIFGの社員なら、名前からしてもまちがいなく我仁林の部下だろう。つまりお前を狙ってくるのは、ＩＦＧってことだ」

「そうなら『マンスール・カンパニー』とうまくつながれば、ＩＦＧも簡単には俺に手がだせなくなるということだな」

俺がいうと、亀岡はあきれたように俺を見た。

「いっとくが、我仁林もドダエフも、めったに表に出てこないような、パワーエリートだぞ。どうやってつながるつもりだ。それにいったい、どんな手を使ってアイランドにいくつもりなんだ。観光客のふりをして上陸するのか」

「それについちゃ、今はいえん。ただ、手があるとしかな」

「まったく、浦島太郎みたいに舞い戻ってきたかと思ったら、とんでもないことをいいだす奴だよ」

「俺は一度くたばったんだ。エミィに死なれて。だからお釣りの人生で何をやろうとかまいはしない」

「わかった、わかった。スクラッパーについては調べておく。キャロルのネタもそうだが、話がでかすぎて、よほどウラをとらなけりゃ、タイムスには載せられん。半端にやったら消されるのがおちだからな」

「頼む」

電話が鳴った。ジェニファーからだった。

「たっぷり食べもの仕入れたけれど、もう帰っていい？」

「ああ。帰ってきていいぞ」

俺は亀岡の顔を見ていった。

「食ったらまたかわいがってやる」

「素敵。待っててね」

14

翌日の昼近く、「留学生互助会館」をチェックアウトした俺は、ヨシオ・石丸のTUにかけた。

「はい」

長い呼びだしのあと、ヨシオの声が応《こた》えた。見知らぬ番号に警戒したのだろう。

「ケンだ。あんたの依頼、引きうけることにした」

俺は告げた。

ヨシオはすぐには何も答えなかった。やがてため息のようにも聞こえる深みのある声でいった。

「素敵だ、ケン。いる場所を教えて下さい。迎えの者をさし向けます」

「新東京にいる。この番号が俺のTUだ」

「わかりました。連絡をさせます」

電話を切り、今度は池谷を呼びだした。

「俺だ。原警と話はついたか」

「ついた。今どこにいる？　お前のブツは俺が預かる。向こうでお前に渡すよう、手配する」

「高田馬場だ」

「署の前で待ってる」

俺は新宿に向かった。東新宿署の前で、自分の車に乗った池谷が待っていた。車内で池谷にブレンテンを預けた。

「一〇ミリ弾の予備の調達も頼めるか」

俺がいうと、池谷は舌打ちした。

「警察を何だと思ってやがる。ガンショップじゃねえんだぞ」

「アイランドに渡ったら、予備の弾丸も簡単には手に入らない。マガジンを四本、つけてくれ」

池谷は息を吐いた。

「装備課と話をしてみる。ほら」

ちっぽけなリボルバーを俺によこした。

「何だ、これは。豆鉄砲か」

「とりあえず、護身用にもってろ。いっとくが官給品じゃない。俺の、バックアップ用の私物だ」

俺は弾倉を開いた。三八口径弾が五発詰まっている。以前は〝使い捨て〟の三八口径をよくもって歩いた。だが、シンジケートの消し屋どもに狙われると決まった今、スナブノーズの三八口径は、あまりに小さく、頼りなかった。

「丸腰よりマシだろう。嫌なら返せ」

池谷は仏頂面でいった。

「ありがたく借りておく」

「アイランドいきの船をおりたらどうせとりあげられる」

「船はどこからでる？」

「川崎と台場のターミナルだ。ただしアイランド内のホテルの予約をしていない者は乗船できん」

俺は頷《うなず》いた。そういった細かな手続きは、ヨシオが何とかしてくれるだろう。

「いつ渡るんだ」

「わからん。今日か、明日《あした》か。連絡がある筈《はず》だ」

「誰から」

「それはいえん。依頼人の秘密だからな」

「ふざけるな。俺に原警と話をつけさせておいてとぼける気か」

「原警と話をつけるのは、〝双子座キラー〟のヤマで協力するのとひきかえだった筈だ。

それは果たしたぜ」

「この雑種野郎が……」

池谷は吐きだした。

「ピーの動きはどうなってる。キャロル殺しでシンジケートを追っているのか」

「本庁の組織犯罪対策局が名乗りをあげた。現場の情報はそっくりそっちだ。お前が仕留めた『バリバリ・バン』は、TUのメールで雇われていた。メールの発信元は特定できん。本庁は、キャロルが番組内容でシンジケートの恨みを買ったのだと考えている」

「悲劇のヒロインにまつりあげられるわけか。シンとシンジケートの関係についちゃどうだ」

「あいだをつないでいた河田がくたばった以上、闇の中だ。〝双子座キラー〟とシンジケートがつながってるなんて話は、誰も信じないだろう」

「〝スクラッパー〟について何かわかったか」

池谷は首を振った。

「検索してみたが、ヒットはない。これまで〝スクラッパー〟という名で犯行声明をだしたテロリスト、連続殺人犯はいなかった」

「これからでてくるかもしれん」

池谷は顎《あご》をあげた。

「どこから」

「そいつは俺にもわからん。だがキャロルの死で、しばらくネットワークはレーティングを稼ぐ。そいつが飽きられた頃、さ。〝スクラッパー〟というのがからんだヤマがおき、また皆がテレビに釘《くぎ》づけになる」

「『フィックス』か」

「そうさ」

「ふざけやがって」

「カメに、〝スクラッパー〟の件では調査を頼んだ。シンジケートにつきあたった場合は、奴の身も危なくなる。フォローしてやってくれ」

「お前はアイランドで豪遊三昧《ざんまい》か」

「『フィックス』の本拠地はアイランドだ。誰かが乗りこんでいって炙《あぶ》りださなきゃならん」

「アイランドいきの船の乗船名簿、ホテルの宿泊名簿、どちらもSSには筒抜けだ。下手を打つと上陸したとたんに消されるぞ」

「俺を狙ってくるとすれば、IFGだ。SSはIFGとつながっているのか」

「IFGだけじゃない。『マンスール・カンパニー』や、別荘をもっているマフィアの這《は》い上がりどもともつながっている。だがSSはSSで、別の組織と考えたほうがいい。奴らは、アイランドの治安を守るためと称しちゃ、殺しをやっている。だがそれは事故として処理され、俺たちが捜査に入ることはない」

「原警はどうなんだ？　奴らもいちおうはピーの端くれなのだろう」

「原警は、警察というよりは軍隊だ。戦闘力はあっても、捜査に関しちゃ、お寒い連中ばかりだ。中の階級も、俺たちのような警察システムじゃなく、軍隊を見習っている。原警の司令は、吉行《よしゆき》という男だが、内部では大佐と呼ばれている。副司令ふたりが、中佐だ」

「原警の隊員数は？」

「五百名。二百名が常時、原発の施設内部に駐留し、任務にあたっている。隊員は一ヵ月交代のシフトで、本土とアイランドをいききしている。制服を着用しない隊員の、アイランド内での行動は、SSとの申し合わせにより制限されている。つまり、原警に私服警官はいない」

「吉行ってのはどんな奴だ」

　俺は訊《たず》ねた。

「元機動隊、SAT隊長をやり、その後アメリカに留学して、原警司令に起用された。アメリカじゃ、陸軍特殊部隊の訓練をうけていたらしい。噂じゃそのとき、コンゴ内戦にからんだ機密作戦にも駆りだされたって話だ。副司令のひとりが、茂上《もがみ》、今回俺が、お前の銃の件を頼んだ男だ。元機動隊で、オリンピックの柔道選手でもあった。細かいことは性に合わないというタイプの奴で、人はいい」

「向こうから接触してくるのか」

「そう考えていいだろう。やり方は向こうに任せてある。銃は、原警への補給品といっしょに茂上あてに送る手《て》筈《はず》だ」

「わかった」

俺は頷いた。

「原警は性格上、アイランド内での事件に介入することがほとんどない。アテにはずるな」

「昔からピーをアテにしたことなどないね」

俺がいうと、池谷は、

「この野郎」

とつぶやいた。

「銃はいつ着く」

「明日の夕方だ。それから、アイランド内では、外部への交信は有線電話に限られる。登録されたナンバー以外はジャミングがかけられる」

「てことは、あんたやカメに連絡をとろうと思ったら、ホテルやレストランの電話を使うしかないのか」

「そうだ。そして有線電話は百パーセント、SSに盗聴《き》かれていると思え」

「楽しみな島だぜ」

俺のTUが振動した。俺は池谷に目配せして、応答した。

「はい」

着信表示は、覚えのない番号だ。

「ヨヨギさまでいらっしゃいますか。こちらアイランド・リゾート・トラフィックと申します。石丸さまのお申しつけでご連絡させていただきました」

若い女の声がいった。

「はい」

「ヨヨギさまをアイランドにお連れする件についてお話しさせていただきたいのですが、今、よろしいでしょうか」

俺は池谷をちらりと見て、

「かまわない」

と答えた。

「はい。ヨヨギさまのご都合をうかがいたいのですが、本日、明日、どちらがヨヨギさまにご都合がよろしいでしょうか」

歯が浮くような、馬鹿ていねいな喋《しゃべ》り方だった。

「今日にしてくれ」

「それでは、二時間後に、ご指定の場所にお迎えにうかがうことにいたします」

「訊《き》きたいことがある」

「何でしょう」

「俺の、アイランドでの宿泊先はどこになるんだい。ホテルの予約がないと、アイランドには渡れないと聞いたんだが」

「石丸さまのお申しつけで、ムービー・アイランド・ハイアット・リゾートホテルのセミスイートルームを、当方で予約してございます。また石丸さまのおおせでは、こちらのホテルがお気に召さない場合は、石丸さまの別荘に移っていただいてもかまわないとのことでございます」

「そのハイアット・リゾートというのはどこにあるんだ」

「撮影所と海岸線とのちょうど中間です。アウトドアプールもございますし、石丸さまのご自宅のある、サウスエリアにも歩いて十分少々の距離です」

「治安はいいのかな」

「は？」

女はとまどったような声をだした。

「治安。セキュリティはしっかりしているのかという意味さ」

女の声に含み笑いが加わった。

「アイランドは、日本で最も犯罪発生率の低い場所でございます。泥棒やひったくりなどの犯罪は、過去二年、一件も発生しておりません。どうぞご安心下さい」

「なるほどね」

「それでは、ご仕度を終えられたら、どちらまでお迎えにうかがえばよいか、お申しつけ下さい」

「船はどこからでるんだ」

「ご指定の場所しだいです。当、アイランド・リゾート・トラフィックは、専用のリムジンボートを所有しておりますので、それでお送りする予定です」

俺は答えた。

台場は避けたほうがいいだろう。この前の騒ぎにかかわった奴がいるかもしれない。

「じゃあ川崎エリアにある『板門店』というコリアン料理屋にきてくれ」

「『板門店』でございますね」

ナビシステムで確認する気配があった。

「承知いたしました。では、十五時ちょうどにそちらにお迎えにあがります。わたくし、担当のミレーヌ・上野《うえの》と申します」

「よろしくな」

俺はTUを切った。

「二時間後に迎えがきて、俺をリムジンボートで渡してくれるそうだ」

池谷に告げた。

「依頼人は相当の金持というわけだ。そんな奴がなんで保険金詐欺の調査なんかを頼む？」

池谷は訊ねた。

「そんな話をあんたにしたっけ」

「とぼけるな」

池谷は目を細めた。

「お前の依頼人がわかったぞ。あのホープレスの作家だろう。去年、確か女優のアマンダ・李と結婚した」

「そうかい？」

池谷は首を振った。

「アマンダ・李のことを知っているのか」

「いいや」

池谷は車のサイドブレーキをリリースし、アクセルを踏みこんだ。

「どこへいくんだ」

「ついでだから川崎まで送ってやる。そのあいだにアマンダ・李の話をする」

「ファンなのか」

「お前は本当に浦島太郎だよ」

ハンドルを切り、池谷は答えた。

「アマンダ・李が結婚を発表したとき、四人の自殺者がでた。どいつも熱狂的なアマンダのファンで、結婚式をぶちこわすという脅迫は、千件を超えた」

「なんだ、そりゃ」

「アマンダは、ワン・コングの孫にあたる。ワン・コングはいくらなんでも知っているだろうな」

「アイランドの帝王だろ」

「そうだ。死んだという話は聞かないから、きっとアイランドの病院で治療をうけているんだろう。アマンダは、母親が大物女優のマギー・リー、父親が映画監督のジョン・コングだ。ジョンは、ワンの息子だった」

「だったってのは何だ」

「ジョン・コングは、二年前、アイランドの自宅で女房のマギーを撃ち殺し、自分も頭を撃ち抜いて自殺した。遺書はなかったが、原因は、マギーの浮気だといわれている」

「いかにもなスキャンダルだな」

「アマンダは、そのジョンの監督作で、十四歳のとき、主役デビューした」

「それは聞いたことがある。確か『妖精《ようせい》』とかいう、ふざけた名の映画だった」

「それが四年前だ」

「まだ十八ってことか」

「そうだ。ファンが怒り狂ったのも無理はない。四年のあいだに三本の日本映画と一本のハリウッド映画に主演している。賞を総なめにし、幸福の絶頂というときに、両親の無理心中事件がおこった」

「楽あれば苦あり、だ」

俺は冷ややかにいった。

「ショックで引退するかといわれていたのを救ったのが、お前の知り合いのあの作家だった。石丸は、アマンダに手紙を書き、このことで女優をやめたりはせず、自分の小説を原作にした映画に出演してほしいと頼んだ。それがきっかけでつきあいが生まれ、去年、結婚したというわけだ」

「女優はやめなかったんだな」

池谷は頷《うなず》いた。

「やめなかった。石丸原作の映画に主演し、大ヒットした。当然だろう。それだけの話題をしょっているんだ。ヒットしねえほうがおかしい。俺も観にいった。おとぎ話だったが。その映画の公開直後に、ふたりは婚約を発表した。ネットワークは、結婚式の中継料を二十億払うといったが、石丸はそいつを蹴《け》っ飛ばし、国外でふたりきりの式を挙げた。その話で、俺は奴を少し見直した」

池谷の車は高速道に乗った。

「俺は奴が結婚するとは思わなかった」

俺はいった。

「バイだからか」

「知ってるのか」

「十年前の事件で俺も会ったのを忘れたのか。ひと目でわかった」

「バイだからというより、結婚なんてシステムに縛られるような人間だと思わなかった」

「惚《ほ》れたからいっしょになったわけじゃない。記者会見のときに、石丸はいった。互いの芸術性を高めるための結婚で、ふつうの恋愛感情とはちがう、とな。だからよけいに怒りを買った」

それでもヨシオはクールに対処したろう。そういう男だ。俺たちとは、どこか生きている世界がちがう。

「聞いた話じゃヨシオは新東京に住み、女房はアイランドにいるということだ」

「それも有名な話だ。ネットワークのスキャンダル専門チャンネルが、ふたりのベッドシーンを盗撮したら一億払うとネットで募集したこともある」

「下らん」

俺はいった。

「ああ、下らん。だが、アマンダの両親の心中だけは、ただのスキャンダルというわけにはいかない」

「なぜだ」

「マギーがジョン・コングの目を盗んでは浮気をくりかえしていたのは、公然の秘密だった。『ゴシップ・チャンネル』はしょっちゅう、それをネタにしていたし、マギーも否定しなかった。だが、マギーの最後の浮気相手の名だけは、公の電波では流さなかった」

「誰だ」

「SSの隊長の孫だ。孫とマギーの浮気は、始まったばかりだという説もあった。それも孫がかなり熱くなっていたらしい。マギーは遊びで、他の役者や監督とも、当然デキていた」

俺は池谷の顔を見直した。

「じゃ、マギーとジョン・コングの心中というのは――」

「限りなく殺しに近いと俺は見ている。だがSSが現場検証にふたりの家に着いたときには、そいつを裏付けるような証拠は何ひとつ残っていなかった。当然、SSも無理心中として処理せざるをえなかった。ジョン・コングがどこから銃を入手したかだけが問題になったが、一ヵ月後、SSが運び屋のチンピラの水死体を海から引きあげ、そいつの荷物の中に、ジョンが使ったのと同じ銃が何挺《ちょう》か見つかった。チンピラは、ときどきアイランドにドラッグをもちこんで、SSにマークされていた」

「できすぎだな」

「実際は、ドラッグも銃も、アイランドには唸《うな》るほどある。もちこめないのは観光客だけだってのは、常識になってる。なのに、孫は死体を新たに作ってまで、臭い噂話を封じたというわけだ」

俺は首を振った。

「娘は何といっているんだ」

「アマンダか。公式には何もいっていない。何かを喋《しゃべ》れば、撮影現場でどんな事故にあうかわからない、ということもあるだろう。アイランドではこのところ、撮影に関係する事故が多発して、『ゴシップ・チャンネル』を喜ばせているからな。死亡が二件、重傷が六件あって、俳優とスタントマンがそれぞれひとりずつ死んだ」

「さぞやでかい保険金が支払われたのだろうな」

「監督や製作会社に、な」

俺は池谷を見かえした。

「どういうことだ」

「映画には莫大《ばくだい》な銭がかかる。スタッフ、キャストのギャラ、セットやロケの費用、一日に何千万て銭を食うのが映画の現場だ。何かの事情で製作期間が延長されれば、たった一週間かそこらで、何億という銭が飛ぶ。そいつは誰がもつ？　製作会社や、プロデューサー、つまり製作費用を負担している連中だ。しかもそれだけ金を使っても、映画館にかからなけりゃ、一文にもならないのが映画だ。誰だって保険をかけたくなるだろう。あたりゃ大金持、こけりゃ一文なしどころか一生かかっても返せないような借金を背負うのが、映画のプロデューサーだ。だが人間が作るものである以上、トラブルはつきものだ。天気が悪い、俳優が病気になる、現場で事故がおきる。そのたびに製作費がかさみ、最悪の場合、映画が完成しない、なんてこともある」

「それまでにつぎこんだ銭はパーだな」

池谷は頷いた。

「そういう最悪の事態を避けるために、スタジオ・カンパニーは、いくつかの保険会社と契約を結んでいる。事故や事件で映画の製作が延期されたり、中止された場合、投資した金額の大半が戻ってくるという契約だ」

「保険料が高いだろう」

「らしいが、保険会社は、保険料を、映画に対する投資にかえる。だから映画があたれば、保険料の何倍という配当が返ってくる」

「監督にも保険金が支払われるのはなぜだ」

「スタジオ・カンパニーの意向さ。カンパニーは、世界中から優れた監督を呼び、アイランドでメガホンをとらせるため、慣れない日本での撮影に失敗しても保障を与えるというシステムを保険会社に呑《の》ませた。アイランドのスタート当初、こうしてハリウッドやインドから大物の監督を集めたんだ。今じゃ、自前の監督で、アイランドは充分やっていける。だが製作の中止や延期になっても、監督にも保険金が支払われるシステムは存続しているというわけだ。こいつが保険金詐欺の温床になっている」

「説明してくれ」

「製作中の映画の撮影を中止するかどうかの決定権は、プロデューサー側、つまり製作会社と、監督の二者がもつ。アイランドでは、ハリウッドやインドとちがい、監督の発言権が大きい。ハリウッドじゃ、プロデューサーが今撮っている監督のクビをすげかえるのは日常茶飯事だが、アイランドじゃそうはいかない。監督が自発的におりるといわない限り、いったん撮影に入った監督を、途中でクビにすることはできないんだ。これもアイランドスタート時からの伝統だ。だが監督もプロである以上、撮っているうちに、作品がどうしようもない駄作で、どう考えてもヒットしそうもないとわかるときがある。とはいえそんな理由で撮影を中止することはできない。そこで、事故を心待ちにするというわけだ。一説には、『潰《つぶ》し屋』といわれるプロがいて、セットや撮影で使う車に細工をして、事故にしか見えない形で撮影をできなくさせるともいわれている。場合によっては、『潰し屋』自らがスタントマンとなって、自分の足を折ったりする事故を演出するときもあるらしい。それでも製作会社や監督には保険金が払われるんだ」

「そんなやり方でむしられて、保険会社がおりないのが不思議だな」

「全体としては少数だったからだ。アイランドでは、年に百本以上の、ポルノをのぞく一般映画が製作されているが、二年くらい前までは、保険金が支払われるような事故、事件は、せいぜい年に四、五件しかなかった。中には札つきの監督がいて、二度も三度も事故をおこし、保険金めあてだといわれたが、カンパニーが三度つづけて撮影を中止した監督を干して以来、なりをひそめていた。ところがこの二年、再び大がかりな事故が頻発するようになったというわけだ。それも、『潰し屋』の演出にしては、タチが悪い、死者や重傷者がでるような事故だ」

「詐欺じゃないのか」

「詐欺の疑いは高い。たとえばひと月前に製作中止になった『ダイヤモンド・スカイ』

は、総製作費百二十億、大物俳優三人の共演で話題を呼んだ、アイランドでも、年間十本作られるかどうかという大作だった。だが撮影開始後二週間で、準主役の乗ったヘリが墜落し、俳優が死亡し、撮影中止になった。保険金はでたが、製作会社にとっては痛手だったろう。公開すれば、かなりの収益が見こめる作品だったからな」

「監督はどうなんだ」

「監督はインド系の中堅で、これでメジャーになるといわれていた。だが『ゴシップ・チャンネル』のその後の取材で、カジノに高額の借金があり、すぐにでも返済しないと殺すと威《おど》されていたことをすっぱ抜かれた」

「返済したのか」

「した。問題のカジノは、シンジケートがアイランド内で経営していて、監督はそこで一億だか二億の借金をこしらえていた」

「なるほど」

「これが保険金詐欺だとしても、何年か前まで、アイランドでちょこちょことあった、監督のこづかい稼ぎとはわけがちがう。せいぜいがセットが壊れたの、役者やスタントマンが骨折したのですんでいたのが、死人がでるような大がかりな事故で、しかも現場も、でかい製作費のかかった大作になっている。保険会社は、情報収集のために調査員を派遣したが、警察が把握している限り、これまでにふたりが死亡している。もちろんふたりとも、表向きはあくまでも事故死だ」

「SSのかかわりは?」

池谷は首を振った。

「不明だ。SSが消しているのか、SSともちがう、まったく別のグループが動いているのか、アイランドで実際に何がおこっているか、警察はまったく知りようがない。表面上、ムービー・アイランドは、新東京で最も治安がよい地区だからな」

俺は、ミレーヌ・上野とかいうオペレーターがいった言葉を思いだした。

池谷がハンドルを切った。車は、川崎エリアに入っていた。ナビシステムにしたがって「板門店」に向かっている。

やがて「板門店」の駐車場に車はすべりこんだ。ほんの二日前、俺はここで飯を食い、二代目のヨンジュンから銃を買って、新東京に〝復帰〟した。

なのにもう、一年はたっているような気分だ。

入口の扉を押して入っていくと、ひと目で池谷の正体に気づいたのだろう、ヨンジュンがひどく警戒した視線を俺たちに向けてきた。

「心配するな。こちらは、俺の専属ボディガード兼運転手だ」

俺は池谷をそう紹介した。池谷は脂で粘つく床の上で何度か足踏みし、うさん臭げにきたない店内を見回している。

「好きなとこ、すわんな」

ヨンジュンは顎《あご》をしゃくった。店内は空《す》いていた。

俺たちは隅のテーブルに腰をおろした。俺はモツ入り石焼きビビンバをふたつ注文した。

「きたなすぎるな、この店は。焼き肉以外にも何か売っているだろう」

池谷は鼻の頭に皺《しわ》を寄せ、いった。

「なぜそう思う」

「これじゃふりの客は入らん。食いもの屋だけじゃとうていやっていけん筈《はず》だ」

「食ってから文句はいえ」

運ばれてきたモツ入り石焼きビビンバにスプーンをつきたて、ひと口食って、池谷は俺を見直した。

「こいつは驚いた。まさかあのカミソリ小僧が作ったのじゃないだろうな」

「あいつの名はヨンジュン、ここの二代目だ」

「宣伝はしなくていいぜ、おっさん。ピーにたまられちゃ迷惑だ」

厨房《ちゅうぼう》の奥からヨンジュンが首をだし、いった。

「さっきの話だが、それだけ不穏な状況になっていて、なぜピーは介入しない？」

俺はビビンバを食いながら、池谷に訊《たず》ねた。

「所轄がはっきりしないという問題もあるが、上が手綱をひきしぼっている」

麦茶をひと口飲み、池谷は答えた。

「なぜ」

「映画産業は、アイランドのおかげで奇跡の復活をとげ、今や観光地としてのアイランドも含め、重要な外貨獲得資源となっている。警察が介入すれば、そのことじたいが大きなスキャンダルとなって、収入減を呼ぶかもしれん。上は静観を装い、そのうちにSSやスタジオ・カンパニーによる自浄作用が効果をあげるのを期待しているのさ」

「内部告発は？」

「ない。少なくとも俺の知る限りじゃ」

池谷は首を振った。

「アイランドは、ショービジネスの総本山だ。つまり、嘘とまやかしの島なんだ。誰が味方で誰が敵なのか、おそらく住人であっても見分けがつかない。嘘をつくこと、作りものを生みだすのが商売の奴らばかりの土地だからな。しかもスタジオ・カンパニーは、アイランドの自治を標榜《ひょうぼう》し、ネットワークとも一線を画している。さすがのネットワークも、コンテンツの重要な供給源である、アイランドをひっかき回すことはできん。スタジオ・カンパニーににらまれたら、映画の放映もできなくなるし、スターのスキャンダルでレーティングも稼げない」

「アイランドでテレビドラマは撮影しているのか」

「アイランドのスタジオは、基本的にはムービー用にしか使えない。ネットワークは本土にドラマ用のスタジオをもっている。だが俳優は共通だ。カンパニーににらまれたら、俳優は映画の仕事がなくなる。昔ならいざ知らず、テレビにしかでられない俳優なんて二流以下だからな。ネットワークも使いたがらない」

俺は頷《うなず》いた。それは以前エミィから聞いたことがあった。一流の役者の条件は、ムービーにしかでないこと。一・五流で、ムービーとテレビの仕事が二対一、一対一になれば二流。テレビのほうが多い役者は、三流以下。

テレビからムービーに這《は》い上がった役者がいないわけじゃないが、そういう連中ほど、テレビにはでたがらない。

ネットワークのシステムのせいで、役者がテレビにでたがる時代は終わったのだ。

テレビのドラマは減る傾向にある。バラエティやミュージックプログラム、ニュース、スポーツ中継などが、ネットワークのコンテンツの中心だ。だからこそ「フィックス」が生まれた。

「だが『フィックス』は、アイランドの奴らがネットワークと手を組んでいる証明だ」

俺がいうと、池谷は声がでかいというように、身をのりだした。

「ことがレーティングの問題である以上、必ず、ネットワークの上層部がからんでいると俺は見ている」

「ネットワークの親玉は日本人で、アイランドは外国系シンジケートだぞ」

「それがこのヤマのポイントだ。シンジケートが日本人の牙城《がじょう》にくいこもうとしているのか。日本人が、外国系の力を借りて、レーティングを稼ごうとしているのか。いずれにしても、根っこはおそろしく深いぞ」

「――おっさん」

ヨンジュンの声に、俺たちはふりかえった。

「しゃらくせえ車が表にきているが、あんたらの連れじゃないのか」

「板門店」の前に、この店にはおよそ似つかわしくないリムジンが止まっていた。白塗りのトリプルサイズで、横腹に「I・R・T」と金文字のロゴが入っている。

「どうやら迎えがきたようだ」

俺はいった。リムジンの前部席の扉が開いた。制服を着けた運転手と、グレイのスーツを着た若い女がおりたった。とまどったように、「板門店」の入口を見やっている。

「勘定だ」

俺はヨンジュンに告げた。

「アイランドに渡るのか、おっさん」

旧式のレジスターを叩《たた》き、ヨンジュンが訊ねた。

「そうだ」

「アマンダ・李のサインをもらってきてくれよ。そうしたら、今日の勘定はタダにする」

驚いたように池谷が眉《まゆ》を吊《つ》りあげた。

「アマンダ・李じゃなけりゃ駄目なのか」

俺はいった。

ヨンジュンはにやりと笑った。

「惚《ほ》れてんだよ、俺。アマンダに」

「結婚しているんだぜ」

「どうせすぐ別れるさ。それにアマンダが誰と寝ようと関係ねえ。俺はアマンダのファンでありつづけるって決めたんだ」

ヨンジュンは顎をしゃくった。初めて気づいたが、厨房の入口に、でかいポスターが貼られていた。深紅のチャイナドレスを着て、朝もやの立ちこめた湖の上に浮かぶ少女の写真だ。

彫りが深く、抜けるような白い肌に、何ともいえない透明な瞳《ひとみ》をもった少女だった。悲しみともちがう、優しさともいえない。強いていえば慈しみの目だ。

「アマンダか」

「そうさ。『妖精』の次に撮った『湖上霊』だ」

池谷が答えた。俺は池谷を見かえした。

「あんたが映画ファンとは知らなかった」

「クソみたいな世界で生きていて、クソ溜《だ》めみたいなネットワークで目をけがされたくないと思ったら、映画館以外のどこにいけっていうんだ」

池谷は鼻を鳴らした。

そのときリムジンの運転手が店の扉を押した。

「あの、こちらにヨヨギ・ケンさまはいらしてますでしょうか」

「俺だ」

俺は手をあげた。運転手はほっとしたように笑みを浮かべた。

「『アイランド・リゾート・トラフィック』からお迎えに参りました」

「どうなんだよ、おっさん」

ヨンジュンがいい、運転手は怯《おび》えたようにそちらを見た。

「聞いた話じゃ、レプリカとホログラムがセットでみやげもの屋で売ってるらしい」

池谷がいった。

「そんなんじゃ駄目だ。本物が欲しい」

「なぜ俺がもらえると思うんだ？」

俺はヨンジュンを見つめた。

「爺《じい》さんがあんたについて書いていってくれた話はしたよな」

ヨンジュンはいった。俺は頷いた。

「『若いが腕はいい。ただし口のきき方を知らない』だろ」

「それ以外にもう一行あった。『こうと決めたら、奴にできないことはない』だ」

俺は鼻を鳴らした。

「わかった。せっかくの爺さんの言葉だ。応《こた》えられるよう、努力してみよう」

ヨンジュンがにやりと笑った。

「楽しみにしているぜ」

「板門店」をでた俺は池谷とリムジンのかたわらで向かいあった。

「つまらねえくたばりかたするんじゃねえぞ」

池谷がいった。

「あんたもな。そうだ——」

俺は三八口径をとりだした。

「こいつを返しておかなきゃ」

「上陸するまではもってろ。SSに没収されちまうだろうが」

「いいのか」

池谷は肩をすくめた。

「そうだな。俺にも、ヨンジュンへのみやげと同じものをもらってきてくれたら、目をつぶろう」

俺はあきれて口を開いた。

「ファンなんだ、実は俺も」

池谷が恥ずかしげにする姿を初めて見た。

「笑うなよ。殺すぞ」

かまわず俺は大爆笑してやった。

「貴様……」

池谷の顔がまっ赤になった。

「わかったよ。任せてくれ」

俺はリムジンの横につっ立っている、女と運転手に向きなおった。

「待たせたな」

「もう、よろしいのですか」

「ああ。アイランドに渡るのが待ちきれないね」

運転手が開けたドアから、俺はリムジンの後部へとすべりこんだ。

池谷が小さく頷き、俺が頷き返すと、ドアが閉じられた。スーツの女が俺の向かいに腰をおろす。

リムジンはすべるように動きだした。

「それではヨヨギさま、こちらが本日お泊まりのハイアット・リゾートのパンフレットと、アイランドの簡単な観光ガイドでございます。TUを、お貸しいただけますか」

女がメモリースティックをとりだした。俺がさしだすと、

「失礼いたします」

といって、TUにさしこんだ。ダウンロードが完了するとひき抜く。

「初めに申しあげておきます。アイランド内では、TUによる通話は制限されております。これは撮影機材、およびロケーションに支障をきたすためで、もしご必要なら、ホテルフロント等で、携帯電話を貸しだしております。電話機能以外の、TU使用は問題がありません。ヨヨギさまの宿泊地がハイアット・リゾートであることも、TUでご証明になれます。それと、アイランドには銃器のもちこみが禁じられており、上陸時に、

チェックが義務づけられています。携帯されている場合は、没収ですので、あらかじめご注意下さい」

「見たろ」

女は平然と頷《うなず》いた。

「所有権放棄書は、上陸許可証とあらかじめセットになっております。ヨヨギさまの場合、石丸さまがすでにサイン済みです」

「石丸が俺の保証人というわけか」

「アイランドへの上陸は、あらかじめスタジオ関係者による許可か、指定の旅行会社による観光ツアー客以外は許されていません」

女は答えた。

「なるほど。上陸期間は決まっているのか」

女は業務用のTUをのぞいた。

「石丸さまの申請によれば、一週間から十日となっています」

「上陸目的は？」

女はあきれたように俺を見直した。

「ご存知じゃないのですか」

「データに何と書かれているのかを知りたいのさ」

「観光と業務です」

「観光と業務。つまり両方か」

女は頷いた。

「業務内容についてもお知りになりたいですか」

「ぜひとも知りたいね」

「セキュリティアドバイザーとなっております」

「まあ、妥当なところだろうな」

俺はいったが、女はまるで信じてはいないようだ。

「その上陸許可証だが、どこが発行しているんだい」

「スタジオ・セキュリティという、アイランド内の治安を維持している会社です。映画会社からの委託をうけて、撮影所や一般居住地などの警備をおこなっています。アイランドには、原子力発電所の警備をおこなう以外の警察官は常駐していないので、スタジオ・セキュリティが、実際は警察のような役割を果たしています」

「交通違反もスタジオ・セキュリティがつかまえるのかい」

冗談のつもりでいったが、にこりともせず女は頷いた。

「違法駐車はただちに撤去されます。罰金こそ生じませんが、移動及び保管料がかかります。ご存知のようにアイランドは人工島です。したがって、不動産の使用料はたいへん高額になります。アイランド全体は、都と国の所有地ですが、一部が映画会社とホテルに賃貸されているのです。アイランドにおける駐車料金は、都内一般駐車場の数倍になります。ですから、レンタカーはあまりご使用にならないほうがいいと思います」

「タクシーは走っているのか」

「タクシーもシャトルバスもございます。撮影所間を運行するシャトルバスにはときおり俳優さんも乗られますから、観光客の方には人気がございます」

「サインをくれ、とか頼んでいいのかい」

「それはかまいません。ただし、アイランド内では、所定の場所をのぞく、撮影所内と飲食店でのあらゆる撮影が禁じられています。もし俳優さんを見かけられても勝手に撮影をすれば、スタジオ・セキュリティに映像データを消去されますのでご注意下さい」

「そのスタジオ・セキュリティてのは、ありとあらゆるところにいるのかな」

「主だった施設に警備員として配置されている他は、監視カメラによる警備をおこなっています。特に観光客が集まるビーチエリアは五十メートルおきにカメラが配置されています」

「ビーチエリア？」

「アイランドの西側で、ホテルが建ち並んでいる一角です。人工海岸があって、マリーナも付属していますわ」

「撮影所から遠いのかい」

「いえ、住宅区域をはさんだ反対側です。アイランドじたいは全周十四キロほどの小さな島ですから、歩いてでも回ることができます。ただし、島の北東エリア三分の一は、原子力発電施設ですので、立ち入ることはできません」

女は俺のTUに手をのばし、地図を映しだした。

「こちら西側がビーチエリアで、ここにアイランド内のホテル五軒が集中して建っております。いずれも超高層ホテルで、新東京都、および富士山《ふじさん》が一望のもとに見える立地条件にあります。また隣接するビーチには、原子力発電所からの完全浄化ずみ温排水が流れこんでおり、真冬でも水温は二十五度ございます。セントラルロードをはさんで東側に住宅区域があり、南側はすべて撮影所区域です。中央ゲートをくぐって、撮影所内に入れますが、もちろん許可証が必要です」

「船はどこに着く？」

「アイランドには、港が二ヵ所ございます。この北西部にある定期船発着所と、南西部にあるマリーナです。外部からの上陸者は、すべて定期船発着所からの上陸を義務づけられております。当『アイランド・リゾート・トラフィック』のリムジンボートも、そちらに着けさせていただきます」

リムジンが停止した。川崎港に到着したのだった。「アイランド・リゾート・トラフィック」のロゴの入った中型のクルーザーが停泊している。

「こちらのリムジンボートにお乗り下さい」

女はいい、先に立ってクルーザーの甲板に乗り移った。

「もう少し観光ガイドを頼んでもいいかな」

甲板におかれた椅子に腰をおろし、俺はいった。

女はとってつけたような笑みを浮かべた。

「もちろんですわ。何でしたら、三十分の航程に、オプションでアイランド一周の観光クルーズを加えましょうか」

「そいつはありがたい」

「了解です」

女はTUでキャビンを呼びだした。

「キャプテン、こちらはミレーヌです。ゲストのヨヨギさまが観光クルーズをご希望です」

にっこり笑って俺を見た。

「キャプテンは、喜んで、といっております」

「あんたもきれいだが、アイランドで女優さんになろうとは思わなかったのかい」

俺がいうと、一瞬だがその笑顔にかげりがさした。だがすぐに消していった。

「とんでもございません。わたしレベルではとても、とても……」

「アイランドには、役者志願が詰めかけていると聞くが――」

俺は昔エミィから聞いた話を振った。クルーザーはゆっくりと離岸した。湿った風が吹きつけてくる。

「確かにアイランド内の飲食店で働く人の中には、そういう夢を抱き、監督やプロデューサーの目にとまる日を待ち焦がれている人もいますわ。オーディションも、何日かに一度は必ず開かれています」

オーディションという言葉を口にするとき、わずかだがトーンが低くなった。

年齢は三十にいっているかどうかだろう。〝美人〟の部類に属する。だがアイランドで目立つほどではないにちがいない。

「若いときは誰でも夢を見るものさ」

俺はいった。

「ええ。でも問題は、若いときはあっという間に過ぎるということです」

寂しげに女――ミレーヌは微笑んだ。

「飲食店はいったいどれくらいあるんだい？」

「ホテル内にあるお店を別にしても百軒以上がアイランド内にはございます。観光客であっても、特に入場を制限している店はございません。もちろん、レストランや料亭などは、予約なしですと断わられるケースもございます。また、サウスエリアには、会員制のクラブがあって、ここは一般客の入場ができませんが、石丸さまのご紹介なら大丈夫だと思います」

「サウスエリアというのは、石丸の家があるところだったな」

「はい。住宅区域のうち、撮影所と隣接している南側がサウスエリアと呼ばれています。実際に島の南側を占めているのは撮影所ですから」

ミレーヌは答えた。

「住宅区域には他に何という名がついてる?」

「サウスエリアの北側がセントラルエリア、東側がイーストエリアです。住居表示もそれであらわされます」

「映画関係者は皆、そこに住んでいるのかい」

「すべてではありません。監督、プロデューサーの中には、ホテル暮らしをしている方もいらっしゃいますし、映画スターはもちろん、あちこちに家をもっていますから。仕事のあるときだけ、クルーザーやヘリコプターでアイランドにくるというスターもいます」

「ヘリポートはどこにある」

「撮影所内に一ヵ所と発電施設の中に一ヵ所の合計二ヵ所があります。発電施設内のヘリポートは関係者以外は使用できませんが」

答えたあと、ミレーヌは舷側《げんそく》から身をのりだした。

「アイランドが見えてきました」

俺は反対側の舷側から顔をつきだした。

最初に見えたのは、巨大な塔だった。円筒型をしたものが海上に浮かんでいる。

「島の北東部を占める原子力発電所です。あそこで生産される全電力の〇・五パーセントがアイランド内で消費されています。残りが海底送電線を通って、新東京に送られています」

塔の向こう側に、超高層の建物が見えた。

「リゾートホテルが見えてきました。アイランドは、東京湾湾口部のすぐ内側に位置しており、潮流の速い水域です。したがって埋め立てて造られたビーチでも、泳ぐことはあまりお勧めしません。潮流に流される水難事故があとを絶たないからです。スタジオ・セキュリティはビーチでの水遊びを禁じたがっていますが、ホテル側が難色を示しているようですわ。昨年、防護ネットを張ることが検討されましたが、これはロケにさしさわりがあるということで、映画会社からクレームがつきました。泳がれるのなら、ホテルのプールをお勧めします」

「覚えておくよ」

原子力発電所の右手に小さな港があるのが見えた。クルーザーは針路を左手にとり、原子力発電所を回りこむようにして、アイランドの東側にでた。

「アイランドの東側、今この船が走っている海域は、東京湾へ入る船舶の航路となっていて、タンカーや貨物船がひっきりなしに航行しています。今、ヘリが飛びたつのが見えましたね。あれが撮影所のヘリポートです。あそこから先の東側から南の沿岸部にかけてが撮影所エリアになります」

銀色のドーム様の建物が、海岸線から少しひっこんだ位置にいくつも見えた。

「アイランド内には、大小あわせて十二のスタジオがあり、また屋外撮影用の区画が三ヵ所あります。この屋外施設には原子力発電所から供給される豊富な電力を使って、夜間でも昼間と同じ撮影が可能な、巨大な照明設備がもうけられています。そのことによって、撮影期間の大幅な短縮が可能になりました」

ドーム群の向こうには、中層のビルがいくつか建っていた。

「あのビルは？」

「映画会社とスタジオ会社のものです。スタジオを所有しているのは、映画会社とは別のスタジオ・カンパニーで、映画に出資をしたり、逆に契約でスタジオを映画会社に貸しだしたりしています。映画会社はアイランドには製作部門だけをおいています。残りはすべて、新東京などにある本社です。アイランドは土地が少なく、地代が高いので本社をもってくることができないのです。その点では、高い地代を払っても、アイランド内に住宅を所有できるのは、本当のスーパーリッチだけだといえるでしょう」

ミレーヌは答えた。

海岸線のごく近く、アイランドから百メートルと離れていない水域に、濃紺のクルーザーが浮かんでいた。船腹に「SSII」という文字が入っているのが見える。

「スタジオ・セキュリティの警備艇です。撮影所内を無断で撮影しようとしたり、海岸線から侵入する人間を警戒しているんです。二十四時間、この水域の警備をおこなっています」

「厳しいんだな」

「スタジオ・セキュリティは、とても優秀な警備会社ですわ。何百億、何千億という利益を生みだす映画と、そのキャスト、スタッフの安全を守るのが仕事ですから。海外のSWAT並みの装備と訓練を誇っていますし、警備員も、アイランド内を巡回しています。治安がよろしいと申しあげたのは、そのせいです」

クルーザーはアイランドの南側を大きく回りこむように航行していた。近づきすぎるとSSの船に警告をうけるのだろう。

撮影所の後方には丘のように高くなった地域があり、白や褐色の建物、中層の集合住宅などが並んでいた。緑が建物のあいだを幾何学的によこぎっている。よく整備された街並みだった。

「あの高台が住宅区域か」

「そうです。ちょうどイーストエリアですね。あの左手でTの字に住宅区域が分かれ、北側がセントラル、南側がサウスエリアになります。サウスエリアのすぐ近くに、撮影所の中央ゲートがあります」

撮影所の敷地がとぎれると、沿岸部に並んだ、カラフルな店舗が見えてきた。

「レストラン、カフェ、おみやげものなどを売る店舗が並んでいます。ビーチエリアと並んで、アイランドで最もにぎやかな地区ですわ。左手にマリーナがあります」

長い堤防の左右に、大小のクルーザーやヨットが係留されたマリーナだった。クラブハウスは垢抜《あかぬ》けた、白い木造の建物だ。その先に、超高層のホテル群があった。

「ヨヨギさまがご宿泊になられるのは、一番手前に見える建物です。五軒あるホテルのうちでも、映画関係者が最も多く泊まることで知られています。シニアスイートは全部で五部屋ありますが、すべてスタジオ・カンパニーによって、年間おさえられています」

「スターのために？」

俺はミレーヌを見た。

「と、監督のために」

マリーナの沖を過ぎ、クルーザーは島の西側に入った。

海を埋め立てて造った人工ビーチが見えた。ヤシの木が並んでいる。沖には消波ブロックが沈められているが、確かに潮の流れは速そうだ。

ビーチにはパラソルが並び、何人かが寝そべっている。ヤシの葉で屋根を葺《ふ》いたバーや軽食堂などもあり、ビーチリゾートの気分をかもしだしている。

「アイランド内のホテルの客室稼働率は、日本一の高さです。国内、海外を問わず、観光ツアーの予約は、一年先まで埋まっています。それでも千名以上の観光客をうけいれることは、スタジオ・セキュリティによって制限されています」

「千人もの人間がやってきて何をするんだ？」

「ツアーは、一泊二日、あるいは二泊三日が基本で、メインは、撮影所内の見学です。スタジオ・カンパニーは、観光客向けに何ヵ所かのスタジオを開放しており、そこでも撮影がおこなわれます。運がよければ、大スターを目にするチャンスが与えられるというわけです。もちろん、本当にシビアな演技を要求されるシーンの撮影は、見学許可にはなりませんから、観光客が見られるのはたいていスターの登場しないシーンの撮影風景だけです。それでも、撮影所内を移動したり、監督と打ち合わせをしているスターをかいま見ることは可能です。作品によっては、見学者をエキストラとして撮影に参加させるものもあり、思い出を作れるというわけです」

「千人も一度に入ったらパンクしないか？」

「見学者は五十人ごとのグループに分けられ、一日四回の時間帯をあらかじめ決められたルートでしか移動できません。笑い話ですが、撮影所内ではスター以上に分刻みのスケジュールで動かされているのが観光客だといわれています」

ミレーヌは微笑んだ。

「もっと巨大なセットがあるかと思ったな」

「現在は、そうしたセットの大半がグラフィック合成で映像に組みこまれます。監督は、俳優と向きあう時間より、コンピュータと向きあう時間のほうが長いのです」

「なるほどな」

「それでも撮影所内には、新東京の新宿エリアを模した屋外セットがあります。カーアクションの撮影や銃撃、爆破シーンの撮影はよくおこなわれていますよ」

「スタジオ内で働いている人間の数は？」

「俳優、スタッフ、その他バンケットなどのもろもろをあわせれば、二千名近くになります。ホテルに宿泊したり、映画会社が用意する、イーストエリアの集合住宅などで生活しています。セントラルエリアには、スタジオ・セキュリティの本部があります」

ぐるりとアイランドを一周したクルーザーは、定期船発着所となっている小さな港に入っていった。

港には、警備艇と同じ濃紺に塗られたバンとパトロールカーが数台止まっていた。制服を着けた男女の姿もある。

「上陸と同時に、TUのチェックと所持品検査があります。これは映画関係者であっても、全員うけなければなりません」

クルーザーが護岸に横づけになり、タラップが渡された。

「参りましょう」

ミレーヌがいって、先に立ってタラップを渡った。

バンの上方にアンテナ型のカメラがとりつけられており、こちらを狙っている。スキャナーにかけているのだろう。

タラップの向こうには、男女の制服SSがいて、笑みを浮かべて待っていた。ミレーヌのさしだしたTUをチェックする。

「ムービー・アイランドへようこそ、ヨヨギ・ケンさま」

女のSSがいった。

「早速ですが、銃器をおもちでいらっしゃいますね」

スキャナーの映像が、連中のTUに映しだされる仕掛けなのだ。

「ああ、もってる」

俺は答えた。制服を着たSSたちはそうしつけられているのだろう。笑顔を絶やさず、口調はあくまでもていねいだ。だが男のSSの右手は、腰の銃をいつでも抜ける位置に浮いている。

「ご存知のように当アイランドには、個人用の銃器のもちこみが禁じられております。こちらでお預かりして、お帰りの際に返却させていただくか、もしそれがご面倒なら、所有権放棄の手続きを今していただくか、どちらかになります」

「預けるとそんなに面倒なのかい」

SSの女の笑みは消えなかった。

「ヨヨギさまのお持ちの銃が、正規の所持許可をとられたものならば面倒ではございません」

「そうじゃなかったら？」

SSの制服は濃緑で、軍服を思わせる。タイトスカートとパンツの二種類があり、俺と向かいあっているのはスカートだが、離れたバンの前に立っている女のSSは、パンツルックの上に防弾ベストとヘルメットを着けていた。

「本土側の上陸地の警察に通報させていただくことになります」

「俺は調査員免許をもつ私立探偵だ。銃の所持許可はある」

「では、こちらの保管手続所までおこし下さい」

女は俺のTUに地図を表示させた。

「銃はここでお預かりします。尚《なお》、手続所では、指紋、掌紋、及び瞳《ひとみ》の虹彩《こうさい》の登録をおこなっていただきます」

「待った。それにはいったいどれくらい時間がかかるんだ」

「およそ三時間ほどかかります」

俺は首を振った。滞在時間の限られた観光客に、手続きで三時間を潰《つぶ》せというのは嫌がらせに近い。これではよほどのことがない限り、誰もが所有権を放棄するだろう。

「それじゃ放棄するしかないだろう。こんなすばらしいところにきて、三時間も手続きさせられるのはまっ平だ」

にこやかに女のSSはペーパーをとりだした。

「ではこちらの所有権放棄書に、サインと拇印《ぼいん》をいただきます」

俺はいわれた通りにした。

「銃をここにおいて下さい」

トレイがさしだされた。俺は三八口径を抜くとトレイにのせた。別のSSがそれをバンの内部へと運んだ。

「あの銃はどうなるんだ」

「定期的に廃棄しております。弾丸を抜いた上で熔解《ようかい》処分します。他で使用されることは決してありませんからご安心下さい」

「お行儀の悪い観光客の背中に一発撃ちこんだりとか、しないのか」

「何とおっしゃいました？」

笑みを消さずに女のSSは訊《き》き返した。

「こっちの話だ。もう上陸していいのか」

「どうぞ。どうかよい時間をお過し下さい」

発着所の外には、「アイランド・リゾート・トラフィック」のリムジンが待ちうけていた。ミレーヌと発着所で別れ、俺はひとりでリムジンに乗りこんだ。

運転席とのあいだには半透明の仕切りがある。とりつけられたスピーカーから、コンピュータ合成の女の声が流れでた。

「ムービー・アイランドへようこそ。ヨヨギ・ケンさま。これから、当『アイランド・リゾート・トラフィック』のリムジンが、ヨヨギさまを、ご宿泊予定地である『ハイアット・リゾートホテル』にお連れします。短い時間ですが、リムジンの旅をどうぞお楽しみ下さい」

リムジンは発進した。

「当リムジンが現在走行中なのが、アイランドポートとスタジオ中央ゲートを結ぶ、南北の道、セントラルロードです。セントラルロードの長さは、およそ三キロ。進行方向右手、ウエストサイドに、アイランドのホテルエリアがございます。また、中央ゲートの西側には、アイランドマリーナが設けられており、観光クルーズ、あるいはフィッシングなどにご利用できます」

セントラルロードは、ヤシの街路樹が連なる道だった。

「セントラルロードからは東に向かう道が三本、進行方向左手に向かって分かれております。一番手前が、当アイランドのノースエリアにあります、原子力発電所へのアクセスロードですが、こちらは途中から一般の立入が禁止になっておりますのでご注意下さい」

セントラルロードの通行車輛《しやりよう》は驚くほど少なかった。SSのパトカーが一台、あとはマイクロバスを一台見かけただけだ。ひどく閑散とした印象をうける。

「二本めの道が見えてまいりました。アイランドの中央部、セントラルエリアへのアクセスロードです。セントラルエリアは、この次のアクセスロードがあるサウスエリアと並び、スターの別荘が数多く建っている住居地域です。スクリーンでしか会うことのない、あのスターたちが暮らす、豪華な別荘が建ち並んでいるのです」

セントラルエリアのアクセスロードから小型の観光バスが走りでてくるのが見えた。満員の客を乗せている。俺の乗るリムジンに気づくと、スターが乗っているとでも思ったか、乗客がこちら側の窓に鈴なりになった。もっともリムジンの窓はスモーク仕様なので、俺の姿が連中から見える筈《はず》もない。

「サウスエリアとのアクセスロードを過ぎると、さあ右手に、ホテルエリアとのアクセスロードが見えてきました。アイランドに建つ、五つ星クラスの豪華リゾートホテルがひしめきあうこのエリアは、世界の一流品をお求めいただけるショッピングリゾートでもあります。一流ブランドによる、当アイランドでしか販売していない最高級アイテムを入手することができるのです。中でも、このホテルエリアで最もスターに愛されているのが、『ハイアット・リゾートホテル』です」

アクセスロードから見て一番手前、つまり最も南寄りに建っているのが、俺が泊まることになっているハイアットだった。

五つあるリゾートホテルはどれも超高層で、ビーチに沿い東京湾を見おろしている。それは撮影所には背を向けているのと同じで、客室からはスタジオ内がまるで見おろせない仕組になっているのだ。

アクセスロードを外れたリムジンは、しきつめられた芝生の中を縫う、ホテルエリアの道に入った。

「チェックイン手続きはすでに終了しております。フロントにてTUをご掲示下されば、ルームキィが手渡されます。あとはもう、アイランドでの数々のエンターテインメントをお楽しみいただくだけ。また、アイランド内での移動には、ぜひ当リムジンサービスをご利用下さい。TUからアクセスいただければ、どちらにいらっしゃろうと、五分以内に検索し、お迎えにあがります。

ご利用ありがとうございました」

リムジンがホテル玄関のロータリーにすべりこんだ。モーニングを着こんだインド系のドアボーイが、リムジンのドアを開ける。

「ようこそヨヨギさま。お待ち申しあげておりました」

バリトンの声でいう。

「荷物はお部屋にお運びいたします。フロントにおこし下さい」

三フロア分の天井をぶち抜いたドームが、ハイアットのロビーだった。思ったほど観光客らしい人間の姿はない。動く歩道に乗って、俺はフロントまで運ばれた。

ロビーのそこここには、プライバシーを守るためのスクリーンソファがおかれている。すわった人間がスイッチを入れると、半透明のスクリーンが周囲をおおうのだ。フロントのかたわらには、制服のSSがふたり、壁によりそうように立っていた。Tシャツにブレザーという、揃いのユニフォームを着けたフロント係から俺はルームキィをうけとった。部屋は二十五階の、二五一〇だ。

ロビーの中は静かで、音楽も流れてはいない。これだけ天井が高ければ、物音の大半は吸収されてしまうだろう。

「お部屋のほうにメッセージが二件届いております。ルーム《R》ユニット《U》をお使い下さい」

掌紋照合式のキィを手渡しながらフロント係はいった。俺の掌紋を登録したカードをドアにさしこむと、俺の手以外ではドアノブが回らなくなるシステムだ。

俺はボーイによる案内を断わり、エレベータで二十五階まであがった。教えられた通り、カードをノブの下にあるスリットにさしこむ。カードは吸いこまれ、ノブを握ると、カチリという音がしてドアが開いた。

ソファのおかれたリビングの向こうに、東京湾とその先に広がる陸地、そして富士山が見えた。壁一面が窓になっている。

「ようこそ、ヨヨギさま。メッセージが二件ございます。再生いたしますか」

天井に埋めこまれたスピーカーが訊《たず》ねた。音声作動式のRUだ。オガサワラに移ってからは、そうした文明の利器とは無縁に生きていた。

「まだいい。風呂《ふろ》に湯をためてくれ」

「かしこまりました。バブルソープはいかがいたしますか」

「頼む」

海に面してガラスばりのバスルームがあり、明りが点《とも》った。

ドアホンが鳴った。ベルボーイが荷物を運んできたのだろう。

「ドアを開けろ」

俺はRUに命じた。カチリという、ロックの解ける音がした。

俺は間抜けだった。ベルボーイなら、当然RUがその旨を告げる筈なのだ。だがそのことに気づいたのは、首から上に覆面をかぶった男がふたり、するりと入りこんできたときだった。首から下はホテル従業員と同じブレザーにTシャツを着けている。

ブレザーの下からサイレンサー付きの銃が現われた。

俺はソファの反対側にジャンプした。サイレンサーがくぐもった音をたて、窓ガラスに細かいヒビが入った。だが銃弾はガラスを貫通することはなかった。

「警告します。ガラス壁に損傷が発生しました」

RUがいった。それどころじゃない。俺はソファの陰で首を回した。セミスイートのこの部屋は、リビングとベッドルームの二間つづきだ。今、俺がいるのはリビングで、ベッドルームとの境にバスルームがある。

「ただ今、担当の者が向かっています。安全のため、ベッドルームにてお待ち下さい」

俺の位置からバスルームのドアまでは三歩の距離だ。消し屋はひとりが入口に残り、もうひとりがリビングをよこぎってこちらに歩みよってきた。

「警告します。ガラス壁に損傷が発生しました。ただ今、担当の者が向かっています。安全のため、ベッドルームにてお待ち下さい」

「バスルームのドアを開けろ」

俺はRUにいって、ソファの陰から飛びだした。サイレンサーが銃弾を吐きだし、ソファの背もたれが詰めものを散らせる。

バスルームのドアに体当たりするようにして、中に転げこんだ。うしろ足でドアを蹴《け》り閉じる。銃弾がドアを貫通し、バスルームの鏡が砕け散った。

「バスルームのドアをロック！」

俺は叫んだ。カチッという音がすると同時に、たてつづけにドアを銃弾がぶち抜いた。床を転げ回り、俺はドアから離れた。

「セキュリティに連絡。侵入者だ！」

「かしこまりました。セキュリティに連絡します」

ＲＵは間のびした声でいった。バタンという音がドアの向こうから聞こえた。消し屋が逃げだしたのだった。

15

ＳＳは、それから五分とたたずに到着し、俺の部屋は緑色の制服で埋めつくされた。廊下のカメラに消し屋のふたりは映っていたが、エレベータをおり、カメラの死角となる位置で覆面をかぶったため、顔の映像は残っていない。

俺はただちに別のスイートに移された。そこには私服のＳＳがふたり、待ちうけていた。ふたりともアジア系の顔立ちをしている。調査部に所属している、ユンとオギクボだと自己紹介した。

「調査にご協力をお願いできますか」

「するもしないもないだろう。あんたらは俺の部屋にいる」

制服の連中とちがい、ふたりはにこりともしなかった。

「襲撃してきたふたりに心当たりはありますか？」

「覆面をしていた。あるわけがない」

「体つきや声に覚えがあるとか」

ユンがいった。

「声は聞いてない。部屋に入ってくるやいなや、いきなりズドンだ」

「すると強盗ではない」

オギクボがいう。見るからに神経質そうな、痩《や》せた男だ。肌は浅黒いので、日本人ではなく、オギクボという姓は、俺のヨヨギといっしょで、捨てられていた地名だろう。

「消し屋だな。それともアイランドじゃ、ピストル強盗が流行《はや》っているのか」

ふたりは無言で首を振った。

「公共施設内における発砲事件は、今年初めてです」

ユンが部屋の中を見回しながら告げた。

「光栄だね。RU、バスタブに湯をためろ。バブルソープもだ」

「かしこまりました」

ふたりを見ていってやった。

「奴らがきたとき、風呂に入ろうと思っていたんだ」

「落ちついていますね」

オギクボは俺を見つめた。

「ふつうの人間なら、銃撃されたら震えあがる」

「俺のことは調べてあるのだろ。それよりも、あんたたちSSを信じて、こっちは丸腰でいたんだ。港でとりあげられた銃を返してもらいたいね」

「それはできません。あなたの銃は、すでに廃棄されている」

「じゃあなんで、サイレンスガンをもった消し屋がうろついているんだ？」

「あなたの側の問題ではないのですか」

「何か？　俺がこのホテルのマネージャーの女房を寝盗《ねと》ったとでもいうのか」

「襲撃者は、ハイアットの従業員でないことが確認されています。ブレザーとTシャツは、制服に見せかけた偽ものでした。エレベータ内に捨てられているのが発見されました」

ユンがいった。

「エレベータのカメラは？」

「犯人は乗りこむと同時に、レンズにカバーをかけ、そこで洋服を着がえたのです。覆面も残されていました」

「じゃロビーの監視カメラはどうなんだ。おりてくる人間も撮っているだろう」

ユンとオギクボは顔を見合わせた。

「故障中でした」

オギクボが答えた。

「計画的ということだな。カメラの故障箇所は、部外者でも工作ができる位置なのか」

「一般人は立入禁止の区域ですが、従業員の目を盗めば可能です」

ユンがいった。

「なるほどね。プロの消し屋が、最初から俺を消すつもりで待ちかまえていたというわけだ。夢のムービー・アイランドにしちゃ、物騒な歓迎だよな」

「あなたの部屋の前に、二十四時間、セキュリティを立たせる。移動の場合も同行させる」

「お断わりだ。お守りがいなけりゃ迷い子になるほどのガキじゃない」

「ご協力願います」

「断わる。そんなうっとうしいのを付けるより、銃を一挺《ちょう》都合してくれるほうが、よほど気がきいているね」

「アイランドの治安維持は我々のつとめです。また銃の携帯は許可できません」

オギクボは俺を見つめた。

「俺を守るより、犯人をつかまえろよ」

「現在、アイランド内のすべての監視装置で、検索をおこなっています。ただし、所持品透視は、プライバシーの問題があるので、限られた施設内でしかおこなえません」

「つまり野放しか」

「不安なら、本土に戻られては？　本土でなら、銃を携帯できます」

「おいおい、大事なゲストにそんなことをいっていいのか。俺は招待されてこの島にきたんだぜ」

「上陸申請には、ヨシオ・石丸氏の名がありましたが、どのようなご関係ですか」

「友人だ。古くからのな」

「今回のトラブルに石丸氏が関係していると思いますか」

「本人に訊《き》けよ」

ふたりは黙った。SSは住人には弱いらしい。

「もう帰ってくれ。俺は風呂《ふろ》に入りたいんだ。潮風で体がベタつくんでね」

ふたりは無言のまま、でていった。俺は、衣服を脱ぎすてると、バスルームに入った。

湯の満ちたバスタブに体を沈める。目の前は西陽にシルエットで浮かんだ富士山だ。

まぶしさに目を閉じた。

消し屋はドアホンを鳴らし、俺にドアを開けさせた。つまり、ドアロックを突破できるだけの技術やホテル側とのコネをもっていない。

俺の来島は、おそらくSSなり旅行会社を通してシンジケートに伝わっていたのだろう。消し屋をさし向けたのは岩野布だ。つまり、俺がアイランドにいる限り、岩野布は何度でも命を狙える。

「RU、メッセージ再生」

俺は命じた。こうなったら銃の入手が最優先の課題だ。

バスタブに浸《つ》かった俺の頭上からメッセージが降ってきた。

「ケン、ようこそ、アイランドへ。とりあえず、夕食をどうですか。TUはここではつながらないので、島内用の携帯電話に連絡を下さい。連絡をお待ちしています。番号は、僕のTUの番号から頭のふた桁《けた》を外したものと同じです」

ヨシオ・石丸の声だった。つづいて、男の声がいった。

「池谷から頼まれた件で電話した。また電話する」

ぶっきらぼうな口調だった。俺はいった。

「RU、二件めの通話者にアクセス」

「できません。非通知着信です」

「なるほどね」

ゆっくりと体を洗い、俺は備え付けのバスローブを羽織ってバスルームをでた。

電話が鳴った。

「RU、応答」

煙草に火をつけ、クーラーからミネラルウォーターのボトルをだして、俺はいった。

「もしもし」

男の声がいった。二件めの声と同じものだ。

「ヨヨギ・ケンだ」

俺はいった。

「池谷の友人だ。これからそちらの部屋に向かう」

「今どこだ」

俺は訊《たず》ねた。

「ロビーにいる。今からあがる」

「わかった」

俺は室内を見回した。もしやってきたのが第二の消し屋だったら、それまでだ。

ドアホンが鳴った。俺はクーラーの上に飾られた赤ワインのボトルを手にとった。

「RU、ドア画像」

ドアに埋めこまれた液晶画面が映像を映しだした。そういうシステムがあることを、部屋を移ったときに説明されたのだ。ドアの一部が透明になったかのようだが、実際はちがう。男がひとり立っていた。厚手のシャツにジーンズを着け、肩からバッグをさげている。うつむき気味だが、ずんぐりとした体格でみごとに耳たぶが潰《つぶ》れている。柔道を長くやっている奴の特徴だ。

「RU、ロック解除」

ドアロックが解けた。男は体格には似つかわしくない、するりとした動きで部屋に入ってきた。

「茂上さんか」

茂上は頷《うなず》き、掌《てのひら》にもっていたバッジを掲げた。「原警」という文字が入っている。

「こんな格好で失礼する。着いたばかりでいろいろあってな」

俺はいった。茂上は小さな目で俺を見つめた。表情があまりあらわれない顔で、一見のろまそうに見える。

「私服のSSがやけに多い。廊下でもひとり、知っている奴に会った」

ぼそぼそとした声でいった。

「荒っぽいウェルカムドリンクのサービスがあってね。鉛玉を何発か、プレゼントされたんだ」

「それでか」

茂上はショルダーバッグを肩から外した。

「池谷から話は聞いている。奴が送った荷物はまだ着かない。だが一日でも丸腰じゃつらいだろう。とりあえず、ツナギの品をもってきた」

ショルダーバッグを開き、古めかしいデザインの銃をとりだした。もう百年以上も前にプロトタイプが作られた、旧軍用コルトだ。

「コルトのガバメントか」

俺は唸《うな》った。

「そうだ。俺の個人コレクションの中の一挺だ。装弾数は少ないが、フルロードの四五ACPが詰まっている。防弾ベストごしにアバラをへし折れる」

「いいのか、借りていて」

俺はうけとり、訊ねた。かなり使いこまれていて、スティールの表面が白っぽく光っていた。

「もとは原発の取水口にひっかかっていた水死体のものだ。回収したときに届けられて、私物化させてもらった。メンテナンスはしっかりしてあるから、錆《さび》の心配はない」

俺はリリースボタンを押してマガジンをひきだした。金色をした丸っこい、フルメタルジャケットの四五口径弾がきっちり七発入っている。

「シンプルで重く、命中率の高い拳銃《けんじゅう》だ。装弾数が少ないのと貫通力が低いことで、前線からは姿を消した」

茂上は低い声でいった。

「俺の手には少しでかいな」

「撃つときは、両手でしっかりホールドしろ。さもないとジャムるぞ」

ジャムるとは、排莢《はいきょう》がスムースにいかず、弾詰まりをおこすことだ。火薬量の多い弾丸を使う銃では、反動をしっかりうけとめないとそれがある。

俺は頷いた。

「ありがたく貸してもらう」

「ヤバくなったら海に捨ててもかまわない。捨てた場所をあとで教えてくれれば、また拾いにいく」

「SSにとりあげられたら？」

茂上の目が一瞬光った。

「とりあげた奴にもよるな。SSには、何人か俺の柔道の弟子がいる。そいつだったら、俺のところに返させる」

茂上はいって、ドアに手をかけた。

「じゃあこれで。あんたのが届いたら、また連絡する」

「待てよ。もう少しここの話を聞かせてくれないか」

茂上は首を振った。

「お喋《しゃべ》りは苦手だ。喋くりがうまかったら、ここにはいない」

俺は苦笑した。

「わかったよ。とにかく礼をいう。ありがとう」

「いや。池谷が人を賞《ほ》めるのはめったにないからな。じゃ——」

茂上は部屋をでていった。

俺は息を吐き、無骨な四五口径をテーブルの上においた。

「RU、メッセージ一件めの通話者にアクセス」

呼びだし音が降ってきた。

「——はい」

「ヨシオ、ケンだ」

「ケン、ようこそ。夕食は大丈夫ですか」

「大丈夫だ。どこへ何時にいけばいい？」

「一時間後に迎えの車をホテルへさし向けます」

「オーケー」

「じゃ、のちほど」

アマンダはくるのか、という問いを俺は呑《の》みこんだ。いけばわかることだ。

俺は衣服を着け、腰骨の横に四五口径をさしこんだ。かさばるが、ホルスターがないのだからしかたがない。

これ以上部屋にいてもやることがなかった。ホテルの周囲を散歩する手もあるが、また消し屋とでくわす可能性もある。

せいぜいロビーで時間を潰すくらいだ。さすがにロビーでは消し屋も襲ってはこられないだろう。

部屋をでて、ロビーにおりた。夜になり、チェックインしたときより、人の数が増えている。観光客らしい連中もうろうろしていて、どこかにスターはいないかとやたらにきょろきょろ、あたりを見回していた。

俺は売店を冷やかしたり、観光客と同じように周囲を観察して、時間を潰した。

わかってきたのは、この島には〝階級〟があるらしいということだ。

一番低い地位にいるのが観光客だ。彼らは金を払って泊まっているのに、ホテルの従業員からも、おのぼりさん扱いをうけている。

ホテルの奴らは、表面上はにこやかでいんぎんだが、腹の中では観光客を馬鹿にしているのがみえすいていた。

ホープレスの俺には、そういう差別心が、手にとるようにわかるのだ。

フロントあたりの人の流れを見るともなく眺めているうちに、それがはっきりとしてきて、不愉快な気分になった。

ホテルの人間にとっては、おそらく映画関係者が〝上流階級〟なのだろう。ロビーにいるのに嫌けがさし始めた頃、迎えが現われた。馬鹿でかいリムジンではなく、ふつうの黒塗りだったことに俺はほっとした。運転手がインド系のドアボーイに何ごとかをいい、ドアボーイが俺に合図をよこしたので、迎えとわかったのだ。

「いってらっしゃいませ、ヨヨギさま」

俺はとってつけたようなお辞儀に見送られてセダンに乗りこんだ。

16

セダンが俺を運んでいったのは、サウスエリアだった。どうやらミレーヌがいった、会員制のクラブとやらに、早くも案内されることになったようだ。

考えてみればヨシオも、映画スターほどではないが「有名人」だ。ましてや女房はあのアマンダ・李なのだ。ホテルあたりをうろうろしていたのでは、観光客に見つかる可能性がある。

クラブは、レンガを模した外壁でおおわれた、落ちついた造りの建物だった。三階建てで、広い車寄せがついている。そこにはリムジンや高級スポーツカーがひしめいていた。一階は、オープンエアのテラスになっていて、テーブルが並んでいる。すでに、何組かの客がいたが、俺でも顔を知っているスターが、二、三人はいた。

一階の玄関をくぐったところに、革張りのソファを配したウェイティングバーがあり、ヨシオはそこで待っていた。

「やっときてくれましたね、ケン」

静かだが、喜びのにじんだ口調でいって、ヨシオは俺の手を握った。

「いかがですが、アイランドの印象は」

「あまり歓迎されていないようだ。部屋に消し屋が訪ねてきた」

俺がいうと、ヨシオは顔をくもらせた。

「そんな――」

「別にあんたのせいじゃない。こちらにくる前に新東京でかかわった連中が、俺に礼をしたがってるのさ。キャロル・守口の件は知ってるだろう」

ヨシオはさりげなく、あたりに視線を配った。すぐ横のソファでは、七十をとうに過ぎている筈《はず》の時代劇スターが、孫より若いくらいの娘の手を握りしめ、ワインの講釈を垂れている。

「上にいきましょう。テーブルをとってあります」

俺たちは建物の中央に設けられたらせん階段を上った。二階はレストランフロアのようだ。

案内された席は、ちょうど壁のくぼみにぴったりとおさまるようにおかれたテーブルだった。両側は壁にはさまれ、並んですわる格好だが、個室よりかえって他人に聞き耳をたてられる心配がない。個室ではドアの外に誰かが立っていても、こちらは気づきようがない。

ただしどこであろうと盗聴器をしかけられたら話は筒抜けだ。

「仕事の話はあとでゆっくり。今は食事を楽しみましょう」

ヨシオは俺に囁《ささや》いた。ヨシオはバイセクシャルであることを公にしているので、男ふたりで並んですわっても、奇異の目を向けてくる者はいない。

俺とヨシオはシャンペンで乾杯し、食事を始めた。

「誰がいつ、この島にくるか、SSは完全に把握しているのだろう」

「そうですね。来島者の監視が、彼らの主な仕事ですから」

前菜をとり分けながらヨシオは答えた。

「奥さんはまだ仕事中か」

ヨシオは小さく頷《うなず》いた。

「本当はごいっしょする予定だったのですが、撮影が長びいてしまって。あとで家のほうでご紹介します」

「ずいぶんたくさんの人間にサインを頼まれたよ」

「喜んでします。彼女もあなたにとても会いたがっているんです。ずっと僕から話を聞いていて」

「引きうけるつもりは、初めはなかった。ここに興味がわいた」

「いかがですか、いらしてみて」

「あんたと会った頃を思いだしたよ。ホープレスが差別されていた時代だ」

ヨシオは微笑んだ。

「ついこの前のような気もします。それに差別そのものが完全に消えたわけでもない。人間は差別をする、唯一の生物ですし」

「この島じゃ、ホープレスは差別されないが、〝階級〟はある。そうだろ」

ヨシオはシャンペンを飲み、頷いた。

「そうですね。本来、この島の経済に一番貢献している筈の人たちが差別されるのは奇妙だと思います。おそらく、観光業者には、映画関係者に対するコンプレックスがあり、それが歪《ゆが》んだ形で観光客に向けられる。しかし、映画関係者のあいだには、もっと露骨な形で〝階級〟が存在していますから」

「そうだろうな。エミィから昔聞いたことがある」

「必要なものでもあります。〝階級〟はモチベーションを生みます。それなくして、すぐれた演技やシナリオ、監督作は生まれない」

「あんたたち夫婦は、その〝階級〟の貴族か？」

「見せかけでは。そう、確かに」

ヨシオは苦笑した。

「本当の貴族は、なかなか人前には姿を現わしません。特に〝帝王〟と呼ばれるような人は」

「ワン・コングか」

「飾りものという意味では、彼も同じです」

俺は首をかしげた。

「義理のじいさんにそんなことをいっていいのか」

「僕はあの人の信頼を得ています。ですがそれをここでの権力につなげられるような状況はもうありません」

「なるほどね」俺は少し意外だった。これほど俗な島にいて、息が詰まらないあんたに」

「ここでずっと暮らしているのではありません。アマンダとのことも含めて、僕には長くて濃い取材だと思っています」

「アマンダのファンに聞かれたら殺されるぜ」

「僕たちはある種の同志です。恋愛的な感情は早い段階ではありましたが、今は――」

いって、ヨシオは言葉を呑《の》みこんだ。俺は話題をかえた。

「本当の権力者は、スタジオ・カンパニーか」

「と、その協力者たちでしょう。彼らの利益は複雑にからみあっていて、はた目には理解が難しい」

「大まかにいって、ふたつのグループだと聞いた」

「マンスールとＩＦＧですね。しかし傘下の組織が非常に入り組んでいます」

「第三のグループはどうだ？」

「第三？」

「ＳＳ」

「微妙な存在です。本来はカンパニーに使われる側なのに、ここでは大きな権力をもっている」

「スキャンダルを握っているからじゃないのか」

「もちろんそれもあります。しかしＳＳからスターたちのスキャンダルが洩《も》れるようなことがあれば、彼らの信用は失われる。存在意義そのものが問われるでしょう」

「なるほど」

運ばれてきたスープにスプーンをひたし、俺はいった。

「俺はＩＦＧの尻尾《しっぽ》を踏んづけたらしい」

ヨシオは俺を見直した。

「詳しいことはあとで話す。岩野布という男を知っているか」

「いいえ」

ヨシオは首を振った。

「ＩＦＧの社員で、ネットワークの下請けとつながっていた」

「ネットワークの魔法は、アイランドにも及んでいますよ。ですが彼らがここで〝階級〟の上位に立つことはない。ここではあくまでも、映画がすべての表現の頂点ですから。また彼らの傍若無人な取材活動も厳しく規制されています」

そのときレストランの内部に、SSの制服を着た男と車椅子の老人のふたりが入ってきた。その場にいた全員と挨拶《あいさつ》をかわしている。

制服の男は小柄だが姿勢がいい。老人にひどく気をつかい、手をそえている。老人を先にテーブルにつかせ、向かいにかけた。

「このクラブの敷地内で、SSを初めて見たな。あの爺《じい》さんのボディガードか」

「あの老人は、『三大天才』のひとり、高村《たかむら》監督です」

「あれが高村監督か」

俺はつぶやいた。エミィが一度でいいから、その作品にでたいといっていた映画監督だ。だが年齢はまだ五十代のどこかの筈なのに、どう見ても八十か九十の老いぼれだ。

「えらく年をとって見えるな」

「原因不明の早老症に二年前にかかってしまったんです。以来、人前にでることはほとんどありません」

「ボディガードがつくのも当然だな」

ヨシオは首を振った。

「彼はボディガードではありませんよ。高村監督の友人です」

SSの男が俺たちに気づいた。高村に断わり、席を立ってこちらに歩みよってくる。

「石丸先生、それに、ヨヨギさんですね」

薄い唇にあるかなしかの笑みを張りつけていた。

「私は孫と申します」

立ちあがった俺に手をさしだした。

俺はヨシオをふりかえった。ヨシオは表情を消した目で孫を見ている。

孫の手を俺は握った。

「SSの隊長さんだな。早くもこの島のボスとお会いできたわけだ」

孫は首を振った。

「私はただの警備員です。この島で作られるあらゆる映像作品が成功するよう、陰ながら協力しているに過ぎません」

俺は孫を見つめた。もしかすると五十を過ぎているかもしれないが、ひきしまった体つきや、贅肉《ぜいにく》のほとんどない顔は、四十代に見える。

「今日は高村監督のお供をいいつかりましてね。場ちがいとは思いながらも、うかがわせていただきました。高名な調査員の方にお会いできて光栄です」

孫は高村のほうを示しながらいった。当の三大天才のひとりは、やりとりが聞こえているのかいないのか、ぼんやりとした視線を宙に向けている。

「俺のことはもう伝わっているのだろう。銃がない筈《はず》のこの島で、俺の部屋に押し入ってぶっぱなした消し屋がいる」

孫は小さく頷いた。

「聞いています。部下の話では、人違いだろうということでした。あのホテルには、たまにシンジケートに関係している人間が泊まるのです。あなたはそういう人間とまちがえられた」

「そいつは初耳だ。俺を〝取り調べ〟たSSの私服は、そんなことはこれっぽっちも教えちゃくれなかったぜ」

孫は首を振った。

「ヨヨギさんは、私服による警備をお断わりになった。命を狙われる心当たりがないからこそ、お断わりになったのでしょう」

「ちがうね。俺は丸腰だ。あんたの部下が港で、俺の銃をとりあげたからだ。丸腰なのに、これまで会ったこともない、銃をもった奴が俺のまわりをうろつくのが我慢できなかっただけだ」

「私の部下は、あなたを守りたいと考えていたのです」

「同時に監視もしたかったのだろう。俺があんたたちの縄張りを荒すのが心配で」

孫の口もとから笑みが消えた。

「アイランドで何をなさろうというのです」

「それは俺のほうが訊《き》きたいね。いったい俺が何をすると思って、シンジケートは消し屋を送りこんできたんだ」

ヨシオが咳《せき》ばらいをした。俺と孫のあいだに割りこむ。

「高村先生の具合は今日はいいのですか」

孫の口もとに再び笑みが戻った。ヨシオをじっと見つめて答えた。

「ええ、まあ。今日は、ヨダレの量もいつもより少ないようですし、おしめをとりかえるときも暴れませんでしたから」

ヨシオの目が暗くなった。

「ここの飯代は誰が払うんだ」

俺はヨシオに訊《たず》ねた。

「原則として会員です」

ヨシオが答えた。

「つまり呆《ぼ》けた爺さんの車椅子さえ押してくれれば、いつでもタダ飯にありつけるというわけか」

孫は目を細めた。

「あなたが私に好意をもっていないということはわかりました」

「本当は頭に鉛玉をぶちこんでやりたいと思っているのに、にこにこ笑って手を握るような芝居をする奴が嫌いなだけさ」

「どうやら誤解があるようですな」

孫は怒りを押し殺した口調でいった。

「そうかい。俺がアイランドにいくといったら、あんたにだけは気をつけろと注意してくれたピーがいたんだ。怒らすと原発の排水口に浮かぶことになる、とな」

「もしそれが事実なら、あなたには自殺願望があるというわけだ」

「どうかな。ただ枕を高くして寝ている奴の耳もとを蹴《け》っとばして歩くのが趣味なだけかもしれん」

「いずれにしても、長生きはできない。部下の報告では、あなたはセキュリティの専門家でありながら、ご自分のセキュリティには驚くほど無関心だという話だ」

「無関心なわけじゃない。誰かに守られるのが嫌いなだけだ。俺はホープレスでね。ガキの頃から、自分の身は自分で守ってきた」

「この島でもそれができると？」

俺はわざと遠くを見やった。

「思い出話をしよう、孫隊長。俺たちホープレスがガキにしちゃ少し賢くなった頃、よくこんな商売をしたもんだ」

孫は無言で聞いていた。

「まず縄張りにある食いもの屋や飲み屋に挨拶にいく。地元の治安を守るために、自警団を結成した、というんだ。ついては維持費を何がしか寄付してもらえないかと。食堂のオヤジは『失《う》せろ、このガキが』と吠《ほ》える。当然だ。俺たちは黙ってひきさがる。その晩か翌日、食堂はオヤジがいないあいだに、ぼろぼろに荒される。店のテーブルはぶち壊され、冷蔵庫にあった材料はごっそりもっていかれている。あげくの果てに、店の床はクソの山だ。

オヤジがへとへとになって片づけ終わった頃、また俺たちが現われる。何も知らなかったような顔をして、きのうの話を考え直しちゃもらえませんか、という。十人のうち、半分がとこが、金を払ったもんだ。もちろん、それだけじゃ話はすまない。俺たちは毎晩、タダ飯にありつきに、契約した食いもの屋を回ったもんだ。だが、中には、いつまでも俺たちに協力しない店もあった。そういう店はどうしたと思う？」

孫は凍りつくような目で俺を見た。

「従業員を殺して、店に放火したとか」

「そういう馬鹿もいたが、俺たちはちがった。一銭にもならないことでピーに追いかけ回されるのはごめんだったからな。無視したんだ。金にならないことに時間と手間をかけられるほど、俺たちは長生きできるとは思っていなかった」

「あなたのいいたいことがわからない、ヨヨギさん」

「簡単な話だ。自ら用心棒を買ってでる奴の話には、乗るものじゃない」

孫はわずかに息を吸いこんだ。怒りを露《あら》わにするほど愚かではないようだ。

「――アイランドでの滞在が快適なものになるよう、願っていますよ」

「ありがとう、隊長。俺はこの島にきたばかりだから、悪い奴といい奴の区別がつかない。あんたの部下にはくれぐれも気をつけるよう伝えてくれ。まちがえて、善意の用心棒をぶちのめしたくないのでね」

「私の部下を甘く見ないほうがいい、ヨヨギさん」

孫は首を振った。

「あなたがもしそんな真似をしようものなら、今度は人違いではすまないだろう」

「おいおい、すませたのはそっちであって、俺じゃないんだぜ」

孫はほっと息を吐いた。

「そうだった。失礼した。それでは、石丸先生――」

ヨシオに頭を下げ、孫は俺たちのテーブルを離れていった。

「あなたは彼を怒らせましたよ」

椅子にすわるとヨシオがいった。

「気にくわない野郎には、気にくわないとはっきりいう。オガサワラにいたあいだに、俺はそいつを忘れていた。思いださせてくれて、奴にはお礼をいいたいね」

ヨシオは微笑んだ。

「控えめにいって、あなたのそういう性格を、僕は大好きです」

17

その後はあたりさわりのない話をして、俺たちは食事を終えた。遠くから見ていると、高村と孫のテーブルで食事をしているのは孫ひとりだった。ときおり、とってつけたように、孫がフォークで食いものを高村の口に運ぶと、高村はあらぬ方向を見たまま咀嚼《そしやく》し、その大半をこぼしてしまうのだった。

その姿はほとんど晒《さら》し者で、孫は高村の権威を落としたくてやっているとしか思えなかった。

食事がすむと俺とヨシオは待っていたセダンに乗りこんだ。運転手の耳を意識して、俺たちは車内でもたいした話をしなかった。

セダンが到着したのは、サウスエリアの高台にある、こぢんまりとした一軒家だった。あたりの豪邸とちがってプールもなく、石造りの外観を模した、ヨーロッパ風の二階家だ。庭には、多くの花が植えられ、庭園灯の光の下で咲き乱れている。

メイドはおらず、ヨシオはもっている鍵《かぎ》で玄関の扉を開けた。だがその鍵じたいが指紋照合タイプだった。

「この島にこそ泥はいません。といって、留守のあいだに、何者もこの家に入りこまないという保証もない」

扉を閉め、ヨシオはいった。小さな玄関ホールをくぐり、俺は客間に案内された。広くはないが、間接照明が暖かな光を点《とも》し、ブラインドをあげた窓から、ビーチとホテル群が見渡せる。

「酒は何がいいですか」

「何でもいい。あまり強くない奴を」

　ヨシオはブランデーソーダを作って手渡した。

「盗聴器は大丈夫なのか」

　俺が訊ねると、ヨシオは頷《うなず》いた。

「屋内にはしかけられていません。振動検知型のものでも、この部屋にいる限りは大丈夫です。特殊な防音材を使っていますから」

　俺たちは乾杯した。

「小さいが居心地のよさそうな家だな」

「ふだんは僕はここにいません。アマンダがひとりで暮らしています」

「ひとりで？　それは不用心なのじゃないか？」

「SSは、スターのプライバシーをつかむこととセキュリティを守ることに対して、同じくらい熱心ですから。この家にいる限り、彼女は安全です。と同時に、彼女は、他人と暮らすことがあまり得意ではないのです」

「夫婦でも？」

　ヨシオは頷いた。

「それは僕も同様です。孤独を保つことで、創作に対するモチベーションを持続させられるのです。孤独を癒《いや》された人間は、向上心を失いがちですから」

「孤独さえ癒してくれるのなら、それ以外の何もかもを捨ててもいいと、思ったことがある」

俺は酒をすすり、いった。

「決して癒されないということもわかっていた筈《はず》です。だからこそあなたはそう思った」

グラスごしにヨシオを見た。ヨシオの目は真剣だった。

「その通りだ。癒されたいと願うなら、あとはくたばるしかなかった」

「だからアイランドにきてくれたのですか」

「そうじゃない」

俺は首を振った。

「今の自分がどれだけやれるか知りたくて、新東京にいった。そこでネットワークがいかに世間を引きずり回しているかがわかり、胸クソが悪くなった。だが、ネットワークのやっていることは、引きずり回すだけじゃなかった――」

俺は、キャロル・守口と〝双子座キラー〟の話をした。

「ネットワークの中に、レーティングを稼ぐために事件をおこしている者がいると？」

「他人の不幸は蜜《みつ》の味というだろう。ネットワークは視聴者をそう洗脳した。やがて、事件を待つだけじゃレーティングを稼げないとみた奴らが、自分らで事件をおこそうと考え始めたんだ」

「しかしネットワークの人間に、そんな危険な真似ができるでしょうか」

「そこでシンジケートがからんでくる。死んだ河田は、アイランドでムービーの仕事をしていたことがあった。その頃知り合った人間が、『フィックス』というグループに関係していた」

「『フィックス』？」

「レーティングを稼げる事件を計画し、実行するプロの集団だ。『フィックス』は、ムービーの仕事をふだんはしていて、オファーがあると事件をおこすと、俺はにらんでいる。当然、バックにはシンジケートがいる」

「しかしネットワークを牛耳っているのは日本人です。シンジケートは、ロシアやチェチェンといった外国系の組織です」

「シンジケートがネットワークにくいこもうとしているのかもしれんし、そのふたつが陰で手を結んでいるのかもしれない」

ヨシオは黙りこんだ。俺の話を考えているようだった。

家のどこかでベルが鳴った。チリリリ、という、ひどく上品ではかなげな音だ。

「失礼」

ヨシオがいって立ちあがった。どうやら電話のようだ。

少しして戻ってきたヨシオが告げた。

「アマンダからでした。今日は撮影が長びくのでお会いできそうもないというのです。くれぐれもあなたによろしくとのことでした」

俺は首を振った。

「そいつは残念だな。だがこの島にいるあいだに会えるだろう」

「もちろんです。あなたを雇いたいといいだしたのは、彼女なのですから」

俺はヨシオを見つめた。

「命を狙われているという話だったが」

ヨシオは頷いた。

「詳しいことは彼女自身から聞いたほうがいいでしょう。明日《あした》の昼、あなたをスタジオに連れていきます。そこで彼女から話を聞いて下さい」

「それで間に合うのか」

「アマンダの考えでは、現在撮影中の作品の、重要なシーンを撮り終えるまでは、彼女は殺されることはないだろう、と」

「つまり彼女を消したがっている人間は、彼女の作品で稼ぐ立場にあるということか」

「おそらくは」

俺は息を吐いた。

「相当なプレッシャーだな。そんな中でも芝居ができるものなのか」

「彼女は生まれついての演技者です。プレッシャーがあればあるほど、彼女の演技はすぐれたものになる」

俺は首を振った。

「俺にはわからない。エミィは女優だったが、俺の前ではただの女だった」

「それはあなたが彼女に望んだからではないですか、ケン。ひとりの女であることを」

「もちろんそうだ。おおげさな芝居より、笑顔ひとつで、エミィは俺を熱くさせた」

「女優はいかなるときでも女優です。怒らないで下さい。あなたや亡くなった彼女を侮辱するつもりはありません。きっと彼女は、本当にあなたが好きだったからこそ、亡くなるまであなたの好きな女を演じつづけられたのです。観客はあなたひとりでよかった。あなたひとりのために、彼女は全身全霊を傾けて演じたのにちがいありません」

「やめてくれ」

俺は目を閉じた。鼻の奥がツンとした。それをこらえ、いった。

「話をかえようじゃないか。『フィックス』について何か聞いたことはないか」

「いいえ。ムービーのスタッフが本当の犯罪にかかわっているということじたいが、僕には信じられません。彼らは自分の仕事に誇りをもっている」

「その誇りを踏みつけにされ、世間を恨んでいる奴はいないのか」

「星の数ほどいます。ムービーは広く大衆に支持されなければ、ただの大金を食うガラクタに過ぎません。ムービーが他の芸術と決定的にちがうのは、多くのパトロンを得られない作品は決して評価されない、という点です。絵画や文学の世界ではありえない。たとえ評価を得られなくとも、失われるのは創作者の時間に過ぎませんが、ムービーでは、何十億というお金も飛ぶ」

「ネットワークだってそうだろう」

「テレビとムービーでは注《つ》ぎこまれる費用がまるでちがいます。しかもネットワークの利用は生活の中で受動的におこなわれるものですが、ムービーは観客が能動的な選択をして初めて、収入につながるのです。映画館に足を運ぶという、原始的な行動は、自宅にいながらにして、RUにテレビの電波を入れさせる行為とはまったく別のものです」

「なるほど」

「さらにいえば、ネットワークで提供される感動は、基本的には視聴者の生活と同じ地平にあるものです。ドキュメンタリー、スポーツ、作られた感動よりもむしろ、現実に存在する感動の材料を切りとる手腕に、レーティングがかかっている。しかしムービーは、すべてが作りものです。ありえない世界、ありえない人間関係、実在する人物は決してスクリーンに登場しない。そこから非現実の感動を生みだすのがムービーです。しかも、どれほど大金をかけ、宣伝をおこなった作品でも、確実なヒットを計算することはできません。ネットワークの番組は、失敗すれば放送を打ち切り、別の番組にさしかえればすむ。あるいはキャスターの首をかえ、新たな話題を作って、途中でのカンフルが可能です。しかしムービーは、ひとたび映画館にかかってしまったら、どうすることもできない。ムービーは無理なのです。ネットワークは、製作者がネットワークであるがゆえに途中工作ができますが、ムービーは、注ぎこまれた金が無駄になり、あとに残るのは、莫大《ばくだい》な予算を食ったあげくに、手で触ることすらできない、ただの映像データです」

「それだけシビアというわけだな」

ヨシオは頷《うなず》いた。

「ムービーという表現が生みだされた百年以上も前から、ムービーの興行形態は何ひとつかわっていません。そしてそれこそが、文化としてのムービーの存続を支えたのです」

「見方をかえれば、死屍《しし》累々ということだろう？」

「その通りです。アイランドは造られてまだ十数年しかたっていませんが、その十数年のあいだだけでも、何人もの監督、脚本家、そしてプロデューサーが、不自然な死を迎えています。大半は自殺で、残りが事故に分類されている。実際、命がけでムービーを撮っている人間が、今もほとんどです」

「失敗した人間に這《は》い上がる機会は与えられるのか」

「ごくまれに。運の強さもまた、アイランドで生きのびるための絶対条件ですから。その機会を与えられなかった者はアイランドを去るか、きのうまで顎《あご》で使っていた人間に、今度は使われる立場となって、再起を期すのです。欲望を題材に表現をおこなおうとするなら、アイランドほどそれが揃った舞台はありません」

「再起のチャンスを失った奴らが『フィックス』にかかわっているとは考えられないか」

ヨシオは考え、頷いた。

「まったくありえないとはいいきれないかもしれません」

「〝スクラッパー〟という言葉を聞いたことはないか」

ヨシオの表情が動いた。

「どこでその名を？」

『フィックス』を『トゥデイズ・マーダー』につないだ、河田だ。奴はくたばる直前、俺にその言葉を囁《ささや》いた」

ヨシオは小さく頷き、グラスを口にあてた。中身をひと口するあいだ考えていたが、やがていった。

「何年か前に、企画としてもちこまれ、結局実現にはいたらなかったムービーのストーリーがありました。消防士を主人公にしたアクション作品で、そこに敵役《かたきやく》として登場するのが、〝スクラッパー〟という名のテロリストでした」

ありそうな話だ。だが河田のいった〝スクラッパー〟と共通するかどうかはわからない。

「あんたはどこでそいつを知った？」

ヨシオは肩をすくめた。

「アマンダと知り合った直後のことです。家族に不幸があり、彼女はひどく精神的に追いつめられていた。僕は彼女のためにしばらくアイランドに滞在しました。その頃のアマンダは、昼も夜も、僕がそばについていなければ危険な状態でした。そんな状況ではとうてい僕自身の創作活動はつづけられない。そこで、彼女の所属するオフィスが、もちこまれる企画の選別を僕にやらないかと打診してきたのです。アマンダといっしょにいるのをのぞけば、僕にはすることが何もありませんでした。それにオフィスはそれなりのギャラを用意してくれました。そこで僕は引きうけたというわけです」

「その企画のデータは今も残っているか」

俺は訊《たず》ねた。読んでみたい。

「ムービーの企画は、それこそ何千、何万という数がもちこまれます。監督、脚本家、プロデューサー、俳優のオフィス。そして没にした企画ほど、とり扱いが難しい。没にした後、もし同じような企画が陽の目を見れば、ただちに盗作だの何だのという裁判沙汰《ざた》になるからです。したがって、データのコピーは許されず、オリジナルのみがオフィスから、企画した人間のもとに戻された筈《はず》です」

「誰だか覚えているか」

ヨシオは首を振った。

「僕がうけとったのはデータだけです。誰が作ったものかは知らされませんでした」

「じゃあ、その企画の細かい内容を教えてくれ」

ヨシオは軽く目を閉じた。

「あれは確か、爆弾魔の話でした。ショッピングモールやレストラン街など、人の多く集まるところに爆弾がしかけられる。もちろん被害は甚大です。爆破にはあらかじめ予告があるのですが、警察や消防がどれほどその場所を調査しても爆弾は見つからない。イタズラ予告ではないかと思い始めた頃、爆発がおきるのです。さらに同じようなことがつづき、主人公の消防士は、いったいどのような方法で爆弾がしかけられているのかを、けんめいに捜査する――」

俺は興味を惹《ひ》かれた。

「いったいどんなやり方なんだ」

ヨシオは首を振った。

「それは秘密にされていました。僕の仕事は、登場人物の人間関係や性格設定から、企画の出来不出来を判断することで、メイントリックについては、企画者がガードをかけており、読んだ時点で企画料が発生する仕組だったのです。盗まれないために、よくある方法ですが、アマンダのオフィスは当時、アクション映画にあまり興味をもっておらず、結局通らなかったというわけです」

「おもしろそうに思えるがな」

「僕も悪くないと思いました。主人公の消防士と捜査する女刑事のロマンスは陳腐ですが、娯楽作品としては悪くなかった。ただ〝スクラッパー〟の造形が今ひとつでした」

「何なんだ？」

「旧国連平和維持軍からの帰還兵士で、障害を負ったことから国に憎しみを抱いていた。目的は結局金で、そのあたりにもうひと工夫あってもいいような気がしました」

「なるほどね」

俺は酒を飲んだ。ヨシオは眉《まゆ》をひそめた。

「もしこの〝スクラッパー〟が、『フィックス』のおこす、レーティング稼ぎの新たな事件なら、大惨事がこれからおこる」

「同じものなら、だ」

俺は考えていた。〝スクラッパー〟というのは、いかにもという名で、別のタイプの犯罪者でも使いそうな気がする。

「警察に知らせますか。ただし、ここから本土に電話をかけるとなると、SSの盗聴は避けられませんが」

ヨシオは訊ねた。俺は息を吐いた。

孫を怒らせたばかりだ。もしSSと「フィックス」がつながっていたら、俺はどうぞ命を狙ってくれと頼むに等しい。とはいえTUが使えない状況では、メールも打つことができない。

「『フィックス』とSSのあいだにつながりがあるとは、僕には思えないのですが」

「なぜそう思う？」

「孫は、確かに危険な男です。権力志向も強い。しかし、今の立場こそが、彼の手に入れたかったものだと思うんです。それ以上のもの、たとえば巨額の富などを手に入れたとしても、彼に使い途《みち》はない。SSの隊長こそが、彼の望んでいる立場です」

「奴がそういったのか？」

ヨシオはちょっと黙った。

「アマンダの家族を襲った不幸について知っていますか」

「父親のジョン・コングが、母親のマギー・李を道連れに無理心中した。原因はマギーの浮気癖で、その相手の中に孫もいた」

ヨシオは息を吐いた。

「その通りです。僕はそのときはまだアイランドとかかわりをもっていなかった。やがて手紙をきっかけにアマンダとつきあいが始まり、この島にきた。そのとき初めて、孫と会いました」

「奴はどんなようすだった？」

「打ちひしがれていました。マギーを失ったショックと罪の意識の両方で。マギーを助けることができたのではないかと、ずっと悩んでいるようすでした。僕には、『アマンダを傷つけたら、生かしておかない』といいました」

「奴はアマンダにも惚《ほ》れていたのか」

ヨシオは首を振った。

「アマンダの中にいるマギーの残像を愛しているのです。ふたりは、ともすれば、母娘《おやこ》以上に似ているときがあります。孫はアマンダに対し、父親のような感情を抱いていると思います」

「ジョン・コングとアマンダの関係はどうだったんだ」

「天才どうしの悲劇です。ふたりのあいだには、親子と呼べるようなぬくもりのある関係はなかった。逆説的ないい方になりますが、そうでなければ、娘をヒロインにあれほどのムービーを撮れる筈がありません。十四歳の少女に娼婦《しょうふ》役を演じさせたのです」

俺は深々と息を吸いこんだ。

「マギーとアマンダは？」

「憎み合うという意味では、まだ感情のつながりがあったと思います。アマンダが小さな頃から、ことあるごとにふたりは衝突をくりかえしていました。根っからの女優だったマギーは、たとえ血を分けた娘であっても、周囲の関心が、自分以外の女性に向かうのが許せなかったようです」

俺は首を振った。

「ずいぶんしんどい人生を送ってきたようだな、アマンダは」

「それがすべて彼女の演技の資源になっているのです」

俺はグラスの酒を飲み干し、氷を噛《か》み砕いた。オンザロックを飲みたくなった。

「さっきエミィの話をしたな。いつでも演技をしていたと」

ヨシオは頷《うなず》いた。

「アマンダはどうなんだ。あんたに対して素顔を見せてくれたと思うことはあるのか」

「彼女が素顔を見せたのは、その心が最も死に近づいていたときでしょう。円満な家庭だったとはとうていいえませんが、彼女は彼女なりに両親を愛していた。その傷から少しでも立ち直ってからは、彼女は、あらゆる意味で演技者です」

「不安にならないか」

「不安？」

　ヨシオは目をみひらき、俺を見た。

「自分が愛されているかどうか。もしかすると彼女の心の中には、自分の居場所がないのじゃないかと」

「僕とアマンダは、双方の芸術性にとって、互いに必要な存在です。それがわかっている限り、不安にはなりません」

　俺はグラスを手にバーコーナーにいき、氷と酒を足した。ヨシオに背を向け、訊《たず》ねた。

「寂しいとは？」

　返事はなかった。俺はオンザロックをひと口飲み、熱い滴が胃に到達するのを待ってふりかえった。

　ヨシオは床を見つめていた。やがていった。

「おそらく、誰と結婚しても、寂しいという気持から一生逃れることは不可能なのではないでしょうか。愛が、情熱から別の姿に形をかえるとき、安定は生まれるでしょう。一方で、一体感は失われる。根底での愛は存在しても、すべてをうけいれられるような互いへの希求は姿を消す。つまりどんな夫婦であれ、ときに寂しいと感じることはある筈です」

「そうかもしれない。俺とエミィには、そこまでいきつく時間がなかったが」

「そうですね。これは根拠のない予感ですが、ときがくれば、僕とアマンダは、現在のパートナーシップを解消するでしょう。刺激しあえる、よい友人としての関係は残して」

「悲観的だな」

　ヨシオは弱い笑みを浮かべた。

「現実的であり、賢明な選択です」

「アマンダも同じ意見なのか」

「おそらくは。確認したことはありませんし、まだその時期でもないですが」

　俺は話題をかえた。

「ジョン・コングの父親の話をしてくれ」

「その前に、ジョン・コング本人の話をしましょう。帝王、ワン・コングのひとり息子で、望むと望まざるとにかかわらず、映画監督への道を進むしかなかった男」

「天才だとさっきいわなかったか」

「彼は二十四本の監督作を遺《のこ》しましたが、天才の作品と呼べるのは、唯一、『妖精』だけです。自分の娘を撮った。それ以外のすべては、駄作でした。もてる才能のすべてが『妖精』に注ぎこまれた。そういう点では、『妖精』を撮るためだけに生まれてきた人でした」

「じゃなぜ天才だと?」

「絵です。彼の油絵は、まさに天才の作品でした。美術大学に進みたがったジョンを、父親のワン・コングは許さなかった。ビジネスを学ばせ、自分の跡を継がせようとしたのです。しかしプロデューサーとしてのジョン・コングは無能で、さすがの帝王もあきらめざるをえなかった。とはいえ画家になるのは許さず、ジョンはやむをえず、監督の道を選んだ。それが最も、絵描きに近い仕事だったからです。もしジョンが、ぞんぶんに絵を描ける環境にいたら、すばらしい作品をいくつも残したでしょう」

「そんなにちがうものなのか」

「断言はできません。彼は『妖精』を撮った人ですから」

「その『妖精』という作品を観たいな」

「ホテルでご覧になれます。RUにリクエストすれば」

「わかった。じゃあ、ワンの話を。心中事件がおきたとき、なぜワンは、孫を叩《たた》きださなかった。原因だろ」

「今日の高村監督の姿を思い返して下さい。三大天才のうち、あれでも外出できるのは、高村監督ひとりなのです。あとのふたり、ワン・コングとモハムド・シンは、ベッドに縛りつけられた状態です。シンはもう二年以上、昏睡《こんすい》状態で自力での呼吸をしていません。コングは、脊椎《せきつい》に悪性の腫瘍《しゅよう》が発生して、意識はあるものの指一本動かせなくなっています。コミュニケーションは、瞼《まぶた》と連動した発声装置でとるだけです」

「それでも放りだせた筈《はず》だ」

「三大天才の治療をおこなっているのは、孫が用意した医療スタッフです。三人は、莫《ばく》大《だい》な財産と利権を、このアイランドに対してもっており、その生命の安否がスタジオ・カンパニーの株価に影響します。したがってマフィアも手をだせないよう、SSが彼らを守っているのです。いいかえれば監視している」

「つまり、孫の立場を危うくする指示をだせば、命がない？」

「可能性は否定しません。その指示は、たぶんどこにも伝わらず、孫の耳にのみ、入るでしょうから」

「じゃ、アイランドのすべては孫が動かしているというのか」

「そうではありません。スタジオの運営は、スタジオ・カンパニーに任されています。ワン・コングに求められるのは、決済の際のサインだけです。とはいえ、これだけの産業を目先の利益のみのために食い潰《つぶ》すことは、バックにいるシンジケートも望んではいない。健全な経営をつづけ、そこから生まれる利益をむさぼっているだけでも充分でしょうから」

「じゃあ保険金詐欺は誰がおこなっているというんだ」

ヨシオは首を振った。

「まだ儲《もう》け足りないと思っている人間、あるいはムービービジネスというまっとうな手段での金儲けはつまらないと感じている人間」

「聞いた話ではチェチェン人だということだったが」

「あくまで可能性の話です。僕は、とんでもない危険にあなたを巻きこんだ」

「好きでやってきたんだ」

ヨシオはグラスをおろし、俺を見つめた。男の俺から見てもセクシーな、淡い色の瞳《ひとみ》が凝視している。

「死に場所を求めて？」

俺は首を振った。

「いったろう。胸クソが悪いネットワークの陰謀をぶち壊してやりたいだけだ」

ヨシオは頷き、考えていた。やがていった。

「本土の警察に電話をかけるべきです」

「なぜだ」

「ＳＳとシンジケートの関係は、必ずしもすべての面で共存共栄というわけではありません。孫は抜け目のない人物ですから、この島におけるシンジケートの影響力を弱体化できる材料があれば見過さないでしょう」

「俺の調査がそれだと？」

「ええ。場合によっては、孫はあなたの調査を支援する側に回るかもしれない」

俺は考えた。ヨシオは俺よりも、このアイランドの力関係に通じている。その言葉には耳を傾ける価値がある。

「わかった。電話を貸してくれ」

「こちらへどうぞ」

俺はリビングに面した小部屋に案内された。有線電話とライティングデスクだけという、シンプルな調度だ。

「ここは？」

「この家にいるときの僕の仕事場です」

ヨシオははにかんだようにいった。俺は驚いてヨシオを見つめた。これほど有名な作家が、こんな小さな部屋で仕事をしているとは思わなかった。

「すわれるスペースさえあれば、どこにいても同じです」

俺の気持を読んだのか、ヨシオは笑った。

「なるほどね」

俺は腰をおろし、電話機に手をのばした。

池谷のTUの番号を押した。スピーカーホンにする。

呼びだし音がしばらくつづき、やがて池谷がでた。

「もしもし」

知らない番号に警戒した声だった。地区は表示されていないのだろうか。

「俺だ、ケン」

「どこにいる」

「アイランドさ。ヨシオの家からだ。わかるな？」

盗聴されていると知らせるために念を押した。

「ああ。ヨシオもいっしょなのか」

「ここにいる」

「どうだ、そっちは」

「ホテルに着いてすぐ、消し屋の襲撃をうけた。荷物もほどいてなかったが、何とかかわした。そのあとで荷物は開けたがな」

　銃を手に入れたことを教える。

「あいかわらず悪運の強い野郎だ。それを知らせにかけてきたのか」

「いや。〝スクラッパー〟の件で情報がある」

「何だ」

「何年か前に、映画の企画で没になったストーリーで、〝スクラッパー〟という名の爆弾魔がでてくるものがあったのを、ヨシオが覚えていた」

「どんな話だ？」

　俺はヨシオを見た。ヨシオが頷《うなず》き、口を開いた。

「ショッピングモールやレストラン街などに爆弾をしかけたという予告があり、警察や消防が現場を捜すが見つからない。しかし爆弾は存在していて、爆発がおきるのです。予告してくる犯人の名が〝スクラッパー〟。〝スクラッパー〟の予告はさらにつづき、爆弾は発見されず、やがて金を要求してくる」

　ヨシオが告げると、聞いていた池谷が訊《たず》ねた。

「爆弾はどうやって隠されているんだ？」

「それは不明です。シナリオのメイントリックは、企画として採用しない限り開封できない仕組になっていたからです」

「爆破予告がピーに入っていないか」

俺はいった。

「そんなもの、毎日何十件とくる。だが〝スクラッパー〟と名乗っていりゃ、記録に残っている筈だ」

「検索してみたか」

「きのうは何もでなかった」

ＴＵのキィ操作をする信号音が声にかぶった。

「何だ、おい――」

池谷がつぶやいた。

「どうした」

「ガードにひっかかった。おかしいぜ。きのうまで反応しなかったくせに」

「何のガードですか」

ヨシオが訊ねた。

「本庁だ。本庁のメインコンピュータにアクセスして〝スクラッパー〟って単語を打ちこんだら、いきなり制限事項だという表示がでやがった。情報統制が入ってやがる」

ヨシオは俺を見た。理解できないようだ。

「ピーの上のほうで、〝スクラッパー〟の件を機密扱いにしているということさ。何か、でかいヤマが関係していて、検索しても情報が洩《も》れないように資格制限をかけたんだ。幹部じゃない人間には、情報がとれない」

「とれないだけじゃない。〝スクラッパー〟の検索をかけたことが向こうに伝わってる」

池谷は唸《うな》った。

「あんた警視になったんだろ。それでもアクセスできないほどの件て何だ」

俺はいった。

「知るか。サイバーテロとか政治家がらみの汚職とか、そんなところだろう」

「どっちもこの企画の話とは関係ない。だがピーの上が〝スクラッパー〟って言葉に反応していることは確かなんだな」

「ああ、そうだ」

おもしろくなさそうに池谷は答えた。

「そいつを探りだせないのか」

「そんな必要はない。たぶん明日《あした》あたり、検索記録を見た、監察がすっとんでくるだろうさ」

「そのときの話をこっちに知らせられるか」

「難しいぞ。そこまでのヤマなら、俺にも監視がつく。お前らにべらべら喋《しゃべ》れば、公務員法違反で逮捕されちまう」

「それだけでかいヤマってことなんだな」

「このアクセス制限だけじゃ確かなことはいえないが、ついきのうまでノーマークだったものがいきなりかわったところを見ると、上が毛を逆立てているのはまちがいねえ」

「何とか俺に連絡をとってくれ」

「盗聴されてるのを承知でか、SSに」

「この件に関しちゃ、SSは関係ない」

「本当にそういいきれるのか」

「どのみち孫は俺を消したがってる。さっきちょいと挨拶《あいさつ》したんでな」

「くそったれが」

池谷は悪態をついた。俺に対してなのか、孫に対してなのかは、わからない。

「できるようならカメを使う」

「シンジケート・タイムス」の亀岡を通して情報を流す、といっているのだ。

「わかった」

「その企画を誰が書いたか捜せないか」

「明日、やってみるつもりです」

ヨシオがいった。

「了解。明日、同じ時間に連絡をくれ。ぶちこまれてなければ、わかったことを知らせる」

いって、池谷はTUを切った。

「大丈夫なのでしょうか、池谷さんは」

ヨシオは俺を見た。

「わからん。だがピーの内部の問題にまでは手をだしようがない。それよりその企画がどこからきたのか、どうやって調べるんだ」

「オフィスのコンピュータに、たぶん記録が残っています。明日、アマンダからオフィスに指示をだしてもらえば、記録を見せてもらえると思いますが」

「オフィスというのは本土か」

ヨシオは首を振った。

「いえ、アイランドの中です。ムービーに関するオフィスだけは、こちらにおかれています。アマンダが所属するプロダクションの本社は、もちろん本土にありますが」

ムービースターのマネージメントは一流企業の仕事だ。ムービーのヒットは、即、株価の上昇につながる。

「今すぐ、オフィスにいって調べられないか？」

俺はいった。

「今すぐ、ですか」

「万一盗聴しているのがSSだけじゃなかったら、先回りして記録を消されるかもしれん」

ヨシオは考えていたが、電話に手をのばした。

「アマンダに連絡をとってみます」

「撮影中に？」

「島内用の携帯電話があります。駄目なら、マネージャーを呼びだします」

俺は頷いた。

「オフィスはアイランドのどこにある？」

「セントラルエリアです。ここから車で二十分くらいのところにあります」

「夜間でも誰かいるのか」

「セキュリティはいる筈《はず》です。もしかしたら社員も誰か残っているかもしれません」

俺は時計を見た。午後十時を回っていた。ヨシオが電話を操作した。

呼びだし音が鳴る。

「はい」

やがて細い女の声が応《こた》えた。

震えをおびたため息のような声だった。

「アマンダ、ヨシオだ。今、話して大丈夫かい」

「ええ。キャメラ位置の移動をしているの。大丈夫よ」

「頼みがある。今から僕とケンを、君のオフィスに入れてほしいんだ」

「今から？」

とまどったようにアマンダは訊《き》きかえした。俺はヨシオに首を振ってみせた。

「詳しい話はできないのだが、以前僕がやった、もちこみ企画の下読みの記録をチェックしたい」

「じゃ、オフィスのコンピュータを開きたいのね」

「そう。とても大事なことなんだ。誰か、オフィスの人に協力してもらえないだろうか」

「今夜は、オフィスにセキュリティしかいないの。明日の朝、本社で会議があるから。こちらにいるのは、わたしとカレンのふたりだけよ」

「カレンは彼女のロードマネージャーです」

ヨシオが俺に説明した。

「ケンもそこにいるのね」

俺は咳《せき》ばらいした。

「初めまして、アマンダ。お宅にお邪魔している」

「ゆっくりなさってて。どうすればいいかしら……」

「カレンは、アクセスコードを知っているのかい？」

ヨシオが訊《たず》ねた。

「いいえ。わたしは知っているけれど。待って――」

電話の向こうで、アマンダが誰かに話しかけていた。

「急ぐのね」

「できれば今すぐにでも見たい」

俺はいった。

「わかったわ。三十分後にオフィスで会いましょう。スタンドインを使えば、一時間くらいはスタジオを抜けられそうだから」

「すまない、アマンダ」

俺はいった。

「いいえ、それだけ早くお会いできるのですもの。わたしもケンにお会いしたかったの」

今のアマンダの言葉をTUに記録できないのが残念だった。池谷をうんとくやしがらせることができたろう。

「三十分後にオフィスの前で」

ヨシオはいって、電話を切った。俺はヨシオに礼をいった。

「ありがとう」

「いえ。僕もすごく気になるんです」

「だったら今からオフィスに向かわないか」

「ええ。運転手を呼ぶと時間がかかるので、アマンダの車でいきましょう」

ヨシオはいって立ちあがった。

18

アマンダの車というのは、ふたり乗りのオープンカーだった。ポルシェの最新モデルだ。

「彼女はめったにこれに乗りません。撮影が入っていない、天気のよい日だけ、たまにアイランドをドライブするんです」

ガレージからポルシェをだしたヨシオはいった。俺は助手席に乗りこんだ。

「隣に乗ることはあるのか」

ヨシオは苦笑して首を振った。

「彼女の運転は、その、お世辞にもうまいとはいえないので……」

ポルシェは軽やかなエンジン音をたててスタートした。サウスエリアを抜け、セントラルロードに入ると、港のある北側に向かう。

夜のセントラルロードは、車の通行量が少ない。ポルシェはあっという間に百キロに加速した。

俺は腰に差したコルトに触れた。俺を消したい連中にとっては、このポルシェは格好の的だ。だがセントラルロードを走る車はほとんどない。

やがてポルシェはセントラルロードを右折した。セントラルエリアには、中・高層の集合住宅が何棟か建っていて、オフィスビルらしい建物もある。

「セントラルエリアには、SSの本部や各映画会社のブランチがおかれています。アイランドのビジネスゾーンです」

ヨシオはハンドルを切りながら説明した。エリアに入ると広い駐車帯を左右に設けた道がビル街を縫っているのがわかった。さすがに車の数が増えてくる。

「あれがSSの本部です」

屋上に巨大なパラボラアンテナを備えた中層のビルをヨシオが示した。見た目は警察署とかわりがなく、周辺にはパトロールカーが止まっている。すべての窓に煌々《こうこう》と明りが点《とも》っていた。

「孫隊長の住居もあのビルの中にあります。彼はこの他にホテルエリアにも〝別室〟をもっています」

「優雅なものだな」

ポルシェはSSの本部を回りこむようにしてメインストリートを曲がった。四、五階建ての低層ビルが多くなる。そのうちのひとつの前でブレーキを踏んだ。

「ここです」

俺は建物を見やった。路地のどんづまりにある、こぢんまりとした三階建てのビルだった。駐車場はなく、「スクリーンゲート」と記された控えめなプレートが、ガラス扉のかたわらに掲げられている。

「『スクリーンゲート』は、東証上場の大手プロ『AGS』の子会社で、アマンダのために作られたプロダクションです」

「スタッフは何人いるんだ？」

SSの本部とちがい、建物は一階の一部に明りが点っているきりだ。

「こちらに三名、本社に七名の計十名です。本社は『AGS』本社ビルの中におかれています。明日《あした》の会議というのはおそらく『AGS』との連絡会議のことだと思います」

「セキュリティは常駐しているのか」

ヨシオは頷《うなず》いた。

「ふつうはこのていどのオフィスにはおかないのですが、アマンダに対する脅迫がこのところつづいたので、先月からおいています」

アマンダの到着まではまだ時間がある。

「いったいどんな脅迫だったんだ?」

「最初はよくあるストーカーじみたものだったのですが、だんだんエスカレートして、命を狙うといったような内容にかわってきたのです」

「それは同じ人間からなのか」

「ええ。『アンリ』と名乗っている人物です。脅迫の内容は、僕と離婚して映画女優を引退しろ、というものです。『AGS』とこのオフィスに同じ内容のメールが送りつけられています」

「過去にもそういうことがあったのか」

「もちろん何度となく。スクリーンに恋をして、ファンレターを送りつけたあげく無視されたと逆上する人間は少なくありません。ただ、これは僕の勘なのですが、『アンリ』からの脅迫メールには作為的なものを感じるんです」

「別の理由でアマンダの命を狙っている人間がいて、それをストーカーの仕業に見せかけようとしている？」

「まさにその通りです。実は昨年出演した作品で、アマンダのスタンドインが大怪我をする事故がおきたんです。プロップガンと呼ばれる撮影用の拳銃《けんじゅう》が本物にすりかえられていて、相手役の撃った弾が、スタンドインの首に当たりました。脅迫は、その少しあとから始まりました。銃が本物にすりかわったのが事故なのか、それとも犯罪だったのか、結局うやむやになりましたが、プロップガンの担当者が、その事件から十日後、本土で射殺されたんです。シンジケートどうしの抗争に巻きこまれたということでした」

「SSは調べなかったのか」

「もちろん調べました。孫隊長自らが指揮をとって。殺された担当者は、バロージャというロシア系の男で、SSの調査でその後、ギャンブルにからんだ多額の借金がシンジケートにあったことが判明しました」

「アマンダは、シンジケートに狙われる覚えがあるのか」

「そこは彼女の口から聞いてほしいのですが、何か理由はあるようです。したがって脅迫は、ストーカーを装ったシンジケートからの警告ではないかと僕は考えているのです。シンジケートは、アマンダにアイランドにいてほしくないのではないかと」

「なるほどね」

そのときライトを消し、スピードを落としたSSのパトロールカーがポルシェの止まっている路地に入ってくるのが見えた。

「SSもパトロールを強化してくれています。アマンダの身に何かあったら、大変だというので。バロージャを消したのも、実は孫隊長だったのではないかという噂があるくらいで」

パトロールカーはゆっくりとポルシェに近づいてくると、うしろで停止した。中には緑の制服を着け、制帽をかぶった男がひとり乗っている。男はドアを開け、パトロールカーをおり立った。

「ご苦労さまです」

ヨシオがいうと、無言で敬礼した。腰に手をあて、あたりを見回す。

「待ち合わせか何かですか」

顔をそむけたまま、訊《たず》ねた。

「ええ。本社から派遣されたんですが、オフィスの鍵《かぎ》をもってくるのを忘れてしまって」

俺はいった。

「入れてくれるスタッフがくるのを待っているんです」

SSは俺をふりかえった。

「あとどれくらいでくるのです?」

「二、三分で――」

俺はいいながら、ポルシェの助手席のドアを開いた。おり立つと同時に腰のコルトをひき抜いた。安全装置を外しながら、ハンマーを親指でおこし、SSにつきつけた。

「ケン――」

ヨシオが驚いたようにいった。

「両手を頭のうしろで組んで、地面にひざまずけ」

男の目を見つめていった。

「何の真似だ。アイランド内で銃の所持は禁止されているのを知らんのか」

男はいった。白人系の顔立ちで、目が青い。

「知ってるさ。そいつをいいことに、お前は夕方、俺の部屋をノックしたろう。ノック、ノック、バン、バン、バン」

すっぽりかぶった覆面の下からのぞいた消し屋のひとりの目が青だったのを俺は覚えていた。それにSSが、今日上陸した俺に関する情報を知らない筈《はず》がない。

男の目が広がった。

「夕方きたとき、お前らはホテルの従業員の格好をしていた。今度はSSの制服だ。よほどコスプレが好きなようだな」

男は俺を見つめた。

「夕方は丸腰だったが、今はちがう。早くしろ！」

男は手をうしろに回した。くやしげに顔がゆがむ。ゆっくりと地面に膝《ひざ》をついた。俺は男の横に回った。

突然、路地にヘッドライトがさしこんだ。リムジンが一台、我々に近づいてきたのだ。

男が不意に体をひねった。腰のホルスターから抜いた銃をリムジンに向けている。

「アマンダ！」

ヨシオが叫ぶのと、男が発砲するのが同時だった。サイレンサーのくぐもった音がして、リムジンのヘッドライトが砕けた。俺はコルトの引き金を絞った。

どでかい音がして、四五口径弾が道路を削った。男はまるで猫のように身軽だった。撃ったかと思うと、すぐにポルシェのボンネットに駆けあがり、反対側に転げこんだ。

ヨシオが邪魔で狙えない。俺はあわててポルシェの反対側に回りこんだ。くぐもった銃声がして、「スクリーンゲート」の入口のガラス扉が音をたてた。

「駄目だ、アマンダ！　おりちゃいけないっ」

ヨシオが叫んだ。

リムジンの運転手は何がおこったのか察知したようだった。ブレーキを踏み、後退を始めた。だがでかい図体《ずうたい》と、動揺してのハンドリングが災いした。ガシャンという音がして、街灯にテールをぶつけ、停止した。

サイレンサーの銃声がつづき、リムジンのフロントグラスに穴が穿《うが》たれた。

「アマンダ！」

俺は地面にべったりと腹這《はらば》いになった。ポルシェの車体の下から向こう側をのぞく。地面に膝をついた緑の制服が見えた。それを狙い、四五口径をぶっ放した。

悲鳴をあげ、偽SSが転げた。俺は立ちあがると、ポルシェのボンネットにとびのった。膝をおさえ、足をひきずってパトカーに逃げこもうとする偽SSが見えた。

その尻《しり》を狙って、もう一発叩《たた》きこんだ。偽SSは叫び声をたてて倒れこんだ。

「ヨシオ！　アマンダを」

俺はうつぶせに倒れて動かない偽SSの背中を狙いながらいった。背中を撃たなかったのは、殺すのを避けるためだ。この野郎がどこの誰に雇われたのかを吐かせてやる。

ヨシオがリムジンに走り寄るのが見えた。

「アマンダ、大丈夫？」

「車からおりるな。まだ近くに仲間がいるかもしれない」

俺はいって、ボンネットからおりた。偽SSは地面に這いつくばって唸《うな》り声をたてている。

その手を踏んづけ、サイレンサー付きのオートマティックをとりあげると、俺はしゃがみこんだ。

男の髪は金髪で、後頭部を短く刈りあげ、まるで軍隊に所属しているかのようだ。シンジケートの消し屋といっても、そこらのストリートギャングあがりとは素姓がちがう印象だ。

俺の撃った弾は、左膝と右のケツに命中していた。俺は四五口径の銃口をそいつのうなじに押しつけた。

「よう、さっさと吐こうや。誰がお前を雇った？」

「くたばれ」

荒い息の下から男はいった。

「左のケツにもぶちこんでやろうか。それともまん中がいいか。タマがなくなると歩きづらいらしいぞ」

俺は銃口をすべらせ、男の尻の中心にあてがった。

「このウジムシ野郎が」

男は吐きだした。

「みっつ数えるぞ。それまでに吐かなきゃ、お前はタマ無しだ。いち、に、――」

さん、といおうとしたとき、サーチライトが浴びせられた。まっ白い光が、俺と消し屋を照らしだし、

「銃を捨てろ！　こちらはＳＳだ」

というスピーカーからの警告が聞こえた。

俺は左手で光をさえぎった。強烈な白熱光が、頭上から浴びせられている。

サーチライトを備えた大型装甲車が路地の入口に止まっていた。はっきりとは見えないが、ライフルをかまえた狙撃手《そげきしゅ》もいるようだ。俺は銃を地面におき、立ちあがった。

「両手を頭のうしろで組み、地面に腹這いになれ」

大声が命じ、消し屋から少し離れたところで俺はそれに従った。

プロテクターとヘルメットを着けた、SSがばらばらと俺たちを囲んだ。銃身をカットダウンしたアサルトライフルを握っている。

「本物か、お前ら」

俺はいった。返事はなく、かわりに銃口が後頭部に押しつけられた。

「乱暴はやめろ！　彼は僕の友人だっ」

ヨシオがいうのが聞こえた。俺と消し屋はふたりとも手錠をかまされ、引きずりおこされた。

「救急車だ。こっちは撃たれている」

SSのひとりがいうのが聞こえた。

「病院は選べよ。口を封じられるぞ」

俺がいうと、背中に銃口を突きこまれた。

「静かにしろ。お前は逮捕されたんだ」

俺はくるりとふりかえり、アサルトライフルを俺に突きこんだ野郎のヘルメットをのぞきこんだ。

「お前ら、ピーか？　偉そうに」

ヘルメットの内側にどんな顔があるかはわからない。別のSSがいきなり、俺の肩をうしろからつきとばし、俺はバランスを崩した。すばやい膝蹴《ひざげ》りが腰に浴びせられた。

「逆らうのか、こいつ」

「やめなさいっ、やめて！」

凛《りん》とした女の声が響き渡った。周囲にいたSSが息を呑《の》むのがわかった。全員棒立ちになって、声のした方角を見ている。

「アマンダだ……」

SSのひとりがつぶやくのが聞こえた。

アマンダ・李がリムジンのかたわらに立ち、両腕を組んでこちらを見つめていた。下に衣裳《いしょう》を着けているのか、アマンダはオレンジ色の厚いガウン姿だ。素足に踵《かかと》の高いサンダルをはいている。

「アマンダさん、しかし彼は――」

装甲車の上からSSがいった。アマンダは光をさえぎるように片手をかざし、そちらを向いた。

「あの人がいなかったら、わたしは撃たれていた。あの人の手錠を外して、すぐに！」

「それは隊長の許可が必要です」

「あなたの名前は？　顔を見せて。それより何より、このライトを消してちょうだい！」

ライトが消え、あたりが暗くなった。

「私はSS第二中隊のトモナガです」

「トモナガさん。あの人は、わたしとヨシオの友人で、ヨヨギ。わたしの依頼でアイランドにきた人よ」

装甲車をおり立った制服のSSに、アマンダは説明した。

「それは知っています。彼は到着直後にも『ハイアット・リゾート』でトラブルをおこしていますから」

「俺がおこしたのじゃない。ここにいる男とその仲間が、俺を消しにきたんだ」

俺はいった。

トモナガは俺をふりかえりもしなかった。アマンダとかたわらに立つヨシオだけに注意を向けている。

「彼は島内では禁止されている拳銃《けんじゅう》を所持していました。私たちは彼を拘束し、どうやって銃を入手したかを調べる義務があります」

「彼のその銃が、アマンダと私の命を救ったんだ。君らじゃない」

ヨシオが厳しい口調でいった。

「それについては、調査部が事情をうかがいます」

「とにかく彼の手錠を外して」

サイレンが近づいてきた。救急車とSSの別のパトカーだった。救急車からストレッチャーがおろされると、それとくっつくようにして、パトカーをおりた私服のSSがやってきた。夕方ホテルにやってきた、オギクボとユンのコンビだった。飯の途中だったのか、楊枝《ようじ》をくわえている。

「またあんたか」

「しかも今度は銃をもってたっていうじゃないか」

「俺なんかかまわず、あいつについていけよ。ホテルで俺を襲ったひとりだぜ」

俺は救急車に乗せられる消し屋を示していった。オギクボとユンは顔を見合わせた。

「顔は見ていなかった筈《はず》じゃないのか」

オギクボがいった。

「目玉さ。あの青い目玉はよく覚えている」

「コンタクトだったかもしれん」

ユンが俺を見つめた。

「確かにな。だが制服マニアの消し屋が、この島に何人もいるとは思えん」

オギクボとユンは再び顔を見合わせた。こいつら刑事アクションの見すぎだ。

やがてユンが肩をすくめ、首を倒した。オギクボが俺のそばを離れ、救急車に近づいていった。さすがに私服の調査員だけあって、アマンダをじろじろ見るような真似はしない。

「こいつを外してくれ」

俺はユンの鼻先に手錠を掲げた。ユンは無言で鍵《かぎ》をとりだした。俺の手は自由になった。

「ケン――」

ヨシオとアマンダが俺たちに歩みよってきた。俺はアマンダを見つめた。確かにとんでもない美人だった。ただきれいなだけじゃない。見ているだけで頭の中が空っぽになるような、不思議な霧のようなオーラを発散している。

昔、エミィがいっていた言葉を俺は思いだした。本物のムービースターは、スクリーンで見る以上のオーラをあたりに漂わせているという。それは美醜を超越した存在感で、たとえそのスターが出演した映画を一本も見ていない人間であっても、スターだとはっきりわかるというのだ。

「初めまして、アマンダ。怪我はなかったかい」

俺はいった。アマンダは、金色に近い薄茶の瞳《ひとみ》で俺を見つめた。

「ええ。あなたのおかげよ、ケン」

「運がよかった。ヨシオとあんたの電話を盗聴している奴が、SSの他にもいたんだ。あるいはSSの中に、シンジケートから金をもらっている奴がいるか」

「いい加減なことをいうな」

ユンが俺をにらんだ。オギクボが同乗した救急車が、サイレンを鳴らして走りだす。

俺はそれを顎《あご》で示した。

「奴の口を割らせることができればはっきりする。そのために殺さなかったんだ」

「あんたの調査員資格は、この島じゃ無効だ。拳銃所持で、強制退去もさせられる」

「孫隊長にわたしから話すわ。命の恩人なのよ」

アマンダがいうと、ユンはようやくアマンダに向き直った。

「確かにそういうことはあったかもしれませんが、規則は規則です」

「あの男が着ていたＳＳの制服は本物そっくりだった。どうやって入手したのでしょう。それを考えると、スタジオ内のＳＳを、我々も全面的には信用できなくなる」

　ヨシオがいうと、ユンは口を尖《とが》らせた。

　そのとき、もう一台のリムジンが路地に進入してきた。それを見て、ＳＳの隊員たちが姿勢を正す。リムジンからおりたのは、孫だった。

「アマンダ、知らせを聞いて駆けつけたんだ、怪我はなかったかい」

　俺やヨシオの存在をみごとに無視して、孫は訊《たず》ねた。

「無事ですわ、隊長。でもＳＳは、わたしの命の恩人であるミスター・ヨヨギに、不当な扱いをしています」

　孫は見向きもしなかった。

「彼は島外の人間だ。誤解を招きやすい立場にある」

「この島じゃ、誤解が消される理由になるのか」

　ようやく孫は俺を見た。明らかに死ねばよかったと考えている目だった。

「私の見解をいおう。今日おこったふたつの発砲事件は、どちらもあなたが原因だ。あなたさえいなければ、アマンダも石丸先生も危険にさらされることがなかった」

「すごいな。取り調べもしないで、そう決めてしまえるのか」

　俺は皮肉をこめていった。孫は芝居っけたっぷりに、右手を胸にあてた。アマンダの目を意識した仕草だった。

「もちろん、取り調べはおこなうとも。ユン、ヨヨギさんを本部にお連れしろ。私がじっくりと話を聞かせていただく」

「孫隊長！」

「隊長！」

ヨシオとアマンダが同時に抗議したが、とりつくシマもなかった。孫は首を振り、きっぱりといった。

「これは私の職務です。申しわけないが、おふたりとは無関係な問題だ」

「弁護士にすぐ連絡します」

ヨシオは俺の顔を見ていった。

「気にするな。それより、例のシナリオの件、今夜のうちに調べておいてくれ」

俺が小声でいうと、ヨシオは真剣な表情で頷《うなず》いた。

19

俺が連れていかれたのは、SSの本部ビル内にある、比較的広い、執務室だった。孫とユンのふたりが俺と向かいあった。

「君が、石丸、アマンダ夫妻の友人であることを考慮して、取り調べ室には入れなかったのだ。ただしここでの会話はすべて記録され、場合によっては裁判の際の証拠として使用されるので、そのつもりで」

孫は制服の上着を脱ぎ、椅子の背にかけながらいった。今どきめったに見ない、刺繡《ししゅう》のネーム入りシャツを着ている。

「素敵なシャツだな」

俺がいうと、孫は意に介さないそぶりで頷いた。

「ホテルエリアにひいきにしている仕立て屋があるのだ」

「そこをやっているのは、昔、ダウンタウンで男娼を商売にしていた奴じゃないか」

「なぜだね」

俺は肩をすくめた。

「今どきそんなシャツを着るのは、改造手術費もないようなケチなゲイだけなんだ」

孫の目がわずかに細められた。

「君は、私を怒らせて、何か得することがあると考えているのか」

「まさか。あんたを嫌いなわけでもない。でかいツラをしている奴が嫌いなだけで」

「いい加減にしろ」

ユンがいった。

「アマンダ夫妻のバックアップがあるからといって、つけあがらないことだ。アイランドの治安には、孫隊長が全責任を負っている」

「まず、拳銃の入手経路から聞こう」

孫は葉巻をとりだし、火をつけていった。

「おいおい、消し屋の話はいいのか」

「物ごとには順番がある」

濃い煙を吐いて答えた。俺はあきれて首を振った。

「島内では、あらゆる銃の所持が禁じられている。上陸したばかりの君が、ほんの数時間で拳銃《けんじゅう》を入手していたのは、実に奇妙な話だ」

「消し屋が、本物そっくりのSSの制服を着ていたのと同じくらいにな」

俺はいってやった。

「ここはムービー・アイランドだ」

孫が身をのりだした。

「わかるかね。ありとあらゆる衣裳《いしょう》が揃っている。必要なら十九世紀のロンドンの警官の制服だって手に入るのだ。なければオーダーすれば、数時間で調達できる。あんなもので驚く人間はいない」

「じゃあSSの制服は何ら信用に足らないというわけか」

ユンが口を開いた。

「SSはふつう二名ひと組で行動する。さらにスタジオ内を警備する者は、長年それを任務にしている。知らない顔のSSが、撮影現場に立つことなどありえない」

「じゃ俺みたいなよそ者はどうなる」

「この島では、よそ者は観光客だけだ。観光客の立ち入れる場所は限られている」

孫が葉巻を俺につきつけた。

「君は例外中の例外なんだ。石丸氏の口ききがあったから、上陸を許可された」

俺は目玉をぐるりと回してみせた。

「こいつは知らなかった。ムービー・アイランドは、孫大王さまのもちものだったのか」

「減らず口はつつしむことだ。我々は治安担当者の権限で、君を好きなだけ勾留《こうりゅう》できる。一年、二年ではすまないかもしれないのだぞ」

「驚いたね。そいつはピー以上の権力じゃないか」

「この島では、我々に優《まさ》る治安機関はない。それは新東京都との契約事項にも記載されているのだ」

俺はあきれて息を吐いた。

「銃の入手方法を」

ユンがいった。

「買ったのさ」

「誰から」

「知らない男だ。あのあとロビーにおりたら寄ってきた。騒ぎのことを知っていて、『身を守る道具が欲しけりゃ売ってやる』といわれた。十万でいいというから、八万にマケさせて買った」

「ふざけるな。ロビーの監視カメラにそんな映像は残ってない」

「そりゃ、カメラには映らないところで取引したからさ」

ユンは孫を見やった。

「その男のモンタージュを作りますか」

「必要ない」

孫はいって、俺を見つめた。

「ホテルのカメラには、珍しい人間が映っていた。原警の茂上という日本人オフィサーだ。彼はめったにホテルエリアになど足を運ばない」

「誰だ、そりゃ」

「エレベータのカメラも、君の部屋と同じ階でおりる茂上を映している。さらにRUも、同時刻、君がドアロックを解くよう命じた記録を残している」

「そういや、下におりるとき、廊下で日本人とすれちがったかもしれん。ごつい体つきをした奴だった」

ユンが口もとをひきしめ、孫を見た。

「いいだろう。銃に関しては、これ以上追及しても仕方がないようだ」

孫はいった。

「あんたが撃った男について聞かせてくれ」

ユンがすわりなおした。

「そういや奴は、制服だけじゃなく、ＳＳのパトカーにも乗っていた。あれも作りものか」

「いや、本物だ」

　孫が答えた。

「君らが銃撃される十分前に、フェリー港地区で強奪されたものだ。男女二名のＳＳ隊員が射殺されて、トランクに入れられていた」

「本当か」

「本当だ」

　ユンが答えた。

「ＳＳの隊員が射殺されたのは、二年ぶりのことだ。二年前にジャンキーが上陸検査場で銃を乱射した事件があった。それ以来だ」

「問題は、君が考えているほど単純ではない。君の態度いかんでは、ＳＳの全隊員を敵に回すことになるのだ。君の出現が、二年ぶりの殉職者を生んだというわけで」

　孫がいった。

「日本人みたいなことをいうな。そもそもの責任者だけじゃなく、きっかけを作った人間にまで非を求めるのは、日本人の悪い癖だぜ」

　俺はいった。

「消し屋を野放しにしてきたＳＳにはまるで責任がないっていうのか」

孫は指を立て、俺の口を封じた。

「かりに、今夜のあの男が、以前からアイランドにいたとして、君がやってくるまでは、誰にも銃口を向けなかった。となると、君にも責任の一端はある」

「だからって俺を裁判もせず、勾留するのか」

「黙れ。お前はアイランドにとって必要な人物というわけじゃない。大物と知り合いであることと、大物そのものであるのとは、まったく意味がちがう」

ユンがいった。

「そんなことはわかってる。俺はあんたらの仕事を邪魔する気もないし、どこかでやっている撮影をぶち壊しにきたわけでもない。俺がしたのは、自分と、知り合いの身を守る、それだけだ」

ユンは深々と息を吸いこみ、孫を見た。孫は無言で葉巻を吹かしていた。

「あの消し屋は、ホテルで俺を殺そうとしただけじゃなく、アマンダも狙っていた」

「なぜそれがわかる」

「『スクリーンゲート』の前で俺を殺《や》るだけなら、奴にはパトカーも制服も必要なかった。アマンダがくることがわかっていたんで、奴はそのふたつを調達したんだ。しかも俺が正体を見抜いたときに、奴が最初に撃ったのは俺ではなく、アマンダのリムジンだった」

「それは確かか」

「ああ。アマンダのリムジンのヘッドライトを調べてみろ。奴はSSのふりをして、アマンダを撃つつもりだったんだ」

孫がユンを見た。

「病院でオギクボに合流しろ。あの男の口を割らせるんだ」

険しい表情だった。ユンに否応《いやおう》はなかった。立ちあがり、

「了解しました」

といって、でていった。

俺は執務室に孫とふたりきりで残った。

「では──」

孫はいって、新しい葉巻に火をつけた。

「君の証言を尊重することとして、なぜアマンダが命を狙われなければならないのだ」

「そいつはあんたのほうが詳しいのじゃないのか。アイランドの治安に全責任を負っているのだろう。アマンダに生きていてほしくないと考える奴らに心当たりがある筈《はず》だ」

孫は俺を見すえた。突然立ちあがると、無言で部屋の隅にいった。戻ってきて、サイドキャビネットから、グラスをふたつと、ウイスキーのボトルをとりだした。グラスのひとつを俺の前におき、ウイスキーを注《つ》いだ。

「何の意味だ」

俺はいった。

「君と休戦したい。我々が理解しあうのは難しいだろうが、アマンダの安全を守りたいという一点にかけては、協力しあえると私は考える」

「ヨシオも加えろ。あんたには気にくわない存在だろうが、ヨシオは俺の友だちだ」

図星だったのか、孫はわずかに息を吸いこんだ。尊大で嫌な野郎だが、アマンダを思う気持だけは本物のようだ。

「もうひとつ、俺を島から追いださないと約束してもらいたい」

「協力をするのだな」

俺は頷《うなず》いた。

「ただしあんたの手下になるわけじゃないぜ」

孫はグラスをもちあげた。俺たちは乾杯した。とてつもなく上等なスコッチだった。たぶん年代物のシングルモルトだ。

「あんたも気づいているだろうが、アマンダはアイランド内でおきている保険金詐欺を告発しようとしている」

俺はいった。

孫は無言だった。

「ヨシオの話では、詐欺を働いているのは、スタジオ・カンパニーを牛耳るシンジケートのメンバーで、本物の幹部になりきれない連中だろうということだ。幹部になれば、そんな危ない橋を渡らなくとも、充分甘い汁が吸える。だがそこまで到達できない奴らにとっては、毎日黄金の山を見せつけられながら、指をくわえて我慢しろといわれているようなものだ。そこで自分たちなりの金儲《かねもう》けを考えた」

「ヨシオは、アイランドの本当の住人とはいえない。アマンダの夫という理由だけで居住を許されているのだ。しかも私の印象では、ムービービジネスに好意を抱いていない。その彼の言葉を百パーセントは信じられないというのが、私の考えだ」

「あんたがどう思おうと知ったことじゃないが、詐欺にかかわっている連中がけんめいにアマンダを消そうとする理由にはなる。そいつらにとって、ことが明るみにでれば、ピーにつかまるだけじゃなく、シンジケートの上からの制裁も恐い。だから何としても、アマンダと俺を排除したかったのさ」

俺はウイスキーをもうひと口飲み、いった。孫は葉巻をくゆらせ、考えていたが、訊《たず》ねた。

「〝スクラッパー〟とは何のことだ」

俺は息を吐いた。

「やっぱり盗聴していたんだな」

孫は否定も肯定もしない。

「俺がアイランドにやってきたもうひとつの目的だ。アイランドのムービースタッフが、ネットワークのレーティング稼ぎのために、大きな犯罪を計画、演出している事実を、俺は本土でつきとめた。それは『フィックス』と呼ばれている。〝双子座キラー〟のことは知っているだろう」

　孫は頷いた。

「あれが『フィックス』だったといったら？」

　孫は首をかしげた。

「つまりそういう殺人者は実在しなかったというのか」

「そうだ。〝双子座キラー〟は、シナリオに従って消し屋が仕事をしていたに過ぎない。それを『クライム・チャンネル』が利用して、シリアルキラーに仕立てあげた」

「確か爆死したニュースキャスターがスポークスウーマンをつとめていたのじゃないか」

「キャロル・守口だ。キャロルが愛人になっていた淀橋真という〝這《は》い上がり〟が、河田という男を通じて『フィックス』のチームに渡りをつけ、〝双子座キラー〟のスポークスウーマンにキャロルを使った。キャロルの番組はレーティングを稼ぎ、一躍キャロルはスターになった」

「なぜ彼女は死んだ」

「河田のことを俺がつきとめた。『フィックス』のチームのバックにはシンジケートがいる。河田の口を塞《ふさ》ぐために消し屋がよこされ、キャロルはその巻き添えをくった。〝スクラッパー〟というのは、河田がくたばる直前に口走った言葉だ。『フィックス』の次のしかけのことじゃないかと俺は考えている」

「だがキャロル・守口が死んだ以上、もうその『フィックス』は必要ないだろう」

『フィックス』は、キャロルのためにおこなわれていたわけじゃない。〝双子座キラー〟に関してはそうかもしれないが、もともとはネットワークがレーティングを稼ぐためにしかけられていたのだと俺は思っている」

孫は首を振った。

「それは二十世紀の後半からある、マスメディアの謀略論と何らちがいがない。すべての戦争や大事故は、マスメディアが利益を得るためにしかけているという考え方だ。しかもムービースタッフがネットワークの利益になるような仕事をするなどありえない」

「ムービースタッフが全員、己れの能力に見合った評価をうけていると、あんたは思うのか」

それをいった瞬間、俺の中に閃《ひらめ》きが走った。そうだ、シンジケートの内部にも不満分子がいるように、ムービースタッフの中にも不満分子はいる。そいつらが手を組んだとしたら。

「そうか……」

俺はつぶやいた。

「『フィックス』のチームと保険金詐欺をやっている連中は、メンバーが重なるんだ。だから同じ消し屋が、俺とアマンダの両方を狙った」

孫は厳しい表情で俺を見つめている。

「あの時間、アマンダが所属事務所で君らと会おうとしたことが、何か関係しているのかね」

「〝スクラッパー〟だ。ヨシオが以前、ムービー用のもちこみ企画の下読みをしていたときに、〝スクラッパー〟という爆弾魔が登場する話を読んだ覚えがあるといった。そのデータが『スクリーンゲート』に残っている筈だというんで、俺たちはそれをとりにいった。それにはアマンダの協力が必要だったんだ。そしてそれを知っていた奴がいた」

孫は深々と息を吸いこんだ。

「もしその話が正しいのなら、アマンダはひどく危険な状況におかれている。『スクリーンゲート』のデータには、『フィックス』とかにつながる人間の名前が載っているわけだ」

「そうさ。だから俺たちはここにいて、のんびり酒を飲んでいる場合じゃないと思うのだがな」

孫の懐で電子音が鳴った。孫は携帯電話をとりだした。TUがとってかわる前の懐かしいモデルだ。

「私だ。何だと――」

孫は息を吸いこんだ。そのとき、部屋の扉がノックされた。

「待て」

孫はいって立ちあがり、扉を開けた。制服のSSがいて、孫に何ごとかをいった。

「待たせておけ」

孫は告げ、再び携帯電話に戻った。

「わかった。調査をつづけろ」

電話を切ると、俺を見やった。

「ユンからだ。オギクボと例の偽のSS隊員が殺された。手術を終えて病室に入ったところを、何者かが待ち伏せていたらしい」

「だからいったろう。フェリー港で殺されたふたりはともかく、オギクボは、事態を軽視したあんたの責任でもあるぞ」

孫の顔が赤くなった。

「生意気な口を叩《たた》くな。私はこれまで、アイランドの治安をずっと守ってきたんだ」

「そのあんたの手に負えないというなら、ピーの応援を頼むのだな」

「そうはいかない」

「そこまでしてメンツを守りたいのか」

「そういう問題ではない。アイランドと新東京都との貸与契約の中に、スタジオによる自治、治安項目というものがある。簡単にいうなら、スタジオ・カンパニーは、治安の維持とひきかえに自治権を得るというものだ。もし警察に応援を要請することになれば、カンパニーは自治権を失ってしまう」

「そうなったらあんたはお払い箱、スタジオ・カンパニーはシンジケートとの金銭的なつながりを徹底的に洗われることになる」

「その通りだ」

「大衆に夢を与えてきたムービー・アイランドが、ひと皮むけばギャングの巣窟《そうくつ》だったと世間に知れ渡るわけだ」

「それだけではすまない。奈落《ならく》の底から奇跡の復活をとげた日本の映画産業は、再びかつてない深みに沈むことになる。よくも悪くも、今のシステムにのっとって、ムービーは作られている。それが崩壊すれば、映画界がうける打撃ははかり知れん」

「たいしたセリフだな。あんたもムービーの仕事をしていた時代があるのじゃないか」

孫は答えなかった。驚いた。どうやら図星だったようだ。

俺はふと、この孫という男が憐《あわ》れになった。銀幕の世界でつかめなかった地位を、Sという特殊な自警組織を発展させることで得た。だがその地位のおかげで知り合った女優に心を弄《もてあそ》ばれ、殺したあげくに、今度は地位そのものをおびやかす存在と向きあっている。

存在を暴いても、暴かなくとも、この男の地位は危うくなるのだ。

いらだった仕草で、孫は葉巻を消した。

「ヨシオと弁護士が君に会いにきている。今は待ってもらっているが」

「東新宿署に池谷という警視がいる。差別主義者だが、信頼できるピーだ。池谷の話によると、〝スクラッパー〟という言葉に、突然情報統制がかかったらしい」

俺はいった。孫の表情が動いた。

「新東京都の治安項目案件にアクセスするパスコードを私はもっている。場合によってはそれで調べることができるかもしれない」

「ヨシオを呼んでくれ。『スクリーンゲート』に残っていたデータとそいつをつきあわせたい」

孫は電話をとりだした。弁護士を待たせ、ヨシオだけを通せと告げた。さらに、アマンダの撮影現場の警備を増強するように命じる。

「SSの中に裏切り者がいないとあんたは確信できるのか」

俺はいった。孫は険しい表情で答えた。

「いや。だが相互監視をさせることで、悲劇は防げるかもしれん」

ノックがして、ヨシオが通された。

「ケン、不当な扱いはうけていませんでしたか」

「大丈夫だ。俺と孫隊長は、利害の一致点を見出《みいだ》したところさ。『スクリーンゲート』のデータにはアクセスできたか」

「ええ。コピーをもってきました」

メモリースティックをとりだして、ヨシオはいった。孫を気にしている。

「そいつを見てみようや。孫隊長も興味があるだろう」

ヨシオは自分のTUにスティックをさしこんだ。コードレスでデータを近くのモニターに飛ばせるよう、孫がデスクのモニターを操作した。

「これか」

俺はつぶやいた。

「スクラッパー人質は一千万人」というタイトルがモニターに浮かんだ。作者は、「新海峰《シンカイホウ》」となっている。

「RU、新海峰を検索」

孫がいった。

「新海峰、脚本家、映画監督。二〇××—二〇××。代表作、ネットワーク向けドラマシリーズ、『SAT出動せよ』。他に低予算ムービー『新宿の悪魔』、『殺人鬼はサソリ座』などの脚本を手がける。二年前、アイランド内十六番スタジオで、助監督として撮影中の『ヒート&スノウ』製作現場で感電事故にあい死亡」

孫の顔がまっ青になった。ヨシオも息を呑《の》んだ。

「そんな……。まさか——」

「どうした？」

「『ヒート&スノウ』は、マギー・リーの最後の出演作でした。彼女の出番の撮影が終わった直後、ジョン・コングとともに自宅で死体が発見されたんです」

ヨシオの目は孫を見つめていた。孫はグラスに新たなウイスキーを注いだ。

「あなたにとってはつらい思い出ですね、孫隊長」

冷ややかにヨシオはいった。

孫はウイスキーを呷《あお》り、無言で目を閉じた。やがて目を開くといった。

「ヨシオ、君やアマンダが、マギーの死に私がかかわっていると考えているのは知っている。だが、誓って私は無関係だ。警察の捜査でもそれは証明された」

「警察が入手できたのは、最低限の証拠でしかなかったと聞いています。重要な物証の大半は、現場から、SSの調査部がもちだしていた」

「それは否定しない。だがそれは私を無罪にするためではない。マギーの死に責任のある人物を、誰よりも私が知りたいと考えたからだ」

「その結果が、海からあがった運び屋の死体か？」

俺はいった。孫は俺に目を向けた。

「誰からそれを？」

「ピーさ」

孫は無言で唇をぬぐった。

「ジョン・コングがマギー・リーを殺す理由はあった。だが、あんたにもあった、と聞いている」

「ないね」

ぼんやりとした目になって孫はいった。

「マギーがどんな気持であったかは知らない。私にはどうでもよいことだ。あのマギー・リーが、わずかでもこの私を見てくれたというだけで、私はとても幸福だったのだ」

「ジョン・コングに対してはどんな気持だったのです」

ヨシオが訊《たず》ねた。

「あの男は最低の人間だった。映画監督としては天才だったかもしれないが、人間としてはクズ以下だ」

孫は吐きだし、ヨシオの目を見た。

「ちがうかね」

ヨシオはすぐには答えなかった。が、やがていった。

「同感です」

「その『ヒート&スノウ』は、ジョン・コングの監督作じゃなかったのか」

「ちがう」

孫が答え、俺を見た。

「あの現場のことはよく覚えている。監督していたのは、カン・アオヤマという、アクション・コーディネーターあがりの若い男だった。アオヤマは、マギーと個人的な関係があった」

「火遊びの相手のひとりか」

孫の目が異様に冷たくなった。

「――そうだ」

「マギーは確かに奔放な女性だったが、才能のある若者に対して特に貪欲《どんよく》なところがあった。自分がかかわることで、若者にチャンスが与えられると見ると、すすんで新人の作品に出演したりした。マギーのおかげでスターになるきっかけを与えられた俳優や脚本家、監督は数えきれないほどいる。そいつらは、マギーをただの踏み台と考えた。つきあうことでチャンスが与えられるのなら、目をつぶろう、とな。本気で愛した奴などひとりもいない」

孫は吐きだした。

「あれほどの大女優なのに？　しかも美人だったろう」

俺はいった。孫は俺に向き直った。蔑《さげす》むような口調だった。

「ここはアイランドだ。若くて美しい女など、それこそ掃いて捨てるほどいる。頭が空っぽで演技力はカケラもない。胸と尻《しり》がでかいだけの娘たちだ。抱くのだったら、どっちを選ぶ？　ジョン・コングの周りには、朝から晩までそんな娘たちが群がっていた。ジョンは、二十にも達していないような、そんな子供が大好きな変態野郎だった」

「マギーは幸福じゃなかったといいたいのか」

「幸福かそうでないかなんて、他人にわかるわけがない。ただ私はマギーに、決して彼女の美しさが衰えてなどいないとわかってほしかった」

俺はヨシオをふりかえった。

「僕は直接、マギーに会ったことはありません。しかしアマンダの話などを聞いていると、彼女は女性であることにとことんこだわった。どんな相手にも、女性として負けたくないと願っていたようです」

「自分の地位を利用してでも？」

「そんないい方をするな。マギーは自分の美しさと、それをひきたてる才能を愛したんだ。女優には必要なことだ」

孫が鋭い口調でいった。

「わかったよ。マギー・リーは、若くて才能のある映画関係者と見境なく寝た。それは自分が女としてまだ魅力があることを再確認したかったからだ。ひきかえにマギーはそいつらに自分と仕事をするというチャンスを与えた。別に驚くようなことじゃない。マギーがもし女じゃなくて男なら、ムービーの世界以外でもいくらでも転がってるような話だ」

俺はいった。孫はけんめいに怒りを押し殺しているように見えた。

「あんたはそういうマギーを利用した連中が許せないのだろう」

孫は俺の言葉を聞いていないようにいった。

「肌や体の衰えなど、女性の美しさの本質には関係ないと、私は何度もマギーにいった。彼女は美しい。才能のきらめきが、オーラとなって全身を包んでいた。もっと自信をもち、堂々としていればよかったんだ。なのにいつもいつも怯《おび》えていた。つまらない小娘に、彼女の地位をとってかわられるのではないかと、びくびくしていたのだ。彼女は、恐怖から逃れるために酒やドラッグに手をだし、自ら体を投げだした。私は何度も諫《いさ》めた。あなたは自分を過小評価しすぎだ、と」

「それに対するマギーの答は？」

孫の顔がゆがんだ。

「いいたくないね。君らには関係のないことだ」

「聞きたいね。それによっちゃ、マギーの死があんたと無関係であったと、俺たちも納得するかもしれん」

俺はいった。

「何と思おうと自由だ。私は答えたくない」

ヨシオが小さく肩をすくめた。

「わかりました。では、カン・アオヤマのことを話して下さい」

「あいつもクズだった。マギーが才能のある若者に魅《ひ》かれるというのを知っていて、とりいった。主役をマギーにして、監督としてデビューを飾ろうとしたんだ。『ヒート&スノウ』は予算の低いB級作だった。だがマギーがでるということで予算は倍にふくらんだ」

「どんな作品だった。公開はされたのか」

孫は首を振った。

「助監督の死亡事故のあと、マギー・リーが死に、スタジオ・カンパニーは公開の延期を決定した。話題にはなるかもしれないが、あまりに人が死にすぎていたからだ。万一公開して、客が入らなければ、マギー・リーやジョン・コングの過去の作品にも泥が塗られる。スタジオ・カンパニーはお蔵入りを決定した。私は妥当な判断だと思っている。だがカン・アオヤマはそれが不服だったようだ。スタジオ・カンパニーに公開を迫り、はね返され、そしてその後消えた」

「消えた？」

「スタジオ・カンパニーににらまれれば、アイランドで映画の仕事はできなくなる。幸いに『ヒート&スノウ』には、マギー・リー以外の大物俳優は出演していなかった。アオヤマは、予算の大半をアクションシーンに注ぎこんでいたからだ」

「どんな内容だったんだ？」

「雪深い、スキーリゾートのロッジが犯罪者グループに乗っ取られ、娘を人質にとられた女主人が奪還のために戦うという話だ。アウトドアロケを中国で終わらせ、インドアの撮影をアイランドでおこなっているときに事故がおきた。スタジオ内部にセットされた人工降雪装置が漏電していて、助監督がそれに触れたのだ」

「事故はマギーたちが死ぬ前か後か」

「前だ。マギーがひどいショックをうけたのを私は覚えている」

孫はいった。

「SSとして調査はしたのだろう」

「した。降雪装置は古いもので、絶縁部がはがれ水たまりと接触していたんだ。助監督はそれに気づかずに水たまりの中に立ち、監督の合図にあわせて、降雪装置のスイッチを入れた。マギーの見ている前でその助監督は死んだ」

「それでも撮影は続行されたのですね」

ヨシオがいった。

「アオヤマにとっては最初にやってきた大きなチャンスだった。奴はすすんで我々の調査に協力した。マギーの口添えもあった。不幸な事故で、新人からチャンスを奪わないでほしい、という」

「それはあんたに対してか」

孫は険しい表情で頷《うなず》いた。

「私は安全管理に問題があったとして、撮影の中止をスタジオ・カンパニーに勧告するつもりだった。だがマギーは、私のその勧告を別の理由によるものだと誤解し、私たちの関係は悪化した」

俺とヨシオは目を見かわした。おそらく両方だったのだろう。マギーが新たな肩入れ先として選んだ若い映画監督に孫は嫉妬《しっと》した。それを見抜いたマギーといい争いになったのだ。

「激しい口論のあと、彼女の懇願に負け、私は勧告をとりやめることにした。そして撮影が再開され、三日後に今度はマギーとジョンが死んだのだ」

孫はいって目をあげた。

「君じゃなくとも私を疑うのは当然だ。だが警察も私を無実だと判断した」

「アオヤマのその後を知っているか」

「ワン・コングに干され、ムービーの仕事につくのが不可能だと知ってアイランドをでていった筈《はず》だ。RU、カン・アオヤマを検索」

間があった。やがて合成音声が答えた。

「該当者ありません」

「映画監督でアクション・コーディネーターのカン・アオヤマだ。再検索」

答は同じだった。

「データベースに該当者はありません」

「妙だな」

孫はつぶやいた。

「たとえ初監督作がお蔵入りになったとはいえ、データベースに何も残っていない筈はない。奴は何本ものムービーにかかわっていた」

「抹消されたのじゃないか」

「誰にだ」

「誰かさ。スタジオ・カンパニーのデータベースに大きな影響力をもつ人間」

俺はいって、孫を見つめた。孫は首を振った。

「何のためにそんなことをする？」

「〝スクラッパー〟だ」

「だが〝スクラッパー〟の脚本はここにある」

ヨシオが首を振った。

「『スクリーンゲート』に残っていたのは梗概《こうがい》、つまりあらすじだけでした。脚本として採用されなかったので、細かな内容は消去されてしまったのです。それにどのみち、かんじんの犯行方法についてはブロックがかかっていました」

「あらすじを見てみよう」

ヨシオがＴＵを操作した。音声が流れだした。

「二〇××年六月。開業まもない複合ショッピングセンター『タカラノストリート』に爆弾をしかけたという予告メールが、警視庁と東京消防庁に届く。爆発までの猶予は三時間。消防調査官のアラキと警視庁特殊犯罪捜査部のマリアはチームを組んで捜索にあたるが、爆弾は発見されない。捜索から二時間後、予告はイタズラと見て、ショッピングセンターの営業を再開させようとする上層部を、マリアが説得。予告時間まで待とう、ということになる。上司とのやりとりで、営業停止による損害を補償できるのかと迫られ孤立したマリアに助け船をだしたのがアラキだった。

予告時刻を一分過ぎ、全員が緊張をゆるめたときに爆発はおこった。ショッピングセンターの床は崩落、もし営業をしていれば大きな被害が発生していた。予告メールには

〝スクラッパー〟という署名があった。アラキとマリアはこの〝スクラッパー〟を追うことを命じられる。

その後も〝スクラッパー〟からの予告はつづき、爆弾が発見されないにもかかわらず、大型のレストラン、ホテルのフロアなどで爆発がおこる。人的被害はでないものの、捜査陣の苦悩は深まった。〝スクラッパー〟はどうやって爆弾をしかけているのか、その目的は何なのか。

そしてついに〝スクラッパー〟からの脅迫が東京都知事に届く。一千億円を支払わねば、今後は予告なしに爆弾を爆発させる、というものだった」

音声が止まった。

「この先はありません。ブロックがかかっていたのです。あとは登場人物表で、そこに犯人役として、旧国連平和維持軍からの帰還兵士の名が書かれていました」

ヨシオがいった。

孫が俺を見た。

「この〝スクラッパー〟が実在すると？」

「何ともいえない。だが突然、ピーによる情報統制がかかったらしい」

「RU、新東京都公安委員会のデータベースにアクセス」

「パスコードをTUに打ちこんで下さい」

孫はデスクの上の旧式のキィボードに手をかざした。

「パスコード承認。ＳＳ孫隊長」

「〝スクラッパー〟を検索」

間があった。やがてＲＵの音声が告げた。

「新東京都治安維持条例、並びに対テロ危機管理法により、第一級情報統制中。この先のアクセスを試みる場合は、内閣危機管理室、新東京都公安委員会、あるいは警視庁対テロ捜査部の許可が必要となります。いずれかにアクセスしますか」

孫は顎《あご》をあげた。

「新東京都公安委員会、外郭団体管理室にアクセス、情報要請しろ」

「アクセスします」

俺とヨシオは孫を見守った。

「アクセス。〝スクラッパー〟情報確認。音声による公開をしますか」

「公開しろ」

孫は確かに権力の裏口に通じるドアのありかを知っているようだ。

ＲＵは、「スクラッパー」に関するファイリングコードを長々と読みあげ始めた。

「コードカット、送れ」

いらいらしたように孫が命じた。

「送ります。事件概要その一。現在時刻より三十時間二十六分十八秒前、東京都公安委員会ＨＰに外部よりアクセス、アダチ区トウコウ十の十二に建設中のパーキングビルに爆弾をしかけたとの予告メールがあった。爆弾は時限式で爆破予告は、昨日午前零時、予告より三時間十四分後。同一メールは警視庁HPにも同時刻、送信されている。警視庁はただちに現場を封鎖、メール着信より四十二分後に爆発物探索チームが作業にかかった。探索ロボット、探知犬、チーム十八名を投入した探索の結果、爆発物はなしとの判断。二時間後、チームは帰投。それより三十二分後、同パーキングビル内で爆発発生。四階部分、約四百八十平方メートルが損壊。ただし死傷者はなし。現場は所轄署警察官により封鎖されており、探索チーム帰投後も、侵入者はなかった。

その後の検証の結果、ネオセムテックス系のプラスティック爆薬に分類できる成分が現場から発見されたが、探索の際に、ロボット、探知犬とも反応がなかったことから、爆発物のセット状態は判明していない。

事件概要その二。現在時刻より六時間四十二分三十秒前、東京都公安委員会HP及び警視庁HPに、ミタカ区カツラギ四の八、カツラギ公園内地区集会所に爆弾をしかけたとの予告メール着信。文面は住所をのぞけば、アダチ区トウコウと同一、さらに本メールには〝スクラッパー〟との署名があった。爆破予告はメール着信より一時間三十分後、すなわち昨日二十二時ちょうど。爆発物探索チームは、アダチ区の三倍の人員を投入して探索にあたるも、爆発物は未発見。予告時刻二十秒経過後、集会所地下一階倉庫部にて爆発発生。地下一階及び一階部・約七百平方メートルに損壊があった。負傷者二名。いずれも警視庁爆発物探索チーム所属の警察官。なお爆発より三十分前、ネットワーク各局に、〝スクラッパー〟よりのメールがあり、『警察はアダチ区内での爆発事件を隠蔽《いんぺい》している。爆弾を発見できなかった失態をつくろうためだ。今回は隠蔽を防ぐため、ネットワークにも予告を送る』との文面を付加した爆破予告になっていた。したがってミタカ区カツラギの爆発は、ネットワークの取材陣の目前で発生した。警視庁対テロ捜査部は連続爆破事件とみて、ただちに特別捜査本部を設置――」

「RU、ネットワークモニター、全チャンネル」

孫が音声をさえぎった。エアビジョンが孫の執務室にはあり、俺たちの目の前にネットワークの全チャンネルの映像が浮かびあがった。エアビジョンは空気の屈折を利用し、スクリーンや液晶なしで映像を投影する装置だ。

ざっと見ただけでも十局以上が事件現場からのレポートを放送している。

孫がそのうちの一局を選び、拡大した。「クライム・チャンネル」だった。

「――犯人がどのようにして集会所に爆弾をもちこんだかは不明で、これについて警察も情報を発表していません。アダチ区のパーキングビルでおきた爆発では、探索チームが爆弾を発見できず、イタズラではないかと、予告を軽視する空気が流れていたとの情報もあります。いずれにしても、充分な時間をおいた予告であったにもかかわらず、爆弾を発見できなかった警視庁の不手際は、今後大きな波紋を呼ぶことはまちがいないと思われます――」

レポーターは男で、ヘルメットに防弾ツナギという勇ましいいでたちだった。

「それではスタジオにいったんカメラを戻し、過去の爆弾魔に関するレポートをお送りしたいと思います」

「緊急特番、『〝スクラッパー〟を追え』」というタイトルが流れた。

「似ていますね」

ヨシオが低い声でいった。

「金品の要求が現段階で、ないところもそっくりだ」

「統制がかかっていたわけだ。俺たちが池谷と話したのは、第二の爆発がおきた直後だ」

俺はいった。孫を見る。

「どうする？　脚本の〝スクラッパー〟に関する情報は、ピーにはでかい協力になるぞ」

「情報提供はおこなわない」

孫はいった。

「何だと」

「〝スクラッパー〟の脚本家はすでに死亡しているし、脚本そのものも存在しない。情報提供をおこなっても捜査協力にはならないし、かえってムービースタッフの犯罪への関与を疑われるだけだ」

「脚本のブロック部分が手に入れば、〝スクラッパー〟の犯行方法がわかるかもしれません。どこかのプロダクションが〝スクラッパー〟の企画を買いとっていれば、そこに答がある」

ヨシオがいった。

「それをどうやって調べろというのかね。アイランド内だけでいったいいくつの、製作プロダクションがあると思う」

「あなたならできる筈《はず》です。SSの権限で、緊急検索をかけさせればいい。企画を買いとったものの、予算の都合などで眠らせているプロダクションがあるかもしれない」

「待てよ。それよりもっといい方法がある」

俺はいった。

「新海峰は、生前アイランドに住んでいた筈だ。奴の脚本執筆用のワードユニットを捜せば、そこにバックアップが残っているかもしれん」

「そうだ！」

孫が命じた。

「RU、新海峰の最終居住地を――」

「新海峰、最終居住地は、アイランド内と新東京都内の二ヵ所があります。どちらを案内しますか」

「両方だ」

「アイランド内、イーストエリア、サンライズアパートメント二〇三号室。東京都内、ミタカ区カツラギ二の十八の三」

「ミタカ区カツラギといえば、二番めの爆発があったところだ」

俺はいった。偶然にしてはできすぎだ。

「サンライズアパートというのは、どんな建物です？」

ヨシオが孫に訊《たず》ねた。

「『サンライズムービー』という中規模のプロダクションが五年前にイーストエリアに建てた低所得層向けのアパートだ。『サンライズムービー』はその後倒産して所有権が移ったが、アパート名は変更されず残った。RU、サンライズアパート二〇三の、現在の使用者を」

「サンライズアパートメントは現在、『アイランド・フィナンシャル・グループ』の所有物です。同二〇三号室の使用者は、美波居留《みはいる》、三十六歳。『アイランド・フィナンシャル・グループ』の調査部門、IFGリサーチの社員です」

「つながってきたぞ」

「どういうことだ？」

孫が俺を見た。

「キャロル・守口を売りだすために淀橋真が『フィックス』チームに渡りをつけたとき、窓口になったのがIFGの岩野布という男だと、殺された河田はいっていた。河田が『フィックス』の存在を淀橋に教え、淀橋は知り合いの岩野布に話をもちかけた」

「つまり、IFGが『フィックス』に関係しているというのか」

孫は眉《まゆ》をひそめた。

「考えられん。ＩＦＧは、ムービービジネスで巨額の利益をあげている。わざわざそんな危険をおかす理由などない」

「確かにトップの連中は儲《もう》けているだろうさ。だが、マフィアの中にだってうだつのあがらない奴はいるだろう。アイランドにいる人間すべてが成功するわけじゃない」

ヨシオがつけ加えた。

「ＩＦＧすべてが『フィックス』に関与しているとは我々も考えてはいません。現状に不満を抱く者は、ＩＦＧにもムービーのスタッフの中にもいます。彼らが手を組み、新たな収入を得る手段として『フィックス』を立ち上げたのだとしたら？」

「だが誰が金を払う？　キャロル・守口の場合は、愛人を売りだしたい〝這《は》い上がり〟がいた。〝スクラッパー〟は、まだ金を要求していない。それともネットワークが金を払っているという、さっきの謀略論をもちだす気かね」

「ムービーの〝スクラッパー〟でも、金の要求は、何度めかの爆破のあとだった。現実の〝スクラッパー〟もそうするかもしれん」

俺はいった。孫は信じないだろうが、「フィックス」チームは、収入源を二ヵ所確保していると俺は思っていた。ひとつがネットワーク、もうひとつが直接の取引相手だ。〝双子座キラー〟のときは淀橋が金を払った。〝スクラッパー〟では、どこかが身代金を要求されるだろう。国か、新東京都か、公的機関でなければ、標的となる建物を所有する企業かもしれない。

「とにかくサンライズアパートにいってみよう。二年前のことだから、何も残されちゃいないだろうが、ＩＦＧと『フィックス』をつなぐ手がかりは得られる筈だ。ミタカ区のほうは、知り合いのピーに洗わせる」

俺がいうと、孫はＲＵにパトカーの手配を命じた。部屋をでるとき、俺は孫に手をさしだした。

「銃を返してもらおう」

孫は首を振った。

「それはできん。君らの話をある程度信用はするが、ルールはルールだ」

「じゃあ誰が俺を守るんだ？」

「ＳＳが守る」

俺は孫をにらんだ。

「ＳＳの中に裏切り者がいたらどうする？　実際、病院に先回りして、さっきの消し屋とオギクボを殺した奴がいる」

「まだ内通者がいると決まったわけではない。君らの命は私が守る。それが嫌なら、調査に同行する必要はない。ここで待っていろ」

「何だと――」

「仕方ありません、ケン。ここは彼の言葉にしたがいましょう」

ヨシオが割って入った。孫は平然と歩きだした。俺はそのうしろ姿を指鉄砲で撃ち、あとを追いかけた。

20

本部の前にパトカーが二台止まっていた。一台には重武装したSSの隊員が四人乗っている。もう一台にはユンがいた。俺たち三人はそれに乗りこんだ。

「サンライズアパートだ」

孫が命じると、ユンは無言でパトカーを発進させた。

SS本部のあるセントラルエリアからイーストエリアまで直接いける道はない、とヨシオが車中で説明した。

車はいったんアイランドを南北に貫くセントラルロードにでて、それから東へ折れ、イーストエリアに向かうという。

「IFGがサンライズアパートを買収したのはいつだ」

「二年前だ。IFGは当初そこを撮影所に近い中クラスのホテルとして、観光客向けに再開発するつもりでいた。だが『マンスール・カンパニー』や住人の反対があって断念した。その結果、一部を改装しただけで、名前もそのままにアパートとして経営をつづける他なかった」

ユンが答えた。

「では新海峰の私有物は何も残っていない可能性が高いですね」

ヨシオがいった。

「サンライズアパートの住人は全員がＩＦＧの関係者なのか」

「いや、そうではない住人もいる。売れない俳優やスタッフなどで、アイランドに住居を確保する人間は多い。スタジオからお呼びがかかれば、すぐにとんでいけるからな」

「アパート全体がＩＦＧの社員寮のようなところじゃなくてよかった。丸腰じゃ、とてもそんなところにいく気がしない」

俺はヨシオにいった。

「有名な私立調査員にしては弱気な発言だな」

孫が首を振った。

「ケンはずっと引退していたんです。もう二度と探偵の仕事には戻らないといっていたのを、僕が無理にお願いしてアイランドにきてもらった」

ヨシオがいった。

「そりゃ優雅なことだ」

ユンが皮肉のこもった口調でつぶやいた。

「ケンの奥さんのエミィは、新宿病で亡くなったのです。ケンは奥さんが亡くなるまでずっとつきそっていた」

ヨシオは厳しい目でユンの背中を見つめた。孫が助手席から俺をふりかえった。

「ひどい病気らしいな」

「体中に腫瘍《しゅよう》ができる。知り合ったとき五十二キロあった体重は、死ぬ直前には三十キロもなくなっていた。脳と肺にできた腫瘍のせいだ」

俺は孫を見つめ、答えた。

「エミィが新宿病だとわかったとき、俺たちふたりはオガサワラに移住した。残された時間を自然の中で過したかったんだ」

「いつ亡くなったんだ」

「二年前だ」

「それからもずっとオガサワラに？」

「他にいきたいところなんかなかった。俺がいたいのは、エミィのそばだ。調査員をやめたとき、俺はもっていた全部の銃を処分した。一挺《ちょう》でも残っていたら、今俺はここにいない」

孫は奇妙な目つきをして、俺から視線をそらした。

「もうすぐ着きます」

ユンがいい、パトカーは速度を落とした。

サンライズアパートは、横長の三階建ての造りをしていた。各階に五部屋ずつ入っている。

「二〇三ということは、二階のまん中の部屋だな」

孫はいった。アパートの十五部屋のうち、四つの部屋に明りが点《とも》っていた。二階のまん中の部屋は暗い。

午前三時を過ぎている。美波居留が部屋にいるとしても、寝ているかもしれない。アパートの正面は、一本の道をはさんで高い塀がつづいている。あたりはひっそりとしていて、人の気配はない。

俺たちはパトカーをおりた。セントラルエリアにいたときには感じなかった、海の湿りけが空気の中に漂っていた。何の変哲もない安っぽいアパートを見あげたとき、俺のうなじがぞくぞくした。嫌な予感がする。

新海峰について俺たちが調べることは、IFGの岩野布も予測している筈《はず》だ。だからこそ、「スクリーンゲート」で消し屋が待ちうけていた。

岩野布は、俺がアイランドにきて二十四時間とたたないうちに二度も消し屋を送りこんできた。ここで三度めがあったところで、驚くにはあたらない。

孫はまず、重武装した四人のSSを二階に送りこんだ。透視モニターを使って、扉ごしに部屋のようすを調べさせる。

俺はパトカーのかたわらに立ち、あたりを見回した。付近に怪しい車はいないか。別の部屋のカーテンごしにこちらをうかがっている奴はいないか。

サンライズアパートの周辺は、同じような高さの建物しかなく、そういう意味では遠くから狙撃《そげき》されるという心配はしなくてすんだ。

あたりで一番高い建物は、正面に広がる塀の内側にある。こちらは八階建てくらいの規模だが、窓はほとんどない。

「あれはスタジオか」

俺はヨシオに訊《たず》ねた。

「いえ、大道具などの保管庫です。もう少し東寄りにいくとヘリポートがあるので、このあたりにスタジオはありません」

俺は頷き、建物を見上げた。倉庫なら窓がないのも頷ける。屋上に手すりがついているところを見ると、人はあがれるのだろう。屋上から狙撃されたら逃げられないが、そうするには施設内に消し屋が入りこまなければならない。

「保管庫の内部にもぐりこむのは不可能だ。ゲートの検問は厳しいし、二十四時間、ふたりひと組のSSが何組も巡回している」

俺の考えていることがわかったのか、孫がいった。俺は頷き、塀に背中を向けると、サンライズアパートに目を戻した。

二〇三号室の扉にはりついていたSSのひとりがユンに連絡をよこした。

「内部に熱反応はなく、人はいないようです」

ユンが孫にいった。

「よし、扉を開けろ」

「扉を開けろ」

ユンがTUに囁《ささや》いた。電子ロックを解除するサンダーショッカーと呼ばれる器具がドアにとりつけられた。火花が飛び、あたりが一瞬明るくなる。

「ドアが開きました」

ユンが報告した。

「中に入れ。油断はするな」

四名のSSが二〇三号室になだれこんだ。

「誰もいないそうです」

「いこう」

孫は俺たちをうながした。

二〇三号室に入った。奥に細長い、スタジオタイプのワンルームアパートだった。中はプラスティックの梱包《こんぽう》ケースが雑然と積みあげられていて、人の住んでいる気配がない。

孫はそれらを一瞥《いちべつ》すると、バスルームをのぞいた。

「倉庫として使われていたようだ。生活の匂いがない」

「隊長！」

ユンが声をあげた。積まれているプラスティックケースを調べている。俺たちは近よった。

ケースの蓋《ふた》には扉と同じような電子ロックがついていたが、サンダーショッカーでユンが解除した。

蓋が開かれた。中には拳銃《けんじゅう》やサブマシンガンが詰めこまれていた。

「シンジケートの武器庫のようだな」

俺はいった。

「押収しろ。他のケースも調べるんだ」

孫がいい、SSの隊員たちは積みあげられたケースをひとつひとつ調べ始めた。

俺は彼らから離れ、窓辺に立った。アパートの窓は、撮影所の塀に面している。パトカーが止まっている道をはさんだ向かいは、保管庫だ。むろん窓からは、保管庫の内部はうかがえない。塀の高さは五階建てのビルほどもあるからだ。

「カメラやセンサーがある筈だ。調べてみろ」

孫がユンに命じた。これだけの武器を無人で保管するからには、当然、侵入者があればそれを通報する装置がしかけられている。その装置がどこにつながっているのかを調べれば、武器の所有者が判明する。

「ケン、これは何でしょう」

やはり俺と並んで窓ぎわに立っていたヨシオがいった。天井に近い壁の部分をさしている。

「センサーかな」

歩みよった俺はつぶやいた。壁からコードが一本のびてカーテンレールとつながっている。だがカーテンレールと窓をつなぐ部品はない。侵入者を検知するセンサーをしかけるなら、カーテンレールではなく窓にとりつける筈だ。

「この壁は塗り直された跡がある」

　孫がコードのつけ根に触れ、つぶやいた。

「センサーはこちらです」

　ユンが孫を呼んだ。確かに窓にセンサーがとりつけられている。

「監視カメラもここにあります。我々の映像も送られていますよ」

「シールドして、技術班を呼べ」

「了解」

　俺は部屋をふりかえった。プラスティックケースはあらかた蓋を開けられていた。中からは銃の他に、変装用の衣類なども見つかっている。

「部屋の電源を落としたほうがいい」

　俺は孫にいった。

「ここに武器を隠した奴らは、監視装置の他にも泥棒よけのしかけを設置しているかもしれん」

「番犬はいなかったぜ」

　ユンがいった。

「これからでてきたら？」

「爆発物はあるか」

孫がユンに訊ねた。

「銃の弾丸を別にすれば、爆薬やグレネードなどはありません」

孫は室内を見回した。監視カメラはSSの防電ネットでおおわれていた。今は映像も撮れないし、それを電波でどこかに飛ばすことも不可能だ。

「敵の目は塞《ふさ》いだ。我々を排除したければ、直接ここに乗りこんでくる他ない。もちろんそんな真似をすれば、禁じられているこれらの武器の所有者が自分たちだと認めるようなものだ」

「耳はどうだ？　カメラとちがってマイクはいくつもしかけられる」

孫は俺を見つめた。

「話をするなら外のほうがいいと思うがね」

俺はいって、コードのつきでた壁を指さした。

「もしかすると、俺たちにはわからない特殊な技術で、ここは壁全体がマイクになっているかもしれん」

「空気の振動をひろうタイプか。いいだろう、いったん部屋をでよう」

孫はいった。俺と孫、ヨシオは部屋をでて、廊下に立った。

「部屋の電源をたとえ落としても、監視装置は独立している可能性が高い。おそらく無駄だろう」

孫は葉巻をとりだし、いった。

「新海峰とつながるものは何もでてきませんでしたね。たまたま僕たちはシンジケートの武器庫を見つけてしまっただけかもしれない」

ヨシオがいった。

「たとえそうだとしても、SSにとっては無駄足ではなかった。あれだけの武器を押収されれば、君の命を狙う側も仕事がやりにくくなるだろう」

「ミタカ区の住居がまだ残っている」

俺はヨシオにいった。池谷に知らせておくべきかもしれない。どのみちここにこれ以上いても、俺やヨシオにできることはなかった。

「俺たちを送ってくれ」

俺は孫にいった。

「技術班がきたら、送らせる」

孫のその言葉が終わらないうちに、サイレンは鳴らさず、回転灯だけを点《とも》したSSのパトカーとバンがアパートの下に到着した。

俺たちは階段を下った。そのとき、爆発がおこった。

建物全体がたわむような激しい揺れがあって、俺は階段を転げ落ちそうになった。轟《ごう》音《おん》がそれにつづき、俺たちは反射的に身を伏せた。

「何ごとだ!?」

孫が二階をふり仰いだ。二階の踊り場から煙が噴きだしていた。

「爆発がおきたっ」

誰かが叫ぶ声が聞こえた。

「馬鹿なっ。爆発物はないといっていたじゃないか」

俺はおりかけていた階段を駆け上った。二階の廊下にSSの隊員が転がっていた。二〇三号室はそこだけがきれいさっぱり消えている。中にいた隊員がどうなったかは、確かめるまでもない。

俺は踊り場のすぐ近くで呻《うめ》いている隊員をかかえおこした。

「しっかりしろ。何があった」

「わからない、いきなり爆発がおこったんだ。ドアと壁がふっとんで、天井からいろんなものが降ってきやがった……」

俺は二〇三号室の前に立った。下がまる見えだった。両隣の部屋との境の壁も消えている。止まっているパトカーと、呆然《ぼうぜん》とこちらを見あげているSSの隊員の姿が目に飛びこんできた。

俺は正面に目を向けた。塀と保管庫の建物しか見えない。小型のミサイルを撃ちこまれたのだろうか。

孫も同じことを考えたようだ。

「ミサイルを見たか？」

両手をメガホンにして下に叫びかけた。首を振る顔がいくつもあった。

「何も異状はありませんでした。いきなりその部屋が爆発したんです」

「そんなことが……」

孫の顔は蒼白《そうはく》だった。消防車のサイレンが聞こえた。天井を失った一〇三号室は、瓦《が》礫《れき》の山だった。そのあちこちに、二〇三にいたSS隊員の破片が散らばっている。

「ひどい……」

俺のうしろに立ったヨシオが息を呑《の》んだ。

「怪我人の救出を優先する！　あたりを立入禁止にしろっ」

孫が怒鳴った。

21

「話を聞く限りでは、〝スクラッパー〟の犯行と状況がそっくりだ。予告はなかったのだな」

池谷がいった。俺たちはその昼過ぎ、ヨシオの家の居間で話していた。SSは、サンライズアパートの爆発騒ぎで、俺をかまうどころではなかった。

「そんなものはない。新海峰が昔住んでいたというだけの理由で、あの部屋を急襲したんだ」

「爆弾がしかけられていたのを見落とした可能性はどうだ」

「ないとはいえないが、あの部屋におかれていたものは、短時間のうちにSSがすべてチェックした。SSがよほどの間抜けじゃない限り、見落とすとは思えない」

池谷は今朝早くにミタカ区の現場から東新宿に戻り、その足でアイランドに渡ってきた。情報統制のかかった〝スクラッパー〟にアクセスしたため、特別捜査本部に組み入れられたのだ。

「俺がシンジケートやネットワークとつながっていないんで、お偉方に手頃な人材だと思われたらしい」

俺からの連絡をうけ、原警が回した警備艇に池谷は飛び乗った。サンライズアパートは、SSと原警が合同で現場検証をおこなっている。

「あんたが特捜本部にいったのはこっちにはラッキーだった。テロの疑いがあるからだ。映画の原案だった〝スクラッパー〟と現実の〝スクラッパー〟のあいだには共通点が多い。特殊な手がかりになる」

池谷は唸《うな》り声をたてた。

「サンライズアパートを吹っ飛ばしたのが〝スクラッパー〟なら、シンジケートとつながっていることになる。だがいつアイランドに渡った？」

「〝スクラッパー〟はひとりじゃないのさ。サンライズアパートの二〇三号室をSSが襲うことが前もってわかっていた筈《はず》はない。あの部屋には、何らかの形ですでに爆弾がしかけられていた。ただしそいつは容易には見つけられない方法でおかれていた。SSが部屋の捜査に入ったのを監視装置で知った犯人が、その爆弾を破裂させたのさ。〝スクラッパー〟が昨夜アイランドにきたわけじゃない」

「ここだけの話だが、ミタカでの二度めの爆発の直後、新東京都知事あてに脅迫メールが届いた。具体的な金額は明らかじゃないが、金を払えといってきたらしい。払わない場合は、以降の爆破予告はすべてネットワークあてに送るそうだ」

「払うのか」

「払うわけがない。第一、そいつが本物の〝スクラッパー〟からかどうか、判断できないんだ」

結局ネットワークに情報が流れる。

「爆発物について何かわかったことはないか？」

俺は訊《たず》ねた。

「ネオセムテックス系の爆薬が使われたらしいことはわかっている」

ネオセムテックスは、十年ほど前に開発されたプラスティック爆薬だ。通常は粉末状だが、水分を加えると粘土のようになって成形が可能になる。起爆装置は、電気信号か自然界には存在しない極超音波によって作動する。一時、テロリストに多用されたため、所持しているだけで懲役十年はくらうという代物だ。

「どちらの現場でもか」

「そうだ。しかもどちらも新しい建物だ。そちらのアパートはどうなんだ」

「築五年だった」

答えてから俺は気づいた。二〇三号室の壁には塗り直された跡があった。そしてそこからコードがのびていた。

「待てよ」

「どうした」

「爆発の直前まで、俺は二〇三号室にいた。部屋の壁には、塗り直したようなところがあって、そこからコードがカーテンレールにつながっていた。最初は侵入者の感知装置だと思ったが、それにしちゃカーテンレールというのは妙だと――」

「それだ。壁の中にネオセムテックスを塗りこんで、起爆装置の受信アンテナをカーテンレールにつないでいたんだ」

「だとすれば、爆破された建物の建築業者を調べたほうがいい。俺もこっちで、サンライズアパートの改装をどこが手がけたかを調べてみる。それとミタカ区のアパートを頼む」

「わかった。東京に戻りしだい手配する。情報は盗聴されない方法でそっちに届けることにする。孫はどうだ？」

「俺をいたぶる気はたっぷりあったろうが、今はそれどころじゃない。SSと原警が合同で捜査をおこなうのはこれが初めてだそうだ」

「そのおかげで俺もこうしてアイランドにこられたというわけだ。もっとも観光をしている時間はありゃしないが」

いって池谷は居間の中を見回した。

「夜までいらっしゃれば、アマンダをご紹介できるのですが」

ヨシオがいった。俺がニヤつくと、池谷は泣きそうな顔になった。

「クビを覚悟で残りたいが、新海峰のアパートの捜索を急がなきゃならん。電話が盗聴されてるってんで、急遽《きゅうきょ》こっちにきたんだ。帰りの警備艇が一時間もすればでちまう」

TUをのぞき、池谷はいった。アマンダに会える可能性があったと聞いて、本気でくやしがっていた。

「そういや、これが例のブツだ。結局、俺がお前に届ける羽目になった」

池谷はブレンテンをとりだした。

「助かる。孫の奴はとりあげた銃を決して返そうとしない」

俺はうけとり、いった。

「アマンダのサインを忘れるな」

いって池谷は立ちあがった。

「サインなどといわず、事件が解決したら、ぜひもう一度アイランドにおこし下さい。夕食の機会を作ります」

ヨシオの言葉を聞いたときの池谷の顔を見て、俺は吹きだした。

「何を笑ってやがる!?」

「今のあんたのツラさ。まるで好きな子を初めてデートに誘ってOKをもらったガキみたいだ」

「手前《てめえ》、それまでにアマンダの身に何かあったら、一生後悔させてやるからな」

池谷はまっ赤になって怒った。

「大丈夫だ。当面、シンジケートが消したいリストのトップは俺だろうからな」

「せいぜいそのリストが書きかえられないようにがんばるんだな」

池谷がヨシオの運転手に送られてでていくと、有線電話が鳴った。孫からだった。これから俺たちに会いにくるという。

やってきた孫は、ひどく疲れきっていた。

「原警の船が、特別上陸許可を申請した人物がここにいる筈だ」

「あんたと入れちがいに帰った。きのう話した池谷というピーだ」

知っているというように孫は頷《うなず》いた。

「現場検証で何かでたか」

「原警の鑑識班が爆発物の種類を特定した。ネオセムテックスだった」

俺とヨシオは顔を見合わせた。

「どうした？」

「新東京でおきている〝スクラッパー〟による爆破事件にもネオセムテックスが使われていた」

「〝スクラッパー〟がアイランドにいるというのか」

俺は首を振った。

「ネオセムテックスは、もともとあの部屋にしかけられていたんだ。監視装置でSSの手入れを知ったシンジケートが証拠を消すために遠隔操作で爆発させた」

「だが直前の捜索で、爆発物は発見されなかった」

「〝スクラッパー〟でも同じことがおきている。つまり爆弾はあとからしかけられたわけじゃなくて、もともとそこにあったんだ」

孫の目が鋭くなった。

「そういえばあの部屋には改装の跡があったな」

「ネオセムテックスは水を加えると、どんな形にでも加工できる。起爆装置ごと壁の中に塗りこんでおいて、信号をキャッチするアンテナをのばしておけば、いつでも好きなときにドカンだ」

「私の部下がいるのを知っていて、起爆信号を送ったのか」

「狙ったのは俺だ。だがひと足早く部屋をでていたので、あんたの部下が巻き添えをくった」

「お前を上陸させたのがまちがいだった。きのう一日だけで、私は六人もの部下を失った」

「俺が殺したわけじゃない。それともあんたはシンジケートの肩をもつのか」

孫の表情がかわった。

「私がいつシンジケートの肩をもった」

「ケンは犯罪を暴くのが目的でアイランドにきたのです。ケンが狙われるのは、それだけ彼の調査が核心に迫っているという証拠です」

ヨシオがあいだに入るようにいった。孫は息を吐いた。感情を抑えるように目を閉じる。

「あの部屋を借りていたＩＦＧの男はどうした？」

俺は訊ねた。

「行方不明だ。ＩＦＧリサーチは、半年前に美波居留をインド支社に出向させたといっている。だがインド支社にはこのひと月、出社していない」

「どういうことです？」

ヨシオがいった。

「ＩＦＧは、あのアパートに隠されていた銃器類が会社がらみのものであると疑われないよう手を打ったんだ。サンライズアパートはＩＦＧのものだが、二〇三はあくまで美波居留個人が使用していたのであって、そこにあったものは、ＩＦＧと関係ないといいのがれをするつもりなのだろう。そのためには、美波居留がのこのこでてきたのではマズい」

俺は説明した。

「私も同じ意見だ。ただしＩＦＧが会社ぐるみであそこに銃器を隠していたとは思えない。ＩＦＧにとってあまりにもリスキーだからな。昨夜の事件のことを知ったＩＦＧが、捜査が会社まで及ばぬよう、手を打ったのだろう」

「どのみち美波居留の口を塞《ふさ》がれたら、何もわからなくなる。美波居留がいたIFGリサーチというのはどんな会社だ」

「IFGが投資対象とするムービーや不動産、アミューズメント施設などについて調査をおこなう会社だ」

「ムービーの調査？」

「監督や脚本家、出演者などの過去のデータを調べ、投資に対してどのていどの回収が見こめるかをリサーチするのです」

ヨシオが教えた。

「つまり、新海峰に関するデータももっている？」

「リサーチ会社だからさまざまな情報が集積しているでしょう」

俺は孫に向き直った。

「IFGリサーチのボスはどんな男だ」

「我仁林の右腕の曽故呂布《そころふ》という男だ、もともと消し屋だったといわれている。我仁林には、今いった曽故呂布の他にふたり、腹心の部下がいて、岩野布はそのうちのひとりだ」

「IFGのライバルがマンスールだったな」

「マンスールは、IFGとちがって製作会社だ。ただチェチェン人のボス、ドダエフが我仁林と対立している」

俺は亀岡の話を思いだした。アイランドでおきている保険金詐欺にチェチェン人がからんでいることは、誰もが気づいているというのだ。

「君らのいう『フィックス』に、マンスールが関係しているというのなら、まだ説得力がある。マンスールは製作会社だから、実際に俳優やスタッフとのつながりがある。だがIFGは投資会社だ。連中は情報はもっていても、実際に映画を作るわけじゃない。しかもチェチェン系のマンスールとロシア系のIFGは、犬猿の関係だ」

孫はいった。

「じゃあ、マンスールの作るムービーにIFGが金をだすことはないのか」

「ない。アイランドにはマンスール以外にも多くの製作会社がある。IFGは、それらの製作会社が作るムービーに出資をしても、マンスールの作品にだけは金をださない。マンスールはマンスールで、資金提供をうけているのは、本土のネットワークだったり、中国系やインド系の投資会社だ」

「調べていけば、この二社をつなぐ手がかりが見つかるかもしれん」

俺はいった。

「ところで、サンライズアパートの改装を手がけた建築業者を調べてもらいたい」

「改装を？　ネオセムテックスをその建築業者がしかけたというのか」

「そうだ。あそこを武器庫にしたのがIFGなのか、美波居留個人なのかはわからないが、いざというときに吹っ飛ばすつもりでネオセムテックスを埋めこんでおいたのはまちがいない。業者は当然そのことを知っていた筈《はず》だ」

「本部に戻れば何らかの資料はある筈だ。調べてみよう。だが、今日私がきたのは、君に退去勧告をするのが目的だ」

「退去勧告だと」

「そんな――」

俺とヨシオは同時にいった。

「SSは、三日以内に、ヨヨギ・ケン氏のアイランドからの退去を勧告する。応じない場合、アイランド内の治安維持を目的とした身柄拘束もありうる」

孫は無表情で告げた。

「ふざけるな。臭いものに蓋《ふた》をしようっていうのか」

「ケンはアマンダの依頼でアイランドにやってきたのですよ」

「アマンダの身辺警護に関しては、これまで以上に厳重にする。だがアマンダの身の安全を願うのなら、この男をこれ以上そばにおかないことだ」

孫はいって俺を指さした。

「この男がしたがっているのは犯罪の告発かもしれないが、その行為がアイランド内で保たれている均衡を崩し、いらざる衝突を招いていることはまちがいない。私の職務は、アイランドの治安の維持だ。それには、この男を退去させるのが最良の方法だと判断した」

「殺人や保険金詐欺には目をつぶってか」

「過去にこの島で何件の殺人がおきたにせよ、この二十四時間に殺された者の数のほうが上回っているのだ。それはつまり、君が上陸してから、といいかえてもいい」

孫はいい放ち、ヨシオを見た。

「アマンダには私から話す。私が彼女に好意を抱いているとしても、アイランド全体の治安の問題とハカリにかけることはできない」

「結局そうなのだな。あんたのそのやり方が、惚《ほ》れた女が殺された事件でも、真相をうやむやにしたんだ」

孫は深々と息を吸いこんだ。

「今の侮辱は聞かなかったことにしておく」

くるりと踵《きびす》を返し、出口に向かった。

「三日間は、好きなように調査するがいい。だが三日を過ぎて、アイランド内にとどまっていることが判明した場合は身柄を拘束し、ただちに本土いきの船に乗せる。またホテルも君の宿泊を拒否するからそのつもりで」

扉に手をかけ、いった。

「要求した建築業者の資料はどうなる？」

「あとで届けさせる。ＳＳはこれ以上、君の調査には協力しない」

孫はでていった。

「犯罪が公になるよりも、表面上の治安が保たれるほうがSSにとっては好都合なんです」

ヨシオは珍しく怒りの表情を露《あら》わにしていった。

「それはピーだって同じことだ。いらざる波風をたてても仕事を全うしようとする奴は、必ず爪弾《つまはじ》きにされる」

「どこか、あるいは誰かが孫隊長に圧力をかけたのかもしれませんね」

俺は首をかしげた。

「それはどうかな。圧力をかけるのなら、もっと早い段階、たとえば俺がアイランドに上陸した直後にでもしなければ意味がない。奴の部下を何人も殺してからいうことを聞けといったところで難しいだろう」

嫌な奴ではあるが骨はある、と俺は孫のことを見ていた。

「それに考えようだ。奴もいっていたが、三日間は、好きなように調査をしていいわけだ。そのあいだに、IFGのケツを炙《あぶ》ってやることもできる」

そのときヨシオの家の有線電話が鳴った。受話器をとったヨシオは怪訝《けげん》そうに相手の声に耳を傾けていたが、俺を見た。

「あなたにです、ケン」

俺は受話器をうけとった。

「おとりこみ中のところを申しわけありません。私、マンスール社のドダエフ代表の秘書をしております、三崎《みさき》と申します」

馬鹿ていねいな口調で男の声がいった。

「調査員のヨヨギ・ケンさまでいらっしゃいますか」

「ケンだ」

「実は私の上司であるドダエフが、一度お目にかかりたいと申しております。お時間をいただけますでしょうか」

「四日後ならいつでも空いている。ただし俺はこの島にはいないが」

「存じております。SSから退去勧告をうけられたのですね。その件についても、ご相談できるかもしれません」

「いっしょにIFGをぶっ潰《つぶ》そうという相談か」

「詳細はお目にかかってからということでいかがでしょうか」

「どこで会う？　今の俺は、アイランド一の人気者だ。どこにいったって、鉛玉や爆弾をプレゼントしたがるファンでいっぱいだ」

「マリーナのクラブハウスはいかがでしょう？」

俺はヨシオを見た。

「マリーナのクラブハウスというのはわかるか」

ヨシオは頷《うなず》いた。

「一時間後にそこにおこし願えれば。ただしおひとりでお願いいたします」

「わかった」

電話を切ると、ヨシオはいった。

「なぜケンがここにいるとわかったのでしょう」

「それだけじゃない。俺がSSから退去勧告をうけたことも、もう知っていた。この島には、個人のプライバシーは存在していないらしい。少なくとも俺に関しては」

「ドダエフは何だというのです」

「俺に会いたいそうだ。自分にかわってIFGを潰してくれると好意を抱いたのかもしれない。敵の敵は味方、という理屈で。いったいどんな奴だ?」

「めったに顔を見せることはありません。アイランドのサウスエリアにある屋敷にひきこもっていて、外出するときはたいていマリーナから自分のクルーザーに乗ってでていきます」

「自分じゃ映画の製作にはタッチしないのか」

「ほとんどの仕事を部下に任せています。けれど大物監督とは親交をもっています。ドダエフは、ワン・コングから引き継ぐ形で、アイランドのアーティストを牛耳る権利を手にしたんです」

俺はサウスエリアの会員制クラブで会った高村という監督を思いだした。

「『三大天才』は、そんなに影響力があるのか、今でも」

「彼らがいなければ、アイランドは生まれませんでした」

「ワン・コングとドダエフの仲はいいのか」

「わかりません」

ヨシオは首を振った。

「同じアイランドの中にいても、彼らトップクラスのプロデューサーたちのことはよくわからないのです。映画ビジネスの世界には、さまざまな階級があり、頂点に近い人々の実態は、決して下々の人間には見えてこない」

「あんたやアマンダでも下々なのか」

「映画には巨額の金が動きます。IFGの我仁林やマンスールのドダエフたちは、常に千億単位の金を動かしています。監督も俳優も、彼らにとっては、映画の〝部品〟に過ぎません。〝部品〟はいくらでも変更がきく。しかし製作費をだす者がいなければ、映画は生まれない」

俺は息を吐いた。

「結局は金か」

「同じ金をさわっていても、IFGは投資会社、マンスールは製作会社と、互いに領域を分けています。噂では、ロシアマフィアとチェチェンマフィアが対立を避けたのだといわれています」

「ドダエフはチェチェン人だったな」

「帰化するまでは」

「チェチェン人が保険金詐欺のバックだと聞いたことがある」

「その可能性は常に囁《ささや》かれています。製作だけを請け負っていたのでは、マンスールの儲《もう》けには限界がある。金で金を生むＩＦＧとはそこがちがう。それでマンスールは、サイドビジネスとして保険金詐欺をやっているというのです」

「楽しい話だ。『フィックス』をつついて、俺はＩＦＧに命を狙われ、今度は保険金詐欺の調査でマンスールを敵に回すというわけか。ドダエフはそれを知っていて、俺に会いたいといってきたのかな」

「そこまでは知っているかどうか。あくまでケンは、アマンダのボディガード、我々夫婦のセキュリティアドバイザーとしてやってきたことになっていますから」

「今でもそれを信じている奴がいるとは思えないがな」

「あるいはあなたの口からその点についてドダエフは聞きたいのかもしれない」

いって、ヨシオはまっすぐ俺を見た。

「何しに俺がアイランドにきたか？」

ヨシオは頷いた。

「その答によっては、俺は頭に一発撃ちこまれ、アイランドの沖に沈められるというわけだ」

「場合によっては」

俺は息を吐いた。

「まったく刺激的なところだ。朝から晩まで、どきどきさせてくれるね」

22

ヨシオは自ら運転する車で、俺をマリーナまで送ってくれた。マリーナはホテルの建ち並ぶビーチエリアの南側、アイランドの西南の端にある。

入口のゲートには、制服のSSが何人もいて、厳重な警戒をしている。ゲートをくぐると、ヨットや豪華なクルーザーが係留された桟橋が二本、沖に向かってつきでているのが見えた。クラブハウスは、ちょうどその桟橋のつけ根あたりにある。白塗りで木造の、垢抜《あかぬ》けた感じのする建物だ。

クラブハウスの前で、スーツを着けた男が待っていた。純粋な日本人だ。

「ヨヨギさまですね。ご足労をおかけして申しわけありません。石丸先生、お目にかかれて光栄です」

そつのない口調で男はいった。五十代のどこかだろう。これほど堅苦しい印象の日本人をアイランドで見るのは初めてだった。

「申しわけありませんが、石丸先生にはクラブハウスでお待ち願えますか。ヨヨギさまとは、ドダエフが船のほうでお会いしたいと申しております」

「船?」

俺が訊《き》きかえすと、三崎は桟橋の中ほどに係留された大きなクルーザーを示した。ちょっとした客船並みのサイズがある。

「あちらです。ヨヨギさまが乗船されたら出航する手筈《てはず》になっています」

「どこまで連れていってくれるんだ」

「すぐ沖までいって戻ってくるだけです。残念ですが。ドダエフは、プライバシーにひどく気をつかう人間なのです」

「これだけ秘密の守れない島に住んでいりゃ、それも頷ける」

三崎はピクリとも反応しなかった。そのうしろに、クラブハウスから白い制服を着けた若い女が現われ、立った。三崎は女に命じた。

「石丸先生をクラブハウスにご案内して下さい。それと車をポーターに預けて」

「ケン――」

ヨシオがわずかに心配げに俺を見た。

「くつろいで待っていてくれ。ヨシオは俺の保険だ。俺がもし、偶然にも船から落っこちまった、なんてことになったら、助けを呼ぶのはあんたの仕事だ」

ヨシオは微笑んだ。

「クラブハウスから、溺《おぼ》れているあなたを見つけられるといいのですが」

「大声をだして手を振る。頼むから振りかえすのはやめてくれ」

女につき添われ、ヨシオはクラブハウスに入っていった。俺と三崎は桟橋を歩き、ドダエフのクルーザーに乗りこんだ。

甲板ではポロシャツにショートパンツを着けたゴリラがふたり、待っていた。ひとりが携帯型のスキャナーを手にしている。俺のブレンテンは、三崎に手渡された。驚いたようすもなく三崎はいった。

「これは陸に戻られたらお返しします」

「あんたはこないのか」

「私、たいへん船酔いしやすいたちでして、ここで失礼させていただきます。石丸先生とクラブハウスでお待ちしております」

その言葉が終わらないうちに、クルーザーのエンジンが始動し、クルーが桟橋とクルーザーをつないだもやいをとり外した。三崎は大急ぎで桟橋に移った。

ドダエフはまだ姿を見せない。

「こちらへ」

クルーザーが桟橋を離れると、クルーがキャビンへと俺を誘った。

空調のきいた、快適なキャビンだった。清潔で、革張りのソファが丸いテーブルを囲むように配されている。

「飲みものは何を召しあがりますか」

見かけはいかついが、口調はていねいだった。

「ビールをもらおうか」

「ビールを。かしこまりました。シャンペンのご用意もありますが」

「ビールで結構だ」

マリーナの外にでても、クルーザーはまるで揺れを感じさせなかった。見る見るアイランドが遠ざかり、東京湾の中心部にクルーザーは達した。

ブリッジとつながった階段をおりてくる足音が聞こえた。ひどく小柄でがっちりとした白人がキャビンにおり立った。Tシャツにショートパンツを着け、サングラスをかけている。短く刈った髪は銀色だった。身長は、俺より十センチは低いだろう。

ビールとシャンペングラスを手にしたクルーが戻ってきて、白人にシャンペングラスを手渡した。

白人はサングラスを外した。左の目もとに醜い傷痕《きずあと》があった。目尻《めじり》からこめかみにかけて、ミミズ腫《ば》れのように走っている。シャンペングラスを掲げ、いった。

「初めまして。君が有名な、ヨヨギ・ケンか」

「ドダエフさんか」

俺もビールの小壜《こびん》を掲げていった。

ドダエフは頷《うなず》いた。

「君の噂を聞いたのは、まだ私がアイランドに移ってくる前だった。アナクロニズムにとりつかれた日本人のナショナリストの陰謀を体を張って止めたそうだな」

「『シンジケート・タイムス』の読みすぎだ。あれはそれこそ陰謀だった。ピーと検察の親玉が政治家どもににらまれたくなくて、俺をヒーローに仕立てた。『ヤクザ』の復活を企てた爺《じい》さんは、政治家ともつきあいがあったからな」

　俺は肩をすくめた。

「君の活躍を映画にしようという企画があった。知っているか」

「頭の悪いプロデューサーから、何回か電話をもらったことはある。そんなことができる筈《はず》ない、といった。ハリネズミが現場に殴りこんでくるのがオチだと」

「ハリネズミ。懐かしい言葉だ。今はすっかり少なくなった」

　ドダエフは目を細めた。

「あんたらが駆除したという噂だ」

　ドダエフは左の目もとの傷痕に触れた。

「これはイラン系のハリネズミに撃たれたときの傷だ。フルメタルジャケットの弾丸だったおかげで、頭をふきとばされずにすんだ。弾丸はここから耳の上をつき抜け、横にいた私のボディガードの喉《のど》に命中した。医者は手術で傷痕は消せるといったが、私はそのままにしている。私のために死んだボディガードのことを忘れんためにも」

「そのボディガードがあんた並みの背だったら、死なずにすんだのにな」

「兄弟の中では、私が一番背が低い。ボディガードは私の弟だった」

　ドダエフは怒ったようすもなく答えた。

「そいつは悪いことをいった」

「気にするな。我々は皆、死んだ者の背中に足をかけてここにいる」

ドダエフはシャンペンをひと口飲んでいった。控えていたクルーが、グラスに注《つ》ぎ足した。

「俺はあんたとはちがう。しがない調査員だ。俺が今ここにいられるのは、銭儲《ぜにもう》けの結果じゃない」

「君は私を怒らせたいのか」

俺は首を振った。

「自分を勘ちがいさせたくないだけだ。聞くところによれば、あんたはアイランドの王のひとりだという。王に招待され、王の船に乗せてもらったからといって、王族の仲間入りが果たせたわけじゃない」

ドダエフはテーブルにグラスをおいた。

「では話を始めるとしよう。聞くところによれば、君は本土でおこったニュースキャスター殺しの調査のために、この島を訪れたのだそうだな」

「半分当たっていて、半分外れている。外れている半分については、調査員の守秘義務があるので、ここで口にするわけにはいかない」

「では当たっている半分について。ニュースキャスター殺しとアイランドが関係あると考えた理由をうかがえないだろうか」

俺はドダエフを見つめた。

「あんたが興味をもつ理由を知りたいな」

ドダエフはつかのま沈黙した。やがて口を開いた。

「アイランドは、映画を愛する多くの人間にとって、夢を作る島だ。同時に、この島でビジネスをおこなっている私や、我仁林のような男にとっても、夢を実現させてくれた島でもある。私や我仁林がここで今の立場を得るまでには多くの障害があり、たくさんの血が流された。互いの血を流しあったことも、もちろんある。そして平和と富を、我々は手に入れた。富は簡単には失われないが、平和は一瞬で失われる。君は、我仁林の平和を脅かしているようだ。昨夜のできごとがそれをあらわしている」

「我仁林が枕を高くして眠れないとして、あんたが困ることがあるのか？」

「バランスだ、ヨヨギ。彼らがバランスを崩すことで、富を生みだすシステムに齟齬《そご》をきたすのは、歓迎できない」

「俺がバランスを崩しているわけじゃない。我仁林が知っているかどうかはわからないが、奴の手下が映画とは別のところで金儲けを考え、それがいろんな事件をひきおこしているとしたら？」

「君はその証拠を握っているのか」

俺は首を振った。

「それをここで口にするわけにはいかない。あんたと我仁林が大の仲良しかもしれないだろ」

ドダエフは目を細めた。笑ったつもりらしい。

「ある意味では仲良しだよ。我々は。右手で握手をし、左手で銃の狙いをつけるていどには」

俺は笑い返してやった。ドダエフは額をなでた。

「ひとつ気になることがある」

「何だ」

「我仁林が知らないところで企てられた金儲けが犯罪をひきおこしているとすれば、同様に私の知らないところで、企てがおこなわれている可能性がある」

「あんたのファミリーの中で、という意味か？」

「会社だ。ファミリーとは我々はいわない」

「会社の中で」

ドダエフは頷いた。

「そう。『フィックス』には、映像のプロが必要だ。IFGは投資会社だ。だが私のマンスールは、映像のプロを揃えている」

俺はドダエフをまじまじと見つめた。

「どこで『フィックス』の話を聞いた」

「アイランドが造られたとき、この島に建設された建物の大半は、チェチェン系が経営する建築会社に施工を任された。今も、アイランド内での建物建設は、私の従弟《いとこ》の会社が現場を手がけている。この話が意味するところは二点ある。わかるか」

ひとつは、あらゆるところに盗聴器がしかけられていて、俺とヨシオや池谷、孫との話は、目の前の男に筒抜けだった、ということだ。

もうひとつは――。

「サンライズアパートを改装したのは、私の従弟の会社だ」

ドダエフはいった。

俺は無言で目の前の男を見つめた。

「君たちはあの部屋に爆弾が前もってしかけられていたと考えているようだな。それが昨夜爆発し、犠牲者をだした」

ドダエフは俺の目をまっすぐに見返しながらいった。

「爆弾の中身が何だか知っているか」

俺は訊《たず》ねた。ドダエフは首を振った。それが本当ならヨシオの家での池谷とのやりとりすべてが筒抜けだったというわけではない。ドダエフの情報源はSSの内部情報と電話の盗聴だ。

「知っているのか、君は」

「ネオセムテックスだ」

ドダエフは眉《まゆ》をひそめた。

「それは確かな情報なのか」

「確かだ。二〇三号室には、いろんな武器がおかれていたが、ネオセムテックスはなかった。ネオセムテックスは、改装された壁の中に塗りこまれていて、最初からそこにあったんだ」

「何のために」

「昨夜のような事態に備えたのだろう。SSやピーが踏みこんだとき、証拠をきれいさっぱり消す」

「あの部屋は曽故呂布が手持ちの武器を隠すために使っていた。私はそのことを何年も前から知っていた。アイランドでは、武器をもち歩くのが禁じられている。といって、私や我仁林のような生き方をしてきた人間は、武器のない暮らしをうけ入れられないのだ」

ドダエフはいった。

「知っていてそのままにしていたのか」

「あそこにあった武器が、私たちに向けて使われるという事態にでもならない限り、手をだす理由はない」

「あんたの懸念は当たっていると思うぜ。あんたの部下の中には、我仁林の手下と仲良しになっている奴がいる。だからこそあの部屋の壁に爆弾を塗りこむことができたんだ」

「この問題について、私は我仁林と話し合いの場をもつべきだと考えている。我仁林のもとには、私のようには情報が入ってこない。誤解の生じる可能性がある」

「それはつまり、爆発があんたの差し金だと考えるかもしれん、ということか」

「我々はあの部屋の存在を知っていて放置してきた。だが我々が前から知っていたことを我仁林に証明する手だてはない」

「曽故呂布が部屋を爆破したのだとしたら、我仁林に伝わっている筈《はず》じゃないのか」

「爆発させたのは曽故呂布ではない。曽故呂布はあの部屋に爆弾があることなど知らなかった。曽故呂布がひどく怒って部下に連絡をとったのを私は知っている」

「曽故呂布じゃないとしたら、誰があの部屋に爆弾をしかけたんだ」

「それを私も知りたい。従弟の会社で工事を監督した人間を早速捜したのだが――」

ドダエフはそこまでいって黙った。俺は待った。

「会社を辞め、一年以上前に本土に渡っていた。辞める前に、私の従弟と激しく衝突していたという話だった」

キャビンのガラス扉が開いた。ショートパンツのゴリラが姿を現わした。手に携帯無線器をもっている。

「お話し中申しわけありません」

ドダエフに歩みより、耳打ちをした。ドダエフの表情が険しくなった。俺を見やる。

「たった今、私の従弟の会社が襲われた。曽故呂布の手下らしい男たちが押しかけ、従弟を連れ去ったそうだ」

「曽故呂布は、あんたがあの部屋に爆弾をしかけさせたと疑っているんだな」

ドダエフは頷《うなず》いた。

「ここでの話が終わったら、君をアイランドに戻すつもりだったが、予定を変更せざるをえんようだ」

「どういう意味だ」

俺は緊張がこみあげるのを感じた。

「君は、私や我仁林の知らないことを知っている。『フィックス』と今回の爆弾騒ぎとの関係を、私たちに話してもらいたい」

「それはつまり、あんたと我仁林との話し合いの場に出席しろということか」

ドダエフは目を細めた。

「さすがだ、ヨヨギ。頭の回転がいい」

「いつ話し合いをもつ？」

「今すぐにだ」

ドダエフは答え、ゴリラに顎《あご》をしゃくった。

「あれをもってこい」

ゴリラは頷き、姿を消した。ドダエフはシャンペンをすすり、口を湿らせた。

「ロシア人とチェチェン人のあいだには、長い対立の歴史がある。今でも互いの存在を許していない者は多い。私と我仁林もかつてはそうだった。だが大きな利益を生む事業のために手を結ぶことにしたのだ」

「右手だけだろ」

「確かに。だが左手の銃の引き金を絞る前に電話をかける暇くらいはあるだろうと考えた」

ゴリラが戻ってきた。見たことのない形のTUを手にしていた。それをうけとり、ドダエフはいった。

「これはTUではない。軍事衛星の専用回線を使用する携帯電話だ。電話の機能しかないが、世界中どこであろうと使用できる。通常のTU電波にかけられたジャミングとは無縁だ」

ホットラインというわけだ。ドダエフはそれをもちあげ、ボタンを押して耳にあてた。

「――私だ。これ以上血が流される前に、会って話す必要があるとは思わないか」

耳にあてる部分には大きなカバーがついていて、相手の声は洩《も》れないようになっている。

「――知っている。従弟はまだ生きているのだろうな」

ドダエフは相手の声に答えた。

「いいだろう。私の側にも情報がある。チェチェン人ではない男が、あんたにとっても興味のある話を聞かせる筈だ」

その男は誰だと訊《き》かれたのだろう。ドダエフは目をあげ、俺を見やった。

「ホープレスの探偵で、名前はヨヨギ・ケン。きのうからヨシオ・石丸の依頼でアイランドにきている。私やあんたの会社の中で、私やあんたの知らないビジネスが進められている。それを調べにきたんだ」

我仁林の返事が聞こえるようだった。そんな男の話が信用できるのか？　そいつがあんたに都合のいい作り話をしていないと、どうやって証明する？

「岩野布という手下が我仁林にはいる筈だ。そいつをおさえておいてくれ」

俺はいった。ドダエフはそっくりそのまま、我仁林にそれを伝えた。

「そうだ。岩野布だ。ヨヨギの話を証明できる男だそうだ」

「俺を消そうとした張本人だ。ホテルとアマンダのオフィスの前で襲ってきた消し屋をよこした」

ドダエフは俺をじっと見つめたが、電話に声を送りこんだ。

「岩野布は、ヨヨギを二度殺そうとしたらしい」

「アイランドでは、だ」

河田のアパートでのことを含めれば三度になる。

「どこで会う？」

ドダエフは我仁林に訊ねた。

「決して血の流れない場所を提案してくれ。私としては――そうだ。私も同じ場所を考えていた。〝聖域《サンクチユアリ》〟だ。この話し合いは〝聖域〟でおこなわれるべきだと思う。アイランドで何がおこっているか、あの人の耳にも入れるべきだ。もしかすると、あの人はもうすでに知っているかもしれないが」

我仁林が何かいい、ドダエフは頷いた。

「結構だ。早いほうがいい。一時間後に〝聖域〟で。互いのために、それまでは私の従弟《いとこ》には手をださないことを願っている」

ボタンを押し、携帯電話をおろした。

「〝聖域〟というのはどこだ」

俺は訊《たず》ねた。

「いけばわかる。君は幸運だ。アイランドの住人でも〝聖域〟に足を踏み入れられる者は限られている」

「入ったが最期、二度とでられないというのじゃないだろうな」

ドダエフは首を振った。

「そんな場所ではない。だが〝聖域〟では、その減らず口は慎むことだ。特にあの人の前ではな」

「あの人？」

「帝王だ。我々は、ワン・コングの前で会うことにしたのだ」

23

それから十分足らずで、クルーザーはマリーナに戻った。ただし、俺は船をおりることを許されなかった。三崎がクラブハウスからヨシオを連れて乗船してきた。ドダエフは会談の準備があるのか、見張り役のゴリラを残して姿を消した。

「ケン、話はどうだったのです?」

三崎の目を気にしながらも、ヨシオは俺に会うなり訊ねた。

「ドダエフは頭のきれるおっさんだ。『フィックス』のことを知っていて、それが自分の膝《ひざ》もとで、しかも知らないうちにおこなわれていることに心を痛めているらしい」

「マンスールが『フィックス』にかかわっているのを認めたのですか」

「今のところは疑っている、といった範囲だ。だが、サンライズアパートの改装をおこなったのは、ドダエフの従弟だそうだ。そいつを我仁林の手下の曽故呂布がさらった。曽故呂布は、ドダエフがあの部屋を吹っ飛ばさせたと思っているらしい」

「ウラジミールです。従弟の名は」

三崎がいった。

「なぜ? IFGが証拠を消すために爆破したのではないのですか」

「そうなら曽故呂布はウラジミールをさらったりしないだろう。あの部屋を吹っ飛ばしたのは、IFG側の人間だが、そのことを曽故呂布や我仁林たち幹部は知らない。むしろ対立するマンスールが、IFGの武装を弱めるのが目的でやったと考えているようだ」

「それじゃ戦争になる」

「ドダエフは回避したいようだ。ホットラインで我仁林に会わないかともちかけた。たぶん俺たちはこれから、ワン・コングのもとに連れていかれる。帝王の前で話し合いがおこなわれるようだ」

ヨシオは目をみひらいた。

「ワン・コングのところに⁉」

「〝聖域〟と私たちは呼んでおります」

三崎がいった。

「以前、マンスール社とIFGのあいだで闘争がおこったときも、代表者が会い、和平をもたらすための話し合いをもったのが〝聖域〟でした」

俺はヨシオに訊ねた。

「ワン・コングはいったいどこにいるんだ？」

「スタジオです。撮影所の最も奥に、ワン・コングの執務室があります。今は、病室、と呼んだほうが正しいでしょうが……」

ヨシオは答えた。

それから数分とたたないうちに、クラブハウスの前に装甲リムジンが三台横付けされた。俺とヨシオはクルーザーをおろされ、そのうちの一台に押しこめられた。中には、スーツに着替えたドダエフが待っていた。

「久しぶりだ、石丸先生」

「久しぶりです」

「我仁林と面識はあったかな？」

ヨシオは小さく頷《うなず》いた。

「一、二度ですが」

ドダエフは俺を見た。リムジンは走りだしていた。

「ロシア人はよく、我々チェチェン人のことを、すぐかっとなるという。だがロシア人の中にもそういうタイプはいる。我仁林がそうだ。愚かではないが、怒ると手がつけられん。覚えておくことだ」

「俺たちを巻き添えにしたのはあんただ」

「君は『フィックス』のことを調べにアイランドにやってきた。『フィックス』は、私や我仁林にもかかわりのある問題だ。だがもし我仁林が私より先に事情を知っていたら、君はさらわれ、洗いざらい喋《しゃべ》らされたあげく、沈められていた」

「いったろう。もうすでに二回、俺は命を狙われてる。そいつがあんたの差し金じゃないとしたら、IFGの消し屋がやったんだ」

「我仁林は君を消すように指示はだしていない。だしていれば私が知っているし、何より、君は生きていない。どれほど君の腕が立つとしても、アイランド内で生きのびるのは難しい」

「俺の銃を返してくれ」

ドダエフは首を振った。

「〝聖域〟にはいかなる武器ももちこめない。それは私や我仁林も同様だ」

俺は息を吐いた。撮影所に〝聖域〟があるというのは、いかにもムービー・アイランドらしい話だ。

リムジンの隊列はあっという間に撮影所の正面ゲートの前に到着した。そこから一台ずつ、非破壊検査装置の中をくぐり抜けなければならない。台場エリアのカジノゾーンにつながる通路でうけたのと同じセキュリティチェックだ。

ゲートには武装したSSが相当数詰めている。

チェックをクリアすると、リムジンは撮影所内に入った。

そこは広い通路をへだてて、ドーム状のスタジオが点々と並んだ一角だった。バスやワゴンが走ってはいるが、あまり人の姿はない。俺は予想が外れた。

「がっかりした顔をしているな、ヨヨギ。かつてのハリウッド撮影所のような場所を想像していたのか」

ドダエフがいった。図星だった。映画のヒーローやヒロイン、登場人物たちが、その扮装《ふんそう》でうろついている姿を想像していたのだ。活気があって、あちこちで、爆発や銃撃などの撮影がおこなわれているのだと思っていた。

「現在の映画には、基本的にセットは存在しません。撮影は、俳優の演技を撮るためだけであり、舞台はあとからCG合成されるのです」

ヨシオがいった。

「じゃあ俳優はどこで演技をするんだ？」

「あの中です」

ドームをヨシオは示した。

「合成用のステージが、その演技スペースにあわせて用意されています。衣裳《いしょう》もときには貼りつけられる場合があるので、俳優たちが身に着けるのは、体にタイトなシリコンスーツだけだったりします」

「ある意味で、昔の映画よりも、俳優には演技力が要求される」

ドダエフがいった。

「宮殿や荒野のセットもなく、きらびやかな衣裳やガンベルトもなしで、女王やガンマンを演じなければならないのだからな」

「見てもつまらんだろうな」

俺は唸《うな》った。

「だから観光客用に、セットをいくつか用意して、そこで中程度の予算の時代劇などを撮影している。スタジオ内で働く人間の中で、最も多い職種は何だと思う？」

ドダエフは訊《たず》ねた。

「俳優か？」

「プログラマーだ。セットや衣裳のCGを作り、それを役者に貼りつける連中だ。インド系が多い。マンスールの社員のほぼ半数はインド系のコンピュータエンジニアだ」

リムジンは撮影所を東西に走る広い道を、東に向かって進んでいた。

正面に城が見えた。正しくは、城を模したセットだ。

「城だ」

我ながら間抜けだと思いながらも、俺はいわずにはいられなかった。

「見覚えがありませんか」

ヨシオが訊ねた。俺は少し考え、いった。

「『炎上天守閣』か」

「そうです。高村監督の代表作で、日本映画を世界市場に通用させた最初の作品が、あの城で撮影されたのです。四分の一スケールのセットでしたが、当時の監督はCGの使用を極力控える方針だったのです」

「俺もCGで撮った作品は好きじゃない」

「CGを嫌う映画ファンは少なくありません。しかし現在、アイランドで作られる映画のほとんどはCGで作られています」

「なぜだ」

ヨシオの目がドダエフに向けられた。皮肉がこもっていた。

俺は理解した。ドダエフの力だ。CGを多用した映画を製作させることで、マンスール・カンパニーに金が流れこむシステムをドダエフは作りあげたというわけだ。CGではなくセットによる撮影を望む監督は、アイランドを追われるか、ひどいときには消されたのだろう。

「CGが万能だと、私も思ってはいない。だがムービーは娯楽の頂点に立つ芸術だ。娯楽である限り、最大公約数の大衆が求める映像の刺激を提供しなければならない。それにはCGしかない。巨大なセットが必要なときは、中国やアフリカでロケをおこなっている。アイランドに万里の長城を造るのは不可能だからな」

重々しい口調でドダエフがいった。リムジンはその城に向かっていた。

「今あの城はどうなっているんだ」

「六階建てですが、三階までは観光客や撮影用に開放されています。五階から上は、ワン・コングの執務室です」

ヨシオが答えた。

「〝聖域〟か」

「そうです。四階には、SSのスタジオ本部が設置されています。帝王は、私宅に改装した六階で暮らしています。アマンダは、週に一度、六階を訪ねるのが習慣です」

「おじいちゃんに会いに？」

ヨシオは無言で頷いた。リムジンが止まった。城の前には、別のリムジンが数台、止まっていた。

俺たちはリムジンをおりた。

「〝聖域〟への入口はこちらになります」

三崎がいって先頭に立った。すでに到着しているリムジンから人のおりてくる気配はない。

　観光客用の出入口とは別のところに鎖を張った入口があり、ＳＳがふたり立っていた。俺たちの姿を見ると、鎖を外し、通行できるようにする。

「エレベータで四階まであがり、そこで乗りかえる仕組です」

　ヨシオがいった。通路を進んでいくと、大型のエレベータがあり、そこにもＳＳがひとり立っていた。ＳＳは俺たちといっしょにエレベータに乗りこんできた。

　四階で停止したエレベータの扉が開くと、孫が立っていた。背後に八人のＳＳを従えている。

「孫隊長、我仁林はもうきているかね」

　驚いたようすもなくドダエフは訊ねた。孫は俺を見やり、それから小さく頷いた。

「我仁林代表なら少し前に見えて、今は六階にあがられています。あなたがゲストを連れてくる筈《はず》だとおっしゃっていましたが、ヨヨギ氏とは思いませんでした」

　感情を殺した口調だった。

「ヨヨギは、アイランドの平和に重要な情報をもっている。それを私は誤解のない形で我仁林に伝えたい」

　ドダエフがいった。

「私もその場に同席したいのですが」

　孫がいうと、ドダエフは首を振った。

「許可できない。これにはマンスール社とIFGの身内の問題がからんでいる」

「しかしアイランドの治安維持はSSの業務です」

「アイランドの問題じゃない。もともとの事件は本土でおこっている」

俺はいった。

「それについての判断は私がすることだ」

孫は冷たくいいかえした。

「同席は許可しないが、傍聴は許可する。それならいいだろう」

ドダエフは孫を見つめた。

「六階のできごとを、逐一、君らは見ている。ちがうか？」

「わかりました」

孫はいって目を足もとに落とした。さすがの孫も、面と向かってはドダエフには逆らえないようだ。

「こちらへ」

無言でいた三崎が歩きだした。四階は全フロアが、スタジオ全体の警備本部になっていた。それをよこぎり、別のエレベータに俺たちは乗りこんだ。

「六階だ」

ドダエフが告げると、エレベータの扉が孫の鼻先で閉まった。音声認証をうけた人間にしか反応しないシステムのようだ。

「このエレベータを動かせるのは誰だ」

俺はヨシオに訊ねた。

「私と我仁林、それに孫とアマンダ、ヨシオ・石丸、ワン・コングの六人だけだ。他の者は五階までのアクセス許可しか与えられていない」

ドダエフがかわりに答えた。エレベータに乗っているのは、ドダエフと三崎、ヨシオと俺の四人だけだ。

エレベータの扉が開いた。まっ暗な空間が広がり、そこにエアビジョンと呼ばれる最新の映像装置がいくつもの映像を浮かびあがらせていた。

その部屋にあるエアビジョンの数は二十を下らなかった。スタジオ内のあらゆる光景が映しだされている。

「ドダエフ」

ふたりの女優がでかい剣で斬りあっている映像を押しのけて、大柄な男が姿を現わした。銀に近い金髪を首のうしろで結び、長い顎《あご》ひげを垂らしている。黒い、まるで神父のようなスタンドカラーのスーツを着けていた。

「我仁林」

ドダエフが向き直ると、大男の背後からひからびたクモのように痩《や》せた男がすべりでた。手足が長く、細い目はまるで眠っているように閉じかけている。

大男は俺を見おろした。

「お前が探偵か」

「ヨヨギ・ケンだ」

「名前なんかどうでもいい。お前みたいなチンピラとは二度と会うことはない」

大男はいった。俺は首を振った。

「ご挨拶《あいさつ》だな」

「曽故呂布――」

クモ男が軋《きし》むようなキィキィ声をたてた。大男はクモ男をふりかえった。

「そんなところで話していないで、こっちへこい」

俺は驚いた。大男は曽故呂布で、クモ男のほうが我仁林だったのだ。

俺たちはエアビジョンの並ぶ暗闇を移動した。

部屋の中央、エアビジョンに囲まれた空中にベッドが浮かんでいた。半透明のドームに包まれたベッドは、太いパイプで床から押しあげられている。

そのベッドを囲むように椅子が並んでいた。我仁林が合図をし、俺たち全員が椅子に腰をおろした。

どこかでモーターの低い唸《うな》りがして、ベッドがゆっくりと下降した。床から五十センチほどの高さで停止する。

横たわっている男が見えた。上半身は裸で、喉《のど》や胸、横腹などからいくつものチューブがつきでている。

半透明のドームに、俺たち全員の映像が浮かび、男はまっすぐ上を向いたままそれを見あげている。

「帝王――」

ドダエフがつぶやき、頭《こうべ》を垂れた。我仁林や曽故呂布もそれにならう。

男は無言だった。みひらいた眼球にドームの映像が映っている。だがそれが奥まで届いているかどうかはまるでわからない。

「彼がワン・コングか」

俺はヨシオに囁《ささや》いた。

「そうです」

ヨシオが囁き返した。

「俺たちのことは彼に見えているのか」

ヨシオは咎《とが》めるように俺を見た。

「見えているときもあれば、そうでないときもあるようです。ただ帝王は、自分にその意思があるとき以外は口を開きません」

「俺たちの声は聞こえている？」

「もちろんです」

ワン・コングの顔はまっ白で、開いた目は暗い洞穴のようだった。

「いつからこうなんだ？」

「もう二年以上。帝王は、アマンダに対しては反応します」

俺は首を振った。〝聖域〟といったって、これではおきものと同じだ。ワン・コングは昏睡《こんすい》状態にある病人で、ただ仏像か何かのようにあがめられているに過ぎない。

「話せ」

曽故呂布がいった。

「お前はそのためにここにいる。嘘をついたり、お前の話が無意味とわかれば、俺がお前を殺す」

「岩野布はどうした？」

俺はいった。我仁林が口を開いた。

「話すのだ、探偵。お前のここでのつとめは話すことであって、訊《たず》ねることではない」

俺は息を吸いこんだ。ドダエフが早口でいった。

「まず、話すんだ、ヨヨギ」

「わかった。ムービーのスタッフとネットワークの一部の人間が組んで、『フィックス』という、レーティング稼ぎの犯罪がおこなわれている。わかっているその第一号は〝双子座キラー〟だった。そして今は〝スクラッパー〟と名乗る爆弾魔が事件をおこしている」

「それがうちのアパートとどんな関係があるんだ」

曽故呂布がいった。

「〝スクラッパー〟のやり口だ。〝スクラッパー〟は爆弾の予告を送りつけているが、爆弾は見つからず爆発がおきてはピーを混乱させている。爆弾はネオセムテックスで、もともと予告された場所の床や壁に埋めこまれていたものだ」

曽故呂布がドダエフを見た。

「お前たちチェチェンがやったんだ——」

「ちがう」

俺がいったので曽故呂布はさっと俺をにらんだ。

「俺に口答えするな、小僧。殺すぞ」

「話せといわれたから話しているんだ。俺の話の腰を折ったのはあんただ」

我仁林がキィキィと耳障りな音をたてた。笑ったのだ。

「お前の負けだ、曽故呂布。ホープレスに話させろ」

「爆弾を埋めこんだのは、あのアパートを借りていた美波居留で、それを命じたのは岩野布だ。〝双子座キラー〟は、愛人のアナウンサーをスターにしたがった、這い上がりの淀橋真がツテを頼って岩野布に金を払った結果作りだされた、やらせの連続殺人鬼だ」

「お前の話を聞いていると、非はすべてＩＦＧにあるといっているようだ」

「いや、ＩＦＧだけじゃなく、マンスールの人間もこれには手を貸している。〝スクラッパー〟のやり方はかつて、ムービーの原案としてアマンダのプロダクションにもちこまれたものと同じだ。原案を書いた脚本家は二年前に助監督をしていた撮影現場で事故死している。その男のアイランド内での最後の住居が、爆発したサンライズアパートだった。マンスールにはムービーのスタッフが多く所属している。『フィックス』のようなしかけには、プロのスタッフの能力が必要だ」

「何のためにそんなことをする」

曽故呂布が訊ねた。

「金さ。『フィックス』のメンバーは、レーティングを稼がせてやったネットワークからギャラをもらい、〝スクラッパー〟では、都に身代金も要求している」

「下らん与太だ。ネットワークは日本人が握っている。ムービーの人間と手を組む筈《はず》がない」

曽故呂布が吐きだした。

「第一、そこまで危ない橋を渡らなくとも、アイランドにはいくらでもチャンスは転がっている」

「そう考えるのは、あんたたち幹部だけかもしれん」

「岩野布は、今の立場に充分満足している筈だ」

我仁林がいった。

「本人がそういったのか？」

ドダエフが訊ねた。

我仁林は頷《うなず》いた。

「先ほどな。ここに連れてこようと思ったが、重要なミーティングが本土であるというのでいかせることにした。私の判断だ」

我仁林は俺に向き直った。

「ホープレス、お前の話には具体的な証拠は何もない。淀橋という這《は》い上がりの名は知っているが、警官に射殺されたと聞いている」

「その場に俺もいた。淀橋は、『フィックス』に関する話が愛人のレポーターから洩《も》れるのを恐れて、愛人を撃とうとし、そばにいた警官に撃たれた。奴が愛人を撃ってでも『フィックス』の秘密を守ろうとしたのは、スタジオ・カンパニーがからんでいると知っていたからだ。奴はあこぎな商売で這い上がったホープレスだ。あんたたちロシアやチェチェンににらまれたら生きていけないと知っていた」

「『フィックス』の話など聞いたこともない」

我仁林がいった。

「そこだ。『フィックス』をしかけている連中は、これにスタジオ・カンパニーがからんでいると取引相手に思わせている。それが奴らの実態に誰も近づけない理由なんだ。実際はボスのあんたたちの知らないところで、IFGやマンスールの『フィックス』チームは手を結び、動いている。いかにもそれがスタジオ・カンパニーの意向であるかのような顔をしてな」

「なぜサンライズアパートを爆発させたんだ？」

「俺を消すためだ。俺は、淀橋と岩野布のあいだをとりもった、河田という日本人に会っている。河田も消されたが、岩野布は、あんたらの膝《ひざ》もとで自分がやっていた金儲《かねもう》けのことを俺がバラすのを恐れたんだ。岩野布が俺を消そうとしたのはあれが最初じゃない。俺がアイランドに上陸してすぐ、ホテルに消し屋がやってきた」

「お前のようなチンピラを消すために、組織の武器庫を吹っ飛ばしたというのか」

「身内がやったとは誰も思わないからこそ、奴は爆発をおこした。実際、あんたはマンスールがやらせたものだと思いこんだ」

「今でもそう思っている」

曽故呂布がいうと、ドダエフは苦い顔で首を振った。

「私はやらせていない」

「あんたの従弟《いとこ》はちがうことをいうかもしれん」

「それは、私が嘘をついているという意味か、それとも従弟のウラジミールが嘘つきだといっているのか」

ドダエフは厳しい口調でいって、曽故呂布をにらみつけた。さすがの曽故呂布も口をつぐんだ。

「我々チェチェン人の結束の固さは、お前も知っている筈だ。ウラジミールは私に隠しごとなどできない。つまり、私を嘘つきだといっていることになる。〝聖域〟において嘘は許されない」

「ドダエフ、曽故呂布は怒りのあまり口がすべっただけだ」

我仁林がとりなした。ドダエフはじっと曽故呂布を見つめた。

「そうなのか。もしそうなら謝罪をしてもらいたい」

「わかった。俺がいいすぎた。〝聖域〟で嘘をつく人間はいない。少なくともアイランドの住人には」

渋々といった口調で曽故呂布は認めた。いやらしい目で俺を見ている。

「ケンの言葉にも嘘はありません」

ヨシオがいった。

「彼は短気ですが、非常に優秀な調査員です」

「ホープレスは金のためなら何でもする」

曽故呂布がいった。

「こんな危険をおかして、いったい誰が彼に金を払うのです？　それに僕がホープレスであることを忘れているようですね」

ヨシオが冷ややかにいうと、気まずそうに曽故呂布は顔をそむけた。

我仁林が咳《せき》ばらいをした。

「岩野布という名がでているだけに、我々には分の悪い話し合いだ」

「岩野布は確かにＩＦＧの人間だが、このことにはマンスールの人間も無関係だとは思っていない」

ドダエフはいった。

「じゃあどうしろというのだ」

「まず最初に確認したいのは、ウラジミールの問題も含め、今、無駄な争いは避けるべきだ、という合意だ」

「それはウラジミールをただちに解放しろという要求か」

我仁林が訊《たず》ねた。

「そうだ。大切なのは原因を探ることだ。ウラジミールが傷つけられれば、その結果に関して、マンスール内で別の動きが発生する。かんじんの原因がおきざりにされてしまうだろう」

「宣戦布告か、ドダエフ。ウラジミールを傷つけたら、ただではおかん、という」

「そうとってもらってもいい。だが私は戦争を望んではいない」

「しかけたのはそっちだろう」

曽故呂布が吠《ほ》えた。俺はあきれた。

「あんたは俺の話を何も聞いていなかったのか」

「聞いてはいたが信じていないだけだ、ホープレス。お前の言葉は、我々ロシア人には何も響かない」

我仁林がいったので、ドダエフの顔に失望が浮かんだ。

「協力はしあえない、そういうことか」

「ドダエフ、お前がそのホープレスの話を信じるのは勝手だ。だが岩野布を含め、身内を裏切り者呼ばわりされて、はい、そうですかと信じる組織のボスがどこにいる？　お前がウラジミールを信じるように、我々も岩野布を信じるのだ」

俺はがっくりきた。結局は徒労だった。IFGとマンスールのあいだで戦争が始まれば、「フィックス」の調査などとうていおぼつかない。

「あなた方がそうやって争うのを望んでいる人間が、どちらの組織にもいるのかもしれません」

ヨシオがいった。

「何だと？　何をいっているんだ？」

曽故呂布が顔をしかめた。

「『フィックス』をおこなっているのは、ふたつの組織にありながら、幹部にまでは登りつめられない人間たちだと僕とケンは考えていました。もしマンスールとIFGのあいだで戦争がおきれば、その彼らにも出世のチャンスが訪れる。欠員が生じるからです」

「戦争で死ぬのは、まず兵隊だ。ここにいる人間が実際に殺し合うことなどない」

ドダエフがつぶやいた。

「そうでしょう、でも『フィックス』にかかわった連中ほどは、あなた方は安全ではない。なぜならアイランドにいます。彼らはいない。『フィックス』は、本土でおこなわれているんです」

『その探偵の話をもっと真剣に聞いてやれ』

不意に声が降ってきたので、俺は仰天した。やたらにでかく、太い声だった。ヨシオがはっとしたように身をこわばらせた。

「おじいさま……」

「帝王！」

我仁林がベッドにひざまずいた。横たわったワン・コングを全員が見つめた。瞼《まぶた》がわずかに動いた。

『アイランドの衰退につながる闘争は許されない』

再び声がいった。喋《しゃべ》っているのは、天井にしかけられたスピーカーだった。

俺は信じられない気持でベッドの上のワン・コングを見つめた。瀕死《ひんし》の病人にしか見えない。チューブで命をつなぎとめたこの年寄りがこれまでの話を理解していたとはとうてい思えなかったからだ。

『驚いているな、探偵』

声はいった。

『久しぶりに見たぞ。人間の本当の驚きの表情を』

「そりゃ驚くさ。あんたはどう見ても、話し合いに参加できるだけの元気があるとは思えない」

『ここはアイランドだ。見かけにだまされてはならない。すべてはエンターテインメント。人々に驚きと喜びをもたらすために造られた島なのだ』

「じゃあ訊《き》くが、あんたは本当にそこにいるのか。ベッドの中にいるあんたは作りもので、どこか別のところから俺たちを監視しているのじゃないだろうな」

「ケン――」

ヨシオが咎《とが》めるようにいった。

『お前の疑問はもっともだ。だが私の意識はここにある。肉体はすでに滅びて久しいが、私の意思は生きている。生かされている、といってもよい』

俺は無言でいるドダエフや我仁林を見回した。

「ここにいる連中に？」

「口を慎め」

ドダエフがいった。

『彼らだけではない。アイランドを運営していく上で、最高の意思決定機関は不可欠だ。お前にはわからんだろうが、ムービーは夢であると同時に富だ。莫大《ばくだい》な富をときに生み、ときに食い潰《つぶ》す。誰かがその責任を負わなければ、ただちに殺し合いとなるだろう。私はその責任のために存在している』

「つまり失敗したムービーの責任をあんたがとる、と？」

『責めを負う人間が高位であるほど、トラブルの深刻化は避けられる』

「なるほどね。いいわけのためにあんたは生かされているわけだ」

「ここをでたらお前を殺す」

曾故呂布が唸《うな》った。

「帝王への侮辱は許さん」

「俺がいつ侮辱した。ありのままをいっただけだ」

「口を慎めといったろう。調子にのるんじゃない」

ドダエフも冷ややかな口調でいった。俺は息を吸いこんだ。

『もういい。探偵はアイランドの住人ではない。お前たちとは感性がちがうのだ。その感性は私にも新鮮だ』

俺は曾故呂布に笑いかけてやった。

「どうやら俺は帝王に気に入られたようだぞ」

曾故呂布は今にも俺に飛びかからんばかりだった。

『お前たちは長いあいだ権力の座にあった。その結果、過ちを認めたがらない考え方が身についてしまったのだ』

「お言葉を返すようですが、帝王、ＩＦＧとマンスールは長いあいだ、確執をかかえてきました。その双方の人間が、兵隊とはいえ手を組むとは思えません」

我仁林がいった。

『確執はどこにでもある。お前は部下のすべてが一様に大切か？ 部下どうしがすべて仲良くやっていると断言できるか？ たとえばの話、お前が急死したとき、誰がお前のあとを継ぐ？　そしてその際に摩擦は一切おこらないと安心して死ねるか？』

「私は統制のとれた組織を運営しているつもりです」

『その思いはドダエフも同じだろう』

「もちろんです、帝王」

ドダエフは胸をはった。

『昨夜の爆発は、私も見た。あれは現実におこったものだ。CGではない。とすると、誰かがあれをおこしたのだ。その者が、マンスール、IFG、どちらの人間であろうと、お前たちの組織は、お前たちが考えているほど統制がとれてはいない、ということになる。ちがうか』

ドダエフも我仁林も答えなかった。

『本当に統制がとれているのならば、部下のおこなったことを、お前たちが知らない筈《はず》はない。それはつまり、お前たちのうちのどちらかが嘘をついている、ということだ。この〝聖域〟で』

ふたりはほぼ同時に首を振った。

「私は嘘をついていない」

「私だってついていない」

『ならば何者が何のためにあれをおこなったのか、調査をおこなう必要がある』

「それはわかりました。ですがその調査は、我々やSSだけで充分におこなえると思います」

我仁林がベッドを見あげた。

「アイランドに無関係なホープレスがこれ以上役に立つとは思えません」

『我仁林、お前はやはりクリエイターではない。シナリオライターの立場にたって事態を把握してみろ』

我仁林はとまどったような表情を浮かべた。ヨシオがいった。

「それはこういうことですか、おじいさま。ケンに充分な調査能力がないのなら、犯人たちはケンを恐れる必要もなく、彼の殺害を試みることなどなかった。再三にわたってケンを殺そうとしたのは、ケンの調査能力が自分たちをおびやかすであろうと予測できたからだ」

『その通りだ、ヨシオ』

我仁林は苦い顔でそっぽを向いた。

『何者かが、お前たちの知らぬところで、アイランドのもつ力を勝手に用い、アイランドの栄光を傷つけかねない金儲《かねもう》けに利用している。その何者かはアイランドにつながる者たちだ。だからこそお前たちは、存在に気づかなかったのだ。お前たちは自分を過信していた。このアイランドでは、すべてが見えている、すべてを把握している、と』

「帝王のおっしゃる通りです」

ドダエフがいった。

「私たちはいったいどうすればよいとお考えですか。ご意見をお聞かせ下さい」

『この探偵に調査を続行させることだ。アイランド、本土を問わず、好きなように調べさせてやれ。そしてこの陰謀の首謀者を見つけださせるのだ』

「わかりました。我仁林、お前も同意するのだろうな」

ドダエフは我仁林を見た。我仁林は不服そうだった。

「これがＩＦＧの力を削《そ》ぐための陰謀じゃなければ、だ」

「それは岩野布に訊けばわかることだ」

「俺はこのホープレスよりも自分の部下を信用する」

『それはお前の自由だ。ではこうしよう。探偵、お前は私の目と耳になるのだ』

ワン・コングがいったので、全員がはっとしたようにベッドを見つめた。

『お前は独自に調査を進め、それを逐一、私に報告するのだ。銃の所持と〝聖域〟への単独での立入を、お前には許可する』

「そいつは俺の一存じゃ決められない」

俺がいったので、曽故呂布は目をむいた。

「貴様、誰に向かってものをいっている」

「俺はヨシオの依頼に基づいてこの島にやってきた。調査員は、利害の関係する複数のクライアントを同時にもつことを禁じられているんだ」

「僕が譲ります、それならいいのでしょう」

ヨシオがいった。俺は頷《うなず》いた。

「わかった。依頼人は、あんただ、帝王。それともうひとつ。俺はSSによってアイランドからの退去勧告をうけている。期限は三日だ。それはどうすればいい？」

『勧告はとり消される。私の意思決定に、SSは従う』

「それなら問題はない。俺は調査をつづける。我仁林、岩野布をアイランドに呼び戻してくれ。それが駄目なら奴の居場所を教えてほしい」

「帝王！」

抗議するように我仁林がいった。

『却下する。お前は私の調査員に協力するのだ』

我仁林は苦虫を嚙《か》み潰し、俺をにらみつけた。本当に嚙み潰したいのは俺だろう。

「承知しました。岩野布をアイランドに呼び戻します」

『よろしい。では探偵を残して、ここをでるのだ。私は探偵とふたりで話がしたい』

「表で待っている」

ドダエフは俺に告げ、でていった。

「いい気になるなよ」

曽故呂布は小声ですごみ、我仁林につづいた。

「驚きました。まさかこんなことになるとは……」

ヨシオは首を振った。

24

俺をのぞく全員が部屋をでていくと、モーターが唸り、さらにベッドが下降した。床の高さまでおり、俺はワン・コングの皺《しわ》だらけの顔をまぢかで見おろした。

ワン・コングの顔にはまるで血のけがなかった。死体のようにまっ白だ。開いた目は、まっ暗な洞穴だった。向きあっていると、妙に落ちつかない気分になる。

『お前の妻だった女優を知っている』

いきなりワン・コングがいったので俺は驚いた。

「何だって。どういうことだ」

『エミィ・ホー。ずばぬけて美しいというわけではないが、天性の勘を備えた女優だった。機会があればアイランドに呼び、本格的なムービーの仕事をさせてみたかった』

俺が見つめていると、ワン・コングはつづけた。

『お前の今の驚きの表情はさほどのものではなかった。お前は私の能力を想像できるだけの知識を得た。私に関する認識は、この部屋にやってきた直後とは大きく変化した。それゆえだろう』

俺は何十と浮かぶエアビジョンを示した。

「あんたはいながらにして、アイランドのあらゆる映像やネットワークのチャンネルをチェックしている。俺に関するデータも、話してる最中、SSのユニットから送られてきたのだろう」

『その通りだ。私の意識は、アイランド内のあらゆるユニットとつながっている』

「あんたは生かされているのが嫌にならないのか」

『今のところは楽しんでいる。探偵、人間のあらゆる欲望の中で、最も衰えを知らぬものは何だと思う』

「権力欲かな」

『知識欲だ。あらゆることを知りたいと願う欲望だ。知識がなければ、富も権力も生かすことはできん』

「あんたが生きていけるのは、その知識欲のおかげだというのか」

『おもしろいことを教えてやろう、探偵。人間が浮かべる表情に無意識のものなどほとんど存在しない。喜びも怒りも悲しみも、人は親や周囲、あるいは映像で学んだ表情を模倣することで操るようになるのだ。いいかえれば、人間の表情とはつまり、ほとんどの場合が演技なのだ』

「あんたはその演技を見飽きている、というわけか」

『その通りだ。私の声を初めて聞いたときのお前の表情に演技の要素は乏しく、それが私を満足させた。演技の要素の高い表情を浮かべる人間は信用できない』

さぞや孤独な人生だったんだろう、そういいかけ、俺は言葉を呑《の》みこんだ。ワン・コングの人生がどれだけ孤独であろうと、今ほどは孤独ではなかった筈《はず》だ。

『何かをいいかけたな。私への同情か？』

「まあ、そんなようなものだ。だがあんたはこの島じゃ誰よりも大物だ。同情は必要ない、と思ってな」

『お前の暴言は正しい。私にはいいわけとしての存在価値がある。だからここで生かされている。私の決定は何よりも尊重される。だからといって、私に実際の権力があるわけではない。私の存在によって生じる損害が、私の利用価値を上回ることがあれば、彼らは私の生命を絶つだろう。私に向けられる尊敬は、個人に対する崇拝ではない。私の存在によって生みだされる平和の尊重に過ぎん。平和の持続が彼らに富をもたらす。このような存在は、アイランドにおいてのみ、理由がある』

「そりゃそうだ。本土にはピーがいる。ピーがあんたのかわりに平和を守らせているからな」

『それだけではない。彼らは純粋な日本人ではない。にもかかわらず、この日本に根を張り、富を得ている。そのことが彼らに日本的な平和維持のシステムを選ばせたのだ』

「よくわからないな」

俺は首を振った。

『日本には、最高位の意思決定者と権力を分離させるシステムがある。そのことが戦いを生む原因となったときもあるが、多くの場合は内戦のような混乱を避ける安全弁として機能してきた。日本人ではない彼らが日本でビジネスを成功させるためには、そのシステムを真似る必要があった。私はそれに適した存在だったというわけだ。私がもし純粋日本人ならば、彼らは私を選ばなかったろう。私もまた外来者であることが、彼らに都合がよかった』

「俺にわかるのは、あんたが実にクールだってことだ。利用するために生かされている自分に腹を立てずにいられるというのは、俺にはできない」

『プライドを上回る知識欲をもてば、誰でも私のようにふるまえる』

「腹を立てたり悲しくなったりするときはないのか」

『怒りや悲しみはいつも感じている。だがそれは個人の感情としてではない』

「話を聞いていると、ワン・コングという人間はとうに死んじまっていて、その人格をコピーした機械なのじゃないかと思えてくる」

『私もときどき、どこまでが人間であるのかわからなくなる。だがこんな私にも人間的なぬくもりをもたらしてくれる者がいる。その存在が、かろうじて私を人間につなぎとめている』

「アマンダのことだな」

『そうだ。私がお前を信用しようと考えた最大の理由は、アマンダがお前を選んだからだ。アマンダにはいずれ、私にかわってこの島の意思決定者になってもらいたい』

「そんなことを俺にべらべら喋《しゃべ》っていいのか？」

『かまわない。私が人間であることを実感できる会話の相手を、アマンダ以外に久しぶりに得たのでな』

「じゃあせっかくだから仕事の話をさせてもらう。ドダエフと我仁林は、本当に部下が『フィックス』にかかわっていることを知らないのか」

『彼らは知らん。ただ、「フィックス」についていうなら、単なる金儲《かねもう》けの手段として、ふたつの組織の末端が手を結んだだけではない』

「どういうことだ」

『IFGとマンスール、このふたつはアイランドに帰属する組織だ。だがお前は、アイランドに存在しない、大きな組織のことを忘れている。「フィックス」によって、現実に利益を得ている組織だ』

「ネットワークのことをいっているのか」

『ネットワークの根はひとつだ。所有者はすべて日本人で、そのことがお前の意識を遠ざけていた』

「あんたがいっているのはつまり、日本人とスタジオ・カンパニーが手を結んでいるってことか」

『それを疑う理由があるのかね』

俺は首を振った。ネットワークの経営者はすべて日本人だ。ネットワークの経営に外国人がたずさわれないのは、もう百年からの伝統だ。法律まで作って、政府は、テレビ事業から外国人をしめだしてきたのだ。

『ネットワークの経営にかかわる日本人はすべて純血種で、社会の中のエリートだ。大金持で高い教育をうけ、表面上はリベラルなタイプを演じている。彼らはアイランドの存在を軽視し、そこで働く者を、百年前、中国からやってきた出稼ぎ労働者と大差ないと見なしている。アイランドで作られたムービーがどれほどの富を生もうと、ネットワークを握る限り、権力の根幹は揺るがないと信じているのだ』

「実際、俺にはそう見える」

日本人のエリートとは、まるでちがう世界で生きてきた俺はいった。俺の知っている純日本人といえば、池谷や亀岡といった〝かわりだね〟ばかりだ。

『お前はここでも忘れている。ネットワークの所有者は確かに日本人だが、そこで働く者は日本人ばかりではない。所有者のエリート意識に反発を抱かぬ者が皆無だと思うか』

「IFGやマンスールに造反者がいるように、ネットワークの末端にもいる、と？　何のためだ。金か」

『金だけではない。「フィックス」の事実が明らかになったとき、ネットワークにどれほど大きな打撃となるか考えてみることだ。エリート層によってかためられた経営陣や所有者は方針の転換を余儀なくされる。「フィックス」はネットワークに革命をおこすためのきっかけとして実に有効だ。日本人による、固まったシステムがこの不祥事をひき起こしたと人は判断する』

「だが『フィックス』の存在をネットワークが報道しなけりゃそれまでだ。ネットワークで流れなければ、存在しないのと同じだ。『フィックス』の暴露をネットワークの経営者たちが許す筈がない」

『それはむろんだ。だがネットワークに並ぶメディアがこの国にはある。ムービーだ。「フィックス」の一部始終をおさめたムービーが公開されたらどうなる？　国民も真実を知る。ネットワークとはいえ、すべてを作りものといいわけすることはできないだろう』

「そうか……」

俺はつぶやいた。ムービーのスタッフがかかわっているなら、「フィックス」のドキュメンタリームービーを作ることができる。

『ネットワークとスタジオ・カンパニーに所属し、双方の幹部に不満を抱く者たちが、それぞれの経営陣に打撃を与えようと計画したのが「フィックス」なのだ。この者たちが望むのは金ではない。反乱だ。権力者をその座から引きずり降ろすのが目的なのだ』

ワン・コングはいった。

「妙だな」

俺はいった。

「あんたの話を聞いていると、まるで『フィックス』を歓迎しているようじゃないか。そいつらが最も権力の座から引きずり降ろしたい者がいるとすれば、それはあんたじゃないのか」

『お前は私の話がまだ理解できていない。私は意思決定者であって、権力者ではない。私の存在など、彼らは恐れるに足らん』

「だがあんたを邪魔と考え、そのベッドから引きずりだすかもしれん」

『そのときはそのときだ』

「あんたは『フィックス』の正体を暴きたいのか、それとも味方したいのか、どっちなんだ」

俺はいった。ワン・コングはまるで自分がすべての存在を超越しているかのように喋っている。それはおかしくもあったが、同時に不気味だった。

『私はすべてを知りたいのだ。彼らが何を思い、求め、そして実際に何をしたのかを。そのためにお前に私の目と耳になるよう、命じた』

「じゃあ『フィックス』をしかけた奴らをつきとめたあとはどうする。ドダエフや我仁林に知らせるのか」

『必要ならばそうする。もちろんその者たちは処刑されるだろう。だが反乱をおこす以上、覚悟はしている筈《はず》だ』

俺は首を振った。

「あんたと話していると、変な気分になってくる。俺は現実的な人間でね。あんたのようなものの見方はできないんだ」

『私の立場になればできるようになる』

「申しわけないが、そいつは願い下げだ。それよりあんたに教えてもらいたいことがある」

『何だ』

「俺がこの島に呼ばれた本当の理由を知っているか」

『むろんだ。私とアマンダが過す時間は、憐《あわ》れなあの夫とアマンダが過す時間より長い。お前はこの島でおこなわれている保険金詐欺を調べるために呼ばれた』

「その通りだ」

答えてから、孫のことが気になった。この部屋でのやりとりのすべては孫の耳にも届いている。するとワン・コングは俺の心を読んだかのようにいった。

『大丈夫だ。お前ひとりがこの部屋に残ったあと、私はマイクのスイッチを切った。私とお前が話す映像はSSのモニターに映しだされているが、音声は流れていない。アマンダとふたりで過すとき、私はいつもそうしている』

「それはつまり、詐欺にSSも無関係ではない、ということか」

『アイランドでおきた事故を調査するのはSSの仕事だ。SSが事故ではないと判断したら、保険金は支払われん』

「詐欺で稼いでいるのは誰だ。スタジオ・カンパニーのトップも詐欺に関与しているのか」

『私はアマンダに警告した。あの子ほどの女優なら、この世の醜いものを見ずとも生きていける。つまらぬ現実のできごとなど気にしてはならないと。保険金詐欺など、あの子には関係のない話だ。かかわっているのは、あの子とは比べものにならんほど低い次元の連中なのだからな』

「つまりスタジオ・カンパニーのトップとは無関係だということか」

『そうはいわない。ムービーは芸術家と資本家が手を組める、唯一の創作物だ。他の創作物においては、芸術家は資本家に利用されるだけだ。だがムービーは、芸術家に名声を、資本家に富をもたらす。アマンダは芸術家だ。スタジオ・カンパニーの幹部は資本家だ。資本家のやることを芸術家がいちいち気にしては、すぐれた創作物は生まれない』

「詐欺には目をつぶれ、自分の芸術のことだけを考えろ、か」

『はっきりいえばそうだ。私にとってアマンダは宝だが、他の者にとってはちがう。役者は道具だ。監督にとっては名声を得るための、資本家にとっては金を稼ぐための』

「俺のクライアントは今現在、あんただが、『フィックス』に関する調査が終われば、またヨシオとアマンダに雇われるかもしれない。そうしたらあんたは俺を叩《たた》きだすか」

『調査の結果しだいだ。場合によってはお前は調査を終えられないかもしれない』

「なるほどね」

俺は肩をすくめた。ワン・コングは自分を権力者ではないが、最高の意思決定者だといった。つまりこの男が俺を危険だと決定すれば、誰かが俺を消しにやってくる。気に入られはしたが、ずっと殺されないでいる保証にはならない、というわけだ。

『話は終わりだ。下におりたらお前はSSからうけとるものがある。それをうけとって帰るがいい。その後お前は自由にアイランドと本土をいききできるようになる』

「次に俺はいつ、くればいい」

『必要なときはお前を呼びに人をやる』

モーターが唸《うな》り、ベッドが天井近くまで上昇した。

俺はしばらくの間ベッドを見あげていたが、ワン・コングはもうひと言も声をかけてはこなかった。まるで会話のスイッチが切られてしまったかのようだ。

部屋をでてエレベータに乗りこんだ。四階まで下降したエレベータの扉が開くと、孫が部下をしたがえ、立っていた。険しい表情だった。

「こっちへ」

俺は孫に連れられ、SSのオペレーションルームをよこぎった。窓のない小部屋に案内をされた。椅子とテーブルしかおかれていない。まるでピーの取り調べ室だ。

「帝王が、俺がうけとるものがある、といった」

俺がいうと孫はそっけなく頷《うなず》いた。

「知っている。すわれ」

俺は椅子に腰をおろした。

「楽しみだな。名画鑑賞クラブの会員証か？」

小部屋の扉が開き、白衣を着た男が入ってきた。小さなケースを手にしている。

男は俺に歩みよってくると俺の顔をしげしげと見つめた。

「俺主演でムービーでも撮ろうってのか」

男は答えなかった。白衣のポケットからだした防菌用スプレー手袋を両手に吹きつけた。そして俺の両耳をいきなりつかんだ。

「何の真似だ」

「騒ぐな。帝王からの贈りものだ」

孫がいった。白衣の男が消毒スプレーをケースからとりだすと、俺の右の耳たぶに吹きつけた。つづいて大型のホチキスのような器具をつかみあげる。

耳たぶを貫く鈍い痛みに、俺は顔をしかめた。消毒スプレーには麻酔薬も入っていたようだ。衝撃のわりには痛みはひどくない。だが何かが俺の耳たぶにとりつけられた。

ホチキスがしまいこまれ、再びスプレーが浴びせられた。痛みがおさまった。

「鏡で見せますか」

白衣の男が孫に訊《たず》ね、孫は頷いた。男は手鏡をケースからとりだすと、俺につきつけた。

俺は耳たぶを見た。銀色のピアスが耳たぶの中央に埋めこまれていた。

「帝王はお気に入りにピアスを埋めこむのが趣味なのか」

俺は孫をにらんだ。

「そのピアスにはマイクロカメラとマイクが組みこまれている。お前が見るものと聞く音はすべて、衛星回線を通じて帝王の寝室のモニターに届けられる」

「何だと。すぐに外せ」

俺は耳たぶに手をのばした。

「お前は帝王の依頼をうけた。帝王の目と耳となる、と契約した。契約は守れ」

孫はかがみこみいった。

「それがこの島にとどまることを許され、かつシンジケートに消されずにいられる条件だ」

25

城をでたところでヨシオが待っていた。ドダエフと我仁林の姿はない。

「どうでした？」

俺は耳たぶを示した。ヨシオはのぞきこみ、わずかに眉《まゆ》をひそめた。

「それは……」

「帝王からの贈りものだ。俺を監視ロボットに仕立てたらしい。俺のいるところでは、義理のじいさんの悪口は禁物だ」

「平気なのですか」

「今のところはな。こいつはアイランド内の通行パスのようなものだ。つけている限り、SSに文句をいわれる心配はない」

　俺たちは撮影所を歩いて進んだ。ヨシオの車はマリーナにおきざりだった。

「アマンダが――」

　ためらいがちにヨシオがいった。

「あなたに会いたいそうです」

「ここにいるのか」

　ヨシオは頷いた。

「ええ。ちょうど撮影の合い間になっていて、彼女は楽屋で待機しています。案内をしますか」

　その口調が気になった。ヨシオは俺をあまりアマンダと会わせたくないようだ。だがピアスがある今、アマンダとの関係について立ち入った質問はしづらい。

　ヨシオは撮影所内には詳しいようだった。俺の目からはすべて同じように見えるドームのあいだを先に立って歩いていく。ドームには付属する小さな建物があって、そこがスタッフやキャストの控え室になっているようだ。

「ここです」

　ヨシオが立ち止まったのは、そういう建物のひとつの前だった。入口に制服のSSが立っている。

「どちらまで？」

　SSがヨシオに訊ねた。

「一〇一号のアマンダ・李に面会です。ヨヨギ・ケン氏がきた、と伝えて下さい」

ＳＳはヨシオの顔を知っているだろうが、にこりともしなかった。手首の無線器に口をあて、

「ミズ・李にヨヨギ・ケン氏が面会」

囁《ささや》いた。

「約束はしてある」

ヨシオはつけ加えた。

「約束はあるそうだ」

無線器の向こうの相手の返事は聞こえなかった。ＳＳは頷き、背後の扉のノブをつかんだ。掌紋照合システムが組みこまれている。

「どうぞ」

俺が扉をくぐろうとすると、ヨシオがいった。

「僕はマリーナまで車をとりにいってきます。戻ったらここで待っていますから」

「わかった」

扉の反対側には別のＳＳがいて、建物の通路をまっすぐ進んだ奥の部屋の前まで俺を連れていった。「１０１」と扉には書かれている。

ＳＳは扉に触れた。チャイムが鳴る。

扉のロックが内側から外された。俺は扉を引いた。

素っけない外観からは想像もつかないほど豪華な楽屋だった。楽屋というよりは、私室に近い。ベッドルームまで備えていて、ホテルのミニスイートのようだ。

中央のソファにローブを羽織ったアマンダが腰かけていた。

「ケン、わざわざありがとう」

「いや。ヨシオは車をとりにマリーナにいった」

俺は楽屋の入口につっ立っていった。アマンダは気づいたように立ちあがった。

「あら、ごめんなさい。どうぞすわって。こんな格好で失礼します。衣裳《いしょう》合成用のブルースーツを落とすわけにはいかないので」

「ブルースーツ？」

アマンダは微笑み、ローブの前を開いた。一瞬、俺は息を呑《の》んだ。全裸とわかる全身の表面を青い塗料がおおっている。

「これは吹きつけ式のシリコンスーツなの。皮膚呼吸を妨げず、ずっと着けていることができるわ。ただし吹きつけて乾くまで時間がかかるから、いったんスタジオに入ると落とすことができないんです」

ワン・コングもこれを見て喜んでいるだろうか。それとも大事な孫娘がとんでもない奴に見せおって、と怒っているか。

「すごく刺激的だ」

「CG合成のムービーでは、出演者は全員この格好よ。ひどく滑稽《こっけい》な姿でしょうけど、このブルースーツ一枚で役を演じなければならない。わたしたちやスタッフはこれに慣れてしまっているから、刺激的だとは思わないわ。あとから試写を見て、自分の体にどんな衣裳が貼りつけられたかを知るの。昔のムービーのように豪華な衣裳を着て、セットの中でお芝居をした俳優がうらやましいわ」

アマンダは微笑んだ。

「昔は、あんたほどの美人はいなかった。俺は今の人間のほうが幸せだと思うね」

俺はソファに腰をおろすといった。アマンダのオーラは、ふたりきりでいるというだけで俺の体を包みこみ、頭をぼけさせている。

「俺はいったい何をいっているんだ」

テーブルにはすでにハーブティーをいれたカップがおかれていた。ふだんは好きじゃないハーブティーを、俺はひと口で半分飲んだ。ただしそれはアマンダのせいじゃない。ワン・コングとのやりとりでひどく喉《のど》が渇いていたからだ。

「女優は、あんたにとって楽しい仕事かい？」

俺は少しでもクールになろうと、いった。間抜けな質問だった。まるで芸能レポーター並みだ。

「生きていることを最も実感できるのは、架空の人生を演じているとき、と答えるのは少し悲しいけれど。ええ、楽しい仕事よ」

「そうか。俺の妻は、あんたの足もとにも及ばないが、ドラマの女優だった。正直、あんたほどは仕事を好きじゃなかったようだ」

「エミィのことね。ヨシオから聞きました。お気の毒に」

「いや」

俺は首を振った。ようやく、こんな無駄話をしているときではないと気づいた。

「俺と話したかったわけを聞こう。ただし、その前に――」

俺はピアスを示した。

「あんたのおじいちゃんに俺は気に入られたらしい。プレゼントをもらった」

アマンダはピアスを見つめ、小さく頷《うなず》いた。そして笑みを浮かべ、手を振った。

「ハロー、お祖父《じい》さま」

「これが何だか知っているのだな」

「祖父はたくさんの人にそのピアスをプレゼントしています。ピアス以外にもネックレスやブレスレットの形でも。祖父は、この島のことなら何でも知っておきたいのです。もう二度と家族を悲しいできごとで失いたくないからだといっていました」

「あんたは彼にとっては宝ものだ」

「宝石箱の奥にしまいこまれなくてよかったわ。ケン、あなたをお呼びしたのは、まずお詫《わ》びをしたかったから。わたしが調査をお願いしたために、あなたをひどい目にあわせてしまった」

「あんたのせいじゃない」

俺は首を振った。

「俺の命を狙った連中は、あんたの依頼とは関係なく、別の理由で俺を消したがっていた」

「ヨシオから少し聞きました。でもその人たちはアイランドで仕事をしているのでしょう？」

「そういう人間もいる。だがスタジオ・カンパニーの大物たちとは今のところ無関係だ」

アマンダはじっと俺の目を見つめた。その目と自分の目を合わせないようにして、俺は話をつづけた。

「スタジオ・カンパニーの内部にいて、今の立場に不満を抱いている人間と、ネットワークで同じような立場にいる人間が手を組み、『フィックス』と呼ばれる犯罪をしかけている。ただあまり詳しい話をすると、あんたのおじいちゃんは嫌がるだろう。あんたを宝石箱に押しこめこそしないが、世俗の垢《あか》からは遠ざけておきたいみたいだ」

アマンダは首を振った。

「純粋培養で、本当にいい役者は育たないわ。それに、痛みや苦しみなら、わたしはふつうの人よりはるかに多く知っている。もしそれが嫌だったら、この島にいて今の仕事をしている筈《はず》がない。父も母もいない今、わたしがこの島をでていくといっても、止められる人はいないわ」

「SSの孫が、あるいはあんたのムービーに財産をつぎこんでいるスタジオ・カンパニーの連中が止める」

「あの人たちに借りはない。それにわたしがいなくなった穴は、すぐに別の女優が埋める」

「そこまでは俺にはわからない。だがあんたほどきれいな人がそんなにたくさんいるとは思えない」

「美しいことは重要ではないの。その役で美しくなれるなら、演じていないときはむしろ醜いくらいが女優として成功なの」

「だとしたらあんたは女優に向いてない。いつでもどこでもきれいすぎる」

池谷が聞いたら怒り狂う。だが本心だった。アマンダは美しすぎる。どんな役を演じようと、アマンダ・李は、アマンダ・李にしか見えないだろう。

「大丈夫。美しさなんて一瞬のもの。わたしはすぐ年をとって醜くなる。そうなってからが、女優として本当に仕事が楽しいときだと思う」

「自分より若くてきれいな新人に嫉妬《しっと》しない？」

「するでしょうね、きっと。母はそうだった。でもその怒りが彼女をさらに女優として輝かせた。望むわけじゃないけれど、女優という仕事はそうでなければやっていけない」

「心の静けさはどうやって得る？」

アマンダは笑みを浮かべた。

「ひとりきりのとき。スタッフもファンもいない、この地球上でわたしひとりになれる場所で」

「そんな場所があるのか」

アマンダは微笑みを浮かべたまま頷いた。どこであるか教える気はないようだ。

「女優にとって大切なことは美しさじゃない。美しさはただの外箱に過ぎない。あんたは内側からにじみでるもので勝負したい、そういうことか」

アマンダはすぐには答えなかった。やがて口を開いた。

「ここにガラスのコップがある。透明な美しいガラス。きれいな色のジュースを入れればその色に、コーヒーを入れればコーヒーの色に、紅茶を入れれば紅茶の色に染まる。コップが俳優で、中に注ぐものが役柄だとするわ。どこまでも透き通ったガラスのコップは、いい俳優なの？　どう思う、ケン」

俺は考え、答えた。

「どんな役柄でもこなせる、という意味ではいい俳優なのだろうな」

「じゃあ訊《き》くわ。そのコップに美しい模様が刻まれていて、入っている液体をさらにおいしそうに見せたら？」

「もっといい俳優だ」

「ガラスそのものに色がついている。ジュースやコーヒーを入れるには合わないけれど、お酒を入れたらとてもおいしそうに見える。どう？」

俺は首を振った。

「わからない。どれがいい俳優なのか」

「容貌《ようぼう》は、ガラスの表面に刻まれた模様やガラスの色のようなもの。本当の俳優が望むのは、透明で何の模様も入っていないガラスから、色つきのガラスに至るまで、どんなコップにも変身できる自分よ」

「そんなことは不可能だ。醜い女性を演じるために、わざわざ醜いメイキャップをするあんたを誰も見たがらない」

「そう。スターであることは多くの人の興味をかきたて、その姿を見たいと人々を映画館に向かわせる。でもそのスターの存在感が強ければ強いほど、ムービーは作りものにしかならない。スターが架空の役を演じていると誰よりも知っているのは観客ですもの。どんなすばらしい演技も、衣裳《いしょう》も、セットも、すべて偽ものだとわかってしまっている」

「それがいけないことなのか」

アマンダは首を振った。

「いけないとはいわない。でも結局、わたしたちは観客が求める演技を、観客が求める物語の中でしか演じていないことに気づく。見せものになるための存在でしかない。年をとれば、見せものの要素は減っていく」

俺はアマンダをようやく正面から見つめた。

「確かにムービーは作りものだ。ムービーの中でおこるさまざまなできごとが恐怖や怒りや悲しみを呼びおこしても、その場限りのものでしかない。だからこそ何度も楽しめる。だが本当に人間が死んだり、傷つけられる映像では、人は楽しむことはできない。怒りや悲しみは持続するし、ましてや何度も見たいとは思わない。変態でない限りは」

「でも本物の映像には驚きがあるわ。かつての映画にはそれがあった。こんなシーン、どうやって撮ったのだろう。こんな役を、どうして演じることができたのか、と。でも今はあらゆる技術が、ありえない映像を作りだせると観客は知っている。つまり驚きがない」

「驚きは最初だけさ。一度めは目を丸くした映像でも、二度三度とつづけば、人はアクビを嚙《か》み殺す。そしていうだけだ。『ああ、それなら見たよ』。だがすぐれたムービーは次にどんなシーンがくるとわかっていても、『しっ、今いいところなんだ』という」

アマンダは俺を見返した。目の奥底まで達しているのじゃないかと思うほど、透明で真剣な視線だった。

「ケン、どうしてあなたのような人がアイランドにいないのか不思議。あなたが今いった言葉こそ、ムービーのすばらしさをあらわしている。でもそれを知らない人たちがこの島には多すぎるわ」

「よしてくれ」

俺は手を振った。

「俺は人並み以上にムービーを愛しているわけじゃない。この島にいる人間で、俺以上にムービーを愛している奴はたくさんいる。ただそれをふだんは隠しているか、忘れちまっているだけなんだ」

「なぜ?」

「なぜかな……」

俺は口ごもった。

「たぶん金なのだろう。あんたが金の大切さを知らないとはいわない。だが金がないことの切実さをあんたよりもっと知っている奴らにとっては、ムービーはまず、金を生むかどうかなんだ」

「じゃあわたしのような不満をもつ人間は、世間知らずなの?」

「そうはいわない」

俺は首を振った。そして気づいた。「フィックス」をしかけている現場の奴らにも、アマンダが感じているような不満があったのではないだろうか。どんなにすぐれた映像を作っても、観客がそれを作りものと知っている限り驚きはない。

「フィックス」は逆だ。作りものが真実とうけとめられ、驚きや恐怖を生む。しかけている奴らだけが、殺人鬼や爆弾魔など実在しないことを知っているのだ。

「どうしたの」

「いや、何でもない。それよりあんたの話をつづけてくれ」

「そう。わかったわ」

アマンダがひどく寂しげにいったので、俺は悪いことをしたような気分になった。

「あんたのおじいちゃんは、あんたには保険金詐欺のことを気にしないでいてほしいよ

「それはわからない。おじいちゃんにはおじいちゃんの考えがあるだろうからな。この

俺は肩をすくめた。

「――じゃあ、わたしの依頼は無駄だというの？」

「あんたのおじいちゃんはたぶん、保険金詐欺にかかわっている連中も、そのカラクリもすべて知っている。だからこそあんたを遠ざけておきたいんだ」

いい表情だ、と喜ぶのか。それとも二度めの俺の驚きに反応したように、たいした表情じゃない、というのか。

アマンダはショックをうけたような顔をしていた。それを見たワン・コングはどう思うだろう。

報告する前に俺を消し、あんたに害が及ばないよう手を打てる」

ざけておけるからだ。次にもし俺が本当にヤバい情報を嗅《か》ぎつけたら、それをあんたに

て、『フィックス』の調査にあたらせる。そのことで少しでも保険金詐欺の調査から遠

とはできないというわけだ。そこで俺の首に鈴をつけた。まず俺に〝お墨つき〟を与え

利な結果がでたら、俺やあんたは消されるかもしれん。おじいちゃんにもそれを防ぐこ

「あんたにかわって調査するのは俺だが、もしスタジオ・カンパニーの幹部にひどく不

「どういうこと？」

危害が及ぶかもしれない。それを防ぐために、俺を自分の目や耳にした」

うだ。それには心配も混じっている。あんたがあまり詐欺のことをつつくと、あんたに

島でおこなわれている詐欺をそのままほっておくのか、おじいちゃんなりのやり方でなくそうとするのか」

アマンダは力なく頷《うなず》いた。

「わたしは何もできない、そういうことなのね」

「あんたにできるすばらしいことは、調査の他にもたくさんある。おじいちゃんはそれをしてほしいのだろう」

アマンダはうつむいていた。俺は泣きだしてしまうのじゃないかと思った。だがそんな理由がアマンダにあるわけがなかった。

やがてアマンダは深いため息を吐《つ》き、顔をあげた。

「わたしはいろいろな意味であなたを巻き添えにしてしまった。ごめんなさい」

「気にしないでくれ」

俺はいった。

「本当のことをいうと感謝してるくらいだ。もしヨシオが俺を連れだしてくれなかったら、俺は今でもオガサワラで、生きながら死んでいたろうからな」

26

控え室のある建物を俺がでていくと、ヨシオが車の中で待っていた。

「待たせたかい」

　俺はヨシオの気持が気になって訊《たず》ねた。

「いえ」

　ヨシオは感情のこもらない顔でいって、首を振り、ブレンテンをさしだした。

「さきほど届きました。アマンダはどうでした」

「元気だ。だが複雑な人間だな。あんたもそうだが、芸術家の考えは俺にはなかなかわからない」

　俺がいうとヨシオは弱々しい笑みを浮かべた。

「そうですか？」

「ああ。俺は現実的な人間だ。仮定の話をするときは、何が誰かの得になるか、損になるか、誰が死んだら誰が困って、誰が喜ぶとか、そんな内容ばかりだ。アマンダがムービーを愛していることはよくわかったが、それ以外の話となると、俺にはついていけない」

　ヨシオは小さく頷いた。

「アマンダはムービーの申し子です。女優になるべくして生まれてきた。でも彼女は、今のアイランドのありように疑問を抱いている。すべてにビジネスが優先されるムービー作りに失望を感じているんです」

「なるほど。だが俺にそんな話をしても何ひとつかかわりはしない」

「そうですね。人は自分に与えられた戦場でしか戦うことができませんから」

車をスタートさせた。

「どこへいきます？」

「池谷と話したい。東京での捜査がどうなったか知りたいんだ」

「僕の家に帰りますか」

「そうだな。だがさすがに腹が減った」

撮影所の向こうの海に夕陽が沈もうとしていた。

「ここならホテルエリアはすぐです。レストランで食事をしていきましょう」

俺たちはホテルエリアのビーチに面したイタリアンレストランに入った。

ヨシオが料理とワインを選び、俺は運ばれてくるものをただ胃袋に流しこんだ。

帝王ワン・コングの〝お墨つき〟をもらった以上、もし俺の命を狙ってくる奴がいるとすれば、それは組織としてのマンスールやIFGとは別個のグループということになる。

「フィックス」をしかけていた奴らも、そろそろ自分たちが〝獅子《しし》身中の虫〟だとバレかけていることに気づいている。マンスールやIFGは形こそムービー関連の企業だが、本当の正体はれっきとしたマフィアだ。組織に不利益な活動をおこなっていたメンバーだとわかれば、いつ消されてもおかしくない。

つまり今は自分たちの首を心配するので手いっぱいだろう。だから当面は、消し屋の襲撃に神経を尖《とが》らせることなく、飯を食えるというわけだ。

ビーチサイドのレストランには、観光客もおおぜいやってきていた。そいつらがヨシオに気づくと、うるさいほどに写真やサインをねだりにくる。

ヨシオはそのひとりひとりに嫌な顔をせず、応じてやった。

「大変だな」

「これはアイランドのルールなんです。観光客に開放されたエリアにおいては、サインや撮影に、関係者はできる限り応じなければならない。アイランドを観光地として成立させるためのとり決めです。どんな俳優も監督も、このホテルエリアではファンサービスを要求されるのです」

「それが嫌ならこのエリアに足を踏み入れるな、か」

ヨシオは頷いた。

「ええ。そういう人もたくさんいます。ですが、観光地であるがゆえにアイランドは撮影所中心の独立したあり方を新東京都や国家から認められてもいるのです。サービスと自由は裏表です。もしアイランドが、観光客からそっぽを向かれるときがあるとすれば、ムービー産業そのものが駄目になるときでしょう」

「ファンサービスをしなけりゃならないと決めたのは誰なんだ」

ヨシオは無言で耳たぶに触れた。ワン・コングというわけだ。

そのときレストランのウェイターが俺たちのテーブルにやってきた。

「ヨヨギさま、お迎えの車が参っておりますが」

「俺に？」

「はい。曽故呂布さまがさし向けられたそうで。運転手の方がこれを」

ウェイターがメモをさしだした。

俺は開いた。

「岩野布と会わせてやる。車に乗れ。曽故呂布」

と書かれていた。

「早いな」

俺はメモをヨシオに見せた。

「帝王の命令で岩野布を本土から呼び戻したのですね」

「デザートを食ったらいく。それまで待ってもらってくれ」

俺はウェイターに告げた。

「別にマイクやカメラがなくたって、この島にいる限り、俺がどこで何をしているかは奴らにお見通しってわけだ」

ヨシオに向きなおった。

「小さな島ですからね。それにSSは、島の主だった施設すべてを監視しています」

俺は身をのりだした。

「家に帰って、池谷と連絡をとっておいてくれ。〝スクラッパー〟の最新情報が欲しい」

「ひとりで岩野布と会うのですか」

「ひとりじゃないさ」

俺は右の耳たぶを示してみせた。

27

レストランの駐車場に大型のセダンがライトを点《とも》して待っていた。運転手はなめし革のスーツを着た、坊主頭の大男だ。

運転席の窓がおりた。

「乗れ」

少し離れたところでヨシオが心配そうに見守っている。俺はそちらに手を振って、助手席に乗りこんだ。

大男は不愉快そうに俺をにらんだ。

「隣じゃない、うしろだ」

俺は肩をすくめた。

「古いムービーで見たことがある。間抜けなスパイが迎えにきた車の後部席に乗ると、仕切りのガラスがすっとあがってガスが噴きだすんだ。走るガス室ってわけだ」

「これは曽故呂布専務の専用車だ。そんなしかけがあるわけないだろう」

「あるとわかってからじゃ遅いんだ」

俺は上着の前を開いた。ブレンテンのグリップを見せつけてやる。右手は空けてある。

「運転の邪魔はしない。目的地に連れていけよ」

大男は舌打ちして、車を発進させた。俺は上着の前を閉じた。

「どこまでいくんだ」

大男は答えなかった。

車はホテルエリアを縫う小道を抜け、セントラルロードにでると北に折れた。港へと向かうルートだ。

しばらく北に走って、今度は東に折れる。セントラルエリアからも外れ、港と市街地の中間にある、何もない一帯だ。道ぞいにぽつぽつとあるのは、港から陸揚げした物資を貯蔵する倉庫のようだった。

やがて前方に、高さが二十メートル以上はある塀の連なりが見えてきた。その向こうには円筒型の巨大な建造物がある。原子力発電所だ。

車は塀につきあたる手前を右に折れた。中小の倉庫が建ち並ぶ一画だ。

そのうちのひとつの前に、車が二台止まっていた。「ＩＦＧフーヅ低温貯蔵庫 15号」という文字が外壁に入っている。

大男は車を止めた。

「おりろ」

俺は無言で言葉に従った。潮の匂いが鼻にさしこんだ。これまでに見てきたアイランドのどこともちがう、荒涼とした埋め立て地の気配があたりには漂っている。

倉庫の扉の前にふたりの男が立っていた。俺を見ると、ひとりが重いスティールのスライドドアを開けた。

「入れ」

俺はドアをくぐった。気温が一気に十度近く低くなった。コンクリートの床の上に、プラスティックの台がしきつめられた空間だった。隅にダンボールが積みあげられている。

倉庫の中央に古びた木の椅子が一脚おかれていた。男がすわっている。そのかたわらに曽故呂布が立っていた。

すわっている男は椅子の背もたれに両腕を縛りつけられていた。顔が赤黒く腫《は》れあがっている。さんざん殴りつけられたようだ。ロシア系の顔立ちで、仕立てのいいスーツを着けているが、無残に破れ、ほこりまみれになっていた。

曽故呂布は険しい表情で俺を見すえた。

「お前が会いたがっていた岩野布だ。アイランドに戻れと命じたが、逃げようとした。見張っていた俺の部下がつかまえて連れ帰った」

「何か喋《しゃべ》ったか」

「何も知らんといいはっている。だがやましいことのない人間が逃げる筈《はず》がない。そうだろ、岩野布」

岩野布は無言だった。

俺は岩野布に歩みよった。

「あんたは河田という男を通じて淀橋真から金をもらい、キャロル・守口を売りだすために、〝双子座キラー〟を作りだした」

「誰だ、お前」

岩野布は腫れあがった瞼《まぶた》の奥から俺を見つめた。

「ヨヨギ・ケンという、ケチな探偵さ」

岩野布の目が俺を離れ、曽故呂布に向けられた。冷ややかにいった。

「こんなホープレスのいうことを信じて、兄弟分の俺を痛めつけたんですか」

曽故呂布は苦々しい表情になった。

「お前が逃げようとさえしなけりゃ、今ここでこうしてることはなかった」

曽故呂布はいった。

「ハメられると思ったんです。サンライズアパートの一件を聞いて、美波居留が行方不明だというんで」

「なぜ美波居留が行方不明ならハメられると思ったんだ」

俺がいうと、岩野布は憎々しげに俺を見つめた。

「お前になんか答える気はねえ」

「答えろ」

曽故呂布がいった。

「こいつは帝王の命令で調査しているんだ」

「いくら帝王の命令だって、ひどくないですか、兄貴。俺のプライドはどうなる」

曽故呂布は深く息を吸いこんだ。

「お前たちのことは、組織の中にも知っている人間が多い」

そして俺を見た。

「この岩野布と美波居留はつきあっていた」

「なるほどね」

俺は頷《うなず》いた。シンジケートの人間にバイがいたとしても驚くにはあたらない。

「それで疑われると思ったのだろう」

「あの部屋にいったことはあるのか」

俺は岩野布に訊《たず》ねた。岩野布は無言だった。

「答えたほうがいい。黙っていたら、あんたの立場は悪くなるだけだ」

俺はいった。

岩野布は床を見つめていたが、やがて口を開いた。

「何度もいった。これでいいだろう」

「壁にネオセムテックスを埋めたのは、あんただな」

「知らないね。あそこは、誰にも邪魔されず人と会うにはぴったりの部屋だった。アイランドは狭い。どこにいっても誰かと会う。俺と美波居留は、邪魔が入るのに飽き飽きしていたんだ」

「それは通らないぞ、岩野布。あの部屋はIFGにとっては武器庫だった。勝手に武器がもちだされないようにW・U《監視装置》がしかけてあった筈だ。そんな場所で恋人といちゃついたら筒抜けだろうが」

「そのW・Uの責任者が俺だったんだ。だから会うのに使えたし、爆発の一件を聞いたときにもハメられると思ったんだよ、このホープレス野郎」

岩野布は吐きだした。

俺は曽故呂布を見た。曽故呂布は頷いた。

「アパートの借り主はIFGリサーチだが、W・Uの管理を俺は岩野布に任せていた」

「なぜだ」

曽故呂布はためらった。が、いった。

「あの部屋においたものを使う機会の多かったのが岩野布の部下だからだ」

「つまり銃をとりに頻繁に出入りしていたんだな」

「そうだ。そのたびに俺のところに連絡がきたのじゃ面倒だ。そこで岩野布に任せた」

俺は曽故呂布を見つめた。

「この島で銃を調達できる場所は他にあるか？」

「チェチェン人だって同じような武器庫をもっている。そこにいきゃ手に入るさ」

「どちらかなんだな。元ハリネズミとかの別荘をもっている人間はどうなんだ」

「ないとはいえん。だが島内で銃を所持していたことがわかれば、滞在資格がとり消され、大枚の保証金が没収される」

「俺を襲った消し屋は銃をもっていた。どっかから手に入れた筈だ。この男の部下だったかもしれない」

俺がいうと曽故呂布は首を振った。

「シンジケートの人間だったら、身許《みもと》はすぐわかる。病院で殺された消し屋はうちの人間じゃない」

「じゃあマンスール・カンパニーか」

「もしそうならSSはつきとめている。消し屋は本土からきた、シンジケート外の奴だ」

意外だった。マンスールに押しつけるかと思ったが、曽故呂布はそうしなかった。

「じゃあ外からきたと仮定しよう。どうやって銃を手に入れた？」

俺は岩野布を見た。

「あんたが逃げたのはそれが理由だな」

岩野布は黙っていた。

「答えろ、岩野布」

曽故呂布がうながした。

岩野布は曽故呂布を見あげた。俺はその目に涙がたまっていることに気づいた。

「美波居留がインドにいっちまって、俺は寂しかったんです。金があれば、奴は日本に戻ってこられる。奴には会社を辞めさせたかった。ずっと俺のそばにおいておきたかった」

「金が欲しくて、銃を渡したのか」

「本土の知り合いから話をもちかけられました。銃を二挺《ちょう》都合してやれば、一千万払うといわれたんです。でもあの部屋を吹っ飛ばしたのは俺じゃない。信じて下さい」

「順番に訊《き》く。お前に銃の都合を頼んだ本土の知り合いってのは誰だ」

「重井《しげい》って日本人です」

「何者なんだ」

「以前、こっちでムービーの仕事をしていた男です。今は小さい芸能プロダクションをやっています」

「重井何と？」

「重井トシオです」

岩野布は答えて俺を見た。

「河田も奴の知り合いだった。河田を俺に紹介したのは重井だ。俺が金を欲しがっていることを重井は知っていた」

曽故呂布は息を吐いた。

「ＩＦＧがお前に払う給料はそんなに安かったのか」

「この島で、美波居留といっしょに暮らしていけるほどじゃなかった。俺たちが集めた金でムービーを撮る。監督や役者は立派な家に住んでいるのに、俺や美波居留は、ふたりきりになる場所にも困ってた。ムービーの仕事なんてクソくらえだ。シンジケートはシンジケートらしく、もっと金になる仕事をすりゃいいんだ。カタギ面をしているなんて、ヘドがでる」

「シンジケートらしい仕事とは？」

俺は訊ねた。

「チェチェン人がやっているような、要領のいい金儲《かねもう》けだ。たかが製作会社のマンスールが、なんで俺たちに対抗できるくらいの金をもっているのか、ちょっと考えりゃわかることだ」

「何の話だ」

曽故呂布は訊ねた。

「俺たちはみすみす金の生《な》る木をチェチェン人どもにくれてやってるってことですよ」

「保険金詐欺のことをいっているのか」

岩野布は俺を見た。

「そうだよ、ホープレス。あの部屋を吹っ飛ばしたのはチェチェン人だ。お前を消したかったからだ」

「じゃあネオセムテックスを埋めたのはチェチェン人だというのか」

曽故呂布の問いに岩野布は頷いた。

「決まってるじゃないですか。工事した奴以外の誰にあんなことができるんです」

「ドダエフの野郎……」

曽故呂布はつぶやいた。

「待てよ」

俺はいった。

「チェチェン人の肩をもつつもりはないが、奇妙なことがある。チェチェン人が俺を消したがってサンライズアパートを吹っ飛ばしたのだとすると、連中は、俺があそこにいるのを知っていたことになる。W・Uの管理はあんたの仕事だろ。だったらなぜ、あの夜のアパートの状況をチェチェン人は知っていたんだ」

「俺が銃といっしょにW・Uを重井に預けたからだ。奴は使い終わったら銃をアパートに戻しておくといった。俺が本土に出張を命じられたからな。その間に返すには、W・Uをもっていたほうが便利だ。出入りする人間の映像データを消去しておける」

俺は曽故呂布に訊ねた。

「W・Uというのは、どんな形をしているんだ」

「TUをひと回り大きくしたような機械だ。映像や音声を電波で飛ばし、内蔵のメモリーに保存する」

「じゃあ、今そいつをもっているのは重井なのか。もしそうなら、重井はチェチェン人と組んでいることになる」

俺がいうと、岩野布は首を振った。

「知らねえ」

「重井はこの島にきているのか」

「きていたがもう帰った。お前を狙った消し屋が失敗したからな」

「SSの孫なら、重井の出入島記録を調べられるだろう。

「つまりお前は、その日本人を通して、チェチェン人と組んでいたってわけだ」

曽故呂布が乾いた声でいった。

「ウラジミールは解放したのか」

俺は訊《たず》ねた。

「まだだ。だが社長の命令で、指一本触れてない」

「どこにいる?」

曽故呂布はためらい、答えた。

「隣の貯蔵庫、14号だ」

頷《うなず》き、俺は岩野布に向き直った。

「淀橋真からキャロルの売りだしを頼まれたことは認めるんだな」

岩野布は黙っていた。

「いえよ。あんたはもう終わりだ。少なくともIFGには、あんたの未来はない」

「――俺が頼まれたのは、腕のいい消し屋を紹介することだった。口が固くて、ナイフの扱いのうまい男だ。以前うちの社にいて、手癖が悪くてクビになったのに、ぴったりの奴がいた」

「棒留《ボウル》だな」

曽故呂布がいうと、岩野布は頷いた。

「そうです。奴は本土でケチな商売をやっていたのが回転資金がショートして、困っていました。俺は棒留を重井に紹介してやっただけです」

重井は棒留を〝双子座キラー〟に仕立てた。だがそうするためには、シナリオを書いたりメイキャップのできる、プロのムービースタッフが必要だった筈《はず》だ。

「重井は、マンスールの人間ともつながっているのか」

「そこまでは知らねえ。だがつながってなけりゃ、サンライズアパートを吹っ飛ばした奴がW・Uを手に入れられないだろう」

マンスール内部で「フィックス」に関係している奴らが、保険金詐欺にも関与している可能性がこれででてきたわけだ。

「ウラジミールにも訊問《じんもん》するのだろう」

曽故呂布がいった。身内の岩野布をこれだけ絞っておいて、まさかチェチェン人を見逃すつもりはないだろうな、という威《おど》しを暗に含んだ問いだった。

「もちろんだ」

俺はいって、岩野布の目を見つめた。

「あとひとつだけ訊く。あんたがこんなにぺらぺら喋《しゃべ》った理由だ」

「理由だ？　お前がたった今いったじゃねえか。俺はもう終《しま》いだ。消されるか、よくてＩＦＧを叩《たた》きだされる。今さら隠したって始まらねえってことだよ。男はあきらめがかんじんだ」

　岩野布は妙にぎらつく目で俺を見返した。

「そうか。ならいい」

　俺は頷いた。

「あんたの言葉を信じるとしよう」

　俺は曽故呂布をふりかえった。

「ウラジミールに会いにいこう」

28

「貯蔵庫　15号」をでた俺と曽故呂布は、外で待っていた坊主頭のセダンに乗りこんだ。今度は並んで後部席にすわった。

「奴を消すのか」

　俺は曽故呂布に訊ねた。

「社長の決めることだ」

　曽故呂布は答えた。

「そうか」

「最後の質問だが、ありゃいったいどういうことだったんだ？」

セダンが動きだすと曽故呂布が訊ねた。

「岩野布は誰かをかばっている。奴がやったといったことの中には、奴じゃない人間がやったことも入っている」

「美波居留か」

「たぶんな。美波居留というのは、どんな男なんだ」

曽故呂布は鼻を鳴らした。

「奴は元俳優だった。スタントあがりだが、ツラを整形して、自分も出演するようになったんだ。だがクスリに手をだして干され、食いつめていたのを、俺が拾った。岩野布とそういう仲になったってのは、だいぶ前から気づいてた。組織の中で妙なことになっちゃ困るんで、俺は美波居留をインドに飛ばしたんだ。たぶん岩野布はそのことで俺や会社を恨んでいる。だから馬鹿な真似をしたのだろう」

「なるほどね」

「お前のいった通りだったわけだ。だがマンスールもからんでいるとわかった以上、ウラジミールにはきっちり吐かせるぞ。ドダエフの従弟《いとこ》だろうが手加減はしねえ」

番号こそ一番ちがいだが、14号は、百メートルほど離れた場所にあった。

外には誰もいない。曽故呂布が扉につけられた認証ロックを解除し、俺たちは内部に入った。

強化プラスティックでできたカーゴボックスが庫内には積まれていて、その最上段、床から十メートル以上の高さのところに、人間の入ったボックスがあった。

庫内には見張りがひとりいて、毛布を巻きつけた姿ですわっている。

立ちあがった見張りに、曽故呂布は、

「おろせ」

と命じた。

天井の中央部から吊《つ》りさがったアームが動き、最上段のボックスをひっかけた。モーター音とともに下がってくる。

床の三十センチほど上でアームは停止した。ぐらぐらと揺れる、黄色いプラスティックの檻《おり》の中に、細身の男がいた。ひどく痩《や》せていて、目をみひらいている。

「ウラジミール。俺は調査員のヨヨギ・ケンだ。帝王に頼まれて調べものをしている。あんたが正直に答えてくれたら、ここをすぐにでていける」

男はボックスのすきまに指をかけ、顔を俺に向けた。

「なんであんたが、帝王の仕事を？」

「話すと長くなる。単刀直入に訊《き》くぞ。サンライズアパートの壁にネオセムテックスを埋めたのはあんたか」

ウラジミールは、俺と並んで立つ曽故呂布の顔を見比べた。

「俺はただ、いわれた通り、工事しただけだ」

「誰に」

「ＩＦＧリサーチの男だ。名前は忘れた。プラ粘土みたいなのを渡され、これを壁に埋めろといわれた」

「爆薬だとは思わなかったのか」

「思ったさ。だが奴のアパートだ。知ったことじゃない」

ウラジミールは身をのりだし、いった。

「美波居留のことをいっているのか」

「そんな名前だった。ロシア人にしちゃ二枚目で、役者だったといっていた」

「起爆装置は？」

「知らんよ。俺は専門家じゃない」

ウラジミールは首を振った。

「嘘だな。爆発物とわかっていて、信管の状態も知らずに工事にはかかれなかった筈だ。いつドカンとくるのかわからないのじゃ、危なくて仕方がないからな」

ウラジミールは無言だった。

「本当のことをいえ。さもなきゃ、まっ白に凍るまで吊るしておくぞ」

曽故呂布が凄《すご》んだ。

「美波居留と工事の打ち合わせをしたのは、もうやめてしまった私の部下だ。その人間に訊かなけりゃわからない」

「そいつの名前は？」

「アオヤマ。日系人だ。ムービーの仕事をしていたらしいが、食いつめて私の会社にきたんだ」

「カン・アオヤマか」

「そうだ」

俺は息を吸いこんだ。カン・アオヤマは、マギー・リーの最後の出演作『ヒート＆スノウ』の監督で、その後ワン・コングに干され、消えた男だ。

そのとき、貯蔵庫の外があわただしくなった。怒鳴りあう声がした。

「何の騒ぎだ」

扉が開かれた。曽故呂布はロックしていなかったようだ。

「従弟を迎えにきた」

扉のところに立った人物がいった。ドダエフだった。

俺はふりかえった。

「待ってくれ。今、大事な質問の最中だ」

「質問はさせてやる。だがここでは駄目だ。ウラジミールは、ロシア人のいないところで質問に答える」

「ほんの数分だ」

「駄目だ。こんなところに私は一分たりとも、ウラジミールをおいておく気はない」

ドダエフは腕を組み、足を大きく開いていった。

「ふざけるな！　お前らチェチェン人が爆弾をしかけたことを、こいつは認めているんだ」

曽故呂布が怒鳴った。

「その件については、ヨヨギが調査をおこなうことになっている。曽故呂布、ウラジミールをそこからだせ」

「貴様らっ」

ドダエフの背後から、銃をもった男たちが飛びだした。

「今すぐ解放しなければ、実力で従弟をもらっていく」

曽故呂布は怒りのこもった目を俺に向けた。

「どういうことだ。お前がここを知らせたのか」

「俺であり、俺じゃない。帝王が知らせたんだな」

俺はドダエフを見た。

ドダエフは否定しなかった。

「なんだって帝王はチェチェン人の肩をもつ!?　こいつは何かの罠《わな》なのかっ」

曽故呂布は今にも爆発しそうだった。

「落ちつけ――」

「ふざけるな！　許せねえ。この野郎をぶっ殺してやる」

曽故呂布は銃を引き抜くと檻の中のウラジミールに向けた。俺は体あたりした。銃口が火を噴き、積まれていたカーゴボックスのどれかに弾丸のあたる音がした。それがきっかけだった。ドダエフの手下と見張りのあいだで撃ち合いが始まった。

俺は床を転がり、カーゴボックスのすきまに隠れた。曽故呂布がウラジミールに狙いをつけると、ドダエフが銃を撃った。曽故呂布の体がぐらりと揺れた。

見張りの男がドダエフめがけて撃った。弾丸はそれたが、ドダエフは床に伏せ、撃った見張りはドダエフの部下に弾丸を浴びた。

曽故呂布が撃った。ウラジミールが悲鳴をあげた。

「曽故呂布、貴様っ」

ドダエフが罵《ののし》り声をあげ、再び曽故呂布を撃った。曽故呂布は何発も弾をくらいながら倒れなかった。血まみれの顔でドダエフに向かっていった。

ドダエフの部下が一斉に曽故呂布を撃った。がっくりと膝《ひざ》をついた曽故呂布は憎々しげにドダエフをにらみつけた。その手からウラジミールを撃った銃が落ちた。もがいている。

ドダエフは立ちあがり、倒れこんだ曽故呂布に歩みよった。手にした銃を曽故呂布のみひらかれた目に押しつけた。

「やめろ！　ドダエフ」

俺は叫んだが遅かった。

「血の掟《おきて》だ、曽故呂布。チェチェン人を傷つけた者は必ずその血をもって罪を贖《あがな》わなければならない」

銃声が鳴った。曽故呂布の頭が吹っ飛び、動きが止まった。

貯蔵庫の中が静かになった。

ロシア人はみな殺しにされていた。ドダエフの部下にも怪我を負った者がいる。

ドダエフが合図を送り、吊るされていた檻が床におろされた。中ではウラジミールが息絶えている。

俺は立ちあがった。

「何だってこんな馬鹿なことをしたんだ」

「馬鹿なことだと！」

ふりかえったドダエフの目はぎらぎらと光っていた。

「これが我々チェチェン人のやり方だ。身内を殺《や》られて黙っていたら、そいつはチェチェン人じゃない！　それともお前はロシア人の仲間なのか」

「俺がどちらの味方でもないことはあんたが一番知っている筈《はず》だ。俺がいっているのは、銃をもってここに押しかけてきたことだ」

「私は身内をとりかえしにきただけだ」

「それがこうなったんじゃないか。あんたはもっと冷静な人間だと思っていた」

「黙れ」

ドダエフは手にした銃を俺に向けた。

「先にルールを破ったのはロシア人だ。これは奴らの自業自得だ」

「だがこんなやり方をしなけりゃ、ウラジミールも死なずにすんだ」

「お前は私のせいでウラジミールが死んだというのか」

「そうじゃないか。監禁はしていたが、曽故呂布にはウラジミールを傷つけるつもりはなかったんだ。それどころか曽故呂布は岩野布をつかまえ、サンライズアパートの件を吐かせていたんだ。奴は帝王の指示にしたがっていた」

「もう終わったことだ。曽故呂布は死んだ」

「あんたが殺しちまったんだ。ウラジミールも殺され、『フィックス』のことを訊《き》ける人間がいなくなっちまった――」

俺は激しい口調でいった。そのときドダエフが合図を送った。

俺のかたわらに歩みよっていたドダエフの手下がスタンガンを俺めがけ発射した。高圧電流に体を射抜かれ、俺は動けなくなった。

「たとえ帝王の指示とはいえ、私を侮辱するのは許さん」

ドダエフは硬直している俺の目をのぞきこみいった。

電圧がさらにあがった。俺の膝が砕け、目の前がまっ暗になった。

29

体中の骨という骨を粉々にされたような気分だった。体を動かそうとすると、関節の中でその粉が軋《きし》んだ。俺は呻《うめ》き声をたて、その声で目覚めた。

冷んやりとした手が俺の額にあてがわれた。

「ケン、大丈夫?」

俺はようやく首を動かし、息を呑《の》んだ。アマンダが俺を見おろしていた。同時に、俺の頭がアマンダの膝にのっていることにも気づいた。

「アマンダ……。いったいどうしちまったんだ……」

「動かないで、ケン」

「ここはいったいどこだ――」

俺は体をおこした。頭上に無数のモニターが浮かんでいる。かたわらにベッドがあった。ワン・コングが横たわったベッドだ。

ここは〝聖域〟だ。気を失っている間に、俺は〝聖域〟まで運ばれてきたのだった。

「なんで、ここにいる……」

『驚くほどのことではない』

頭の中で声がした。帝王の声だった。

『お前は私の目と耳なのだ。元の場所に戻ったと考えればよい』

俺は息を吐いた。体の軋みが痛みとなって全身で暴れていた。じっとしているのもつらいが、動けば痛みは倍加する。

「なぜ、ドダエフに貯蔵庫のことを教えた？」

『チェチェン人の身内意識は独特のものだ。ウラジミールの解放を早めなければ、マンスールとＩＦＧは最終的な戦争に突入した』

「何をいってる。戦争はもう始まっている。あんたがよけいなことをしなければ曽故呂布もウラジミールも死なずにすんだ」

『お前にはまだこの島の本当のバランスがわかっていない。ああすることが最良の選択だったのだ』

「誰にとっての最良なんだ？　チェチェン人にか、ロシア人にか、それともあんたにとってか」

帝王は答えなかった。

「ケン――」

無言でいたアマンダが口を開いた。

「お祖父《じい》さまにそんなにきつくあたらないで。お祖父さまは、すべての人によかれと信じてしたことなのよ」

「少なくとも俺が殺されずにすんだのは、確かにあんたのおじいちゃんのおかげだ。だけどうしてあんたがここにいる？」

『私が呼んだ。お前の怪我がどのていどのものか、誰かに見てもらわねばならなかった』

「そんな役なら孫で充分だ。わざわざ撮影中のアマンダを現場から呼びよせる必要なんてなかった」

『ここに入れるのは、特別に私が許可を与えた者だけだ』

「じゃあ誰が俺をここまで運んだ」

「わたしよ」

アマンダがいったので俺は仰天した。

「あなたは四階のSS本部まで運ばれた。そこからここまでは、わたしがあなたを連れてきたの。あれに乗せて」

アマンダは背後をふりかえった。電動のストレッチャーがあった。

「ずっとあれに寝かせておこうとしたのだけれど、あなたが暴れて、床に落ちてしまったの。どこかを強く打ったのじゃないかと心配した。大丈夫？」

俺は首を振った。

「この上、骨の一本や二本が折れていても俺は平気だ。ヨシオが心配している。連絡をしなけりゃ」

「ヨシオは四階にいるわ。わたしたちを待っている」

俺はようやくの思いであぐらをかいた。ワン・コングのベッドがわずかに上昇した。

「我仁林はどうしている？　怒り狂って兵隊を集めている頃じゃないのか」

『曽故呂布の死亡は孫が伝えた。ＩＦＧは報復行動をとらないと、我仁林は私に約束した。アイランドの平和は保たれる』

帝王がいった。

「で、かんじんの調査はどうなる。ウラジミールが死んだので、サンライズアパートに爆薬をしかけた人間のことはうやむやになっちまったぞ」

『犯人は判明している。カン・アオヤマだ。アオヤマこそが「フィックス」をしかけている張本人だ。撃ち合いが始まる直前、ウラジミールがそういったのを、お前は忘れたのか』

「思いだした」

俺はいった。マギー・リーの最後の出演作の監督が、ウラジミールの会社につとめていた。その偶然についてもっと知ろうとしたとき、ドダエフが乗りこんできたのだ。

「だがなぜアオヤマがウラジミールの会社にいたんだ」

『生きるためだったとウラジミールはいっていた』

「生きるためなら他に仕事はあった筈だ。そうだ、岩野布はどうなった。アオヤマに工事の指示を与えたのは美波居留で、岩野布と美波居留は恋人どうしだったのだ」

『アオヤマも美波居留も、現在はアイランドにいない。ＳＳの記録によれば、ふたりはもう半年以上、アイランドに足を踏みいれてはおらん』

「重井はどうなんだ？　重井トシオという日本人がアイランドに上陸した筈だ」

『その男の上陸記録も残っていない。もし上陸したとすれば、正規の渡航ではない手段でアイランドにきたのだ。どんな方法をとったかは、孫に訊いてみるがいい。岩野布は貯蔵庫にまだいる。我仁林が直接訊問《じんもん》をするまではあそこにおかれる筈だ』

俺は立ちあがった。ぼんやりとだが「フィックス」の全体像が見えてきたような気がしていた。

『どこへいく』

「孫と会うのさ。岩野布を我仁林が消しちまったら、俺を狙った消し屋の情報が切れちまう」

『孫はすべて知っている。必要と私が考えた情報は孫に渡してある』

「そうか……」

俺はベッドに横たわるワン・コングを見おろし、つぶやいた。この老人が〝帝王〟でいられる最大の理由は情報なのだ。寝たきりでいながら、あらゆる情報がこの老人のもとには流れこむ。そしてそれを取捨選択し、誰に投げ与えるかによって、地位を維持しているのだ。

「無理はしないで、ケン。今はゆっくり休んで」

アマンダがいった。そのとき俺はようやくアマンダが、CG用のシリコンスーツではなく、薄い生地のワンピースを身に着けていることに気づいた。

「休みたいのはやまやまだ。だけど、この島に俺がやすらげる場所はない。孫のいう通り、俺はアイランドにとっちゃ、疫病神かもしれない。俺がきてからこっち、人が死にすぎている」

「あなたのせいではないわ。必要ならわたしの別荘を使って。いったでしょ、ひとりきりになれる場所があるって。ヨシオも知らない、わたしの別荘よ」

俺は首を振った。

「なぜそんなに俺に親切にする？　俺とあんたは、まるで生きている世界のちがう人間だ。それに俺はもう、あんたの依頼のために働いているわけじゃない」

アマンダが立ちあがり、俺の目をのぞきこんだ。

「理由をいわなければあなたはわたしの親切をうけいれられない？　わたしがあなたに興味をもち、あなたのお世話をしたいと考えていることを信じられない？」

息苦しさを覚えた。急に〝聖域〟の酸素濃度が下がっちまったように感じられる。

「やめてくれよ。俺はあんたみたいな人にそんなふうにいわれたことはないんだ」

アマンダが手をのばし、冷んやりとした指が俺の頬に触れた。

「わたしは、いたいと思う人といっしょにいる権利がある。あなたはわたしといたくないの？」

甘い、吐息のような声で囁《ささや》いた。

「俺が生きているのは、薄ぎたない、ヤクのプッシャーや、ハリネズミのようなストリートギャング、安い金のために平気で人を殺す消し屋がごろごろいる世界なんだ。あんたとはちがう。芸術とか、美しいものとか、かけらもそこにはないんだ。俺のルールはそいつらのルールで、あんたのルールとはまるでちがう」

俺の声はかすれていた。

「でもあなたはかわった。愛した女性を失ったことで、はかないもの、壊れやすいものへの慈しみの感情を知った」

「それが何になるっていうんだ。俺の世界ではクソの役にも立ちはしない。気づいてくれ、アマンダ。俺たちは別世界の人間なんだ。俺はヨシオとはちがう」

「ヨシオは知っていた。会えばきっと、わたしがあなたに強く魅《ひ》かれることを。なぜならヨシオもずっとあなたに魅かれていたから」

俺は歯をくいしばり、天井を見あげた。

「帝王、何とかいえよ。あんたの大切な孫娘は、とんでもないまちがいをおかそうとしている」

だがワン・コングは無言だった。

「ケン、こっちを見て」

アマンダは両手で俺の頬をはさんだ。

「わたしにとって、演じることは、戦いなの。あなたにとって調査の仕事が戦いであるのと同じように。だからこそ、戦っているときの美しさにわたしはこだわる。あなたは気づいていないかもしれないけど、とても美しい。戦っているあなたは誰よりも輝いているわ」

「美しいからといって、俺に鉛玉をぶちこみたい奴は待っちゃくれないよ」

アマンダは小さく首を振った。

「わかったわ。いかせてあげる。だけど、キスをして。今、ここで」

「アマンダ——」

「しっ」

アマンダはいって俺をひきよせ、唇を押しつけた。一度離し、俺の目をのぞきこむと、

「今度はもっと長くよ」

と、囁いた。

俺はされるがままだった。いったい全体何がおこっているのか見当もつかない。これは罠《わな》なのか。罠だとすれば、何のための罠なのか。

アマンダは俺に何かをさせたいのか。それともさせたくないのか。それすらもわからなかった。

ただひとついえるのは、アマンダが俺に魅かれているなんて言葉は、とうてい俺には信じることができない、ということだった。

30

アマンダは〝聖域〟に残り、俺はひとりでエレベータに乗りこんだ。そうしてくれて助かった。ふたり仲良く、ヨシオや孫の前にでていくなど、俺にはとうてい考えられなかったからだ。

孫は案の定、今にも爆発しそうな顔で俺を待ちかまえていた。

「いかに帝王の指示とはいえ、我慢にも限界がある。お前がきてから、この島で人が死にすぎている」

「わかっているさ。だが今夜のことに限っていえば、そうしむけたのは帝王だ。あんただって、帝王の説明をうけたのだろう」

「すべてはお前が原因だ。お前の存在がひきおこしたのだ」

「そんなことより、岩野布だ。15号貯蔵庫にいこう。我仁林が怒り狂って岩野布を殺しちまう前に」

ヨシオは無言で俺を見つめていた。

「ヨシオ、あんたも同じことを思っているのか」

ヨシオは首を振った。

「わかりません。僕はアイランドのことがわからなくなってきました。ムービーにかかわっている者にしかわからない秘密が、この島にはあって、それは結局、僕やあなたのような人間には一生理解できないのかもしれない……」

「お前はここに残れ」

孫は俺を指さした。

「貯蔵庫へは我々だけでいく。お前がいると、またよけいな血が流れる」

「好きにしてくれ。だが重井という日本人のことはどうなる」

「現在、調査中だ。この島に密航する方法は、ＩＦＧかマンスールの手を借りない限り、ない。ＩＦＧの船の出港記録がマリーナに残っていた。可能性があるとすればそれだ」

「他に該当する船はないのか」

「ない。その件で私は我仁林を訊問《じんもん》するつもりだ」

孫は部下をしたがえ、でていった。俺は息を吐き、本部の椅子に腰をおろした。

「アマンダがあなたを心配していました」

俺の横にすわったヨシオがいった。

「知っている。正直、俺にはよくわからない。住む世界のちがう人間だといったんだ」

「アマンダにとってその言葉は意味がありません。彼女は、あらゆる価値観を超越した存在です」

「その話はよそう」

俺は手を振った。ＳＳの制服にいった。

「ここに本土とつながる回線はあるか」

「あります」

「警視庁の池谷のTUを呼びだしてほしい。伝えたいことがあるんだ」

ＳＳは俺の要求を拒否しなかった。数秒後、俺は池谷と話していた。

「重井トシオという日本人が、消し屋を雇った。〝双子座キラー〟の正体は、ロシア人のチンピラで、棒留という男だ」

「わかった、手配する」

池谷の声は沈んでいた。

「どうしたんだ」

「ミタカ区の新海峰のアパートで死体が発見された。ロシア系の男で、ＤＮＡから、美波居留であると判明した」

「そうか」

俺はつぶやいた。岩野布は美波居留を人質にとられていたのだ。それで重井のいうことを聞かざるをえなかった。サンライズアパートのＷ・Ｕを重井に渡したのも、そうしなければ美波居留を消すと威《おど》されたからにちがいない。

「残ったのは日本人ばかりだぞ。重井トシオにカン・アオヤマ」

俺は池谷にいった。

「アオヤマ？　誰だ、それは」

「以前、アイランドにいた映画監督だ」

俺はアオヤマの話をした。マギー・リーやワン・コングとの関係、映画界を干されてからウラジミールの下で働き、サンライズアパートにネオセムテックスを埋めこむ工事にかかわったことなど、だ。

「爆薬を埋めこむよう指示したのは美波居留だったというのか」

池谷は驚いたようにいった。

「そうだ。美波居留は例のグループとつながっていた。だから消されたのさ」

俺は通常回線であることを意識し、「フィックス」という言葉を使わずに答えた。

「美波居留以外にわかっているメンバーは、重井とアオヤマだ。美波居留はもともと役者だった。アオヤマとどこかでつながりがあって不思議はない」

「だがなんでサンライズアパートに爆薬を埋めたんだ」

池谷の問いはもっともだった。「フィックス」の目的はネットワークでのレーティング稼ぎだ。アイランドで爆発をおこしても、ネットワークは簡単に放送できない。

「アオヤマはサンライズアパートで〝スクラッパー〟のやり方を試してみたのじゃないか」

池谷は唸《うな》った。俺も苦しい理由づけだというのがわかっていた。美波居留やアオヤマが「フィックス」グループのメンバーだというのが当たっているとしても、何かまだ欠けているピースがこのパズルにはある。

「ケン、こっちにこられないか」

池谷がいった。

「TUじゃ、まだるっこくて仕方がない。そっちのもっと具体的な話を聞きたい」

「俺も同じことを考えていた。一度そっちへ戻ったほうが話が早い」

だがその前に俺はやらなければならないことがあった。

「船の手配がつきしだいそちらへ戻る。また連絡する」

俺はいって、回線を切った。かたわらでやりとりを聞いていたヨシオをふりかえった。

「今から本土に戻る方法はあるか」

「定期便は朝にならなければ出航しません。あとは個人所有のクルーザーになりますが

……」

いってヨシオは俺を見つめた。ドダエフや我仁林に協力を頼むなどとうてい無理な話だ。

「アマンダの友人なら誰か、船をだしてくれるかもしれません」

「アマンダにそれを頼んでくれないか。今、〝聖域〟にいる」

ヨシオは頷《うなず》き、エレベータに歩いていった。俺は息を吐いてそれを見送った。ヨシオ

といっしょにアマンダに会うことは、今の俺にはできない話だ。自分のことをモラリス

トだと思ったことはないし、ヨシオとアマンダの夫婦関係がふつうのものじゃないとわ

かってはいるが、それでも俺にはのうのうとふたりのあいだに入っていく勇気はなかった。

やがてヨシオとアマンダがエレベータをおりてきた。アマンダが現われると、SSの

本部の中に妙に張りつめた空気が漂うのがわかった。

「モーターボートをもっているお友だちなら何人もいるわ。頼めば今からでもあなたを本土に送っていくことはできると思う」

　アマンダはいった。

「助かる。孫が戻ってきたら、俺を本土に送ってくれるよう、手配してもらえるだろうか」

　アマンダはこっくりと頷いた。ほんの少し前、俺にキスをせがんだのが嘘のようだ。

俺は悩んだ自分が馬鹿のように思えた。

　孫が戻ってきた。岩野布は無事だったようだ。岩野布が取り調べ室に連れていかれるのを見送り、俺は孫にいった。

「奴と話したいことがある」

「何をだ」

「奴は美波居留のために今度のことをやったんだ。だがその美波居留は殺されていた。ピーの情報だ」

　孫は俺の顔を見つめた。やがていった。

「話したければ話せ。奴はもう死んだも同然だ」

「なぜだ」

「曽故呂布をマンスールに殺され、我仁林は怒っている。その原因が奴にあったとわかれば、生きてこの島はでられない」

「それを守るのがSSの仕事じゃないのか」

「ＳＳが守るのは、ムービーにかかわる人間や施設だ。岩野布はもうＩＦＧの人間ではない」

孫の言葉は冷ややかだった。

「この島の治安はどうなる。それを守るのもあんたの仕事じゃないのか」

「お前にいわれる筋合いじゃない。第一、お前がこの島の平和について偉そうに何かいえる立場か」

孫はアマンダを意識してか、押し殺した声でいった。

「岩野布に会いたければ会ってこい。奴は奥の取り調べ室にいる。話が終わったら、ここをとっとと出ていけ。いつまでも部外者をおいておくわけにはいかないんだ」

「ケン……」

ヨシオが俺を見つめ、小さく頷いた。

「わかってる。俺もしたくて長居をしていたわけじゃない」

俺はいい、足をひきずって取り調べ室に向かった。

31

制服のＳＳに見張られ、岩野布は取り調べ室の椅子にすわっていた。孫の言葉通り、自分の運命を理解しているのだろう。顔に血の気はなく、目も虚《うつ》ろだ。

それでも俺が向かいに腰をおろすと、首をゆっくりと動かした。

「何の用だ」

「曽故呂布のことを聞いたか」

「聞いた。それがどうした。お前のようなホープレス野郎の話に耳を貸さなけりゃ、兄貴は死なずにすんだ。ウラジミールがくたばったのは当然だ」

「もっとくたばって当然の奴が生きている」

俺はいった。ここでのやりとりはどうせカメラを通して孫には筒抜けだろう。

「ドダエフか。どうせ奴も死ぬ。我仁林社長がほっておくわけがない」

「俺がいってるのはドダエフのことじゃない。お前は美波居留をかばっていたのだろう。だが美波居留は殺されていた」

岩野布は瞬《まばた》きした。目が動き、俺の顔を見つめた。

「今、何といった？」

「俺はついさっき、本土のピーと話した。美波居留の死体が、ミタカ区のアパートで発見された。部屋の元の借り主は、アイランドでムービーの仕事をしていた男だ。重井とはたぶん知り合いだった筈《はず》だ」

岩野布は目をみひらき俺を見つめた。

「なんで、なんで、美波居留が殺されたんだ？」

「美波居留はあんたより『フィックス』をしかけている奴らに近かった」

「『フィックス』？」

「あんたが紹介した棒留という消し屋を〝双子座キラー〟に仕立てた仕事だ」

岩野布は俺の言葉の意味がわからないようだった。

「それが何だっていうんだ」

「〝双子座キラー〟は、ネットワークのレーティングを稼ぐために演出された事件なんだ。視聴者がとびつくような事件を、あらかじめ作ったシナリオにしたがっておこす。棒留は連続殺人鬼に仕立てられ、ネオセムテックスを建物に埋めるのは〝スクラッパー〟という爆弾魔の手口と同じだ。どちらもムービーの仕事をしていた連中がかかわっている。奴らは正体を隠すために、自分たちとつながりのあった人間を容赦なく消す。河田もそれで消された。あんたと淀橋真をつないだ男だ」

俺は思いださせてやった。

「美波居留もそれが理由で消されたのか」

「そうだ。奴らは『フィックス』のことを嗅《か》ぎつけた俺をひどく煙たがっていて、本土でもアイランドにきてからも、とにかく消したいようだ。そこで重井があんたから消し屋用の銃を調達し、それでもうまくいかないとなると、サンライズアパートを吹っ飛ばした。あんたも美波居留も、奴らに利用されたのさ」

「じゃあお前さえいなけりゃ、美波居留は殺されずにすんだってことなのか⁉」

岩野布は今にも俺にとびかかりそうだった。

「勘ちがいするな。美波居留を消したのも、あんたをハメたのも、俺じゃない。『フィックス』をしかけている奴らだ。よく考えろ」

SSがスタンガンに手をかけ、こちらをうかがっている。俺はおだやかにいった。

「あんたが貯蔵庫でぺらぺら喋《しゃべ》ったのは、美波居留をかばう気持があったからだ。本当は、あんたと奴らをつないだのは美波居留だったのじゃないか」

岩野布は深呼吸した。怒りをけんめいに抑えこもうとしているようだ。

「もう何を話したって、誰も困る人間はいないんだ」

「――美波居留は、インドで大物と知り合ったといっていた」

「大物？」

「我仁林社長に勝るとも劣らない大物だといっていた。重井はそいつの指示で動いているのだといった」

「どんな大物なんだ」

岩野布は首を振った。

「わからねえ。だが会社に無断で日本に戻ったのは、そいつに何か吹きこまれたからだと俺は思っている。俺は美波居留に重井を紹介され、いうことを聞いてやってくれと頼まれた。そうすりゃ、この島をでていって、ふたりで優雅な暮らしができる、といわれた」

「保険金詐欺の話を何か聞いていないか」

「保険金詐欺だ？」

岩野布は面くらったような顔をした。

「ムービーの撮影にからんだ保険金詐欺の噂を、あんたも聞いたことがある筈だ」

「それはチェチェンの奴らに訊《き》けよ」

「チェチェンの誰に訊けばいいんだ」

「何だって俺がそんなことをお前に話さなけりゃならない？」

岩野布は俺をにらんだ。

「『フィックス』をやっている奴らが俺を消したがった理由がもうひとつある。俺がこの島にきたのは、保険金詐欺について調査するためでもあったのさ」

「――そういえば」

岩野布の表情が動いた。

「美波居留は、こっちの本社にいたとき、投資資金を回収する保険の契約係をしていたことがあった」

「どんな保険だ」

「役者やスタッフのトラブルなどで撮影ができなくなったムービーの、それまでの投入資金を回収するための保険だ。かけ金は馬鹿高いが、問題のある俳優や監督をどうしても使わざるをえないとき、IFGリサーチが本土の保険会社と契約していた。もともとは、キャストやスタッフが事故にあったときの保険だけだったのが発展したんだ」

俺はふと思いつき、訊《たず》ねた。

「三年前にお蔵入りになった『ヒート&スノウ』という映画を知っているか。マギー・リーが主演した」

「知っているも何も、投入資金を回収するための保険金が支払われた映画だ」

「待てよ。あの映画は、完成したのに、帝王の指示でお蔵入りになったと聞いた。それでも保険金は支払われたのか」

「払われた。払ったのは、本土の保険会社だった。細かい契約内容がどうなっていたかまでは知らん」

「保険会社はどこだ」

「ジェイフィナンシャル」

俺はゆっくりと息を吸いこんだ。ジェイフィナンシャルは、三大ネットワークのひとつJTNが傘下におく金融・保険会社だった。

「クライム・チャンネル」はJTN系のネットワークに属している。

ムービーとネットワークを結ぶ〝鍵《かぎ》〟を、俺は見つけたような気がした。

「美波居留が仕事でつきあっていたのも、ジェイフィナンシャルか」

「そうだ。ムービーがらみの保険は、ジェイフィナンシャルが一手に引きうけている」

「すると美波居留のいっていた〝大物〟というのは、そこの人間とは考えられないか」

「俺にはわからねえ」

「マンスールが現場で保険をかけるときの窓口は誰だ」

「ドダエフの秘書の日本人さ。三崎とかいう。ジェイフィナンシャルは、幹部のほとんどが日本人だ。三崎は同じ日本人ということで、保険契約を任されている」

あの男だ。マリーナで俺を待っていた、やたらにかた苦しい日本人。

「『ヒート&スノウ』の保険にも、三崎はからんでいたか」

「俺は知らん。『ヒート&スノウ』は、スタッフに日本人がたくさん入っていた。マンスールの組み立てにしちゃ珍しいムービーだった」

「どこが資金を調達した」

「ワン・コング、帝王だ。帝王は、息子の嫁であるマギー・リーに頼みこまれて資金を用意した」

俺は嫌な感じがした。ワン・コングは保険会社と何か強いつながりがある。岩野布の話はそれを裏付けていた。だが、俺と岩野布とのやりとりは、すべてワン・コングに筒抜けになっているのだ。

耳に埋められた監視装置を早くとりださなければならない。

俺は岩野布を見つめた。

「何だ」

「早くこの島をでろ。あんたを消したがっているのは、我仁林だけじゃなさそうだ」

「もういい」

岩野布は力なく首を振った。

「美波居留が消されたとわかった以上、俺はもう生きてたって仕方がない」

どうやら本気で惚《ほ》れていたようだ。俺が取り調べ室をでようとすると、岩野布はいった。

「ホープレス、煙草はあるか」

俺はとりだし、岩野布に渡した。

「美波居留にいわれて、煙草をやめてた。何の意味もなかったな」

虚《うつ》ろな顔でくわえ、岩野布はいった。俺は火をつけてやった。

惚れた人間が死んでしまったときの痛みなら、俺も嫌というほど知っている。死にたいと思っているなら、死なせてやってもいいと考えるくらいには。

取り調べ室をでて、ＳＳ本部に俺は戻った。本土に渡る前に話さなければならない人間が増えていた。

ワン・コングとドダエフの秘書である三崎だ。

待っていたヨシオに俺は告げた。

「帝王と話をしなけりゃならなくなった」

孫が不安げにこちらを見つめている。奴は俺と岩野布とのやりとりをすべてモニターで見ていた筈《はず》だ。

「なぜです？」

俺は孫をふりかえった。

「説明してやれ」

孫はかたい表情だった。

「岩野布の話は何の証拠にもならない」

「証拠？　どんな証拠だ。帝王が保険金詐欺を働いてる連中を知っているという証拠か？」

孫は息を呑《の》んだ。

「このアイランドで帝王を侮辱するのは許されん！」

「だったら俺はでていく。あんたもほっとするだろう。疫病神がいなくなって」

「それがそうはいかなくなった」

孫は冷ややかにいった。

「なんだと？　どういうことだ」

「知りたければ、お前の仲間の警官にでも訊くがいい。ただしここの回線は使えない」

孫はくるりと背を向けた。そのとき俺はSSの本部の空気がさっきまでとかわっていることに気づいた。妙に人が増えていて、動きがあわただしい。

「何があった」

俺はヨシオに訊ねた。ヨシオは首を振った。

「わかりません。僕はアマンダを送りにいっていたので。ただ、先ほど許可のない船舶はすべてアイランドの出入港ができなくなったという指示がでたそうです」

「それは俺に対する嫌がらせか！」

俺は孫に詰めよった。

「でていけといっておいて、足止めをくらわすというのは、どういう意味だ」

「誤解するな。船舶に対する命令をだしたのはＳＳではない。原警だ」

「原警が⁉」

ヨシオが小声でいった。

「どうやら何かがおこっているようです。テロか、それに近いできごとが。アイランドの道路にも、原警のパトカーが何台もでていました」

俺は六階へと通じるエレベータを見つめた。何がおこったか知るには、帝王に訊《き》くのが一番手っとり早い。ベッドに横たわったまま、あの爺《じじ》いはすべての情報を手に入れている。

エレベータに歩みよろうとすると、数名の制服のＳＳがさえぎった。

「何の真似だ」

「帝王に会うことはできない。島内全域に警戒警報が発令された。当然、帝王の警備も強化され、六階へは、特別に許可を与えられた者しかあがれなくなった」

「俺には許可がある」

孫が背後からいった。

「それはとり消された」

「誰がとり消した？」

俺はふりかえり、孫に訊ねた。

「私だ。このビルの警備責任者は私だからな」

「ふざけるな。都合のいいときだけ責任者ヅラかよ」

「何とでもいえ。とにかく帝王との面会は許可しない。ただちにこの建物を退去してもらおう。石丸先生にもしたがっていただく」

俺は天井をにらみつけた。

「帝王、聞こえているし、見えているだろう。俺を上にあげるよう、こいつにいってくれ。俺はあんたと話したいことがあるんだ！」

全員が沈黙した。

俺は待った。六階から何らかの形でメッセージがおりてきて、エレベータに乗せるよう孫が命じられるのを。

おそらく孫もそれを覚悟していたと思う。

だが、一分たち、二分たっても何もおこらなかった。

孫がほくそ笑んだ。

「どうやらお前の願いは聞き入れられなかったようだな」

「くそ。帝王、聞こえてないのか！　聞こえているなら返事をしろ」

「そういう態度は許さん。セキュリティ！　この男を排除しろ」

孫が命じ、制服のSSどもが俺をとり囲んだ。

「触るな！」

俺は怒鳴った。ヨシオが俺の腕に触れた。

「ケン、気持はわかりますが、ここは引きあげましょう」

俺は深々と息を吸いこんだ。帝王は俺をコケにしたのだ。この落とし前はつけてやる。

「わかったよ」

孫が嬉《うれ》しげにいった。

「石丸先生の家か、宿泊先のホテルか、警報のでているあいだは、その二ヵ所以外への移動を禁止する」

「逆らったらどうなる？　逮捕して本土に送り返すか？」

俺は孫をにらんだ。

「拘束する。警報が解除されるまで監禁するからそのつもりで」

「おもしろい。やれるものならやってみろ」

俺は腰にさしたブレンテンを叩《たた》き、いってやった。そしてヨシオとともに、本部をあとにした。

32

「アマンダはどうした？　撮影所に戻ったのか」

ヨシオの車に乗りこむと、俺は訊《たず》ねた。

「ええ。撮影のつづきがありますから。スケジュールが遅れぎみで、監督とプロデューサーにかなりプレッシャーがかかっているようです」

「だがアマンダには強いことをいえない？」

「そうですね。多くの人が壊れものの宝石を扱うようにアマンダに接しています。しかしそれはむしろ彼女にストレスを与える」

「わかるような気がする」

「だからあなたに魅《ひ》かれたのでしょう」

さりげなくヨシオはいった。が、俺は息が止まるほどショックだった。

「アマンダから聞きました。あなたにキスを求めたそうですね」

俺は煙草をとりだした。ヨシオの顔を見られなかった。

「そのつづきを彼女は話したのか」

「断わられたといっていました。たぶん僕に気がねしたのだろう、と」

俺は煙とともに息を吐いた。

「あんな美人に迫られるのには慣れていないんだ」

ヨシオは微笑んだ。

「あなたの気持はわかります。でも僕にそんな気づかいは無用です。以前にもお話ししましたが、僕たちの関係は、特殊ですから」

「それについての説明を聞きたいとは、あまり思わないな」

ヨシオの運転する車がセントラルロードに入ると、ホテルエリアとの分かれ道の手前に赤い回転灯がいくつも立っているのが見えた。装甲車の姿もある。

近づいていくと、SSとは明らかにちがう、重武装した戦闘服の集団がいた。

「検問所です。ほんの一時間前まではありませんでした」

「原警か」

「ええ」

車が止められた。X線スコープを着けた兵士が車内をのぞきこんだ。

「警備検問です」

スコープが俺の腰に向けられた。

「銃を所持していますね」

「調査員なんだ。SSの許可も受けている」

「お名前を――」

手首につけたTUをもちあげ、俺の映像を映しながら兵士はいった。

「ヨヨギ・ケン」

TUが光った。データが送られてきたようだ。

「TUの使用は解除なのか」

俺は訊ねた。

「警察用の周波数のみです。照合しました。通って下さい」

兵士は答えた。さすがに俺の銃砲携帯許可まではとり消されていなかったようだ。

「何があった」

「お答えできません。ただ二級警報が発令されていますので、必要のない夜間外出は控えて下さい」

兵士はいって、ライトを振った。ヨシオは車を発進させた。

サウスエリアにあるヨシオの家に着くまで、そのあと二回、俺たちは検問で止められた。主要道路には、百メートルおきくらいに装甲車が止まっている。

これまでその姿を見ることのなかった原警がいっせいに姿を現わしたという感じだ。

「おそらくテロ予告があったのでしょう。それか予知情報が流れたか」

ヨシオがいい、テレビモニターをつけた。アイランドチャンネルに切りかえる。文字放送が流れた。

『現在、当アイランドには、原子力発電所警備警察隊により、第二級テロ警戒警報が発令されています。許可のない船舶の出入港及びヘリコプターの離発着はできません。またさし迫った理由のない外出はお控え下さい。島内全域で警備検問を実施中です。ご協力をお願いいたします。

スタジオ・セキュリティ』

「たったこれだけか」

俺は吐きだし、ヨシオをふりかえった。

「キッチンはどこだ。それと消毒薬を」

ヨシオは不審げな表情を浮かべたが、キッチンまで俺を案内した。

俺はキッチンにおかれた刃物類を物色した。ちょうどいいのはペティナイフだ。刃先を爪にあて切れ味をチェックする。

ヨシオがスプレー式の消毒薬を手にキッチンに戻ってきた。

「消毒スプレーです」

俺は右耳のピアスをさし、ペティナイフをヨシオにさしだした。

「こいつを外してくれ」

「ケン！」

「帝王のほうから契約を破棄したんだ。このピアスを外したところで文句をいわれる筋合いはないね」

ヨシオは不安げにペティナイフをうけとった。

「でも僕は素人です。あなたに怪我をさせてしまいます」

「かまやしない。耳たぶ全部を削《そ》ごうっていうんじゃないんだ。ちょっとくらい血がでたってどうってことない」

「でも……」

「ヨシオがやらないなら、鏡を見て自分でやる。バスルームを血だらけにしちまうかもしれんが」

ヨシオは目玉をぐるりと回した。

「わかりました。やります」

キッチンに椅子をおき、すわった俺の横にヨシオは中腰で立った。

スプレーを吹きつけ、ピアスをチェックする。俺は手鏡で〝手術〟を観察した。

「簡単には外せない仕組です。耳たぶの裏と表の両方から固定されていて、超小型のロックがかかっています」

のぞきこんでいたヨシオがいった。

「ペンチで潰《つぶ》せないか」

「耳たぶに近すぎます。それにかなり硬い合金を使っていますから無理だと思います」

試してみたが駄目だった。

「じゃあ耳たぶにあいた穴を広げてひっこ抜いてくれ」

「本気ですか」

「冗談でいってると思うか」

ヨシオは息を吐き、ペティナイフを手にした。わずかに震えている。

「耳を落とさないようにな」

「保証はできません」

「そうなったら、〝外出のさし迫った理由〟ができる」

俺は軽口を叩いた。消毒スプレーの麻酔効果は多少あったと思うが、とりつけられたときよりは、はるかにきつい痛みを俺は味わった。肩の上にのせたタオルに血が滴った。

ヨシオはだが思ったより大胆に〝手術〟を進め、数分後には、ピアスはとり外されていた。

「アルミホイルを」

俺はいい、血をふきとったピアスをホイルに包み、ポケットにしまった。これで帝王の監視からは逃れられた。

ヨシオによる傷の治療が終わると、俺は有線電話をとりあげた。池谷のTUを呼びだす。

「池谷だ」

「ケンだ。アイランドで何がおこっている」

「待て」

池谷は短くいった。どうやら近くに誰かいたらしい。

やがて池谷がいった。

「新東京都は〝スクラッパー〟からの脅迫をはねつけた。金をよこせという要求さ。すると〝スクラッパー〟はネットワークあてに次の脅迫メールを送った」

「ヨシオ、テレビを。JTN系の局をつけてくれ」

俺はいった。

「RU――」

ヨシオが命じた。するとRUの音声機能が答えた。

「現在アイランドチャンネル以外のネットワーク放送は島内では見ることができません。原警による規制がかかっています」

「何――」

「RU、チャンネルを切りかえろ」

ヨシオはいった。モニターの画面が次々にかわった。だがどれも砂嵐しか映っていない。

「ケン、そこにいるか」

池谷が電話の中でいった。

「いる。ネットワークが映らない。何があったか教えてくれ」

「〝スクラッパー〟の予告だ。アイランドの原発に爆弾をしかけた」

「何だって⁉」

「国連軍の特殊部隊がすでにアイランドには入っている。爆弾を捜しているが発見できていない」

「ネオセムテックスだ。今までと同じなら、原発の構造物のどこかにネオセムテックスが埋めこまれている」

「とうにそれは知らせたさ。だがネオセムテックスを探知するセンサーに反応はなかった。部隊は今、二度めの検査中だ」

「ドカンときたらどうなる」

「原発が、か。それこそ今ネットワークで、嫌になるほどシミュレーションをやってやがる。最悪の場合は、アイランドは壊滅、新東京にも放射能汚染がおこる」

「なるほどね」

「原警は、第一級の報道規制をかけた。ネットワークのヘリが近づこうとしたが、撃墜すると警告されて戻ったようだ」

「そいつは正しい判断だ。だがアイランド内にはまるで伝わってないぞ」

「警視庁の対テロ特別捜査部は、〝スクラッパー〟の協力者がアイランド内にいると見ている。そこでお前さんたちを雪隠詰《せっちんづ》めにしたのさ」

「なるほどね」

「新東京都はネットワークを通して、〝身代金〟の交渉に応じる予定だ。だがその前に報道規制を解除するよう、〝スクラッパー〟は要求してきた。それをどうするか、お偉いさんは今、会議中だ」

「ケン――」

スピーカーで話を聞いていたヨシオがいった。

「何だ」

「報道規制が解除になったら、ネットワークの記者が大挙してアイランドに上陸してきます」

「もちろんそうなるだろうな。大混乱だ。ホテルは大儲《おおもう》けだろうが」

ヨシオは首を振った。

「アイランドの神話が崩壊します。爆弾のあるなしにかかわりなく、ネットワークは、アイランドのあらゆる情報を根こそぎ、テレビで流すでしょう」

「そうか」

俺はつぶやいた。

「池谷、聞こえたか」

「聞こえた。だがそれがどうした」

「〝スクラッパー〟は『フィックス』だ。そして『フィックス』をしかけている奴らは、皆アイランドに恨みがある」

「どんな恨みだ」

「この島で成り上がれなかった奴らさ。日本人で、映画にかかわっていた」

「だから原発を吹っ飛ばすのか」

「そうじゃない。予告はガセだ。ネットワークのカメラをアイランドに送りこみ、アイランドの神秘性を破壊するのが狙いなんだ」

「なるほどね。だがそれじゃお偉いさんは説得できん。万一、ドカンときたらお終《しま》いだからな」

ヨシオが息を吐いた。そのとき、モニターの音声がよみがえった。文字放送から、リアルタイムの映像に切りかわる。

『こちらはアイランドチャンネルです。ただ今より、スタジオ・セキュリティ本部における記者会見を放送いたします』

「待て」

俺は池谷にいった。ヨシオとふたりでモニターを見つめた。

SSの本部が映っていた。やがて制服姿の孫が画面の中央に現われた。

『皆さん、私はスタジオ・セキュリティの責任者の孫です。ただ今より、ワン・コング氏の記者会見を開始します。ワン・コング氏は病気療養中につき、お見せする映像は、CGによる画像となります。ただし音声は、ワン・コング氏本人の肉声です。アイランドの運命にかかわる、非常に重要な記者会見ですので、すべての方がご覧になるよう、強く希望します。尚《なお》、現在アイランド内で、このアイランドドチャンネル以外のテレビ局は一切、視聴できません。衛星放送もネット回線も同様です。では、ワン・コング氏による記者会見を始めます』

「信じられない。CGとはいえ、帝王が人前に姿を現わすなんて……」

ヨシオがつぶやいた。

やがてワン・コングの映像が現われた。がっしりとした体格で、仕立てのいいスーツを着けている。背景は撮影所の入口だ。

『皆さん、こんばんは。ワン・コングです』

音声は俺が聞いたものと同じ合成音だ。だがたくみに修正され、肉声のように聞こえる。

『つい先ほど、私は、原子力発電所警備警察隊の司令、吉行大佐と会談をもちました。

そしてアイランドが今、非常に危機的な状況にあるという認識をもつに至りました』

ワン・コングはいった。

「そっちでは見られるか」

俺は池谷に訊《たず》ねた。

「ああ。ネットワークが中継している。伝説の帝王が出演しているというんで、レーティングがうなぎのぼりだ」

池谷は答えた。俺は再びモニターに目を戻した。帝王の姿を見たせいで、耳が痛くなってきた。

『アイランドにかつてない危機が訪れています。テロリストの標的にされたのです。これはムービーではありません。くりかえします。これはムービーではなく、現実です。テロリストは原子力発電所に爆弾をしかけたといっています。このテロリストは過去、同じような予告を、本土でだし、いずれも爆弾は実際に爆発しました。そこで我々も、この予告を真剣にうけとめることにしました』

俺は煙草をとりだした。いったい帝王は、何をしようというのか。

『現在、アイランド内でおこなわれている、すべての撮影を中止します。そして、最小限の保安関係者をのぞき、すべての住民、観光客は、アイランドの外へ避難していただきます。これは万一、爆発がおきた場合に備えての避難ですから、キャスト、スタッフを含むムービーの関係者全員もしたがって下さい』

「大変だ」

ヨシオがつぶやいた。

『避難のための大型フェリーを、現在、スタジオ・カンパニーが手配しています。住民、観光客の皆さんは、手にもてる大きさの荷物を、各自ひとつだけ、くりかえします、ひとつだけもって、自宅、あるいはホテル、あるいは撮影所で待機して下さい。パニックを避けるため、避難は、撮影所、イーストエリア、サウスエリア、セントラルエリア、そしてホテルエリアの順で実施されます。誘導はSSがおこないますので、すべての方はその指示にしたがって下さい』

「本気なのか。えらいことだぞ」

まるで俺の声が聞こえたように、ワン・コングのCGはモニターから見すえた。

『これはムービーではありません。人命にかかわる避難行動です。避難の開始は、明朝、午前五時からです。それまで、準備を整え、落ちついて待機をして下さい。以上、ワン・コングからのお願いです』

モニターがSS本部に切りかわった。孫が大映しになっている。

「では避難の順路、手続きについて、再度、説明いたします……」

「これは〝スクラッパー〟への対抗策です」

ヨシオがいったので俺はふりかえった。

「どういうことだ」

「もし〝スクラッパー〟の要求に新東京都が屈したら、ネットワークはアイランドのすみずみまでを電波にのせるでしょう。でもそこにムービーの人間がいなければ、アイランドの神話は無傷です。スターの豪邸だろうとスタジオだろうと、ゴーストタウンの映像をいくら流したところで、人々の興味は満たされない」

「なるほど。アイランドの神話を守るために、ワン・コングは思い切った手を打ったということか」

だが〝スクラッパー〟が避難を禁じてきたらどうなるだろう。報道規制を解除しろと要求してきた連中のことだ。ネットワークで今の記者会見を見れば、避難は許さないといってくる可能性だってある。

同じことを思ったのか、池谷がいった。

「避難はいいとして、ワン・コングはなぜこんな記者会見をネットワークに中継させたんだ。もし犯人が駄目だといったらどうするつもりだ」

「そんなことを俺に訊《き》くな」

俺はいった。だが確かに何かが変だった。このタイミングで〝スクラッパー〟が予告してきたこと、ワン・コングが記者会見をアイランドだけでなく、ネットワークにも流したこと。目に見え、耳に聞こえているもの以外の何かがある。

モニターでは、SS本部からの放送がつづいていた。俺はそれを見つめた。ずっとひっかかっていることがある。だが何なのか思いだせない。

「ケン、まだそこにいるか」

池谷が訊ねた。

「ああ、いる」

俺は唸《うな》った。

「これからいったいどうなるんだ」

「いったろう。そんなことが俺にわかるわけがない」

「お前なら何かつかんでいる筈《はず》だ。それともオガサワラ暮らしですっかりボケちまったか」

「うるさい。この島はとにかくふつうじゃないんだ」

いいかえし、思いついて訊ねた。

「帝王の記者会見を最初に中継したのはどのネットワークだ」

「待て」

池谷が誰かに訊いている気配があった。

「JTNだ」

戻ってきた池谷がいった。

「やはりな。『フィックス』がらみは、すべてJTNだ」

「誰かがJTNと帝王をつないだのでしょうか」

ヨシオがいい、その瞬間、俺は思いだした。

「くそっ。すっかり忘れていた」

「何だ」

「何をです？」

池谷とヨシオがいった。

「さっき岩野布と話したとき、奴がいったことをだ。マンスールはＪＴＮ系の保険会社と契約をかわしていて、その窓口になっているのは、ドダエフの秘書の日本人だ。保険会社は幹部の大半が日本人なので、同じ日本人である三崎が契約を担当した」

「それがどうした」

「調べなけりゃならないことがふたつある」

俺はいった。

「まず第一点は、この爆弾騒ぎで撮影が中止された場合、損害を保険会社は払うのか、ということ」

「とんでもない金額になります。アイランドでの撮影がすべて中止されるのですから」

ヨシオがいった。俺は頷《うなず》き、つづけた。

「第二点は、ＪＴＮと帝王をつないだ人物。それがドダエフの秘書の三崎なら、奴はすべての鍵《かぎ》を握っている」

「三崎、何という男だ」

「わからん。年齢は五十代のどこか。日本人だがマンスールのスタッフだ」

「調べる」

池谷がいって間があった。やがて、

「警視庁《こちら》のデータベースにヒットする人物はいない」

といった。俺はヨシオを見た。

「三崎はどこにいる」

「さあ……。ドダエフの秘書ならたぶん彼といっしょにいるでしょう」

「だったらマリーナだ」

俺はいった。

「避難指示がワン・コングによってだされた以上、ドダエフだって逆らうわけにはいかない。だが奴には自分のクルーザーがある。フェリーなど待たなくとも、さっさとアイランドを離れられる」

「ドダエフが〝スクラッパー〟とぐるだという可能性は？」

池谷が訊ねた。

「たぶんそれはない。〝スクラッパー〟と組んだところでチェチェン人には何の得もない。ロシア人もだ」

「だが保険金が支払われたら、スタジオ・カンパニーの懐は潤います」

ヨシオがいった。

「保険金詐欺というのは、周到な計画が必要だ。もしマンスールやIFGが今夜のこの騒ぎを前もって計画していたら、奴らがあんな殺し合いをする筈がない。そのせいでドダエフの従弟《いとこ》が死に、我仁林の片腕も殺された。そうか、何てこった！」

俺は叫んだ。

「今度は何だ」

「我仁林がドダエフの従弟をさらった一件をむりやり終息させた理由だ。このことが頭にあったからだ」

「誰の頭にあったんだ？　我仁林か」

池谷が訊いた。

「ちがう。帝王だ。ワン・コングは〝スクラッパー〟が原発を爆破すると予告してくるのを知っていたんだ」

俺はいった。

33

ヨシオから借りた車で俺はマリーナに向かった。同行したいというヨシオに、俺は絶対に駄目だと答えた。

アイランドはワン・コングの避難指示で混乱している。しかも避難指示の解除はいつになるかわからず、片腕を殺された我仁林がドダエフへの仕返しを考えるとすれば今夜しかない。

原警の検問で止められるたび、俺は池谷に確認をとれと警官にいった。池谷は俺の考えを全面的に認めたわけではなかったが、証明のために俺が動き回れるよう、原警に手配してくれた。

マリーナはごったがえしていた。ドダエフと同じようにクルーザーをもつ金持連中が、原警の許可がおりしだいアイランドを逃げだそうと、我先に押しかけていたのだ。SSが交通整理に駆りだされているが、相手が大物ばかりとあって、手こずっているのが見てとれた。中にはまるでお祭り騒ぎのクルーザーまであって、花火見物のつもりか、シャンペンパーティをデッキで開いている馬鹿までいた。

ただし、マリーナの沖には原警の警備艇が停泊していて、すべての船の出港を阻んでいる。

俺は混乱にまぎれて車をマリーナの敷地まで乗り入れると、桟橋に走らせた。見覚えのある大型クルーザーが停泊している。

甲板には揃いのポロシャツを着けたゴリラが数人いた。全員が肩に小型のショルダーバッグをかけている。中には銃がおさまっているのだろう。

つまり船にはボスであるドダエフが乗っているのだ。

車を止め、しばらくクルーザーのようすを観察した。三崎の姿は見えない。

ドダエフに会いたいと正面からいったところで、ゴリラどもに追いかえされるのは目に見えていた。それに俺の目的は別にある。

栈橋には制服のSSが十メートルおきに立ち、停泊する船に近づく者をチェックしていた。どこかの阿呆《あほう》が人の船をかっぱらってアイランドを逃げだそうとするのを制止するためのようだ。クルーザーの上でパーティをやっている金持連中には知らん顔だ。シャンペンをくらっている顔の中には、俺も知っているムービースターの顔もあった。

パーティをやっている船は一隻だけじゃなかった。時間がたつにつれ、次々にリムジンやスポーツカーがマリーナに乗りつけられ、騒いでいる船の数は増えていった。

騒いでいる奴らは誰も、原発に爆弾がしかけられたとは信じていないようだった。それともたとえ爆弾が爆発しても、自分たちだけは助かると思いこんでいるのか。

むかつく奴らだ。あちこちでパーティが始まると、まるで競い合うように騒ぎが大きくなる。花火を上げる水着の女や、酔ってほとんど全裸でツナタワーによじ登っている奴までいる。

その中にアマンダがいないことを俺は願った。アマンダは確かに俺を虜《とりこ》にした。だが、あの乱痴気騒ぎの中に混じっていたら、ファンになったことを俺は後悔する。

突然、激しい水音がして悲鳴があがった。ドダエフの船から百メートルほど離れた豪華なクルーザーだった。ツナタワーに登っていた酔っぱらいが海に落ちたのだ。

「誰か、誰か助けてあげて!」

女が叫んだ。SSがあわてて駆けていく。

「あの人、泳げないのよ！」

水音が次々につづいた。いいところを見せようと飛びこんだ奴がいる。

俺は首を振った。溺《おぼ》れちまえ。

そのとき、マリーナの敷地を一台のオートバイが猛スピードでつっきってくるのが見えた。オートバイはふたり乗りで、ライダーは両方ともフルフェイスのヘルメットをかぶっている。近くにいたSSは皆、海に落ちた酔っぱらいを引き上げることに気をとられていた。

バイクは一気に桟橋を走り、ドダエフのクルーザーの横でターンすると止まった。うしろにまたがっていた奴が何かをとりだすと投げつけた。

俺は目をみひらいた。ドダエフのクルーザーの甲板で爆発がおこった。グレネードだ。警戒に立っていたゴリラの体がばらばらに吹っ飛ぶのが見えた。

俺は車のエンジンをかけた。バイクのうしろに乗った男はさらにグレネードをドダエフのクルーザーに投げこんだ。爆発が続いた。

バイクが発進した。猛スピードで桟橋を引き返してくる。俺はその前に通せんぼするように車を止めた。バイクが急停止した。後部席の野郎が肩から吊《つ》るしたサブマシンガンをかまえるのが見え、俺は車を飛びだした。

銃声が轟《とどろ》き、ヨシオから借りた車が穴だらけになった。俺は桟橋のつけ根を転がるようにしてその場を離れた。

ドダエフのクルーザーはまっ黒な煙をあげて燃えていた。中からでてきた連中が海に飛びこんでいる。ようやくSSが駆けつけてきた。それを見てバイクはターンすると、再び桟橋の先端に向け、走りだした。

制止しようとしたSSが銃声とともに倒れた。銃声は、酔っぱらいが落ちたクルーザーからだった。ぐるだったのだ。

さらに海に飛びこんだドダエフのクルーにも銃弾は浴びせられた。残ったSSはその場に伏せて動けなくなっている。

俺はブレンテンを抜いた。桟橋の先端でバイクはくるりと向きをかえた。エンジンを吹かしている。走りだしたと思ったら、ウイリーで前輪をもちあげた。俺が止めた車を乗り越えるつもりのようだ。

迫ってくるバイクにブレンテンの狙いをつけ、引き金を絞った。一〇ミリ弾がガソリンタンクをぶち抜き、次の瞬間、バイクは火の玉と化した。ヨシオの車に激突し、火だるまになったライダーふたりが桟橋に転がった。

俺はライダーの〝援護射撃〟をしたクルーザーをふりかえった。パーティ客はデッキから姿を消し、我仁林の手下どもがアサルトライフルを手にたちはだかっている。そいつらが今度は俺を狙い撃ち始めた。俺は走ってその場を離れた。距離もあるし、拳銃《けんじゅう》とアサルトライフルとでは勝負にならない。

マリーナの敷地に思い思いに止められた、船のオーナーたちの車のすきまに飛びこんだ。銃弾がふり注ぎ、ガラスを砕き、タイヤを破裂させる。ＳＳはほとんどが撃ち倒されるか、その場に這《は》いつくばっているだけだ。

空を爆音が近づいてきた。俺は頭上を見あげた。急速で接近してくるヘリの姿があった。不意に投光機が点《とも》り、ロシアマフィアのクルーザーが煌々《こうこう》と照らしだされた。甲板にいる奴らは銃口を空に向けた。

「こちらは原警だ。ただちに銃を捨て、投降せよ。くりかえす。ただちに銃を捨て、投降せよ」

ロシアマフィアは、これまで一度も原警とやりあったことがなかったにちがいない。甲板にいたうちの何人かはキャビンに逃げこんだが、残った連中のひとりがアサルトライフルをヘリに向け発砲した。

ヘリはぐいと上昇し、旋回した。警告の二度めはなかった。機体の下でぱっと白い煙があがると、対地ミサイルが一直線にクルーザーめがけ飛んだ。

爆発とともに、あたりが明るくなった。クルーザーはまっぷたつに折れ、その場で沈没した。俺は穴だらけになったフェラーリの陰からそれを見ていた。

原警のやり方に容赦はなかった。かろうじて沈没直前のクルーザーを逃げだした奴を投光機でつかまえては、機銃掃射を加える。男も女もない。あっという間にあたりは血と肉の散らばる修羅場と化した。

抵抗する者も逃げる者もいないとわかるまで、ヘリは旋回をくりかえし、やがて上昇し遠ざかった。

俺はようやく体をおこした。原警が対テロの特殊警察部隊だとは聞いていたが、これほど徹底してやるとは思わなかった。ヘリがもう少し早く飛来していたら、俺もマフィアの一味と思われ、粉々にされていたろう。

生き残ったSSが右往左往し、怪我人を救おうとしている中、俺はドダエフのクルーザーに近づいた。

ずぶ濡《ぬ》れになったドダエフがボディガードのひとりと桟橋にすわりこんでいた。

「ヨヨギか」

俺を見あげるといった。グレネードの破片をくらったらしく、ポロシャツの右のわき腹が赤く染まっている。

「あんたの秘書はどこだ」

俺はいった。

「秘書？　三崎のことか」

「そうだ。用がある」

ドダエフは瞬《まばた》きした。

「私を殺しにきたのじゃないのか」

「あんたには痛い目にあわされたが、殺したいほど恨んじゃいない。俺は三崎と話をしたいんだ」

ドダエフは苦しげに目を閉じ、喘《あえ》いだ。

「なぜあの男と話したい」

「保険の担当者だからだ」

俺が答えると、ドダエフは目をみひらき、俺を見た。

「爆弾予告で撮影が中止になった映画に、保険金は支払われるのか」

俺は訊《たず》ねた。ドダエフは俺の目を見つめ、低い声でいった。

「私はそう聞いた」

「誰からだ」

「三崎だ。だが三崎とは昼から連絡がとれない。私たちは保険があるから、撮影を中止して避難指示にしたがった。帝王の言葉通り、アイランドでのすべての撮影は中止されている。夜明けにはフェリーが到着し、避難が始まる」

「避難の解除はいつになるんだ？」

ドダエフは首を振った。

「それはわからん。帝王は原警の指示にしたがうといった。一日なのか、一週間なのか」

「ロシア人も同意したのか」

「そう聞いている。奴らがこんなどさくさにまぎれて私を狙ってくるとは思わなかったが……」

「もし避難が長期化し、スタジオにも被害が生じて、保険金が支払われなかったらどうなる」

ドダエフの顔が険しくなった。

「決まっている。スタジオ・カンパニーは大損害をうける」

「潰《つぶ》れるくらいのか」

「馬鹿をいうな。我々にはコンテンツという財産がある。それらを担保にすれば、すぐに会社は再建できる」

「金はどこから借りる？」

「何を知りたいんだ、探偵」

「いいから。大損害をうけたとして、撮影を再開するための資金はどこから調達するんだ？」

ドダエフは無表情になった。

「私は契約事項を再確認したくて、三崎を捜させた。だが奴とは連絡がとれず、かわりにロシア人どもが襲ってきた」

「答えろ。資金調達はどこからする？」

ドダエフは俺をにらんだ。

「スタジオの再建には何百億という金がかかるだろう。コンテンツを担保にそれだけの金を貸せる企業など、いくつもない」

「どこだ」

「決まっている。ネットワークだ」

俺は息を吐いた。帝王の狙いはそこにあったのだ。アイランドの実権を握るスタジオ・カンパニーを排除する。そのためにネットワークと組んだ。

バランスが保たれてきたロシア人とチェチェン人に対立を生じさせ、さらに〝スクラッパー〟を使って、マンスールにもIFGにも大損害を与える。弱体化したスタジオ・カンパニーを支えるという名目で、ネットワークがアイランドに触手をのばすきっかけが生まれる、というわけだ。

設計図を描《か》いたのは帝王だ。

「帝王の記者会見がネットワークで流れるようしかけたのは三崎だな」

「何のことだ。私にはわからん」

ドダエフは目をみひらき、いった。

「三崎はどこにいる？」

「私のほうが訊《き》きたいくらいだ」

俺はくるりと踵《きびす》を返した。もうドダエフに用はない。

「待て、どこへいく」

ドダエフが叫んだ。

「三崎を捜す」

「お前にわかるのか、居場所が」

俺は立ち止まり、ドダエフをふりかえると答えた。

「心当たりが、ひとつだけある」

34

ヨシオから借りた車は穴だらけの上に火だるまのバイクが激突したせいで、見るも無惨なありさまになっていた。それでもスタートボタンを押すとエンジンは動いた。

砕けたフロントグラスの残りが視界をさえぎっている。俺はブレンテンのグリップでぶらさがっている破片を叩《たた》き落とし、車をターンさせた。

タイヤが嫌な音をたてた。衝撃で変形した車体にこすれているようだ。いずれパンクするだろうが、目的地まで走れればかまわない。

マリーナをでて、撮影所へと向かうルートをとった。だが撮影所の中央ゲートまであと一キロ足らずというところでタイヤがパンクし、エンジンが火を噴いた。どうやらタイヤと車体との摩擦熱が、洩《も》れていたオイルに引火したようだ。

ボンネットの下から煙が噴きだし、ちろちろと赤い火が見えだした。それでもエンジンは動いていたが、俺は車を捨てることにした。火がガソリンに回れば、瞬く間に燃える棺桶《かんおけ》と化す。

路肩に車を止めると撮影所に向けて歩きだした。正面からSSのパトカーがサイレンを鳴らし、走ってくる。うしろには何台もの乗用車やバスがつづいていた。撮影所にいた人間が避難する車列だった。

俺は足を止め、何十台と連なってセントラルロードの方向に走るバスや車を見送った。ワン・コングの記者会見によれば、避難は撮影所からスタートすることになっていた。つまり待機が解かれ、避難が開始されたのだ。

逃げだす車の列とは反対の方向へと歩く俺を気にする者はいなかった。車はマリーナや、さらにその先の港の方角へと走りさっていった。

ようやく中央ゲートの手前にたどりついた。原警が検問を張っていた。

「待て、どこへいく」

「撮影所だ。俺のことは警視庁の池谷に訊いてくれ。調査員のヨヨギ・ケンだ」

完全武装の警官は専用回線で連絡をとると、口調を改めた。

「あなたのことは確認がとれました。ですが撮影所には入れません。避難開始時刻が早まったのです。あなたも港に向かって下さい」

「なぜだ」

「全員避難させよとの命令なんです」

警官はいった。

「そうじゃない。俺がなぜだと訊いたのは、避難開始時刻が早まった理由だ」

警官は一瞬間をおいた。話すべきかどうか迷ったようだ。が、やがていった。

「原発付近で爆発があったのです。小規模なものですが被害がでました。この先、爆発が連続すれば、被害が広がる恐れがあります。そのため警備隊本部は、避難の開始を前倒しにしたんです。警備関係者以外は全員、この島を離れよという都知事命令がでています」

「俺は撮影所にいかなきゃならないんだ」

警官は首を振った。

「たとえ本庁警視の指示があったとしてもここは通れません。それに撮影所の避難は完了しました。残っているのはSSだけです。今はSSが残存者がいないか捜索中の筈《はず》です」

「本当にSS以外はひとりもいないといいきれるのか」

「そういうことになっています。それ以上は自分にはわかりません」

警官は答えた。俺は息を吐いた。無理に通ろうとすれば撃たれるだろう。原警が、その指示にしたがわない者には容赦しないことを、俺はたった今、目のあたりにしたばかりだ。

そのとき派手にサイレンを鳴らした原警の装甲自動車がマリーナの方向からやってきて、検問所の前で止まった。

「どうした」

ドアを開け、戦闘服の警官が顔をだした。茂上だった。池谷に頼まれ、俺に銃を貸してくれた原警の副司令だ。

「この人物が撮影所にいきたいと。本庁警視の身分保証はあるのですが……」

茂上は俺を見ても表情をかえなかった。

「このテロに関係する調査のためにどうしてもいきたいんだ」

俺は中央ゲートを示していった。

「わかった。乗れ」

茂上はいった。

「中佐――」

警官が驚いたようにいった。

「かまわん。俺が責任をとる」

俺は装甲自動車の助手席に乗りこんだ。茂上は運転席のドアを閉め、発進させた。

「撮影所のどこへいきたいんだ?」

「〝聖域〟だ」

「〝聖域〟?」

「SSの本部がある城さ。その上に、ワン・コングのいる〝聖域〟がある」

装甲自動車に対しては、SSもフリーパスだった。撮影所に入ってすぐ、SSの検問所があったが、手を振って通した。

「ワン・コングに会いにいくのか」

茂上が訊《たず》ねた。

「そうだ。ワン・コングは、原発にテロ予告をしてきた連中とぐるだ」

茂上がちらりと俺を見た。

「なぜそんな真似をする」

「アイランドをスタジオ・カンパニーの支配下からぬけださせるためだ。そのためにワン・コングはネットワークと組んだ」

「難しい話だな」

茂上は表情をかえず、いった。

「テロ予告はただの威《おど》しだ」

俺はいった。

「だが爆発はあった。原発の敷地内ではなく、原発の近くに建つ低温貯蔵庫がひとつ粉々に吹きとんだ。そばで警戒にあたっていた、うちの隊員がひとり、あおりをくって死亡した」

「その貯蔵庫の爆発は、サンライズアパートと同じだ。建設時にネオセムテックスがしかけられていたのさ」

「どうやってそんなことができたんだ」

「基礎工事の段階でセメントにネオセムテックスをまぜてしまえば、爆発物探知にひっかからない。だが、原発の基礎工事でそいつをやるのには無理がある。その低温貯蔵庫は、最近作られたものだったのじゃないか」

「そうだ。おととし、建てかえられたばかりだった」

装甲自動車は撮影所の東のつきあたり、〝聖域〟のある城の前に達していた。もともとこの撮影所で人を見ることは少なかったが、今は本当に空っぽに思えた。

城の前にも人はいない。車が何台か止まっているだけだ。

茂上は装甲自動車を止めた。

「礼をいう。あんたには世話になりっぱなしだ。借りたガバは孫にとりあげられちまった」

「いや。本当にワン・コングはここにいるのか？」

「いる。俺の勘が正しけりゃ、ワン・コングとネットワークをつないだ、マンスール・カンパニーの日本人社員といる筈だ」

俺はいってドアを開いた。茂上も装甲自動車をおりた。アサルトライフルを肩から吊《つ》るしている。

「あんたもくる気か」

茂上は城を見あげ、いった。

「この城の四階にＳＳのオフィスがある。俺はそこに用があってきた」

「孫か」

茂上は無言で頷《うなず》いた。

俺たちはエレベータに乗りこみ、四階まであがった。

エレベータが上昇している途中、激しい銃声が頭上から聞こえた。階上で撃ち合いがおこっている。

俺と茂上は体を低くして、銃をかまえた。

エレベータの扉が開いた。茂上がいきなり撃った。ミニウージーをかまえた白人が待ちかまえていたからだった。

アサルトライフルの掃射をくらって、そいつはものもいわずに倒れこんだ。

そこらじゅうに弾痕《だんこん》の残るSSの本部が目に飛びこんできた。モニター類は粉々に砕け、テーブルやロッカーが床に倒れている。天井の照明も半分以上が破壊され、中は薄暗い。

すぐ目の前で、SSの隊員がひとり死んでいた。

俺は取り調べ室のある方角を見やった。明りが切れているせいで、フロアの奥は見通せない。

茂上がかがみこんで、射殺した白人のもちものを調べた。

「IFGの社員だ」

「我仁林が送りこんできたんだ。ここには岩野布というIFGの社員が勾留《こうりゅう》されていた」

「とりかえしにきたのか」

「いや、むしろ消しにきたのだろう」

「なぜ社員を殺す」

「岩野布は恋人を人質にとられ、ＩＦＧを裏切ったんだ。人質にとったのも、原発テロをしかけたのと同じ犯人だ」

茂上は眉《まゆ》をひそめた。

俺はＳＳの本部の奥の暗がりに、倒れたロッカーの陰から呼びかけた。

「孫、ヨヨギだ。そこにいるか」

返事のかわりに銃弾が浴びせられた。俺たちは身を伏せ、茂上がアサルトライフルをマガジンが空になるまで撃ちまくった。すばやく予備のマガジンと交換する。悲鳴が聞こえた。

俺はあきれた。茂上のやり方はどう見ても警官ではない。まず撃ちまくるのは、軍隊の方法だ。

「ここにいろ」

茂上は俺にいって、ロッカーを飛びこえ、奥へと進んだ。赤外線暗視眼鏡《ノクトグラス》をかけている。

数秒後、短い掃射の音がして、

「クリア。大丈夫だ」

という茂上の声が聞こえた。俺はロッカーの陰をでた。

ＩＦＧの殴りこみにあって、残っていたＳＳは取り調べ室にたてこもったようだ。ＳやＩＦＧの社員の死体がいたるところに転がっていた。取り調べ室の周辺は、天井とい壁といい穴だらけだった。

「孫！　ヨギだ。ここはもう大丈夫だ。中にいるなら開けろ」

俺は取り調べ室のドアの前に立ち、いった。ドアロックの外れる音がした。茂上がアサルトライフルをかまえ、俺に頷いた。

俺は取り調べ室のドアを押した。

頭を撃ち抜かれた岩野布の死体が目に飛びこんできた。机をバリケードがわりにし、その向こう側に、負傷した孫がすわりこんでいた。

「原警の茂上だ。何があった」

踏みこんだ茂上が訊ねた。孫は右肩に弾丸を浴びていた。

「ロシア人が襲ってきたんだ。この男をとりかえすのが目的だったようだ」

孫は岩野布を目で示した。

「あんたが殺《や》ったのか」

孫は頷いた。

「私の銃を奪おうとしたのでやむなく射殺した。他に生存者はいるか」

俺は首を振った。

「いない。残っているのはあんただけだ」

孫は虚《うつ》ろな目になってつぶやいた。

「くそ……」

「六階にいきたい。エレベータを呼んでくれ」

「何のために」

「六階には三崎がいる筈《はず》だ」

「誰だって？」

「マンスールの日本人社員だ。帝王とネットワークをつないだ人間だ」

孫は答えなかった。俺はいった。

「あんたはこの騒ぎが、帝王によってしかけられたのを知っていた。ちがうか」

「何のことだ」

荒い息を吐き、孫は訊《き》きかえした。

「『フィックス』をしかけたグループは、この島でムービービジネスをやっていた連中だ。何らかの事情でアイランドにいられなくなった奴らが本土に渡り、ネットワークから金をもらってレーティング稼ぎのための『フィックス』を始めた。帝王はその連中のことを知っていて、スタジオ・カンパニーを排除するために組んだ。あんたは薄々それに気づいていたが、スタジオ・カンパニーの力が弱まるのは好都合と見て、知らぬふりをした」

「わからんな」

孫は首を振った。

「私にわかっているのは、お前がアイランドにきてからすべてがおかしくなったということだけだ。この島の平和をお前がぶち壊したんだ」

「それはちがうな。導火線はずっと燃えていたんだよ。俺がきたことで、その導火線の長さが少しばかり短くなったのはあるだろうが。さっ、六階にいくエレベータを呼べ」

孫は無言で俺を見つめた。あくまでも拒否するつもりかと思ったが、ちがった。バリケードがわりの机にすがって立ちあがった。

「どのみちこの島は終わりだ。私の仕事はどこにもない。空っぽのスタジオを守ることに何の意味がある」

よろよろと歩いて、エレベータの前までいった。

「帝王はまだ上にいるのだろう」

「私は知らん。ロシア人が攻めてきてからは何があったか知りようがなかった」

エレベータが上からおりてきて扉を開いた。俺は茂上をふりかえった。

「孫に手当てをしてやってくれ。ここから先は俺ひとりでいく」

茂上は頷き、孫に腕を貸した。

「避難命令がでていることを忘れるな。もし原発で大規模な爆発がおこったら救助はこないぞ」

「わかった」

俺は答えてエレベータに乗りこんだ。扉が閉まる直前、孫と目が合った。昔の俺と同じで、生きる理由を失った者の目をしていた。

35

エレベータが六階で扉を開いた。エアビジョンが、島のあちこちで避難する住人の姿を映しだしていた。

「帝王！」

俺は浮かんでいる映像に向かって叫んだ。

「ヨヨギ・ケンだ。そこに三崎がいるだろう」

足を踏みだした。いくつもの映像をつっきって奥へと進む。

立ち止まった。ひからびたクモ男が目をみひらき、床に倒れていた。我仁林だ。俺はブレンテンを抜いた。〝聖域〟に銃をもちこみ、ぶっぱなした奴がいる。もっとも、死体の我仁林の手にも銃が握られていた。

三崎がいた。両手を前で組み、静かな表情で立っている。その頭上に、ワン・コングのベッドは浮かんでいた。

「やはりここにいたか」

俺は三崎にブレンテンを向けた。

「我仁林を殺《や》ったのはお前だな」

『それはちがう、探偵』

声が降ってきた。

俺はベッドを見あげた。

「神さまごっこはいい加減にしろ。あんたのせいでいったいどれだけの数の人間が死んだと思っているんだ」

『この島を浄化するためには必要な犠牲だったのだ』

「そう思っているのはあんただけだ」

俺は三崎に目を向けた。

「この島にネットワークを引き入れるつもりで、あんたが『フィックス』グループと帝王のあいだをとりもったのだな」

三崎は無言で首を振った。

『それもちがう』

ワン・コングがいった。俺はブレンテンをベッドに向けた。

「ここからあんたの頭をぶち抜いてもいいんだ。下にはもうここを守る人間は誰もいない。この男とあんたをぶち殺してでていっても、当分気づく人間はいない」

「銃を捨てて、ケン」

背後から声がした。アマンダだった。小型のオートマティックを俺に向けていた。

「アマンダ……」

「これは小道具じゃない。そこに倒れている人を見たでしょう。わたしが撃ったのよ」

アマンダはジーンズにシルクのシャツという、今まで見たことのない、ラフないでたちだった。それでもそこだけスポットライトが当たっているように輝いている。

「本当か」

『本当だ、探偵。アマンダは私を守るために我仁林を殺した。アイランドを守るためでもあった』

モーター音がして、ベッドが下降した。俺は横たわる老人を見おろした。

「銃を捨てて」

アマンダがくりかえした。俺はブレンテンを床に置いた。三崎が足を踏みだし、ひっそりと拾いあげた。まじめくさった表情をまるで崩さない。

「我仁林はあんたの企《たくら》みに気づいたんだな。中止された撮影の保険金が支払われないとわかって」

俺はいった。

「たび重なる保険金詐欺を理由にジェイフィナンシャルはスタジオ・カンパニーとの契約を解除しました。そのことを我仁林氏もドダエフ氏も知りませんでしたが」

三崎は答えた。

「いつ帝王に抱きこまれて寝返ったんだ?」

三崎は首を振った。

「私は抱きこまれてなどおりません。最初からマンスールの社員ではありませんでしたから」

ワン・コングがいった。

『アイランドが造られたとき、ネットワークからも巨額の建設費が支払われた。それはいずれ、この島で作られたムービーをコンテンツとしてネットワークで流せると、ネットワークの経営陣が考えたからだ。だが契約には第三者が介在していた。それは新東京都だ。私はこの島を新東京都から借りうけた。その条件として、新東京都の職員を、アイランドの経営陣の中に迎え入れることを求められた。三崎は、そのときからアイランドの経営者のひとりだった。ただ形式上、三崎はマンスールの社内に組み入れられたのだ』

俺は三崎を見つめた。三崎はブレンテンを俺に向けている。

「本当か」

「本当です」

三崎は頷《うなず》いた。

「新東京都は、私をスタジオ・カンパニーの経営陣に加えることを条件に、人工島の賃貸契約をミスタ・コングと結んだのです」

「じゃあなぜマンスールの社員なんかになったんだ」

「それが都知事のプランでした、正確には都知事と警視総監の」

「警視総監？　なんだって警視総監がでてくるんだ」

「ロシアマフィアとチェチェンマフィアの勢力を一定の範囲でとどめおくための方策だ

ったからです」

　俺はぽかんと口を開けた。

「何だって？」

『お前には難しい話かもしれんな』

　ワン・コングがいった。

『だが今しか機会はない。説明してやろう。この国における映画産業は、四十年前一度壊滅した。それを復活させたのは、日本人のプロデューサーではなかった。映画への投資をマネーロンダリングの最適な手段と考えた、ロシア人やチェチェン人だった。当時彼らは、この国へ資本を動かし始めたばかりだったが、その組織力や資本力を考えれば、瞬く間に大きな勢力となることは見えていた。映画産業と同じく、日本人による暴力集団は今世紀の初めに根絶されていたし、ホープレス系の民族暴力集団は、お前も知るように小規模なものばかりだった。何より、十年前に日本人暴力集団「ヤクザ」の復活を阻止したのはお前自身なのだから、覚えているだろう』

「ああ。『二・二・二会』のことだな」

「ヤクザ」を復活させようとしたのは、ホーワインダストリイというコンツェルンの総帥の日本人爺《じじ》いだった。爺いは警官を抱きこみ、ホープレス系のギャングのあいだで抗争をおこさせて、日本人の「ヤクザ」を再興しようと考えていた。

「あの事件をきっかけに、東西に二分されていた東京の浄化は一気に進んだ。スラム化していた東側、通称『B・D・T』と呼ばれた地区に再開発の手が入り、東京は現在のような安全な街へと生まれかわった。その指揮をとったのが、当時の警視総監で、現在の都知事だ」

三崎がいった。

「なるほどな。今の都知事が元警視総監だというのは聞いていたがな。新宿があんな街になったのはそのせいか」

俺はいった。

『ところが問題がおきた。浄化が進みすぎ、空洞が生まれたのだ』

「空洞？」

俺はワン・コングを見つめた。

『街にとって暴力集団の寄生は、ある種の免疫機能のようなものだ。それがいることによって、外来の勢力が巨大化するのを防ぐ。しかし、ホープレス系の暴力集団を徹底排除したことにより、東京はその免疫機能を失った。そこへ、ロシア人とチェチェン人のグループが入りこんできた』

「そのままでは、ロシア人とチェチェン人が一気に勢力を拡大するのは目に見えていた。しかもこの二大グループは、対立の歴史がある。勢力を拡大する過程で、激しい抗争が生じるであろうことは、火を見るより明らかだった。そこで都知事は、彼らに映画産業という利権を与えることで、その勢力の中枢をアイランドに封じこめる作戦をたてた」

三崎はワン・コングの言葉をひきとってつづけた。

「マネーロンダリングの中心に、映画への投資をすえていたロシア人と映画製作の現場を牛耳ることで勢力を保っていたチェチェン人にとっては、この島は、都知事から与えられた約束の地となった。しかも観光産業と合体させることで、武器もちこみの制限をかけ、小規模な抗争すらおこせない環境に押しこめた」

「頭がいいな。だがそれで納得しないロシア人やチェチェン人もいたのじゃないか」

『問題の本質はそこだ、探偵』

ワン・コングがいった。

『ロシア人やチェチェン人といっても、ドダエフや我仁林のように、ビジネスに長《た》けた者ばかりではない。元々がマフィアなのだ。金の計算よりも、人を威《おど》したり傷つけることのほうが得意だという連中もたくさんいた。が、スタジオ・カンパニーの幹部は、映画産業から吸いあげる収益を失うのを恐れ、そういう人間を内部で粛清した。いわば、自浄作用が働いたのだ。その結果、スタジオ・カンパニーの暴力部門は著しく勢力が縮小した。むろん、暴力よりビジネスに向かう組織の方向に疑問を抱いた不満分子もいて、中には本土に進出し、本来の暴力集団らしい非合法ビジネスに手を染める者もいたが、その規模は警察の脅威となるようなものではなかった』

「私はこの間のスタジオ・カンパニーの動向を本土に報告する仕事をおこなってきた。本土の非合法ビジネスに進出した組織については、警視庁はほぼその全容を把握している」

三崎がいった。

「あんたは元警官か」

俺が訊《き》くと、三崎はわずかに頰をほころばせた。

「現在も警視庁公安部に籍はある。都知事が公安部長をされていた頃は、私は副官をつとめていた」

俺は息を吐き、ワン・コングに目を移した。ようやく見えてきた。

「あんたが問題の本質といったのは、本土に進出した不満分子じゃなく、残った人間のことじゃないか。スタジオ・カンパニーで働きながらも、今のＩＦＧやマンスールのやり方に納得がいかない奴らだ。そいつらをネットワークと結びつけ、でかい犯罪をおこさせる。やがてそれを口実に、アイランドに押しこめていたロシア人やチェチェン人から根こそぎムービービジネスの利権をとりあげる、それこそが『フィックス』の狙いだった。ちがうか」

『すべてを私が演出したわけではない。が、流れというものはあって、それを予測することはできた。十年間のぬるま湯に、ＩＦＧもマンスールも、すっかり元の牙《きば》を失った。そうなるように仕向けた私の方法論は、評価されてもよいかもしれん。いずれにせよ、ロシア人とチェチェン人の潜在不満分子が、何らかの行動をおこすであろうとは、読めていた。そこにネットワークをつなげるアイデアを立てたのは、私でも三崎でもない。今のネットワークのありように、表現者として疑問を抱いていた、アマンダだ』

「アマンダ――」

俺はアマンダをふりかえった。アマンダは厳かにすら聞こえる口調でいった。

「メディアとしてのネットワークは、すでに死んでいます。電波にのっている映像は、すべてがコマーシャルに過ぎず、表現者の意思などかけらも存在しません。ネットワークは一度解体されるべきです」

「賛成だね。だがそのために連続殺人や爆弾は必要だったのか」

アマンダの表情は苦しげにかわった。

「生じた被害に対し、ネットワークがメディアとしてのつとめを果たしてくれたなら、無意味に人の命を奪う必要などなかった。けれど、事件に対してネットワークが求めたのはレーティング以外の何ものでもなかった。真実の憤りや悲しみなど、これっぽっちも伝わってはこない。事件の悲惨さ、被害者の悲しみを、それらしく報道するレポーターやキャスターは、全員、笑いを噛《か》み殺している。これでレーティングが稼げる、自分の映像が一秒でも長く流れる、と。そんなネットワークの本質を暴くのが、『フィックス』だったのです」

「『フィックス』の全容は、すぐに帝王によって白日のもとに晒《さら》されます。今回、アイランドの取材をネットワークに許可したことにより、彼らは映像のコントロール手段を失った。全島避難の完了後、帝王は記者会見をおこなう。その映像は全ネットワークで中継され、しかも中断は許されない」

三崎がいった。

「許されないったって、ぶった切ったらどうするんだ？　『記者会見はつづいていますが、ここでいったんカメラをスタジオに戻します』」

俺はいった。

『あるいは、JTNはそうするかもしれん。だがJTNの喉笛《のどぶえ》に嚙みつきたい、他のネットワークは？　やめない』

「じゃあJTNがスケープゴートか」

「そうだ。だが都知事はこの問題をJTNグループだけではすませない。これを機に国会でもネットワークのありようが問題化される。そして集約したネットワークは解体される方向に向かう」

三崎が答えた。

「おみごと。お利口さんだな。ロシアマフィアとチェチェンマフィアを弱体化させた上にその財産をひっぺがし、返す刀で、レーティング稼ぎのやらせ集団と化したネットワークをずたずたにぶった切る。最高だな、ワン・コング。あんたのプロデュース手腕はいささかも衰えちゃいないってわけだ」

俺はいった。

「ただし、人殺しだ。記者会見でも、ちゃんとそれを告白するのだろうな」

『する。それができるのも、また私しかいない』

俺は両手を広げた。

「じゃあ俺の出番はない。あんたがその通り、本当に告白するのなら。あんたを刑務所にぶちこむべきかどうかを判断するのは、俺の仕事じゃない」

「ケン――」

アマンダがいった。俺は首を振った。

「よせ、アマンダ。俺は今が今まで自分が道化だったと知らなかったんだ。俺がこの島に呼ばれたのは、まさに導火線を短くするためだった。『フィックス』を洗っていた俺がきたことで、あんたたちは計画通りの結果を手に入れた。ヨシオも仲間だったのか」

アマンダは首を振った。

「彼は知らない。十年前、あなたに初めて会ったときから、ヨシオはあなたに夢中だった。何度、B・D・Tの探偵ヨヨギ・ケンの話を聞かされたか。ヨシオにとってあなたは憧《あこが》れの的。決して手に入らない、永遠の恋人だった。わたしは嫉妬《しっと》するばかり」

「やめてくれ。そんな言葉をあんたから聞きたくない」

「わたしはあなたに会いたかった。ヨシオの話を聞くうちに、わたしとお祖父《じい》さまの計画を助けてくれるのは、あなたしかいないと思うようになっていたから」

「だったらなぜ最初から本当のことを話してくれなかったんだ。この島からスタジオ・カンパニーを追いだす計画なのだと」

『お前は主役ではなかったからだ、探偵』

ワン・コングがいうと、アマンダは非難するような声で、

「お祖父さま！」

と叫んだ。

『アマンダ、演出とはそういうものだ。この男の役割は、答を知らず、真実を求め、あちこちで衝突をくりかえす道化だった。もし初めから答を知っていたら、衝突は作りものの芝居となったろう。主役でないお前が、最もよい演技をするには、答を知らされず動き回る他なかった』

「ふざけるな」

俺は吐きだした。

「主役は自分か。神さまを演じてさぞ気分がよかったろうな」

『気分がよいのは、じきに望む世界がやってくるからだ』

銃声が轟《とどろ》いた。何発もの銃弾を浴びた三崎がひっくり返った。

エアビジョンの向こうにドダエフがいた。怒りと憎しみに目をぎらつかせている。マリーナで見かけた、血染めのポロシャツの上に紺のブレザーを羽織り、左手に大型のオートマティックを握っていた。

「裏切り者」

ドダエフは吐きだし、歩みよってくると、動かなくなった三崎の顔にさらに銃弾を叩《たた》きこんだ。アマンダが目をそむけた。

『ドダエフ！』

「お前の話は全部聞いたぞ、帝王。よくも俺たちをはめてくれたな」

ドダエフはいって、銃口をベッドのワン・コングに向けた。

『無駄だ、ドダエフ。私を殺しても、スタジオ・カンパニーは助からない』

「ビジネスのためにお前を殺すんじゃない。チェチェン人の誇りにかけて、裏切り者に報いを与えるんだ」

いってドダエフは撃った。アマンダが悲鳴をあげた。ワン・コングは指一本動かすことなく、息絶えた。

「なんてことを……」

アマンダがつぶやいた。ドダエフが向き直った。歯をくいしばっている。

「確かにマンスールは終わりだ。ＩＦＧも立ち直れないだろう。だが俺たちのいなくなったアイランドで、元のようなムービービジネスがやっていけると思ったら、大まちがいだ、アマンダ。役者や監督に何ができる。お高くとまって、芸術家でございなんて顔をしていたって、俺たちスタジオ・カンパニーがいなければ、ムービーは絶対作れない。お前たちはそのことを忘れてる」

「忘れていない！」

アマンダがいい返した。

「確かにムービーは、俳優や監督だけのものじゃない。だけどあなたたちマフィアに牛耳られ、本当に作りたいものを作れないでいる今のアイランドには、これっぽっちも愛情などない」

ドダエフの体がぐらりと揺れた。

「ご立派だな、アマンダ。だがムービーは芸術じゃない、金なんだ。金を生みだすための商品で、お前などその商品の材料の一部に過ぎないのだ。それをわからせずに、スターだの何だのと俺たちがもちあげてきたんだ。材料は材料だが、せめて気分よく仕事をさせてやろう、少しでもいい芝居ができるようちやほやしてやろうってな。いいか、アイランドがなくなったら、お前など、どこもいく場所はないんだ。高慢ちきな女優、芸術家気どりの監督、三文シナリオライター、そいつらを寄せ集めて、何とか金になる商品にしてやったのは、俺たちスタジオ・カンパニーだったんだ。お前は世間知らずの馬鹿女に過ぎん」

アマンダが撃った。ドダエフは目をみひらいて、自分の胸を見つめた。血でよごれたポロシャツの中央に新たな穴がひとつあいていた。

「何てことしやがる――」

「あなたの出番はなかった、ドダエフ。出番でもないのにカメラ前に立たないで」

ドダエフは唇をわななかせ、喉《のど》を鳴らした。手にした銃をアマンダに向けようとして、それができず、膝《ひざ》をついた。そしてばったりと倒れた。

アマンダは静かに死体を見おろしている。

「アマンダ――」

「心配しないで、ケン。ここはスタジオじゃないし、ドダエフもカットという声で生きかえるわけじゃないって、わたしにもわかっている」

「あんたは、スタジオ・カンパニーのボスをふたりとも殺したんだ」

「ええ」

俺をまっすぐ見つめ、いった。

「でもヒステリーはおこさない。『わたし、そんなつもりじゃなかった！』なんて、叫んだりもしない。女優はひよわないきもの、なんてそれこそムービーやドラマの中の作り話」

俺は息を吐いた。アマンダは緊張しているかもしれないが、正気を失っているわけではなかった。落ちつき、ふたりのボスを殺したことを、後悔しているようすもない。

「これはシナリオ通りなのか」

俺は足もとに横たわる、ドダエフや三崎、ワン・コングを示していった。

「少しちがっていたけど……」

アマンダはいって、ワン・コングのベッドに歩みよった。じっと死体を見おろした。

「帝王が死んだ以上、誰が『フィックス』のことをネットワークにぶちまける？　あんたか？」

アマンダは目をあげ、考えていた。

「わたしでは変。一女優に過ぎないわたしが、スタジオ・カンパニーやネットワークも関係した陰謀をすべて知っていたなんて、リアリティがない」

俺を見つめた。

「嫌だ」

俺はいった。

「駄目。あなたしかいない。あなたはプロの調査員で、しかも腕ききだというのは皆が知っている。あなたが調査の過程で得た真実だと、すべてを話せば、人々は一番納得する」

「忘れたのか、俺は主役じゃなかった。何も教えられずに暴れまわった、ただの道化だ」

アマンダは決意のこもった笑みを浮かべ、俺の目をのぞきこんだ。

「主役は交代したわ。突然の降板でね。今からはヨヨギ・ケンが主役よ」

「この殺人のことはどう説明する？　我仁林とドダエフは殺し合ったとでもいうのか。それはごめんだ。俺が刑務所に送られる」

「本当のことを。わたしは命を狙われていた。護身用に銃をもち、体が悪くて避難の難しいお祖父さまのもとにつきそっていた。そこへ、契約のもつれで逆上した我仁林とドダエフが押しかけてきた。お祖父さまは殺され、自分の身を守るため、わたしは銃を使った」

俺は深々と息を吸いこんだ。

「計画をたてたのがあんたとワン・コングだったと話してもいいのか」

「それは駄目。すべてお祖父さまひとりが考えたことにして」

俺は黙った。

「お願い」

もしドダエフが現れず、ワン・コングが生きていて、記者会見をおこなったとしたら、俺はどうしただろう、と考えていた。

俺は何もしないつもりだった。

「ケン――」

俺は息を吐いた。

「『フィックス』のメンバー表のようなものはあるのか」

36

俺とアマンダ、そして四つの死体が転がった〝聖域〟で、時間がゆっくりと過ぎていった。

アイランドからの避難は多少の混乱はあるものの、着々と進行している。そのようすを俺たちはエアビジョンで見守っていた。

それは奇妙な光景だった。ネットワークの中継部隊はアイランドのあちこちから映像を送っている。だがエアビジョンの音声が切られているため、まるで古いパニック映画を見ているような気分になる。しかも襲いくるモンスターの姿は決して映らない。

〝聖域〟に浮かぶいくつものエアビジョンがアイランドの映像を映しだす中、俺の頭上にあるひとつだけにはまったく別の絵が浮かびあがっていた。

アマンダが〝聖域〟のRUに命じて表示させた「フィックス」のメンバーリストだ。そこにはかつてアイランドでムービー関係の仕事に携わっていた人間たちの名前と写真・経歴がくりかえしスクロールされている。

リストの人間は、全部で十八名だった。監督、脚本家、特殊効果、アクション・コーディネーター、スタントマンなどだ。

「彼らはA班、B班、C班、三つのグループに分かれている。それぞれが『フィックス』撮影チームとして、いわばオムニバス形式の短篇映画を作る手法で製作に臨んだ。〝双子座キラー〟も〝スクラッパー〟も、そうして企画が作られ、JTNに売りこまれたのよ。JTNでこのことを知っているのは、編成部門にいるごくひと握りの幹部だけ」

「ギャランティは払われたのか」

「別の名目で一括して、企画料という形で払われたと聞いているけれど、具体的なことはわたしは知らない」

「このリストが公開されれば、JTNはもちろん打撃をうけるだろうが、それ以前にこいつらが逮捕され、ム所にぶちこまれることになる。それでもいいのか。あんたの同志だろう」

俺はエアビジョンからアマンダに目を移していった。アマンダの表情はかわらなかった。

「彼らはむしろ喜ぶでしょう。もちろん刑務所いきは歓迎しないでしょうけれど」

「なぜ喜ぶんだ？」

「自分たちの仕事を世の中の人に知ってもらえるから」

「犯罪だ」

「でも人々の耳目を惹《ひ》きつけた。恐怖や緊張を作りだし、それに伴う興奮や感動のドラマがいくつも現場で生まれた筈《はず》。そういうたくさんの感情が、自分たちの手で演出されたことを知ってもらいたいと願っている筈」

「ムービーは作りものだ。だからこそ、恐怖も緊張も、観客は楽しめるのじゃなかったかい？」

「ネットワークは、作りものよりも現実のほうが、さらに多くの人に恐怖や緊張を与えられることを証明した。悲惨な映像は、どれほどリアルなCGであっても、本物の血の一滴が映しだされた現実には敵《かな》わない。人々は、リアルな痛みや悲しみを求めている。考えてみて、ケン。大災害、大事故、大事件、戦争、世界中でおきるこうしたできごとが、安全地帯から鑑賞する現実の悲劇ほど、人々の心を惹きつけてやまないものはない。どれほどレーティングを稼いできたか。でも何より人々を惹きつけるのは、身近でおき、尚《なお》かつ自分は被害者ではないできごと。悲惨な映像におののく一方で、自分がその中に含まれなかった幸運を嚙《か》みしめる。現実の犯罪者への恐怖は、どんなモンスターよりも上回るし、実生活では決して露《あら》わにできない、怒りや憎しみといった感情も、犯罪者に向ける限りにおいては、摩擦を生まず、むしろ日常のストレス解消にひと役買う。演出された現実こそが、何よりもエンターテインメントなの」

「それは負けを認めているのと同じじゃないのか。俺はムービーの人間じゃないが、作りものでありながら現実を超える興奮をもたらす物語こそを、ムービーは作りたいのだと思っていた。現実におこった事件が人々の興味を奪うのは当然だ。現実は、いずれどこかで自分の身にもふりかかるという不安がある。作りものにそれはない」

「そうね。負けかもしれない。でもその負けを認めたときから、アイランドにおけるムービービジネスは始まった。すべてが作りもの、偽りの島。夢だけの世界などどこにも存在しないのに、アイランドではあたかもそれが実在するようにいわれている。レストランやショップで、ふとふりかえるとそこにムービーのスターがいて、まるで自分がムービーのワンシーンに迷いこんだような錯覚をしてしまう。でも、それはそう錯覚をさせるために作られたもの。アイランドを訪れる観光客には、すべてが演出で作りものであると、初めからわかっている。逆にだからこそ、彼らはアイランドでひとりのスターにも出会えなかったら、失望し、怒るでしょう。あなたは知らないかもしれないけれど、アイランドにやってくる団体客の観光スケジュールは、彼らも知らぬ間に、スターと偶然すれちがえるよう、あらかじめ設定されている。そのほうが、スタジオの撮影現場でスターを見るよりも、より大きな思い出になると計算されての演出なの」

「何もかもが演出というわけか」

「ええ。でも不思議なことに、演出者は、最初はそれを知られたがらないくせに、時がたち、人々がそれをあたかも当然のようにうけ入れ始めると不満を抱く。自分たちの演出があってこそドラマが生まれ、思い出が作られたのだと知ってもらいたいと願うようになる。それが『フィックス』のクルーたちにもある」

「知ってもらってプライドは満たされるかもしれんが、鉄格子の中に送りこまれるのだぜ。中には利用され捨てられたと感じる連中もいるだろう。あんたはそういう連中に対し、何も感じないのか」

「ムービーってそういうものなのじゃない？」

アマンダはいって悲しげに微笑んだ。

「どんなにすぐれた作品でも、観客が覚えているのは主だった出演者と監督くらいのもの。照明や撮影、特殊効果を担当したスタッフの名前を、いったいどれだけの人が覚えている？　『フィックス』に関していえば、人々が覚えるのは、〝双子座キラー〟と、悲運のキャスター、キャロル・守口、そして〝スクラッパー〟と名乗る、謎の爆弾魔よ」

「それがすべて作りものだったとわかればほっとするだろう」

俺はいった。

「がっかりもする。連続殺人鬼が作られた偽ものだと知れば」

俺は首を振った。アマンダはどこか変だった。このアイランドにいるせいか、新東京で実際に人が殺され、建物が破壊された現実をわかっていないように思える。

「アマンダ――」

「何？」

「あんたはひとつ誤解している」

俺はTUのスイッチを入れた。思った通り携帯電話機能が復活していた。大規模な避難行動がとられ、ネットワークの取材部隊が上陸した以上、通信電波を妨害するジャミングは停止している筈だと踏んでいたのだ。

池谷のTUを呼びだした。

「ネットワークの記者会見では、あんたは『フィックス』と無関係で通せるかもしれない。だがそれはあくまでもテレビを見ている人々に対してだけだ。ピーに対しては、そうはいかない。あんたとワン・コングは、『フィックス』グループの立派な共犯者だ。彼らはあんたを見逃さない」

アマンダが首をかしげた。そのとき、池谷のTUと回線がつながった。

「ケン、今どこにいる」

「アイランドさ。〝聖域〟と呼ばれる、ワン・コングのオフィスだ」

「よくTUがつながったな。そうか、原警がジャミングを止めたのか」

「そんな話はいい。今から送るリストをメモリーしてくれ。『フィックス』のメンバーたちだ」

「何？」

俺はＴＵのトレーサーでエアビジョンの映像をコピーし、池谷に送った。

アマンダがじっと俺を見つめている。

「こいつらが〝双子座キラー〟や〝スクラッパー〟の正体だというのか」

「そうさ。首謀者は他にいる。ワン・コングと――」

アマンダが撃った。俺のＴＵと左手首に弾丸が命中した。

「くそっ」

俺は呻《うめ》き、手首をおさえた。弾丸はＴＵを砕き、破片が左腕にめりこんだ。

「ケン、それはシナリオにないわ」

アマンダが首を振った。まるで悪戯《いたずら》をした子供を咎《とが》めるような口調でいった。

「あなたの怪我はいい。記者会見にリアリティがでる」

俺は痛みに声がでなかった。

「いい？　これからがクライマックスなの。警察なんて介入させちゃ駄目。あなたとわたしだけで、真実を明らかにするのよ」

「それは真実じゃない」

俺は歯をくいしばっていった。

「いいえ、真実よ。ネットワークに流れれば真実になる」

「アマンダ、それで通ると思うか。つかまった『フィックス』のクルーは、必ず、あんたとワン・コングの関与について自供するぞ」

「わたしがそうだったと証明できるものは何もない。お祖父《じい》さまひとりが、『フィックス』を考えたことにする」

「俺はどうする？　俺はそうじゃないと知っている」

「あなたはまず、役を演じて。わたしを助け、陰謀を暴くのよ」

「暴くのは、あんたの犯行だ」

銃口が俺の胸を狙った。

「お願い、シナリオを壊さないで」

俺は息を吐いた。アマンダはやはりおかしい。現実と演出の区別がつかなくなっているとしか思えない。

「――アマンダ」

そのとき声がして、俺とアマンダは同時にふりかえった。

ヨシオだった。手に不似合にでかい、SSの銃を握っている。

「迎えにきたよ。ここをでていこう」

俺のほうは見ず、ヨシオはいった。

「ヨシオ、なぜここにいるの」

アマンダはわずかに目をみひらいた。

「君が避難バスに乗っていなかったからさ。あとはここ以外、君のいるところはない」

「じき、記者会見が始まるのよ。あなたはいちゃ駄目」

ヨシオは首を振った。

「記者会見はおこなわれない」

「何をいっているの。ネットワークの取材クルーが、避難終了後、ここにくる約束になっているのよ」

「ネットワークの取材クルーも避難した。原警がそうしないと逮捕すると警告したからだ。逆らったカメラマンがひとり撃たれた」

「なぜ、そんな……」

「原発に爆弾をしかけたという予告があった」

「それは演出よ。この島にネットワークのカメラを入れるための」

「原警はそう思っちゃいない。本物のテロに備えているんだ」

俺はいった。

「馬鹿ばかしい。原発を爆破できる筈《はず》がないわ。なぜそんなこともわからないの」

「アマンダ、目を覚ませ。君にとってはこれはすべてムービーかもしれないが、他の人々には現実なんだ」

「現実？」

アマンダは俺を見た。

「これが現実よ。ムービーとこの島を守るために戦ったワン・コングとアマンダ・李」

ヨシオが痛みをこらえるように目を閉じた。

「ケン、あなたこそ目を覚まして。アイランドはかわるの。ムービーが金儲《かねもう》けの材料ではなく、芸術に戻る、その瞬間にわたしたちはいあわせているのよ」

ヨシオが首を振った。

「アマンダ、それはまちがっている」

「何をいうの、ヨシオ」

「ムービーはどんなときもビジネスなんだ。莫大《ばくだい》な資金をつぎこみ作りだされる作品は、それを超える収入を期待されている。僕はこの島でムービーに携わってわかった。観客が金を払わないムービーは、ムービーではないんだ。芸術であることを認められるためには、まず観客が必要なんだ」

「なぜそんな悲しいことを……」

「ムービーとはそういうものなのだ。絵画や文学は、それを創造した人間の満足が金銭的な報酬を上回ることが許される。しかしムービーはちがう。多くの人間が携わり、生活をかけて作る以上、投下した資金は回収されなければならない。さもなければ、誰もムービーなど作らなくなる。ビジネスであることが第一なんだ。芸術であるかどうかは、その次に考えるべき問題だ。なぜなら、すぐれた芸術が必ずしもビジネスになるわけではない。悲しいことに、観客とはそういうものだ。芸術を期待してお金を払うより、払ったお金に見合う興奮や感動を求めている。それは似ているようでまったくちがう。たとえスタジオ・カンパニーがなくなっても、この島にビジネスマンは必要だ。金儲けを計算できる人間がいなければ、ムービーは決して作りつづけられないんだ」

アマンダは小さく首を振った。

「ひどい。あなたまでそんなふうに考えるなんて」

「さあ、ここをでよう、アマンダ。これから先のことはゆっくり考える時間がある」

「嫌よ。ネットワークを呼ぶわ。記者会見をしなければ。真実をすべて明さなければ」

「それは真実じゃない、アマンダ。物語に過ぎない。あんたとワン・コングがシナリオを書き、演出した、作りものだ」

俺はいった。

アマンダの拳銃《けんじゅう》が俺に向けられた。

「ケン、それをいいはるなら、あなたも戦いの犠牲者となる他ない。アイランドをとり戻すためには、あなたはいてはいけない人になる」

「アマンダ――」

俺は息を呑《の》んだ。

銃声が響いた。俺は体をこわばらせた。アマンダが目をみひらき、ヨシオを見つめた。

「終わりにしよう、アマンダ」

小声でヨシオがいった。が、その声はアマンダの耳には届いていなかった。シルクのシャツの中央に大きな赤い染みが広がり、アマンダは、俺が今まで見てきた撃たれた人間の誰よりも優美な動きで、床に崩れ落ちた。

ヨシオは呆然《ぼうぜん》と手にした銃を見ている。

「撃ってしまった。あなたを助けるために。僕は、アマンダより、あなたを選んだ……」

唇を震わせていった。

俺はがっくりとすわりこんだ。アマンダは驚きを顔に貼りつかせたまま息絶えていた。

なぜか知らないが涙がでそうになった。

「知っていたんだな」

低い声で俺はいった。

「アマンダが『フィックス』にかかわっていることを。俺をこの島に呼んだのは、それを止めるためだったのだろう」

ヨシオは答えなかった。無言でエアビジョンを見つめている。

いつのまにか島内の映像が消えていた。避難した海上から映しだされるアイランドの遠景ばかりが浮かんでいる。ネットワークは本当にひきあげたのだ。

美しかった。漆黒の海に光をちりばめた島が横たわり、まさに夢を作りだす場所にふさわしい光景だ。

「『すべては光が織りなす芸術だ。それに比べれば、我々など影絵の中の登場人物のひとりに過ぎない』」

ヨシオがいった。俺をふりかえり、悲しげに微笑んだ。

「知っていますか」

「いや」

俺はアマンダの死に顔から目を離すことができず、首を振った。どんな姿になってもアマンダは美しかった。

「ジョン・コングが撮った『妖精』の中のセリフです。僕はあの作品に主演したアマンダを見て、初めて女性を本気で好きになった。その女性を妻にし、そして今日、この手で殺してしまった。あなたを守るために……」

ヨシオをふりかえった。涙を流している。

「俺を守るためだけじゃない」

俺はいった。

「真実を守るためでもあった。もしかすると、この世の誰も知りたくないと思っている真実かもしれないが……」

結局、原子力発電所が爆破されることはなく、「フィックス」のクルーたちは大半がピーによって逮捕された。彼らに金を払っていたJTNの幹部も逮捕されたが、殺人や爆破までおこなうとは予想しえなかったという理由で、実刑を免れた。

ネットワークは一時期大きな打撃をうけ、ドキュメンタリーと称する犯罪実況番組は姿を消した。かわりにムービーのスタッフやスターたちによって作られたテレビドラマが急増した。事件によって生じた、最も大きな変化があるとすれば、ムービーとドラマの垣根が低くなったことだった。スタジオ・カンパニーが実質的な支配力を失ったので、ネットワークがムービーの人間を使えるようになったのだ。

「フィックス」の背後にワン・コングとアマンダ・李がいたことは、思ったほど大きな話題にはならなかった。これからはムービーの世界とうまくやっていかなければならないと考えたネットワークの幹部たちが、伝説のプロデューサーと女優の名を汚すことをためらったからじゃないかと、俺は考えている。

結局、目に見えるものに人は反応するものなのだ。ワン・コングもアマンダも死んでしまった以上、逮捕された「フィックス」クルーほどには目に見える情報を提供できない。

それより何より、俺にとって意外だったのは、〝双子座キラー〟や〝スクラッパー〟が作りものであったのに、人々がそれほど驚かなかったことだ。視聴者の多くがインタビューに、

「演出じゃないかと思っていた」

と答えたのだ。

つまりはこういうことだ。人々は、反応できるものを求め、しかしそれを心からは信じていない。

俺はオガサワラに帰り、しばらくエミィのそばで過すことにした。

だが池谷がうるさい。俺に復帰しろとやたらに連絡してくる。どうするか、考えている。

解　説

北上《きたがみ》次郎《じろう》

いやあ、面白い。本書を読むのは三度目だが、なんと今回がいちばん面白かった。最初に読んだのは、本書が発売になった２００７年だ。二度目に読んだのは２０１８年の暮れ。三度目は今回この原稿を書くために読んだ。これで三読である。二度目に読んだのは、初読のときから10年以上が過ぎているのだから、内容を忘れていても不思議ではない。記憶力の悪い私はすっかり内容を忘れていたので、まるで初読のときのように面白かったが、問題は、今回である。三読目の今回はそれから７ヵ月しかたってない。いくらなんでも覚えているし、もう飽きただろうと思っていたのだが、ページを繰る手が止まらなかった。もちろんだいたいのストーリーは覚えている。ムービー・アイランドを舞台にした長編で、その夢の島で我等がヨヨギ・ケンが大活躍するという大筋も十分にわかっている。ところが覚えていたのは大枠だけで、細部を忘れているのだ。だから、そのディテールに触れるたびに面白いのだ。たとえば物語の後半に、ヨヨギ・ケンが、ムービー・アイランドの帝王ワン・コングと会うシーンがある。おお、どうしてこんなに鮮烈な場面を覚えていないのか。ぞくぞくするシーンといっていい。

話は突然飛んでしまうが、阿佐田哲也《あさだてつや》を思い出した。私、阿佐田哲也の短編群をもう何度読んだかわからない。だいたいの内容はもちろん十分に知っている。ところが何度読んでも面白いのだ。そうなんである。小説のジャンルはまったく異なるが、大沢在昌《おおさわありまさ》はいまや私にとって阿佐田哲也なのだ。

7カ月前に本書を読んだのは、大沢在昌の『帰去来』が2019年1月に上梓《じょうし》されると知ったからだ。この機会に大沢在昌の「SF的シチュエーションを導入した現代エンターテインメント」を全部再読しようと思ったのである。その再読本の中に本書があったということだが、そのときWEB本の雑誌に書いた原稿から、本書に関するくだりを少し長くなるが、引いておく。

『影絵の騎士』は『B・D・T［掟の街］』の続編である。『B・D・T』から10年後、オガサワラで隠遁《いんとん》生活を送っているヨヨギ・ケンのもとにヨシオ・石丸《いしまる》が訪ねてきて、この『影絵の騎士』の幕が開く。今度は東京湾の人工島を舞台に、個性豊かな人物が入り乱れ、謎狩りとアクションの物語が展開する。前作を上回る傑作といっていい。

この『B・D・T』『影絵の騎士』連作に匹敵するのは、『天使の牙』とその続編『天使の爪』だろう。こちらも素晴らしい。まず『天使の牙』は男勝りの女刑事明日香《あすか》が死に、その脳が絶世の美女に移植されて幕が開く。アスカとして蘇《よみがえ》ったヒロインは、新型麻薬アフター・バーナーの元締め君国《きみくに》に接近するが、それを援護するのが元恋人の古芳《ふるよし》。

ところが古芳はアスカの中にいるのが明日香とは知らず、さらにアスカにも古芳が組織の内通者かもという疑いがあるので、ぎくしゃくしているとの設定がいい。これが続編の『天使の爪』になると、アスカの中にいる明日香が好きなのか、それとも絶世の美女として生まれ変わったアスカが好きなのか混乱してくる（アスカも同様だ）という展開が素晴らしい。こちらも物語は複雑に絡み合い、脇役にいたるまでの人物造形もよく、さらに壮絶なアクションも特筆もの。この『天使の牙』『天使の爪』は、『B・D・T』『影絵の騎士』連作に匹敵する傑作で、この二つの連作が面白さと迫力では飛び抜けている。

長い引用ですみません。本書が『B・D・T』の続編であることを引いてしまったので、若干の補足を急いで付け加えておく。もしも『B・D・T』を未読の人が、いま書店で本書を手にして「なんだよ、だったら前作を読んでいなかったらダメか」と平台に戻そうとするかもしれないが、なあに、大丈夫だ。たしかに本書は『B・D・T』の続編だが、その前作の内容を知らずに読んでも十分に面白い。本書が面白ければ、そのあとで『B・D・T』をお読みになればいい。

あるいは、本書読了後に大沢在昌の他の作品も読みたくなるかもしれない。そのときは前記の『天使の牙』『天使の爪』連作をおすすめするが、もっと他にないのかという声のために、大沢在昌がこれまでに書いた「SF的シチュエーションを導入した現代エンターテインメント」のリストも掲げておく。

①『ウォームハートコールドボディ』1992年
②『B・D・T［掟の街］』1993年
③『悪夢狩り』1994年
④『天使の牙』1995年
⑤『撃つ薔薇　AD2023涼子』1999年
⑥『天使の爪』2003年
⑦『影絵の騎士』2007年
⑧『帰去来』2019年

これ以外に、角川文庫『冬の保安官』に、「小人が哄《わら》った夜」「黄金の龍」「リガラルウの夢」というローズ・シリーズ3編が収録されている。これが、大沢在昌の「SF的シチュエーションを導入した現代エンターテインメント」のすべてである。本書が面白ければ、まず『B・D・T』に遡《さかのぼ》り、次に『天使の牙』『天使の爪』連作を読み、さらに他の本を読むときの参考にしていただきたい。

先に書いたように、本書は、オガサワラで死んだように生きていたヨヨギ・ケンが、ホープレス出身の作家ヨシオ・石丸の依頼にこたえて、ふたたび東京に戻ってくる話である。久々の東京は嘘のように綺麗《きれい》になっていたが、どこか嘘くさい。その典型が東京湾の人工島ムービー・アイランド。原発のある島だが、同時に映画の撮影スタジオが12もあり、スターたちが闊歩《かっぽ》する島でもある。原発を守る原警と、映画関連施設を守るスタジオ・セキュリティ（SS）が、この夢の島の警備にあたっている。テロと犯罪を完全排除するために銃は持ち込めない治安優先の島でもあるのだ。

この島でいったいどんな物語が始まっていくのか、その詳細はここに書かない。書くことが出来るのは、血湧き肉躍る物語が始まる、ということだけだ。秀逸な人物造形を積み重ね、先の読めないプロットをたたみかけ、疾走感あふれる物語が展開する、ということだけだ。『新宿鮫』しか知らない読者に、あるいはその『新宿鮫』が気になっているんだけど、もう何巻も続いているシリーズだし、いまから読むのはちょっとなあ、でも他に何を読んでいいのかわからない――という読者に、この一言を添えて本書をすすめたい。大沢在昌の世界にようこそ。

本書は、二〇一〇年八月に集英社文庫より刊行
された作品を再文庫化したものです。

影絵《かげえ》の騎士《きし》

大沢在昌《おおさわありまさ》

令和元年 10月25日　初版発行
令和6年 9月20日　4版発行

発行者●山下直久

発行●株式会社KADOKAWA
〒102-8177　東京都千代田区富士見2-13-3
電話　0570-002-301（ナビダイヤル）

角川文庫 21840

印刷所●株式会社KADOKAWA
製本所●株式会社KADOKAWA

表紙画●和田三造

◎本書の無断複製（コピー、スキャン、デジタル化等）並びに無断複製物の譲渡および配信は、著作権法上での例外を除き禁じられています。また、本書を代行業者等の第三者に依頼して複製する行為は、たとえ個人や家庭内での利用であっても一切認められておりません。
◎定価はカバーに表示してあります。

●お問い合わせ
https://www.kadokawa.co.jp/（「お問い合わせ」へお進みください）
※内容によっては、お答えできない場合があります。
※サポートは日本国内のみとさせていただきます。
※Japanese text only

©Arimasa Osawa 2007, 2010, 2019　Printed in Japan
ISBN 978-4-04-107949-2　C0193

◆◇◇

角川文庫発刊に際して

角川源義

第二次世界大戦の敗北は、軍事力の敗北であった以上に、私たちの若い文化力の敗退であった。私たちの文化が戦争に対して如何に無力であり、単なるあだ花に過ぎなかったかを、私たちは身を以て体験し痛感した。西洋近代文化の摂取にとって、明治以後八十年の歳月は決して短かすぎたとは言えない。にもかかわらず、近代文化の伝統を確立し、自由な批判と柔軟な良識に富む文化層として自らを形成することに私たちは失敗して来た。そしてこれは、各層への文化の普及滲透を任務とする出版人の責任でもあった。

一九四五年以来、私たちは再び振出しに戻り、第一歩から踏み出すことを余儀なくされた。これは大きな不幸ではあるが、反面、これまでの混沌・未熟・歪曲の中にあった我が国の文化に秩序と確たる基礎を齎らすためには絶好の機会でもある。角川書店は、このような祖国の文化的危機にあたり、微力をも顧みず再建の礎石たるべき抱負と決意とをもって出発したが、ここに創立以来の念願を果すべく角川文庫を発刊する。これまで刊行されたあらゆる全集叢書文庫類の長所と短所とを検討し、古今東西の不朽の典籍を、良心的編集のもとに、廉価に、そして書架にふさわしい美本として、多くのひとびとに提供しようとする。しかし私たちは徒らに百科全書的な知識のジレッタントを作ることを目的とせず、あくまで祖国の文化に秩序と再建への道を示し、この文庫を角川書店の栄ある事業として、今後永久に継続発展せしめ、学芸と教養との殿堂として大成せんことを期したい。多くの読書子の愛情ある忠言と支持とによって、この希望と抱負とを完遂せしめられんことを願う。

一九四九年五月三日